ハヤカワ・ミステリ

P. D. JAMES

# 秘　　密

THE PRIVATE PATIENT

P・D・ジェイムズ
青木久惠訳

TOKYO
HAYAKAWA
BOOKS

A HAYAKAWA
POCKET MYSTERY BOOK

THE PRIVATE PATIENT
by
*P. D. JAMES*
Copyright © 2008 by
P. D. JAMES
Translated by
*HISAE AOKI*
First published 2010 in Japan by
HAYAKAWA PUBLISHING, INC.
This book is published in Japan by
arrangement with
GREENE & HEATON LTD.
through TUTTLE-MORI AGENCY, INC., TOKYO.

私は四十六年間フェイバー&フェイバー社から作品を発表し続けてきました。

その記念に本書を同社社長スティーヴン・ペイジ氏と、同社の古い友人、新しい友人の皆さんに捧げます。

# 作者の言葉

ドーセット州は荘園の歴史とその多様さでは定評があります。しかしこの美しい地方を訪れてもシェベレル荘園を見つけることはできません。この荘園とそれに関わるものすべて、そしてそこで起きた惨劇は著者と読者の想像の世界にのみ存在し、過去現在の実在人物とは生死を問わず一切関係がありません。

——P・D・ジェイムズ

# 秘密

装幀　勝呂　忠

## 登場人物

アダム・ダルグリッシュ……………………警視長
ケイト・ミスキン……………………………警部
フランシス・
　　　　ベントン－スミス……………部長刑事
エマ・ラヴェンナム…………………………ダルグリッシュの婚約者
ローダ・グラッドウィン……………………ジャーナリスト
ジョージ・
　　　チャンドラー－パウエル……形成外科医
ロビン・ボイトン……………………………ローダの友人
ジェレミー・コクスン………………………ロビンのビジネスパートナー
マーカス・ウェストホール…………………ロビンのいとこ。シェベレル荘園の助手
キャンダス……………………………………マーカスの姉
フラヴィア・ホランド………………………シェベレル荘園の婦長
ヘリナ・クレセット…………………………同支配人
レティシャ・フレンシャム…………………同事務責任者
トム・モグワージー…………………………同庭師兼雑用係
シャロン・ベイトマン………………………同従業員
ディーン・ボストック………………………同コック
キム……………………………………………同コック。ディーンの妻
ローラ・スケフィントン……………………入院患者

# 第一部　十一月二十一日〜十二月十四日　ロンドン、ドーセット

# 1

ローダ・グラッドウィンは殺される三週間と二日前の十一月二十一日に、四十七歳の誕生日を迎えた。その日、形成外科医の初診の予約があったため、彼女はハーリー街に出かけた。そして患者の不安を和らげ勇気を奮い起させようとデザインされたらしい診察室で、自らの死を招く選択をすることになる。その日、ローダは診察の後にレストラン・アイヴィで昼食をとる予定だった。二つの予定が同じ日になったのは、まったくの偶然だった。形成外科医チャンドラー-パウエル医師の予約の空きはそれ以前になかったし、アイヴィに十二時四十五分に予約したロビン・ボイトンとの昼食は二カ月前にすでに決まっていた。思いつきで間際になってアイヴィのテーブルを予約しようとしても無理だ。ローダはどっちの予定も、誕生日祝いとは思わなかった。自分の誕生日は、私生活のほかのことと同様に人に教えたことがない。ロビンが突き止めたとは思えないし、たとえ分かったとしても彼は気にもかけないのではないか。自分がジャーナリストとして認められ、名前を知られる存在だという自負はある。だが、タイムズ紙のVIP誕生日リストに名前がのっているとは思わなかった。

ハーリー街には十一時十五分までに行かなければならない。いつもだとロンドンで予定がある場合には、目的地まで一部分なりとも歩くのが好きなのだが、今日はタクシーを十時半に呼んだ。シティから四十五分はかからないはずだが、ロンドンの道路状況はあてにならない。ローダにしてみれば未知の世界に飛び込むのだから、最初の診察から遅刻して医者との関係をぎくしゃくさせたくなかった。

八年前、ローダはシティで家を借りた。チープサイドに近いアブソルーション小路の突き当りにある、狭い中庭に面したテラスハウスの一角だった。引っ越してすぐに、ロンドンのこの一角なら腰をすえて住んでもいいと思った。賃貸契約の期間は長いし、契約の延長も可能だ。本当なら買い取りたいところだが、家主が売らないのは分かっている。完全に自分の所有物になる可能性がないからといって、面白くないとは思わなかった。建物の大部分が十七世紀に建てられたものだった。何世代もの人々がそこに住み、生まれて死んで、残されたものは茶色に変色した古契約書に記された名前だけになっている。ローダはその一人になるのもよしと思っていた。窓に縦仕切りが細かく入った階下の部屋は暗かったが、最上階にある書斎と居間からは空が広々と見渡せて、シティとその向こうの堂塔が眺められる。三階の狭いバルコニーから鉄階段を昇って屋根に上ると、そこはほかの屋根とは切り離された独立したスペースだった。天気のいい日曜日には素焼の植木鉢に囲まれて、本や新聞を広げる。休日の静けさは昼まで続き、それを破るのはシティで鳴り響く耳慣れた鐘の音だけだ。

眼下に横たわるシティの町並みは、ハンブルグやドレスデンの町以上に古い、骨の層が幾重にも積み重なった納骨堂だ。シティに神秘を感じるのはそうと知っているからだろうか。鐘の響きわたる日曜日にひっそり目立たない横町や広場を一人で散策していると、そんな神秘性をことさら強く感じる。ローダは子供の頃から時間の不思議に魅せられていた。時間は明らかに異なるスピードで流れるし、人間の精神と肉体を崩壊させる破壊力がある。そして一瞬一瞬、これまで重ねられてきたすべての瞬間とこれから先の未来の瞬間が、現在という幻想に融合し、瞬時にそれが変えようにも変えられない不滅の過去になる。ロンドンのシティではそんな瞬間が石とレンガの中に、教会と記念塔の中に、茶色に濁る悠久のテムズ川にかかる橋の中に閉じ込められ、凝結している。ローダは春や夏の早朝六時に、ドアに二重に鍵をかけて散歩に出る。音のまったくしない世界よりもいっそう深遠で神秘的な静寂の中に足を踏み出す。そんな一人歩きの間に、無意識に足音を忍ばせていることが時おりある。同じ通りを歩き、同じ静寂を知っていた死者を起こすのを心のどこかで恐れているのだろうか。夏の週末だと、ほんの数百ヤード離れたミレニアム橋はまもなくすると観光客でごった返し、乗客を満載した川船がのっそりゆったりと桟橋から離れていく。街は騒音とともに息を吹き返す。

しかしそんな騒ぎもローダの住むサンクチュアリー・コートまでは押し寄せてこない。ローダが選んだ家は、生まれてから十六歳まで過ごした家、ロンドン東部郊外シルフォード・グリーンのラバーナム・グローブにあった、カーテンを閉め切った狭苦しい二軒長屋の家とはまるで正反対だった。今ようやくその十六年間を受け入れる一歩を踏み出すことになった。受け入れるのが無理だとしても、せめてその破壊的な力を削げるのではないか。

今、時間は午前八時半だった。ローダは浴室にいた。シャワーを止めて、巻きタオル姿で洗面台の上に掛けられた鏡の前に立った。手を伸ばして湯気で曇る鏡面をなで、すすけた絵のような見分けのつかない青白い顔をじっと見つめる。顔の傷痕に意識的に手を触れるのは、何カ月ぶりだろう。指先を傷痕の端から端までそっとゆっくり動かして、銀色に光る中央部と縁のでこぼこした硬い感触を確かめる。左手を頬に当てたローダは、数週間後に同じ鏡をのぞきこんで、もう一人の自分を見つめる女を想像しようとした。ただし傷痕がケロイド状に掘れていたところにわずかに薄い線が白く走るだけの顔だ。以前の自分を薄く書き直したようなイメージを見つめながら、ローダは慎重に築きあげた内なる防壁を徐々にゆっくりと崩しはじめた。少しずつ流れだした波乱の過去はかさを増して、やがてたけり狂う大河にふくれ上がり彼女の心を占めた。

## 2

ローダは奥にある居間兼用の狭いキッチンに戻っていた。そこで彼女は両親と一緒になって勝手に虚構を築き上げ、世間から追放された亡命者の生活に耐えていた。出窓のある表側の部屋は特別な時のために取ってあった。一度もしたことのない家族の祝い事や、来たことがない客のための部屋は、家具磨きのラベンダーの香りとよどんだ空気がかすかに臭った。そんな重苦しい空気を、ローダは何とか吸うまいとした。ローダはびくびくおびえる無力な母と酔いどれの父の間に生まれた一人っ子だった。三十年以上の間、彼女は自分をそう表現してきたし、今もそう定義づけている。幼い頃、そして十代になっても、彼女の生活は罪悪感と引け目でがんじがらめだった。周期的に爆発する父の暴力は、予測がつかなかった。危なくて学校の友だちを家に呼ぶこともできない。誕生日やクリスマスのパーティーなどとても開けたものではなかった。招かないから、招かれることもない。ローダの通った中学校は女子校で、生徒たちの関係は濃密だった。級友を家に招いて一晩泊めるのが、何よりの友情の印だった。ラバーナム・グローブ二三九番地に泊まった生徒は一人もいない。孤独は平気だった。自分が級友より頭がいいのは分かっていたから、知的満足感のない、絶対に持ちかけられるはずのない付き合いは必要ないと自分を納得させることができた。

あれはある金曜日の夜十一時半だった。父が給料を受け取る金曜日は、一週間のうちでも最悪の日だった。今、恐れていた音が聞こえてきた。玄関のドアがバタンと荒い音を立ててしまったのだ。父が千鳥足で入ってくると、母が肘掛イスの前に動くのがローダの目に入った。そのイスが父の激しい怒りを呼ぶことは分かっている。彼のイスということになっていた。父が選んで金を払い、その日の午前中に配達されたばかりだ。母がイスの色が注文のものと違うと気がついたのは、配送車が出た後だった。取り替えてもらわなければならないが、すでに閉店時間が迫っていた。ローダには弁解がましく愚痴をならべる、哀れっぽい母の声が父の怒りをあおるだけだし、ふくれ面でそこにいる自分もどちらの役にも立たないと分かっていた。でも寝に行くことはできない。階下から聞こえてくる激しい物音は、その真っ只中にいる以上に恐ろしい。部屋は父の存在で、父のふらつく身体、父のくさい臭いではち切れんばかりになった。大声で怒鳴りちらし、罵声を浴びせる父の声を聞いていて、ローダの怒りが突如噴きだした。思わず口走っていた。「お母さんのせいじゃない。配達の人が帰って行った時、イスはまだ包装されたままだったのよ。色が違うのが分かるわけない。取り替えてくれるわよ」

するとと父はローダに食ってかかってきた。言葉は思い出せない。あるいはその時は何も言わなかったのかもしれないし、ローダの耳に入らなかったのかもしれない。瓶の割れる音が、まるでピストルの発射音のようにパシッと響いたかと思うと、ウイスキーの臭いが鼻をつき、焼けつくような痛みが一瞬走っただけだった。痛みはすぐに消えた。温かい血がローダの頰から溢れ出し、イスのシートに滴った。そして母の絞り出すような声。「ああっ、なんてことをしてくれたの、ローダ。血で汚しちゃって！　もう引き取ってもらえないじゃないの。取り替えてもらえないわよ」

父はおぼつかない足で部屋を出て寝室に上がる前に、ローダのほうをちらりと見た。二人の目が合った数秒の間に、ローダは父の感情が激しく乱れるのを見た。自分の目を疑い、困惑し、恐れていた。やがて母がようやくわが子に目を向けた。ローダは血でべたつく手で傷口をふさごうとしていた。母がタオルとバンドエイドの包みを持ってきて、涙と血で濡れた手を震わせて包みを開けようとしている。ローダは母の手からバンドエイドの包みをそっと取り、紙をはがして、傷口をほぼ塞いだ。一時間たらずして身体を固くしてベッドに横になる頃には、血は止まり、今後どうするかが決まっていた。医者に診てもらいに行って、傷の原因を正直に話すなどありえないことだった。学校を一両日休み、母が電話をして娘は具合が悪いと言う。そして登校する時には、話をちゃんと用意しておく。開け放してあったキッチンのドアの角にぶつかったとか。

そんなまるで切り取られたようにくっきりとした鮮明な一瞬を思い出していたローダの頭に、今はその後のもっと日常的な記憶が次々に蘇ってきた。傷はひどく化膿して、痛み、なかなか治らなかったが、両親はどちらも話題にしなかった。もともとローダと視線を合わせようとしなかった父は、ほとんどそばに近づかなくなった。クラスメートはじっと見つめる目をふいとそらしたが、彼女たちの反感は恐怖に変わったようにローダには感じられた。面と向かって傷痕を話題にする者は学校にはいなかった。ところが六年生の時、大学に進学するローダに国語教師がロンドン大学でなく、自分の卒業校であるケンブリッジ大学を受験するように勧めた。書類から目を上げずにファレル先生はこう言った。「ローダ、あなたの顔の傷痕ですけどね。最近の形成外科は、それは進んでいるのよ。大学に進学する前に、かかりつけの先生に相談してみたらどうかしら」二人の目が合った。ローダの怒りを含んだ反抗的な視線。沈黙が四秒間続き、怒ったように顔を真っ赤なまだらにしたファレル先生はイスの中に身をすくめて、再び書類の上にかがみこんだ。

ローダは腫物を触るように一目置かれる存在になっていた。反感も一目置かれることも、どっちもローダにはどうでもいいことだった。ローダには人の知らない自分の生活があった。人が隠している秘密を見つけ、かぎ出すのが面白くて仕方がなかった。人の秘密をかぎ出す趣味は、その後もずっと彼女の心を占めて、職業につく際の基盤となり、方向となった。人の心をつけ回すストーカーになったのだ。ローダが町を出てから十八年後に、シルフォード・グリーンで陰惨な殺人事件が起き、大騒ぎになった。ローダは新聞にのった被害者と犯人の粒子の粗い写真を、大して関心もない目で眺めた。何日もしないうちに殺人犯が自白して連行され、事件は終わった。掘り下げた調査記事を書くルポライターとして頭角を現わしていたローダは、シルフォード・グリーンが短期間有名になったことよりも、自分が追っている奥が深く、収入になる面白い事件のほうに興味ローダは十六歳の誕生日に家を出て、隣町にワンルームのアパートを見つけた。父は亡くなるまで毎週必ず五ポンド札を一枚送ってよこした。ローダは知らん顔をして、金はもらっておいた。夜と週末にウェイトレスをして得る生活費だけでは足りなかったし、家にいた場合の食費のほうが高くつくだろうと考えたのだ。五年後、歴史学専攻で首席の成績を収めたローダが最初の仕事についた頃、母が電話で父の死を知らせてきた。ローダはまったくなんの感慨も持たなかった。そんな感情の欠落は逆に悲しみよりもインパクトが強く、うんざりさせられる。父はエセックス川という、ローダには覚えのない名前の川にはまって、水死体となって発見された。血中のアルコール濃度は、父が酩酊状態だったことを示していた。検視陪審の評決は、予想通り事故死と出た。たぶんその通りなのだろうとローダは思った。彼女が期待していた結果だった。もし自殺だとしたら、あんな無益の一生に対する最終判断にしては、あまりに理路整然として重大な決断に思えたのだ。そう考えると、ほんの一瞬後ろめたくはあった。が、そんな思いもすぐに消えた。

## 3

タクシーは考えていたよりも早かった。ハーリー街に早く着きすぎたので、ローダは運転手にマリルボン・ロード側の端で止めるように言った。そしてそこから歩いて目的地に向かった。この辺りを通りかかることはたまにしかないが、人けのない街路と折り目正しい十八世紀のテラスハウスに漂う、薄気味悪いほどの静けさにやはり驚かされる。ほとんどどのドアにも、ロンドンっ子なら知らない者がいない、ここが医学知識と技術の中心地であることを示す表札がかかっている。あのぴかぴかのドアやひっそりとカーテンでおおわれた窓の向こうで患者たちがさまざまな不安や恐れ、希望、絶望を抱えて座っているはずなのだが、彼らが出入りする姿をめったに見かけない。ときおり商人や使い走りの人たちが出入りするだけだったから、街路は監督やカメラマン、俳優の登場を待つ無人の撮影セットを思わせた。

目指すドアの前に来て、ローダは表札に並ぶ名前をながめた。外科医が二人、内科医が三人。ローダが診察を受ける医師の名前は一番上にあった。王立外科医師協会（形成外科）外科医学博士G・H・チャンドラー‐パウエル。外科医学博士の学位は、この医師が知識技術に関して最高の評価を得ていることを示している。心地よい響きだと、ローダは思った。昔ヘンリー八世から免許を与えられて外科手術を行なった理髪師たちがこれを見たら、自分たちが開いた道がそこまで到達したかと驚くにちがいない。

ドアを開けたのは、スタイルをよく見せるように仕立てられた白衣を着た、生真面目な表情の若い女性だった。美人だったが、こっちが面食らうほどではなかったし、ちらりと浮かべた愛想笑いは、温かみよりも威圧感を感じさせた。クラスの優等生、ガールガイドの班長といったところか。六年生のクラスには必ずこんなのが一人いた。

通された待合室があまりに予想通りだったので、一瞬ローダは前に来たことがあるような気にさせられた。ぜいたくな雰囲気らしきものをかもしだしてはいるが、本当に価値のあるものは何一つなかった。マホガニーの大きなセンターテーブルに、《カントリーライフ》、《馬と猟犬》、あるいはさらに上層の読者を狙った女性誌が手に取るのがためらわれるほど整然と並べてある。テーブルは立派なものだったが、優美さが感じられなかった。背もたれのまっすぐなものやゆったりしたものなど色とりどりのイスが置かれている。だが田舎屋敷の整理で売りに出されたのを買ったものの、めったに使われていないといった印象だった。狩猟をテーマにした版画は誰も盗む気を起こしそうにないほど大きいし、ぱっとしない。マントルピースの上に置かれた下ぶくれの背の高い花びん二個も、とても本物には見えなかった。

待合室にいる患者たちはローダ自身をのぞいて、外見を見たかぎりどんな治療を必要としているのか見当がつかなかった。いつものように好奇の目を長々と向けられる心配はないから、ゆっくり観察することができた。どの患者もローダが待合室に入っていくと目を上げたが、軽くうなずいて挨拶するでもなかった。患者になり医師の治療を受けるということは、自分の一部分を放棄することを意味する。たとえ有益なシステムであろうと、主導権、あるいは意思に近いものをそれとなく奪うシステムに身を委ねるわけだ。誰もが一人一人の世界にじっと浸り込んで、辛抱強く待っている。隣のイスに子供を座らせた中年女性は、無表情な顔で宙を見つめていた。子供は退屈して目をきょろきょろさせながら、イスの足をそっと蹴りはじめた。女性が視線を動かさずに手を伸ばし、それを止めた。その向かいでは、シティの金融マンの見本のようなダークスーツの青年が、ブリーフケースからフィナンシャル・タイムズ紙を取り出すと、慣れた手つきで広げて一心に読みだした。流行のファッションを着こなした女性がテーブルに静かに近寄り、雑誌を眺めていた。だが、やがて選ぶのをあきらめて窓際の席に戻ると、ふたたび人けのない通りにじっと目を向けた。

ローダは大して待たされなかった。さっき待合室に案内してくれた若い女性がやってきて、チャンドラー＝パウエル先生がお目にかかると小声で告げた。チャンドラー＝パウエル医師のような専門の場合、秘密保持は待合室から始まるようだ。案内されたのは、廊下の向い側の広々とした明るい部屋だった。通りに面した高い二重窓二つに厚いリネンのカーテンと、冬の日を和らげる、ほとんど見えないほど薄い白レースのカーテンがかかっていた。室内にはローダがなんとなく思い描いていた調度や設備はなくて、オフィスというより応接間に近かった。ドアの左側にドアと直角に、野原と川、遠くに山を望む田園風景を描いた、美しい漆の衝立が置かれている。古いものらしく、おそらく十八世紀のものだろう。洗面台や長イスを隠すために置かれているのかもしれないとローダは考えたが、とてもそんなふうには見えない。こんなにぜいたくで家庭的な雰囲気の部屋で着ているものを脱ぐなど、想像できない。大理石の暖炉の両脇に肘掛イスが一脚ずつ置かれて、ドアに面して両袖付きのマホガニーデスク、そしてその前にも背もたれのまっすぐなイスが二脚。マントルピースの上にチューダー朝様式の家の前に集う十八世紀の家族を描いた、大きな油絵が一枚飾られていた。父親と息子二人が馬に乗り、妻と幼い娘三人は馬車に乗っている。反対側の壁には十八世紀のロンドンの色彩版画が並べられていた。その版画の列と油絵がなにやら時代錯誤な印象をいよいよかきたてる。

チャンドラー＝パウエル医師はデスクに着いていた。ローダが入っていくと、医者は立ちあがってデスクの向こうから出てきた。そしてローダと握手をし、イスの一脚を勧めた。医者はローダの手をしっかり握ったが、握手は短く手は冷たかった。ローダは医者がダークスーツを着ているものとばかり思っていた。だがチャンドラー＝パウエルはごく薄いグレーの、仕立てのいい上等なツイードスーツを着ていた。それがむしろ逆にフォーマルな印象を強めている。彼と向き合ったローダの目に映ったのは、骨ばった力強い顔だった。大きな口が表情豊かで、形のいい眉の下のヘーゼル色の目が明るい。秀でた額を見せてかきあげられた茶色の頭髪はちょっと乱れ気味で、何本かが右目に入らんばかりに垂れている。まず感じられるのは、みなぎる自信だった。ローダはそれにすぐ気づいた。すべてとは言いきれないが、ある程度は成功によって生まれたものだ。ジャーナリストのローダが通常目にする自信とはちがう。ローダが知っているのは、いつも目をきょろつかせて次のカメラレンズを追い求め、ポーズをとる準備をしているセレブたちだし、悪名だけとどろかせて、その悪名も自分でひたすら信じなければ持ちこたえられないマスコミの作りだした短い命だとうすうす感じている小者たちだけだ。いまローダの前に立つ男は、専門分野でトップに立つ人間の自信を内に秘めていた。自分の地位を絶対に揺るがない確固としたものと信じている。同時にローダは、隠そうにも隠し切れない傲慢さもかすかに感じた。しかし偏見かもしれないと、ローダは思った。外科医学博士なのだ。彼は確かにそれらしく見えた。

「グラッドウィンさん、かかりつけの医師の紹介状がありませんね」とがめているのではなくて、一つの事実として言っているのだった。チャンドラー－パウエルの声は魅力的な低声だったが、かすかに訛りがあった。ローダにはどこの訛りか分からなかったし、そんなことは予想していなかった。

「医者と私の両方の時間の無駄に思えましたので。八年ほど前にマッキンタイア先生の診療所に、国民健康保険患者として登録いたしました。でも、先生や診療所のほかの先生に診ていただく必要は一度もありませんでした。年に二回、血圧を測ってもらいに行くだけです。血圧の測定はいつも看護師がしてくれます」

「マッキンタイア先生なら存じていますよ。連絡を取りましょう」

チャンドラー－パウエルは無言でローダのそばに来ると、デスクのスタンドをつけた。ローダの顔に明るい光がもろに当たった。両の頬に触ってつまむ医師の手は冷たかった。侮辱に思えるほどそっけない触り方だ。どうして衝立の奥に入って手を洗わないのだろうとローダは考えたが、この予備的な診察に手洗いが必要と思えば、患者が部屋に入ってくる前にすませているのだろう。チャンドラー－パウエルは傷に触らずに、ちょっとの間黙ってしげしげと見つめていた。やがてスタンドを消して、机に戻った。目の前の書類に視線を落として、医者は言った。「こういうことになったのは、何年前ですか」

ローダは質問の言葉づかいに驚いた。「三十四年前です」

「どうしてこうなったのですか」

ローダは訊き返した。「それをお訊きにならなければなりませんか」

「ご自分でつけたのでなければ、うかがう必要はありません。そうじゃないようですね」

「ええ、ちがいます」

「これまで三十四年間、何もなさらなかった。どうして今、取ろうとなさるのですか」

ちょっと間をおいて、ローダは答えた。「もう必要ありませんから」

医者は答えなかったが、ファイルにメモを取っていた手が、数秒間止まった。書類から目を上げて、医者は言った。「グラッドウィンさん、手術を受けてどうなればいいと考えておられるんですか」

「傷痕を消したいのですけど、それが無理なのは分かっています。こんな大きくえぐれた瘢痕でなくて、薄い線ぐらいにならないものかと」

「メーキャップの助けを借りれば、ほとんど見えなくなると思いますよ。手術のあと必要でしたら、カモフラージュ・メーク専門の看護師に相談なさるといいでしょう。高度なテクニックを持った看護師です。びっくりするほど効果があります」

「できることなら、カモフラージュ・メークはしたくないですね」

「ほんのちょっとか、まるで必要ないかもしれませんが、傷が深いのでね。ご存じと思いますが、皮膚は層になっています。ですから切開して、そういう層を作り直さなければならない。手術後しばらくは赤く腫れて、前より悪く見えますが、その後快方に向かいます。傷痕そのものと同時に、鼻唇襞が傷の影響受けていることや、唇の端がわずかに垂れていること、目の端が傷の上端に引っ張られている点も解決しなければならない。表面のでこぼこは、最後の段階で脂肪を注入してふくらみをもたせ、滑らかにします。どういう手術をするかについては、手術の前日に図を使ってもっと詳しくご説明しますよ。手術は全身麻酔になります。これまで麻酔を受けたことがおありですか」

「いいえ、今度が初めてです」

「手術の前に麻酔医の診察を受けていただきます。血液検査や心電図などいくつか検査がありますが、それはセント・アンジェラズ病院で受けていただいたほうがいいでしょう。手術の前後に傷痕の写真を撮らせていただきます」

「脂肪を注入するとおっしゃいましたけど、どんな脂肪なんでしょう」

「あなたのです。胃から採取します」

当たり前だ、馬鹿な質問だったと、ローダは思った。

「手術はいつがよろしいでしょうか」と、医者が言った。「セント・アンジェラズ病院に自費患者さん用のベッドがありますし、ロンドンでないほうがいいんでしたら、ドーセットにある私のクリニック、シェベレル荘園に来ていただいても結構です。年内でしたら、十二月十四日金曜日が一番早いですね。この日は荘園のほうになります。クリスマス休暇の前で患者さんの数を減らしているので、その頃入院しているのはあなたを含めて二人だけになりますね」

「ロンドンでないほうがいいのですけれど」

「このあとスネリングさんが事務室のほうにお連れします。そちらでシェベレル荘園のパンフレットをお受け取りください。何日入院なさるかは、患者さん次第です。おそらく六日目に抜糸をすることになりますから、大体の患者さんが術後一週間程度入院なさいますね。荘園にお決めになった場合には、日帰りか一泊で下見に来ていただくといいでしょう。まったく知らない場所にいきなりというのは、不安なものですからね」

「傷はひどく痛むんでしょうか。手術のあとですけど」

「いや、ひどく痛むというほどではありませんよ。多少の痛みはありますし、かなり腫れるかもしれません。痛みがある場合には、対処します」

「顔に包帯を巻くのですか」

「包帯ではなくて、外傷用パッドをテープで留めます」

もう一つ質問があった。どんな答えが返ってくるか予想がついたが、訊くのにためらいは感じなかった。不安だから訊くのではない。その点を医者に理解してほしかったし、たとえ理解しなくても、あまり気にしてほしくなかった。

「危険な手術と言えるのでしょうか」

「全身麻酔ですと、どうしてもある程度の危険が伴いますね。手術に関しては時間がかかるし、細心の注意が必要です。何か問題が起こることも考えられる。そういうことは私の責任で、あなたが気になさることではありません。手術そのものは危険とは言えませんね」

ローダは医者が他の危険、たとえば外見がころりと変わることによる心理的な問題が起こりうると言っているのだろうかと訝った。自分としてはそんなことがあるとは思わなかった。三十四年の間、傷痕があることの意味合いに耐えてきたのだ。傷痕がなくなったことにも対処できる。

チャンドラー‐パウエルがほかに質問はないかと尋ねている。ローダはないと答えた。医者は立ち上がり、二人は握手をした。そして医者は初めて笑顔を見せた。笑うと、顔の印象ががらりと変わった。「セント・アンジェラズ病院で検査を行なう日にちを秘書からお知らせします。それでかまわないでしょうか。これから二週間の間、ロンドンにおられますか」

「おります」

ローダはスネリングさんに従って、一階奥の事務室に行き、そこで中年女性から荘園の施設に関するパンフレットを渡された。そして下見の滞在費、手術代と一週間の術後滞在費について説明を受けた。下見については、チャンドラー‐パウエル先生は患者さんにとって有益と考えているが、もちろん必ずというわけではないとのことだった。料金は高いだろうと思っていたが、ローダの予想を上回った。医学的な優劣でなく、社会的なメリットを示す数字なのは間違いない。ローダはある女性が「わたくし、いつも荘園に行きます、もちろんですわよ」と言っているのを聞いた覚えがある。まるで患者の中の特権グループに属しているかのような口ぶりだった。ローダは国民健康保険で手術を受けられることは分かっていたが、緊急手術でないかぎり順番待ちになる。それにこの手術を大っぴらにしたくなかった。スピードとプライバシーは、どんな場合にもぜいたくであり、金がかかる。

ローダは着いてから三十分足らずで診療所を出た。昼食の約束まで一時間の空き時間ができた。アイヴィまで歩くつもりだった。

## 4

レストラン・アイヴィは人気がありすぎて、忍んでいく場所ではない。しかし社交に関して人の目を気にするローダも、ロビン・ボイトンに関するかぎりまったく心配しなかった。名前が売れるとやたら私生活が暴かれるご時世だが、いくらネタに困ったゴシップ欄でも、有名ジャーナリストのローダ・グラッドウィンが二十歳年下の男性と昼食を共にしたと書きたてて、紙面をむだにするとは思えない。ローダにとってロビンの存在は当たり前になっていた。けっこう面白がらせてくれる男なのだ。彼女が経験したいと思っている分野を垣間見せて、間接的な体験をさせてくれる。それに可哀想な男とも思っていた。これは親密な関係を生む土台になりにくいし、ローダにそんな感情は一切なかった。ロビンが話を打ち明け、それをローダが聞く。彼との関係は自分に何かしら満足感を与えているはずだと、ローダは思う。でなければたとえごく限られた範囲であれ自分の生活の一部分に、いつまでもわがもの顔で入らせているはずがない。友人ロビンとの関係を考えることはあまりないが、たまに考えると、それは一つの習慣のように思える。時々昼食や夕食をおごる程度の義務ですみ、関係を断つには続けるよりも時間を食い、気まずい思いをしなければならない、そんな習慣だ。

ロビンはいつものようにドアのそばのテーブルで待っていた。その席は彼が気に入っている席なので、ローダが予約しておいた。ローダが入っていくとロビンはメニューを見ていて、目を上げるまでに三十秒ほどあったから、その間にローダは彼の様子を観察できた。いつものことだが、彼の美貌には目を奪われる。ロビン自身は自分の容貌にまるで無頓着のようだが、あんなきわだった容貌をした人間が遺伝子と幸運の贈り物に気づかない、あるいは利用しないとは考えられない。きっとある程度は利用していても、ろくに意識していないのだろう。肉体的な美しさに恵まれた男あるいは女が、それに見合う内面的な美質を兼ね備えていないため、せっかくの美しさが凡愚、無知のせいで無になっているとは経験の教えるところだ。そうと分かっていても、ローダにはなかなか信じられなかった。ロビン・ボイトンが俳優養成所に入れて、最初の仕事が回ってきたのは、その美貌のおかげだった。テレビのシリーズものにチョイ役で出て、先が期待されたのに、ほんの三回きりの命だった。なにも長続きしなかった。セリフを憶えないしリハーサルをすっぽかすから、どんなに甘いプロデューサー、監督でもいずれ頭にくる。俳優業が失敗に終わると、ロビンは独創的なビジネスをつぎつぎと編み出しはじめた。中にはものになりそうなのもあったが、彼のやる気は半年続かなかった。ローダは彼から何度も投資を持ちかけられた。そのたびに断わり、断わられたロビンのほうも気を悪くするでもなく、また懲りずに投資話を持ち出す。

ローダがテーブルに近づくと、ロビンは立ち上がってローダの手を握り、頬にうやうやしく唇を触れた。ワインクーラーにはすでにムルソーが入っていて、三分の一が空になっている。もちろん代金はローダが払わされるのだ。

「ごきげんよう、ローダ。ジョージ大先生との面談、うまくいきましたか」

二人は親愛を表わす呼び方はしなかった。一度ロビンがローダをダーリンと呼んだことがあるが、二度と使う気を起こさなかった。「ジョージ大先生? シェベレル荘園のチャンドラー‐パウエルを人はそう呼んでいるの?」

「面と向かっては言わないですけどね。大変な体験をしてきたわりには、いやに平然としてますね。といっても、あなたはいつもそうだけど。どうでした。ここに座っていても、心配で気が気じゃなかったんですよ」

「別にどうということはなかったわ。面会して、彼は私の顔を見た。予約を取ったわ」

「なかなかの男だと思いませんでしたか。ふつう誰でもそう思うんだけどなあ」

「外見はなかなかだったわね。性格判断をするほど長く一緒にいなかった。腕は確かのように見えたわ。あなた、注文したの?」

「あなたが現われる前に、ぼくが注文しますか。でもぼくたち二人のためにとっておきの献立を考えておきましたよ。あなたの好みは分かっている。ワインに関しては、いつも以上に想像力を働かせました」

ローダはワイン・リストを見た。ロビンは値段のほうでも想像力を働かせたようだ。

最初のコースが運ばれるとすぐに、ロビンは今日の会食の目当てを切りだした。「目下、資金を調達中なんです。大した額じゃなくて、数千ポンド。またとない投資チャンスですよ。リスクは小さい。いや、皆無です。そして利益は保証されている。ジェレミーの見積もりでは、年率十パーセントですよ。どうです」

ロビンはジェレミー・コクスンをビジネスパートナーと呼んでいた。ローダもそれ以上の関係とは思わなかった。彼女はその男に一度会ったことがあるが、おしゃべりなだけで無害な男に思えたし、まるで無分別なわけでもなさそうだった。ロビンに影響力があるとしたら、おそらく悪い影響ではないだろう。

「リスクがなくて、十パーセントの利益が保証されている投資なら、いつだって興味ありよ」と、ローダは言った。

「そんないい条件なのに投資希望者が殺到しないなんて、驚きねえ。なんなの、そのジェレミーと立ち上げたビジネスというのは」

「九月に食事をした時に話したやつと同じですよ。あれから、まあ、いろいろありましたけどね、でもおおもとの話は憶えているでしょう？　今度のは厳密にはぼくのビジネスで、ジェレミーのじゃない。でも一緒にやってますけどね」

「二人で社交に不慣れな新興リッチ層向けのマナー教室を開こうかと思うって話していたわね。あなたが先生というのは、どうもピンとこないわね——それにマナーの専門家というのも、ちょっとね」

「本を片っ端から読んだんですよ。意外と簡単なもんでね。ジェレミーは専門家だから、問題なしです」

「その社交が苦手な人たちって、自分で本を読めないのかしら」

「そりゃあ、読めるだろうけど、でも実際に人間と触れ合ったほうがいいじゃないですか。ぼくたちは自信をつけさせてやるんです。彼らが金を出す目的はそれ、自信です。またとない市場チャンス、そいつを見つけたんですよ、ローダ。式とかパーティーにどんなものを着ていけばいいのか分からない、女の子を初めてレストランに連れて行っても、どう振る舞えばいいのか分からなくて困ってる若者はごまんといる。まあ、だいたいが男だけど、金持ちばかりとは限りません。人前でどう振る舞ったらいいか、ボスにいい印象を与えるにはどうしたらいいか、分からないんですよ。ジェレミーが金持ちのおばさんの遺産で買った家がマイダ・ヴェイルにあるんで、今のところはそこを使ってます。もちろん、こっそりです。その家をビジネスに使っていいものか、ジェレミーも確かじゃないんですよ。だから近所の目を盗んで、こそこそとね。一階の一部屋をレストランに仕立てて、そこで実演するんです。少しして自信がついたら、実際にレストランに連れていく。ここみたいな高級レストランじゃなくて、特別料金でやってくれる、それほど安っぽくない店です。勘定はもちろん生徒もちです。けっこう生徒が集まって、見通しは明るいんですよ。でも新しい家、あるいはフラットでもいいけど、見つけなくちゃならない。ジェレミーが、一階がほとんど使えないうえに、自分が客を呼んでいるときに妙な人種がのこのこやってくるのにうんざりしちゃって。それに事務室の問題もある。寝室の一つを事務室にしてるんです。家を使わせてもらってるので、彼には儲けの四分の三を渡しているけれど、でも今度はぼくが何とかすべきだと思ってるみたいなんだなあ。僕のフラットじゃ、どう考えたって無理です。そんな雰囲気じゃないものなあ。それにあそこにはそう長くいないかもしれない。大家が家賃のことでひどく非協力的な態度を見せだしたんでね。新しい場所が見つかれば、さらに前進できるんですよ。ねえ、どう思いますか、ローダ。興味ありませんか」

「話を聞くだけなら、あるわよ。投資のほうは興味を感じないわね。でも、うまくいくかもしれないわよ、これまでのよりまともなもののようだから。いずれにしろ、幸運を祈っているわ」

「じゃあ、答えはノーですか」

「そう、答えはノー」と言ってから、ローダは思わず続けた。「私の遺言が執行されるまで待つことね。私は慈善をするなら、死んだあとと思っているの。自分にはもう用なしとなったら、お金を出すのも気楽じゃないの」

ローダは遺言でロビンに二万ポンド贈ると決めていた。二万では彼の奇妙なビジネスの資金には足りないだろうが、その程度もらえれば、なにかしらもらえたという安堵感で金額の不満も打ち消されるはずだ。ロビンの表情を観察するのは面白かった。最初、驚きと喜びで顔がパッと赤らみ、目に貪欲な光が現われたが、すぐに消えて現実に戻った。ローダはほんのいたずら心でそんな反応を引き出して楽しむ自分が破廉恥に思えて、ちょっぴり後悔した。ロビンのすでに分かっている一面を改めて確認して、なんになるだろう。

ロビンが言った。「シェベレル荘園にするって、はっきり決めたんですか。チャンドラー－パウエルがセント・アンジェラズ病院に持っている自費患者用のベッドじゃなくて」

「ロンドンじゃないほうがいいのよ。静かだし、プライバシーもあるでしょ。二十七日に下見に一泊することにしたわ。患者の希望次第らしいのよ。手術を受ける前に場所に慣れたほうがいいということらしいわ」

「それにチャンドラー＝パウエルは金の顔を拝みたいんですよ」

「あなただってそうじゃないの、ロビン。だから、そんな厳しいことは言わないの」

ロビンは皿に視線を落したまま、言った。「あなたが入院している間に、ぼくも荘園に行こうかと思っているんですよ。話し相手がほしいんじゃないですか。手術の後の回復期って、ひどく退屈なものだから」

「いいえ、ロビン、話し相手は必要ないわ。一人になりたいから荘園にしたのよ。だれにも邪魔されないように、スタッフが目を光らせてくれるはずでしょ。あそこの意味はまさにそれなんだから」

「荘園をあなたに薦めたのはこのぼくなのに、いやに冷たいなあ。ぼくが言わなければ、荘園にしなかったんじゃないですか」

「あなたは医者じゃないし、美容整形を受けたこともないんだから、あなたの推薦がはたしてどれだけ意味があるかしらね。あなたはときどき荘園を話題にした、それだけでしょ。チャンドラー＝パウエルのことは、以前から耳にしていたわ。イギリスで、いえ、ヨーロッパでも形成外科医として六本の指に数えられているんだし、美容整形はダイエット・スパと同じぐらい流行の先端なんだから、耳にしていて当然じゃないの。彼のことは調べたし経歴も比較して、専門家の意見を聞いたうえで選んだのよ。でもあなた、シェベレル荘園とどんな関係があるのか、話してくれてないわね。向こうであなたを知っているって何気なく言ったら、冷たい眼で睨みつけられたうえに、最低の部屋に移されたりしたらたまらないから、教えてもらおうかしら」

「そいつはありえますね。ぼくはあそこではあまり歓迎されてないからな。ぼくは領主館には泊まりません。双方にとっていいことなんですよ、それは。あそこには滞在客用にローズ荘というのがあるので、そこに泊まるんです。ぼくも宿泊代を取られますよ。それがちょっと高いんだなあ。おまけに食事も運んでもらえない。夏には空きがないけど、十二月にコテッジが塞がっているなんてことはないですよね」

「親類かなにかだって言っていたわね」

「チャンドラー＝パウエルのじゃないですよ。いとこのマーカス・ウェストホールがあそこで助手をしてるんです。手術の助手を務めて、ジョージ大先生がロンドンに行って留守の間、患者の面倒を見る。もう一つあるコテッジに姉さんのキャンダスと住んでますよ。キャンダスは患者とは接しません。事務を手伝ってるんです。二人にとって、生きている親類はぼく一人。と言えば、二人にとって何かしら意味があるんじゃないかと思うでしょう」

「そうじゃないの?」

「退屈じゃなければ、わが家の歴史を話しましょうか。話はかなり前にさかのぼる。なるべくかいつまんで話しますよ。もちろん、問題は金です」

「だいたいそうね」

「文無しで世間に放り出された貧しい孤児の、哀れにも悲しい物語です。聞いたあなたが心を痛めたりしたら、ことだなあ。そのおいしく味付けされたカニに、しょっぱい涙がかかったらもうしわけない」

「そのリスクは覚悟のうえで聞くわ。これから行く場所については、事前に情報を仕入れておいたほうがいいもの」

「このランチのお招きの裏になにがあるんだろうって考えていたんですよ。事前調査をするんなら、ぼくを選んだのは当たりでしたね。高級料理をおごる価値は充分にある」

ロビンの口調に嫌味はなく、面白がっているような笑いを浮かべている。ローダはこの男を見くびらないほうがいいと自分に言い聞かせた。ロビンはこれまでに家族や自分の過去について話したことが一度もない。日常生活について事細かに話し、恋愛やビジネスの小さな成功話やそれ以上に多い失敗談を面白おかしく語って聞かせるのが常の男にしては、自分の生い立ちについては口を閉ざしている。

ローダが思うに、ロビンは子供の頃ひどく不幸だったのではないか。その完全に立ち直れていない年少時のトラウマが、彼の情緒不安定の根本にあるのかもしれない。生い立ちを話されても、ローダはお返しに自分の身の上話をする気はまったくなかったから、あえて聞きたいとも思わなかった。しかしシェベレル荘園について事前にある程度知っておくと、なにかといい。ローダは荘園に手術患者として行くが、それは彼女にしてみれば弱い立場に置かれて、肉体的心理的にある種の従属をよぎなくされることだ。なんの予備知識もなく行けば、スタートから自分を不利な立場に置くことになる。

「いとこのことを話して聞かせて」と、ローダは言った。

「二人ともけっこう裕福なんですよ。少なくともぼくの基準ではね。そしてだれの基準で言っても大金持ちの身分になろうとしている。九カ月前に二人の父親、ぼくには伯父に当たるペリグリンが死んで、およそ八百万ポンドの遺産が二人に残された。その金は伯父が父親のセオドアから相続したもので、セオドアはペリグリンが死ぬわずか数週間前に死んだ。一家の財産はセオドアが成したものなんですよ。あなたも聞いたことがあるんじゃないかな。T・R・ウェストホールの『ラテン語入門とギリシャ語習得の第一歩』とか、まあ、そんな本のこと。ぼく自身は見たことがありません。ぼくの通った学校はそんなんじゃなかったから。それはともかくも教科書って公認になると長い間使われて、びっくりするほどいい収入になるんだなあ。絶版にならない。それに祖父さんは金に関して目端が利いて、増やすコツを心得ていた」

「お父さんとお祖父さんがそんなに続いて亡くなったのに、あなたのいとこにそんなに遺産が入るというのも意外ね。相続税が相当なものだったでしょうに」

「セオドア祖父さんはそのこともちゃんと考えていた。金に関して目端が利いたって言ったでしょう。最後に寝込む前に保険みたいな形にしたんですよ。とにかく金はちゃんとある。遺言検認がすみ次第、二人のものになるんです」

「それであなたもその一部がほしいわけ？」

「はっきり言って、その一部をもらう権利がぼくにはあるんだなあ。セオドア・ウェストホールには子供が二人、ペリグリンとソフィーがいた。ソフィーがぼくの母です。母はキース・ボイトンと結婚したけど、祖父はいい顔をしなかった。それどころかやめさせようとしたようです。キースは財産目当てのぐうたらだと思ったんです。運に見放された当たらずとも遠からずの見立てでしたね。正直な話、母は、ぼくが七歳の時に亡くなりました。ぼくは親父に育てられ——というか、引きずりまわされたと言ったほうがいいかな。で、結局親父は音を上げて、ぼくを寄宿学校のデューダボイズ・ホールに放りこんだ。ディケンズに出てくる学校よりはましとはいえ、かなり近かったなあ。授業料は寄付でまかなわれたんです。美少年の行く学校じゃなかったですね。人様のお情けで学校にいられるぼくみたいなのが」

ロビンは、手りゅう弾を持つような手つきでワイングラスを握り、指の関節を白く浮きたたせている。グラスが手の中で砕けるのではないかと、ローダは一瞬ヒヤッとした。ロビンはすぐに手を緩めてローダに微笑みかけ、グラスを唇につけた。「ママの結婚以後、ボイトン家はウェストホール家から縁を切られた。ウェストホールの人間は絶対に忘れないし、絶対に許さないんですよ」

「あなたのお父さん、今はどこにいらっしゃるの」

「それがぜんぜん分からないんです。ぼくが俳優養成所に入る奨学金をもらった頃に、オーストラリアに移住したんだけれど、それ以来音信不通です。結婚したのか死んだのか、あるいはその両方か。仲のいい親子とはとても言えなかったからなあ。それに親父は妻子を養うことさえしなかった。可哀想な母はタイプを習って、タイピスト溜りに入って薄給を得ていた。タイピスト溜りというのも、妙な言い方ですよね。今はもうああいうのはないんだろうなあ。ママがいた所は、とくべつ濁った溜りでしたね」

「あなた、孤児だって言っていたと思ったけど」

「そうとも言えるんですよ。いずれにしろ、親父は生きてたって、存在しないも同然なんだから。八年間、ハガキ一枚よこしません。たとえ生きてたって、先は長くない。母より十五歳年上だったから、もう六十歳を超えてます」

「じゃあ、姿を現わして、多少なりとも遺産の分与をしろと要求したりしないわけね」

「たとえ要求しても、もらえやしません。ぼくは遺言書を見てません。弁護士に電話したら――単なる好奇心からですけどもね――遺言書の写しは渡せないと言われました。遺言検認が終わったら、見られるんだそうです。ぼくとしては、わざわざ写しを取り寄せる気はありませんよ。ウェストホールの人間は、ボイトンに金をくれてやるぐらいなら猫の保護団体に寄付するでしょうよ。ぼくは法律がどうこうじゃなくて、公正を求めてるんですよ。ぼくは二人のいとこだ。連絡は絶やさないつもりですよ。すでに金は充分持ってるのに、検認がすめばさらに大金持ちになる。ちょっとぐらい気前よくしたっていいじゃないですか。だから、あそこに行くんです。ぼくが存在することを思い出させるんですよ。伯父のペリグリンが死んだのは、祖父が死んでからわずか三十五日後だった。セオドア祖父さんは息子より長生きしようと頑張ってたのにちがいない。もしペリグリン伯父のほうが先に死んでたら、どういうことになっていたんだか。しかしたとえ法律的にややこしいことになっていたとしても、ぼくにはなにも回ってこなかったでしょうけどね」

「でもいとこは気が気じゃなかったんじゃないかしら。どんな遺言書にも、被相続人は遺言者の死後二十八日間生存しなければ相続できないという条項があるのよ。二人はお父さんを長生きさせるために、お世話に精を出したんじゃないかしらね。お父さんがその肝心の八日間を本当に生きながらえたんならだけど――。もしかしたら冷凍庫に入れておいて、ちょうど頃合いの日に今しがた死んだように見える遺体を取りだしたのかもしれないわよ。シリル・ヘアーという推理小説家がそういうトリックを使って本を書いている。確か『いつ死んだのか』というタイトルだったと思うけど、最初は別のタイトルで出されたのかもしれない。内容はよく憶えていないわ。何年も前に読んだだけだから。品格のある作家だったわね」

ロビンは黙っていた。ローダが見ていると、心ここにあらずといった顔つきでワインを注いでいる。ローダは面白がると同時に、ちょっと心配になった。おやおや、あんなばかげた話を本気にしているのかしら。もし本気になってそんな話を持ち出したら、いとことの関係はお終いだろう。詐欺を働いたと糾弾すれば、ロビンはローズ荘とシェベレル荘園からまちがいなく永久に締め出される。小説のことがひょいと頭に浮かんだから、ローダはとくに考えもせずにしゃべった。ロビンがそんな言葉を本気に取ったというのも奇妙なことだった。

ロビンは想念を払うように、言った。「馬鹿げてますね、そんなの」

「もちろんよ。考えてもごらんなさいな。キャンダスとマーカスは父親が臨終になると病院にやってきて、無理やり家に連れてかえったわけ？　そして亡くなるとすぐに、都合よく持っていた冷凍庫に入れる。そして八日後に解凍したのかしら？」

「病院に行く必要はなかった。死ぬまでの二年間、キャンダスが家で介護したんです。セオドア祖父さんとペリグリン伯父の老人二人は、ボーンマス郊外の同じ老人ホームに入っていたんだけど、スタッフの負担が過ぎるのでどっちか片方出てくれと言われた。ペリグリン伯父がキャンダスに引き取れと命じて、近所の老いぼれ医者の診察を受けながら、最期まで家にいたんです。その二年間、ぼくは一度も伯父に会いに行かなかった。客は一切お断わりだったんです。だから、できないわけじゃなかった」

「まさか、無理よ。荘園のほかの人たちのことを話して。主な人だけでいいから。私が会うことになる人って、だれとだれなの」

「そうねえ、ジョージ大先生はもちろんですよね。それから看護スタッフの女王蜂フラヴィア・ホランド婦長――白衣にセックス・アピールを感じる向きには、えらくセクシーな女性です。他の看護スタッフは飛ばしますよ。ほとんどがウォラムかボーンマス、プールから車で通ってくるんです。麻酔医は国民健康保険から取れるだけ取ってからパーベック海岸の小ぢんまりしたコテッジにリタイアした元保険医。だから荘園のパートタイムの仕事は、彼にはいかにも都合がいいわけですね。それからもっと面白いのが、ヘリナ・ハヴァーランドですよ。旧姓クレセットと言います。彼女は支配人と呼ばれていて、ハウスキーピングから予約の管理までほぼすべて統括している。六年前に離婚して荘園に来たんですけどね、面白いのがヘリナの名前です。彼女の父親ニコラス・クレセット卿は、ロイズ事件のあとジョージに領主館を売り渡した荘園主なんですよ。入っていたシンジケートが倒産して、全財産を失ったんです。ジョージが支配人を募集したら、ヘリナ・クレセットが応募して採用された。ジョージほどのずぶとい神経の持主でないと、とても彼女を雇う気にはなれないでしょうね。でもヘリナは領主館のことをよく知ってるし、今では欠くことのできない人間になっている。そんなところはなかなかの手際ですね。彼女、ぼくを認めてないんですよ」

「まあ、ずいぶんね」

「そうでしょう？　とはいえ、彼女は誰のこともだいたい認めてないんじゃないかな。やはり貴族特有の傲慢さがありますね。なんといっても彼女の一族は、荘園をほぼ四百年間所有していたんだから。あ、そうそう、二人いるコックのことを話しておかなくちゃいけないな。ディーンとキム・ボストック夫婦です。ジョージはあの二人をかなりいい所から引き抜いたにちがいない。食事は文句なくいいと聞いてます。ただし、ぼくは一度も招かれたことがないのでね、味わったことがありません。それからフレンシャムさんというヘリナの昔の家庭教師が事務の責任者です。英国国教会司祭の未亡人で、いかにもそれらしいんだなあ。公徳心に足が二本生えて歩き回り、人に犯した罪を思い出させるって感じで、なんとも具合が悪いんですよ。それにシャロン・ベイトマンという妙な女の子をどこかから拾ってきましたね。調理場とミス・クレセットの雑用をする使い走りのような子です。お盆を持って、うろうろしてますよ。あなたに関係がありそうなのは、そんなところかな」

「ロビン、そんなにいろいろ、どうして知っているの」

「村のパブ〈クレセット・アームズ〉で村人と飲むときに、目と耳をしっかり開けておくんです。あそこで飲むのは、ぼくだけですね。村の住人がよそ者にあれこれしゃべるわけじゃないですよ。村人はおしゃべりだってよく言われるけど、ちがいます。でもつまらないことをぽろっと漏らしたときに、ぼくはちゃんと聞いておく。クレセット一族は十七世紀後半に村の司祭と大喧嘩をして、それ以後教会に行かなくなった。村人は司祭の側についたので、それ以来何世紀も不和が続いている。よくあることです。ジョージ・チャンドラー＝パウエルは不和解消に役立つようなことはなにもしていない。そのほうが、彼には都合がいいんですよ。患者はプライバシーが目当てであそこに出かけるんですから、村で患者のことがあれこれ噂されては困るわけです。村から掃除係の女性が二人ばかり来る以外は、ほとんどのスタッフが離れたところから通っている。それから、そう、モグ爺さん、モグワージーがいました。クレセット家で庭師兼雑用係をしていた爺さんですが、チャンドラー＝パウエルはそのまま雇った。引き出し方さえ心得ていれば、爺さん、情報をためこんだ金山です」

「信じられないわね」

「なにが信じられないんですか」

「その名前よ。いかにも作りものめいているじゃないの。モグワージーなんて名前の人がいるはずないわ」

「現にいますよ。十五世紀の終わりごろにブラッドポールのホーリー・トリニティ教会に同じ名前の司祭がいたって、爺さん、言ってましたよ。その司祭の子孫だって、モグワージーは言うんです」

「そんなはずないでしょ。最初のモグワージーが司祭なら、妻帯しないカトリック教の司祭のはずよ」

「同じ一族の子孫なんでしょうよ、きっと。いずれにしろあの爺さんは現にいる。彼は以前マーカスとキャンダスが入っているコテッジに住んでいたんだけど、ジョージがコテッジが必要だと言って、追い出した。爺さんは今、年取った姉さんと村に住んでいます。そう、モグは情報をためこんだ金山ですね。ドーセットは伝説が豊富なところで、だいたいどれもおどろおどろしいやつばかりなんだなあ。モグはその専門家なんですよ。と言っても、本人はドーセット生まれじゃない。先祖はずっとドーセットだったけど、モグの親父さんがモグが生まれる前にランベスに引っ越した。彼からシェベレル・ストーンズの話を聞くといいですよ」

「聞いたことのない名前ね」

「モグのそばにいたら、必ず聞かされます。それにどうしたって目に入りますよ。荘園の隣の野原にある新石器時代のストーンサークルなんだけど、それにまつわる話がなんとも陰惨でね」

「話してよ」

「いや、話すのはモグかシャロンに任せます。シャロンはそのストーンサークルに夢中なんだって、モグが言ってましたね」

メイン・コースが運ばれてきた。ロビンは話を中断して料理を満足そうに眺めた。ロビンがシェベレル荘園の話に興味を失っているのが、ローダにも分かった。他のことを考えているらしく、話はとりとめがなくなった。コーヒーが出たところで、ロビンはローダを見た。ローダは彼の目の人間離れした深く澄んだ青さに、あらためて驚かされた。じっと食い入るように見つめられると落ち着かない。ロビンはテーブルの上で片手を伸ばして、言った。「ローダ、今日の午後、フラットに来てください。お願いです。大切なことなんだ。話があるんです」

「今話しているじゃないの」

「あなたと荘園のことがほとんどだったじゃないですか。ぼくたち二人のことはなにも話していない」

「ジェレミーが待っているんじゃないの？　生徒におっかないウェイターとコルクで栓をされたままのワインをどう扱えばいいのか、教えなくちゃいけないんでしょ？」

「ぼくが教える生徒はだいたい夕方に来るんです。お願いです、ローダ」

ローダはかがんで、バッグを取った。「悪いけど、ロビン、無理よ。荘園に行く前にすまさなければならないことがいろいろあるから」

「無理なことないですよ。いつだって、大丈夫じゃないですか。来たくないってことですか」

「行くこと自体はいいけど、今は都合が悪いのよ。手術が終わったら、話しましょう」

「それじゃあ、遅すぎるかもしれない」

「なにが遅すぎるの」

「いろんなことがですよ。あのねえ、あなたにポイされるんじゃないかって、そんな気がしてしかたがないんだなあ。あなたはがらりと変わるんでしょう？　もしかしたら、サヨナラする気なのは、その傷痕だけじゃないのかなあ」

付き合いだして六年間、傷痕のことが口にされたのは初めてだった。二人の間でその存在を無視されてきたタブーが破られた。勘定を払い、テーブルから立ちあがったローダは声に怒りが出ないように抑えた。ロビンを見ずに、彼女は言った。「悪いわね、ロビン。手術の後、話しましょう。タクシーでシティに戻るけど、どこかで落としてあげましょうか」それはいつものことだった。ロビンは地下鉄に絶対乗らない。

落としてというのはタイミングの悪い言葉だったと、ローダは気づいた。ロビンは首を振っただけで答えず、黙ってローダに従って出口に向かった。店の外に出て、別々の方向に分かれる前に彼は唐突に言った。「サヨナラを言うときいつも、その人にもう二度と会えないんじゃないかって、すごく不安になるんですよ。母が仕事に出かける時、ぼくはいつも窓から見送っていたんです。母がもう戻ってこないんじゃないかと思うと、怖くてねえ。そんなふうに感じたことはありませんか」

「別れる相手が九十歳以上のよぼよぼの年寄りとか回復不能な病人でないかぎり、そんなことはないわね。私はどっちでもないわよ」

だが、ロビンと別れた後、ローダは足を止めて振りむき、遠ざかるロビンの後ろ姿を見えなくなるまで見つめた。初めてのことだった。手術に不安はまったくない。死の予感などない。チャンドラー‐パウエルは全身麻酔にはつねにリスクが伴うと言っていたが、専門家に任せればその危険は無視できる。とはいえ、ロビンの姿が視界から消えて向き直ったローダは、一瞬だがロビンと同じに理屈に合わない不安を覚えた。

# 5

十一月二十七日火曜日、午後二時、ローダはシェベレル荘園に下見に出かける準備を終えた。やりかけの仕事はいつものように締め切り前にすませて、発送してある。たとえ一晩でも家を空ける場合には、きれいに掃除をしておかなければ気がすまない。物を片付け、くずかごを空にし、書斎の書類を鍵のかかる戸棚にしまう。そして最後に戸締りを確認する。どんな場所に住もうと、出かける前には塵一つ落ちていてはいけない。そこまで几帳面にするのは、無事に帰宅するための保証のようなものだった。

ドーセットまでの道順は荘園のパンフレットと一緒に送られてきた。しかし初めてのドライブルートの時はいつもするように、ダッシュボードに道順を記したカードを置いた。午前中は太陽が見え隠れしていた。だが出発時間が遅かったにもかかわらずロンドンを出るのにひどく時間を食い、二時間近くのちにM3号線を降りて、リングウッド通りに入る頃に暗くなりはじめた。同時に突然雨が降り出し、すぐに土砂降りになった。まるで生きているように激しく往復するワイパーも、あまりの雨量に無力だった。前方に見えるのは、沸き立つようにはねる水に反射するヘッドライトの光だけ。道路は小さな川に変わろうとしていた。ほかに車のライトはほとんど見えない。これ以上ドライブを続けるのは無理と見て、ローダは水の壁のような激しい雨を透かして、道路沿いの草むらの固そうなところを探した。数分後、農場の門前に平らなスペースが見つかり、慎重に車を入れた。少なくともここなら目に見えない溝や柔らかなぬかるみに車輪を取られる怖れはない。ローダはエンジンを切って、弾丸を浴びせるように車の屋根を激しく叩く雨音に耳をすませた。雨に降りこめられたBMWは金属で囲まれた僧院のように静まり、それが外の騒音をいっそう際立たせる。水の壁に隠されて見えない生垣の向こうには、イギリスでも最も美しい田園風景が広がっているはずだが、今のローダは異質で敵意を秘めた無限の空間に閉じ込められている気分だった。携帯電話の電源をいつものようにほっとしながら切る。自分が今ここにいることを誰も知らないし、誰も連絡を取ることはできない。通りかかる車はなかった。フロントガラスを見透かしても水の壁が見えるばかりで、その向こうに遠くの家の明かりらしい光がにじんで揺れているだけだ。ローダはいつも静寂を歓迎し、よけいな想像はしない。近くに迫った手術について考えた。不安は感じないが、全身麻酔が百パーセント安全でないことは分かっている。だが、今の彼女はこの下見や手術そのものよりももっと根の深い不安があるのに気づいていた。その不安が迷信めいているのが気になって、落ち着かない。以前は気づかなかった、あるいは意識からはじき出されていた現実が、じわじわとその存在を現わし、認知を要求しているような感じだった。

激しい雨音の中で音楽を聴いても仕方がない。ローダはシートを倒して目を閉じた。記憶が新旧取り混ぜて、ドッと押し寄せてくる。この旅行に、この無人の道路に出かけてくるきっかけになった、六カ月前の五月のあの日を再び思い起こしていた。ダイレクトメールや行く気のない会合の案内、請求書などつまらない郵便物と一緒に、母の手紙が届いた。母から手紙が来るのは、二人が交わす短い電話よりも珍しかった。ローダは母が日ごろ使っているものより正方形に近くて厚い封筒を手に取った。なにかよくないことがあったのではないかと予感めいたものがあった――病気か、あるいは住んでいる家に問題が起きたか、来てくれと言うのか。ところが、それは結婚式の招待状だった。ウェディング・ベルの絵に囲まれ飾り文字で印刷されたカードには、アイヴィ・グラッドウィン夫人とロナルド・ブラウン氏の結婚式にご招待したいとあり、式の日にちと教会の名前、披露宴の行われるホテルが記されていた。母の手書きで〝ローダ、できたらぜひ来てください。ロナルドのことを手紙に書いたことがあるか憶えていないけれど、亡くなった彼の奥さんは私の大の仲良しだったのよ。彼、あなたに会うのを楽しみにしていますよ〟とあった。

ローダはそのとき感じたことを思い出した。まず驚き、そしてほっと胸をなでおろしたのがちょっと後ろめたかった。母の結婚で母に対する責任の一部が取り除かれると思ったのだ。時々しか出さない手紙、たまの電話、さらにたまにしか会わないことをそれほど気にとがめなくてもすむのではないか。母とは会っても、口に出せないあれやこれや、思い出すまいと努めている思い出にからめとられて、他人のように礼儀正しく距離があった。ローダはロナルドについて聞いた覚えがないが、この招待は義務として受けなければならなかった。

その日のことをローダは思いかえした。じっと耐えるしかない退屈な一日、だが自分をこの雨に降りこめられたひと時とこの先待ち構えるすべてに導いた一日だ。早目に家を出たのに、高速道路でトラックが横転して道路に積荷をぶちまけた。さびれたヴィクトリア朝ゴチック建築の教会に着いたときに耳に入ってきたのは、最後の讃美歌らしい甲高い歌声だった。ローダが少し離れたところに車を止めて車内で待っていると、参列者が出てきた。中高年の女性が大半だった。白いリボンで飾られた車が用意されていたが、ローダのいるところからは遠すぎて母も相手の花婿も見えなかった。ローダは参列者と一緒にその車に従って、ホテルに向かった。海岸から四マイルほど離れた、小塔がやたらについたエドワード朝建築のホテルは、横に平屋の建物、それに後ろにゴルフコースがついていた。正面に黒っぽい梁を多用しているのは、擬チューダー様式を意識してのことらしいが、中央の小ドームとパラディン風のドアはやりすぎだった。

披露宴会場はダマスク織の赤いカーテンが複雑なひだを作って垂れ、カーペットに何十年分かの埃がこびりついた、往時の華やかさがとっくに失われた部屋だった。招待客たちは〈予約パーティー専用〉と書かれた奥の部屋に、ためらいがちに入っていく。ローダも一緒に入って行った。戸口でちょっと足を止めてから中に入ると、すぐに母の姿が目に入った。花婿と一緒に、何人かの女性に囲まれて話している。ローダに目を留める者はほとんどいなかったが、母のほうにゆっくり進んでいくと、母の顔がほころんでちらりと微笑が浮かんだ。母と会うのは四年ぶりだったが、前より若々しく幸せそうだった。数秒後ローダの右頬にためらいがちにキスをした母は、隣の男性のほうを向いた。花婿は年を取っていた。少なくとも七十歳にはなっていると、ローダは見た。母よりかなり身長が低く、丸い柔らかそうな頬をして、感じはいいが心配そうな顔つきの男だった。なにか勘違いしたのか、母がローダの名前を二回繰り返すと、ようやく微笑んで手を差し出した。母はほかの客にもローダを紹介した。どの客も傷痕に視線を向けまいと意識して努めていた。ちょろちょろ走り回っていた子供が二、三人、傷痕をじろじろ見てから大声を上げながら観音開きのドアから外に遊びに出て行った。ローダは交わされた会話を、きれぎれに憶えている。「お母さんはあなたのことをよく話題になさるのよ」「あなたのことを、そりゃあ自慢になさってて」「遠いのに、本当によくいらしたわ」「お日和もよくて、あんなに幸せそうなお母さんが見られて、本当によかったわねえ」

出された料理、それにサービスも予想以上によかった。長いテーブルに掛けられたテーブルクロスは清潔で、カップや皿も光っていた。サンドイッチを口に入れると、ハムは骨から切り取られたばかりのように新鮮だった。小間使い風の制服を着た中年女性三人がにこやかに給仕に努めている。巨大なポットから濃いお茶が注がれ、花嫁花婿がちょっと囁き合ったのちにバーからとりどりの飲み物が運ばれてきた。それまでまるで葬式帰りのようにひそひそ声だった会話にも活気が出てきて、アルコールらしい色合いのグラスも傾けられた。ローダの母がバーテンダーと心配そうにあれこれ相談していると思ったら、シャンパングラスが麗々しく運ばれてきた。乾杯が行なわれるのだ。

乾杯の音頭を取ったのは、式を執り行なった赤毛の若い司祭だった。法衣から立衿の聖職者用シャツとグレーのズボン、スポーツジャケットに着替えていた。軽く押さえるような手つきで話し声を静めてから、短いスピーチをした。ロナルドは教会のオルガン奏者らしい。司祭は音栓をすべて開いて、終世二人で仲睦まじくハーモニーを奏でてほしいといった苦心のユーモアを披露し、他愛のないジョークもいくつか交えた。どんなジョークだったか、ローダはもう忘れたが、度胸のある客が戸惑ったような笑い声を響かせた。

テーブルのまわりが込み合っていた。ローダは料理に群がる客から話しかけられないのをいいことに窓際に移動した。冷やかし気分で客を棚卸しするのも、けっこう楽しい。男性たちは一張羅を着こんでいるが、突き出た腹や張り出した腰のあたりがいかにも窮屈そうだった。女性たちはこの機会にチャンスとばかり衣装を新調したらしい。ほとんどが母と同じように花柄のサマードレスに同色のジャケットを着て、セットしたての頭には向かないパステルカラーの麦わら帽子をかぶっていた。一九三〇年代、一九四〇年代のままだと、ローダは思った。今までにない憐憫と怒りが交錯した、居心地の悪い感情がこみあげてきた。ローダは思った。〝私はこの人たちと一緒ではない。この人たちと一緒にいても楽しくないし、向こうも面白く思っていない。ばつが悪そうに礼儀正しい態度で接してくれても、横たわるギャップが埋まるはずもない。でも私もここから出発したのだから、やはりこの人たちと同類ということか。中産階級との接点に位置しながら、境界線がぼやけてはっきりしない上層労働者階級と呼ばれる階層。戦争になればお国のために戦い、税金をきちんと払い、かろうじて残された伝統にしがみつく忘れられたグループだ〟その彼らも今自分たちの単純な愛国心が嘲りの対象になり、倫理観を侮られ、貯金が目減りしていくのを目の当たりにしている。彼らは社会に何の負担も与えていない。市民に公徳心を持たせようと何百万ポンドもの公金が買収、丸めこみ、威圧のために使われているが、そんな金が彼らの住む地域に流れることはそうはない。彼らが自分たちの町は外国同然だ、子供が通う学校は生徒数が多すぎるうえに、英語を話さない生徒が九十パーセントを占めていると抗議すれば、公金の恩恵を受けて快適な境遇にある階層から人種差別の大罪を説教されてしまう。会計士を雇わない彼らは、税務署にとって格好のドル箱にちがいない。収奪あるいは貧窮という観点から彼らの不適応を分析、救済しようとする社会論や心理学的分析研究は利益に結びつかないから、誰も手をつけない。ローダはジャーナリズムから身を引く前に、彼らを取り上げて書くべきだろうかと考えてみた。だが、もっとやりがいがあって面白くて、お金にもなる仕事が待っているのだから、結局は書かないにきまっている。この人たちがローダの生活に何の関わりもないように、彼女の将来にも入りこむ余地はなかった。

ローダの記憶に残るその日最後のシーンは、女性用化粧室で母と二人きりになった時だった。造花が挿された花瓶の前に立ち、その上の鏡に映る自分たちを見つめていた。

母が言った。「ロナルドはあなたのことが気に入ったみたい。見ていると分かるのよ。来てもらえて、うれしいわ」

「ええ、来てよかった。感じのいい人ね。二人で幸せに暮らしてね」

「ええ、大丈夫よ。知り合って、もう四年になるのよ。奥さんが聖歌隊で歌ってらしてね。すばらしいアルトだったの。女性には珍しいほど。私たち、最初から気が合ってね。ロンと私のことよ。あの人、ほんとにやさしいの」いかにも満足そうな声だった。母は鏡をのぞきこんで、帽子のかぶり具合を直した。

「そうね、やさしそうな人ね」と、ローダは言った。

「ええ、そうなのよ。何の問題もない人よ。それに奥さんのリタもこうなることを望んでいたんだと思うの。ロンは一人ではいられない人だから。リタは亡くなる前に、私にそれとなく匂わせていたもの。私たち、心配はかけませんよ――つまり、その、お金のことよ。ロンは今住んでいる家を売って、私のところに移る予定なの。彼ももう七十だから、そうするのがいいんじゃないかと思ってね。それであなたが毎月自動振り替えしてくれている五百ポンドね。あれは、もういいのよ、ローダ」

「ロナルドが反対ならやめるけど、そうじゃなければ、今までのままでいいんじゃないかな」

「そういうことじゃないのよ。どんな時だって、よぶんのお金が多少ともあれば、助かるわ。あなたに必要なお金じゃないかと思っただけなのよ」

母はローダのほうを向いて、ローダの左頰に手を触れた。そっとやさしく触れただけだったから、ローダは傷痕に母の指のかすかな震えを感じただけだった。ローダはすくむまいとして目を閉じた。しかし身体は引かなかった。

「ローダ、お父さんは悪い人じゃなかったのよ」と、母は言った。「お酒のせい。お父さんを責めてはいけませんよ。あれは病気だったの。あなたを愛していたのよ。あなたが家を出てから送っていたお金ね。あれを工面するのは楽じゃなかったのよ。自分のものは何も買わなかった」

お酒以外はね、とローダは思ったが、口に出さなかった。彼女は父に毎週送ってくれた五ポンドの礼を言ったことがなかった。家を出たあと、父とは一度も口を利かなかった。

母は静寂からこぼれ出たような声で言った。「公園を散歩したでしょ、憶えている？」

ローダは郊外の公園を散歩したことを覚えていたが、季節はいつも秋だった。まっすぐに伸びる砂利道を父と並んで歩いた。めざわりな色合いのダリアがごちゃごちゃ植わっていた四角い花壇や丸い花壇。ローダが大嫌いな花だった。二人とも口を利かなかった。

「お酒を飲まなければ、問題のない人だったのよ」と、母は言った。

「飲んでないお父さんなんて、憶えがないわ」自分は本当にそう言ったのだろうか、それともそう考えただけだったのか。

「市役所で働くのは、お父さんにとって楽じゃなかったのよ。法律事務所を首になったあと、あそこに就職できて運が良かったのは確かだけれど、でもお父さんには物足りない仕事だった。お父さんはね、ローダ、頭がよかったのよ。あなたが頭がいいのは、お父さん譲りね。大学の奨学金をもらって、一番になったんですって」

「首席になったということ？」

「そう聞いたわね。とにかく、お父さんは頭がよかったのよ。だからあなたが進学校の中学に入った時に、それは鼻高々だった」

「お父さんが大学に行ったなんて、一度も聞いたことがないわよ。私にはそんなことは言わなかった」

「そりゃあ、そうでしょう。あなたが関心を持つとは思わなかったでしょうから。話す人じゃなかった、自分のことはね」

三人ともそうだった。暴力や無益な怒りの爆発、屈辱感は三人の感情に蓋をした。肝心なことは口に出せなくなっていた。ローダは母の顔を見ながら、どこから手をつけたらいいのだろうと自問していた。母の言うとおりだと思った。毎週毎週五ポンドを工面するのは、父にとって楽ではなかったはずだ。お金にはごく短い言葉が、時には震える手で書き添えてあった。『父より愛をこめて』ローダは、お金は必要だったから受け取り、言葉の書かれた紙は捨てた。若者にありがちななにげない残酷さで、あんなろくでなしの父に愛しているなどと娘に言う資格はないと決めつけていた。お金よりも愛情のほうがむずかしい贈り物と知っていたからだ。おそらく自分のほうが父の愛情を受ける資格がなかったというのが、本当のところなのだろう。三十年以上の間、ローダは父を軽蔑し、恨みを抱き続けてきた。そう、憎しみも。だが泥深いエセックス川で迎えた孤独な死が、父をそんな娘の感情から永遠に解き放った。自分が軽蔑し、恨み憎んで、傷つけてきたのは自分自身だった。そう自覚することが、あるいは自らを癒す糸口なのかもしれない。

母が言った。「愛する人を見つけるのに、遅すぎるということは絶対にないのよ。ローダ、あなたは整ったきれいな顔立ちをしている。その傷痕をどうにかすべきじゃないかしら」

その言葉が出てくるとは思ってもいなかった。ファレル先生以後だれも口にしなかった言葉だ。ローダはそのあとなにがあったかほとんど憶えていない。ただ淡々と答えた自分の低い声だけが記憶に残っていた。

「取ることにするわ」


うとうとしていたのにちがいない。はっと気づいて目を覚ますと、雨は上がっていた。あたりは暗くなっていた。ダッシュボードの時計は四時五十五分を指している。出発してほぼ三時間になる。ゆっくり車を出すと、さっきとは打って変わった静寂の中で、エンジン音がしんと静まる空気をゆさぶった。残りの行程は簡単だった。予想したところに曲がり角があり、ヘッドライトが照らす標識に思った通りの文字があった。意外と早くストーク・シェベレルという地名が現われて、ローダは右にターンした。残すは一マイルだ。村の道に人影はなく、明りのついた窓にはカーテンが引かれていた。人けが感じられるのは、にぎやかに飾られたウインドーにあかあかと照明がつき、その向こうに客が二、三人ぼんやりと見える角の店だけだった。ローダの目指す〈シェベレル荘園〉の表札が見えた。大きな鉄門が開いている。待っていてくれたようだ。短い並木道の幅が広がって半円になり、ローダの目の前に領主館があった。

最初の診察のあとに渡されたパンフレットにシェベレル荘園の写真がのっていたが、色の薄いイメージ写真でしかなかった。ヘッドライトの光の中に、考えていたよりも大きな建物の輪郭が、暗い空を背景に薄黒く浮かび上がった。上に窓が二つついた大きな破風を中心にして、棟が両横に伸びている。その二つの窓はうっすら明るいが、あかあかと光っているドアの左横の大窓四つ以外は、ほとんどの窓が見せかけだった。ローダがゆっくり車を進めて木の下に止めると、ドアが開いて、砂利にまぶしい光がこぼれ出した。

エンジンを切ったローダは車外に出て、スーツケースを出すために後部ドアを開けた。湿気を含んだ冷気が、ドライブのあとでは心地いい。玄関口に男性の姿が現われて、ローダのほうに近づいてきた。雨はもう上がったのに、男性はフード付きのレインコートを着ていた。頭にかぶったフードがベビー帽子のように見えて、全体としてひねこびた赤ん坊を連想させた。しっかりとした足取りで歩み寄り、話しかけてきた声は力強かったが、もう若いとは言えない年齢だ。男はローダの手からスーツケースを取って、言った。「キーを預からせてもらえたら、車を動かします。車が前に止めてあると、ミス・クレセットがお嫌いなもんで。皆さん、お待ちですよ」

ローダはキーを渡して、男の後ろから建物の中に入った。嵐の中で一人車内に座っていたときの感覚の混乱、不安感がまだ尾を引いている。到着したことに軽い安堵感があるだけで、ほかになんの感慨もなかった。中央に階段のある広いホールを横切りながら、また一人になりたいと強く思った。静かな自宅に帰って慣れた自分のベッドで休みたいときに、握手や麗々しい歓迎はありがたくない。

立派な玄関ホールだった。立派だろうとは思っていたが、しかし温かみは感じられない。ローダのスーツケースを階段の上り口に置いた男は、左側のドアを開けて大声で言った。「ミス・クレセット、グラッドウィンさまです」そしてスーツケースをまた持つと、階段を昇りだした。

ローダは部屋に入った。子供の頃に目にした絵やほかの貴族の館で見た絵画から抜け出したような大広間だった。暗い外から入ってきたせいで、室内は光と色彩で溢れていた。高い天井に張られたアーチ型の梁が古く黒ずみ、壁はリンネルひだ飾り彫りの板をめぐらした腰壁だった。腰壁の上に肖像画がずらりと並んでいる。チューダー朝時代、摂政期時代、ヴィクトリア朝時代の顔が、それぞれの才能能力をたたえられて並んでいた。中には芸術的な価値よりも先祖への敬愛から飾られているものもあるのだろう。真正面に石の暖炉が切られ、上にやはり石でできた紋章が配されていた。火床で薪が勢いよく燃え、炎が踊っている。その赤い火明りを受けて三人の男女が立ちあがり、ローダを迎えた。

三人はお茶を飲んでいたらしい。暖炉と直角に、この広間唯一の現代的な家具である布張りの肘掛イスが二脚置かれている。イスの間の低いテーブルに茶器と食べ物の残骸があった。ローダを迎えたのは、男性一人、女性二人だった。ただし〝迎える〟という表現はしっくりしない。お茶を出すには具合の悪い遅さだし、しかたなく待っていてもらった闖入者の気分だったからだ。

背の高いほうの女性が名乗った。「ヘリナ・クレセットです。お電話でお話ししましたわね。ご無事にお着きになって、ようございました。こちらではひどい嵐になりましたけれど、ごく局地的なこともありますから、遭われなかったかもしれませんね。ご紹介しましょう。フラヴィア・ホランド婦長と、あなたの手術でチャンドラー-パウエル院長の助手を務めるマーカス・ウェストホール先生です」

四人は笑顔で握手を交わした。ローダは初対面の人からいつも瞬間的に強い印象を受ける。それが完全には消えない視覚的イメージとして胸に刻みつけられ、同時にその人の基本的な性格も感じ取る。時間がたち、付き合いが深まるにつれて、それがまちがっていたり、あるいは誤解のもとになったりする危険性があることは承知している。しかしそんなことはめったになかった。疲れで多少感覚が鈍っていたためか、今ローダはステレオタイプに近い見方をしていた。ヘリナ・クレセットは仕立てのいいパンツスーツにタートルネックセーターを着ていた。田舎の雰囲気にそぐわないほどあかぬけてはいないし、つるしでないことは一目で分かる服装だ。口紅だけのノーメークで、髪の毛は多少金茶色がかった金髪。頬骨が高い位置で張り、鼻がちょっと高すぎた。きりっと整った顔という言い方はできるかもしれないが、美人ではない。ローダに向けられたグレーの印象的な目には、初対面の人に対する温和な表情より好奇心のほうが見え隠れしている。ローダは思った。〝昔クラスの優等生、今は学校の校長先生のタイプかな——いや、どちらかと言えばオックスフォード大学かケンブリッジ大学のカレッジ学長に近いかもしれない〟クレセットはしっかりとした握り方で握手をした。女子新入生は評価は後回しにして、今のところ一応は歓迎されたわけだ。

ホランド婦長はジーンズと黒いセーター、スエードのジャケットという、くだけた服装をしていた。非個性的な白衣から解放されて、仕事から離れていることを主張する気楽な格好だった。女っぽさを自信満々で前面に出した奔放な顔つきの、黒髪の女性だ。暗色の大きな光彩がほとんど黒に見えるぱっちりとした目が、新しい患者にどれだけ面倒をかけられるか推し量るように、ローダの傷痕をちらりと見た。

ウェストホール医師は意外だった。ほっそりした体格と秀でた額、神経質そうな顔をして、外科医よりもむしろ詩人か学者の風貌だった。チャンドラー＝パウエル医師に感じられるような強烈なパワーや自信はまったく伝わってこない。女性二人よりも温かみのある笑みを浮かべているが、暖炉で火が燃えているにもかかわらず、手は冷たかった。

ヘリナ・クレセットが言った。「お茶を召しあがりたいでしょうね。それともお茶よりももっと強いもののほうがよろしいかしら。ここで召しあがりますか。それともご自分のお部屋のほうがよろしいですか。どちらにしても、これからお部屋にご案内しましょう」

ローダは、お茶は部屋でいただきたいと答えた。二人はカーペットの敷いてない階段を上って、地図や昔の領主館らしい写真が掛けてある廊下を進んだ。ローダのスーツケースが廊下の中ほどに置いてあった。ミス・クレセットはスーツケースを持ち上げてドアの横に立ち、ローダを中に入らせた。ローダの部屋となる二室の説明をするミス・クレセットの口調は、しょっちゅう繰り返しているためにいかにも事務的で、ホテルのスイート部屋がいかに便利か簡単に紹介するホテルの主人を思わせた。

均整がとれて気持ちのいい居室には骨董品らしい美しい家具が入っていた。ほとんどがジョージ朝時代のものだった。快適に書き物ができそうな、たっぷりとした大きなマホガニーのライティング・デスクがある。暖炉の前の肘掛イス二脚と片方のイスの横にある背の高い読書用スタンドだけが、現代的な家具だった。暖炉の左側にスタンドに乗ったテレビと、その下の棚にＤＶＤプレーヤーがあった。不似合いとはいえ、気品があると同時に温かな雰囲気の部屋には必需品なのだろう。

二人は隣室に入った。そこも同じように優美に飾られていて、病室を連想させるものはいっさいなかった。ローダのスーツケースを折りたたみスタンドに置いたミス・クレセットは窓に行って、カーテンを開けた。「今は暗くて何も見えませんけれど、朝になればご覧になれます。明日の朝、またお目にかかりましょう。必要なものがすべて揃っていて問題ないようでしたら、お茶と明日の朝食のメニューを届けさせます。お夕食をお部屋でなく下でおとりになりたいようでしたら、ダイニングルームで八時からです。七時半から図書室で食前の飲み物が出ます。下においでになる場合には私にお電話ください。内線番号は電話の横のカードにすべてのっております」それだけ言って、ミス・クレセットは出て行った。

しかし今のローダはもう充分シェベレル荘園を見た気分だったし、夕食の会話に加わる元気はなかった。夕食を部屋に運んでもらって、早目に寝るつもりだった。次第に部屋になじんできた。二週間あまり後には、予感や不安感なしにこの部屋に戻ってこられると思った。

## 6

同じ火曜日、ジョージ・チャンドラー＝パウエルがセント・アンジェラズ病院で自費患者の手術予定をすべてこなすと、すでに六時四十分になっていた。手術着を脱ぐと疲れ切っているのに、同時にそわそわ落ち着かない気分だった。早朝から仕事にかかって、休みなしで働いた。めったにないことだが、例年通りニューヨークでクリスマスを過ごすつもりで、その前にロンドンの自費患者の手術を終えるにはそうするしかない。幼い頃からチャンドラー＝パウエルにとってクリスマスは恐怖でしかなかった。国内で過ごしたことがない。離婚した妻セリーナは再婚し、再婚相手のアメリカ人金融業者には財力があった。美人中の美人なら当然と本人も彼も思う状態に彼女を置くことができた。セリーナは、離婚はすべからく〝さばけて〟いなければいいけないと固く信じていた。チャンドラー＝パウエルが思うに、彼女の言う〝さばけて〟いるとは、単に金銭的な面で寛大かどうかを示す言葉らしい。しかしアメリカの財力のおかげで、彼女は金銭的利得という下世話な満足感に代えて、寛大さを世間にアピールすることができた。二人は離婚後も年に一度顔を合わせるのも悪くないと考えていた。チャンドラー＝パウエルはニューヨークに滞在して、セリーナ夫婦が用意してくれる洗練された娯楽に興じるのが楽しみだった。一週間以上滞在することはない。ニューヨークのあとはローマに飛んで、オックスフォード大学時代から利用している郊外の下宿屋に滞在する。そこで静かに迎えられて、一人静かに過ごす。年一回のニューヨーク旅行はもう習慣になっていて、いまさらやめる理由も見当たらなかった。

荘園には、木曜日の朝に第一回目の手術があるので、水曜日夜まで行く必要はない。ところがその日の朝、国民健康保険患者棟二棟が感染症のために閉鎖されて、明日のスケジュールが延期された。今、バービカンのフラットに戻ってシティの光を眺めていると、いつまでも延々と待たされるような気がしてくる。どうしてもロンドンを離れたかった。荘園の大広間で暖炉の火を前にして座っていたい。ライムの並木道を歩き、薪の煙と土、腐葉土が匂う風に吹かれてさわやかな大気を吸いたい。チャンドラー＝パウエルは学校が休みになった学童のように心を躍らせて、二、三日分の身の回りの品を無造作にバッグに放りこむと、メルセデス・ベンツの待つガレージに駆け下りていった。シティを出るまで例によってもたついたが、高速道路に乗るとすぐに移動する喜びと解放感で包まれた。一人で夜ドライブをすると、いつもそうだ。過去の思いが茶色に変色した写真のように、脈絡なしに次々に脳裏に蘇ってくる。バッハのバイオリン協奏曲二短調をCDプレーヤーにかけて両手をハンドルに軽く置くと、音楽と思い出が瞑想するように融け合っていく。

チャンドラー＝パウエルは十五歳の誕生日に、小さい頃から考えていた三つの疑問に結論を出した。まず、神は存在しない。それから自分は両親を愛していない。そして将来外科医になる。最初の結論に関しては行動の必要はない。超自然的存在に救済や慰めを期待できないのだから、自分の人生はほかの人たち同様に時間と運に左右され、コントロール可能な部分のコントロールをするかどうかは自分次第という事実を受け入れるだけのことだ。二番目の結論もやはり、出したからと言って彼にはどうしようもなかった。両親から離婚を考えているときまり悪げに――母は恥じ入った表情で――言われた時、彼は残念だと答えた。そうとしか適当な返事が見つからなかった。同時に親子三人にとって不幸でしかない結婚に終止符を打つように、それとなく後押しした。学校休みも不機嫌な沈黙や騒々しい喧嘩がないほうが、ずっと楽しくなる。二人がもう一度やり直そうと出かけた旅行――そういう試みが数回あった――で交通事故死した時、彼は一瞬不安になった。自分が否定した存在と同じぐらい強力で、しかもブラックユーモアのセンスのある超自然的な力が存在するのではないかと疑ったのだ。だが融通が利かないうえに悪質かもしれない迷信のために、無神論という無害な盲信を捨てるのは馬鹿げていると自分に言い聞かせた。三番目の結論は野望として残った。彼は実証可能な科学的事実をよりどころにして、外科医を目指すことに焦点を絞った。

チャンドラー‐パウエルの両親は借金以外にほとんどなにも残さなかったが、それは大して問題ではなかった。それまで夏休みはボーンマスに住むやもめの祖父のところで過ごすことが多かったが、彼はその祖父の家に引き取られることになった。チャンドラー‐パウエルが強い愛着を感じた人間は、この祖父ハーバート・チャンドラー‐パウエルだった。たとえ祖父が貧乏でも愛しただろうが、うれしいことに祖父は金持だった。独特の美しいボール箱をデザインして一財産築いたのだ。チャンドラー‐パウエルの箱に商品を詰めて発送する企業は高級志向と見なされ、プレゼント用の箱もすぐ目につくチャンドラー‐パウエルの社章入りものが高級品とされた。ハーバートは若いデザイナーを見つけては積極的に使い、数量限定で発売された箱はコレクターズ・アイテムになるものもあった。ハーバートの会社では、作る品物以外に宣伝はまったく必要なかった。

彼が六十五歳、ジョージが十歳の時、ハーバートは会社を最大の競争相手に売却して、何百万ポンドもの金を手に引退した。ジョージの安くない教育費を出し、オックスフォード大学を卒業するまで面倒を見たのは、ハーバートだった。その見返りとして学校の休みに一緒に過ごし、大学卒業後は年に三、四回顔を見せる以上はなにも求めなかった。ジョージにとってその見返りは負担でもなんでもなかった。一緒に散歩をし、ドライブをしながら暗い子供時代や仕事の成功、オックスフォード大学時代の話をする祖父の声に耳を傾けた。ジョージ自身がオックスフォード大学に進学する時には、祖父の話はいつもより具体的になった。今、かん高く震えるバイオリンの美しい音を貫いて、記憶にある力強く威厳のある声が響いてきた。

「お祖父さんは州の奨学金で進学校の中学に入り、そこからオックスフォードに進んだ。お前にはよく分からんだろうなあ。今は変わったかもしれんから。とはいえ、それほど違うとは思えんがね。お祖父さんは馬鹿にされたり、見下されたり、よそ者のような気分にさせられたわけじゃない。ただ、ほかの学生とはちがったんだよ。自分のいるべき場所だとは一度だって思わなかったなあ――そりゃあそうさ、いるべき場所じゃなかったんだから。最初から自分にはここにいる権利はない、大学の中庭の空気には、自分が入ろうにも入れない何かがあるって思ったね。もちろんそう感じたのは、お祖父さん一人じゃなかった。進学校の中学じゃなくて、学校の名前も言いにくい三流のパブリック・スクールから進学した学生もいてね。お祖父さんにはそいつたちがどう感じているかよく分かったよ。やつらは上流特権階級の華やかなグループに認めてもらおうと躍起になっていた。頭を絞り才能にものを言わせて、ボアズ・ヒル学術夕食会に加わろうとするやつらの姿が想像できたね。週末のパーティーで宮廷道化さながらにおどけたり、聞くも無残な詩を読んだり、利いたふうなセリフを吐いたりしてね。お祖父さんには頭以外に何の才能もなかった。お祖父さんはそんな連中を軽蔑したが、何が重視されているかちゃんと見抜いていたよ。金だよ。いいかい、肝心なのは、金なんだよ。育ちの良さも大切だが、育ちがよくても金があったほうがいい。だからお祖父さんは金を儲けたわけだ。お祖父さんの金は、いずれ強欲な政府が取りたいだけ取ったあとにお前のものになる。充分に活用するといい」

ハーバートの趣味は一般公開された邸宅の見学だった。ヴィクトリア朝時代の将軍にそっくりな祖父は、ピンと背筋を伸ばしてぴかぴかのロールスロイスのハンドルを握り、当てにならない地図を頼りにわざわざ回り道をして孫と一緒に出かけて行った。将軍然とした祖父が田舎道やろくに使われていない小道に車を進め、隣でジョージがガイドブックを読み上げる。祖父がジョージ朝時代の優美さやチューダー朝時代の堅実さを称賛するわりには、自分は海の眺めが素晴らしいとはいえ、ボーンマスの高級アパートの最上階に住んでいるのが、ジョージには不思議だった。やがてその理由が分かった。祖父は老齢になるにしたがい生活を簡素化していた。通いのコックを高給で雇い、ほかにも家政婦、掃除婦を雇っていた。三人は静かにてきぱきと仕事を進め、静かに帰っていく。部屋に置かれた家具は高価な品だが、数はぎりぎりに抑えられていた。祖父は愛着を感じる品物を集めたり買ったりしない。所有しなくても称賛できる人だった。ジョージは小さい頃から自分は所有しないではいられない人間と分かっていた。

二人でシェベレル荘園を初めて見に行ったとき、ジョージはこれこそ自分の望む家だと思った。目の前の領主館は初秋のやわらかな日を浴びていた。影が伸び始めて、樹木や芝生、石が夕日のとろりとした濃密な色合いに染まっている。一瞬、すべてが——領主館、庭、大きな鉄門のすべてが、この世のものとは思えないほど静かで完璧な光と形、色彩の中に閉じ込められているように思えて、彼は心を奪われた。見学を終えて、もうひと目見たさに振り返りながら、ジョージは言った。「ぼく、あの家を買いたいな」

「ふむ、いずれ買えるかもしれんな、ジョージ」

「でもあんな家をだれも売らないでしょう。ぼくなら売らないよ」

「だいたいは売らないがね。売らざるをえない人もいるかもしれない」

「え、どうして、お祖父さん」

「お金が尽きて荘園を維持できないとか。跡継ぎがシティで何百万ポンドも稼いで、先祖代々の財産に興味がないとか。跡継ぎが戦死したとか。地主階級というのは、どうも戦争で命を落としがちな階級なんだな。あるいは女とかギャンブル、酒、投機、贅沢なんて馬鹿なことにうつつを抜かして、家を手放すとかね。分からんぞ」

そして結局ジョージが領主館を手に入れたのは、所有者の不運のおかげだった。ニコラス・クレセット卿は一九九〇年代のロイズ保険業者組合の騒動で破産した。ジョージはとくに損害の大きかった個人保険引受人に関する経済新聞の記事をたまたま読んでいて、荘園が売りに出されそうだと知った。クレセットの損害は突出していた。記事を書いたジャーナリストの名前はもう憶えていない——ルポライターとして名前を知られた女性だった。運の悪さよりも愚かさ、欲の深さに焦点を当てた記事は、好意的とは言えなかった。すばやく行動したジョージは有利に交渉を進め、何と何がほしいかはっきり限定したうえで荘園を手に入れた。絵画のとくにいいものは競売に回されたが、彼は無理にほしいとは思わなかった。手に入れたかったのは、初めて見学したときに目をとめた品々だった。その一つがアン女王朝時代のイスだ。あのときジョージは祖父より早く食堂に入って、そのイスを見つけた。それに座っていると、六歳ぐらいの乗馬ズボンに開襟シャツを着た、生真面目な顔つきの可愛げのない女の子が近づいてきて、「そのイスに座っちゃいけないのよ」と、きつい声で言った。

「座っちゃいけないなら、紐で囲っておけばいいんだ」

「紐で囲ってあるのよ。いつもはそうなんだから」

「そんなこと言ったって、今は囲ってないじゃないか」ジョージは五秒間じっとにらんでから、立ち上がった。

黙ってイスを持ち上げた女の子は、食堂と見学者用の狭い通路を分けている白い紐を軽々と越えさせると、どっかり腰をおろして足をぶらつかせた。そして文句があるかというように、ジョージをじっとにらみつけた。「なんて名前？」と、女の子が訊いた。

「ジョージ。きみは？」

「ヘリナ。ここに住んでるのよ。あなた、白い紐の中に入っちゃいけないのよ」

「入っちゃいないよ。イスはこっち側にあったんだぞ」

それ以上続けるには退屈な出会いだった。女の子は幼いうえに可愛くなかったから、まったく興味が湧かなかった。ジョージは肩をすくめて、離れていった。

今そのイスは彼の書斎にあり、ヘリナ・ハヴァーランド、旧姓クレセットは彼の家政婦だった。ヘリナが子供の頃の初めての出会いを憶えているかどうか分からないが、憶えていたとしても何も言わなかった。彼のほうも同様だった。

ジョージは祖父の遺産をすべて注ぎこんで荘園を手に入れた。そして西翼を自費患者用クリニックに改装して、荘園の維持費を出すことにした。毎週月曜日から水曜日までロンドンで国民健康保険患者とセント・アンジェラズ病院の自費患者の手術をこなし、水曜日の夜にストーク・シェベレルに戻ってくる。翼の改装はなるべく手を加えないように慎重に行なわれた。翼は十八世紀の建て替えにしたがって二十世紀に修復されたものだった。ほかの創建当初から変わらない部分にはいっさい手を入れなかった。クリニックのスタッフを集めるのは問題なかった。ほしいメンバーの彼らを雇うために相場以上の給料を出すのをいとわなかった。しかしクリニックのスタッフ集めよりも荘園のスタッフを募るほうが大変だと分かった。工事計画許可を待ち、そして改装工事が進められている何カ月かの間は、なんら問題は起こらなかった。ジョージは庭師のモグワージーと一緒に荘園にとどまった老コックの世話を受けて、領主館にちょくちょく一人で仮住まいした。今あの一年を思い返すと、とりわけ充実して幸せだったように思える。毎日静まりかえった大広間から図書室へ、長い回廊から東翼の自分の部屋へと少しも衰えない勝利感を胸に歩き回り、荘園を獲得した喜びをかみしめた。荘園がアセルハンプトン荘園の壮麗な大広間や庭、エンクーム荘園の息をのむ情景、ウォルフェトン荘園の気品と歴史にかなわないのは分かっている。ドーセット州には立派な領主館がいくらもある。しかしここは彼の家であり、ほかのところがほしいとは思わなかった。

問題が起きたのは、クリニックを開いて患者が来はじめてからだった。彼は家政婦を募集した。しかし同じように家政婦を求めていた知人が予言していたように、条件を満たす人物がなかなか見つからない。先祖代々クレセット家で働いてきた村出身の元使用人たちは、よそ者の出す高い給料につられて昔からの忠誠心を捨てようとはしなかった。ジョージはロンドンにいる秘書に請求書の処理や帳簿などの事務をこなす時間的余裕があると思っていたのだが、それが無理と分かった。庭の重労働を請け負う会社を週一回高額で雇ったので、仕事が楽になったモグワージーが屋内の仕事を手伝ってくれるものと期待したのだが、モグワージーにはその気がなかった。しかし再度、場所と言い回しを変えて家政婦募集をすると、ヘリナが応募してきた。採用の面接は、彼がヘリナを面接したというよりも、ヘリナが彼を面接したと言ったほうが当たっていた。最近離婚してロンドンのフラットで一人暮らしの身分だが、将来について考える間になにかすることがほしいのだと、彼女は言った。たとえ短期間でも荘園に戻るのは面白いのではないか、と。

六年前に荘園に戻ったヘリナは、今もそのままいる。ジョージはもし彼女にやめると言い出されたら、はたしてやっていけるのかと時どき思う。ヘリナのことだから、やめる時も来た時と同じようにごちゃごちゃ言わずにきっぱりとやめるのだろう。しかし、ジョージは忙しすぎた。他にもフラヴィア・ホランド婦長や助手のマーカス・ウェストホール医師の問題がある。中にはジョージ自身が作り出した問題もあった。生来、計画を立てるのは得意なほうだが、危機を予期する思慮に欠けていた。ヘリナは自分の昔の家庭教師レティシャ・フレンシャムを帳簿係に採用した。フレンシャムは未亡人なのか離婚したのか、あるいは別居中なのかもしれないが、ジョージはとくに訊かなかった。会計はきちょうめんに記帳され、事務室は乱れ一つなく整っている。モグワージーはやめるやめると言って脅かすこともなくなり、協調性が出てきた。村からもパートタイムのスタッフが不思議と集まるようになった。ヘリナからあの調理場ではいいコックが来てくれないと言われ、ジョージはしぶしぶリフォームの費用を出した。暖炉に火が入り、使われている部屋に冬でも花や緑が飾られた。荘園は生き返った。

鍵のかかった門にベンツを寄せたチャンドラー‐パウエルが、門を開けるために車から降りると、家まで続く並木道は暗かった。しかし東翼の前を横切って駐車すると明かりがつき、開いた玄関ドアの前でコックのディーン・ボストックが出迎えた。夕食の給仕をするときにいつも着るブルーのチェックのズボンと短い白ジャケットを着ている。

「ミス・クレセットとフレンシャムさんは夕食に出かけられました。ウェイマスのお友だちを訪ねられるそうで、そうお伝えするようにと。先生のお部屋の用意はできています。モグワージーが大広間と図書室に火を入れました。お一人なので、お夕食はそちらでなさるのではと思いまして。お飲物をお持ちしましょうか」

二人は大広間の奥に進んだ。チャンドラー‐パウエルは上着を脱いで、図書室のドアを開けながら、上着と夕刊をイスに投げた。「そうだな。ウイスキーを頼むよ、ディーン。今もらおう」

「ではお夕食は三十分後に？」

「ああ、それでけっこう」

「お食事の前に外にはお出になりませんね」

ディーンの口調にちょっと心配そうな響きがあった。なぜか思い当って、チャンドラー‐パウエルは訊いた。「キンバリーと二人で何を作ったんだい」

「チーズ・スフレと、それからビーフ・ストロガノフはいかがかと」

「なるほど。最初のほうは座って待っていなければいけないな。二番目のはすぐ作れる。いや、外には出ないよ、ディーン」

夕食はいつものようにおいしかった。荘園が静まり返っていると、食事がひどく楽しみだから不思議だ。手術日に医師や看護スタッフと一緒に食事をしていると、皿になにがのっているかほとんど意識にない。食後、チャンドラー‐パウエルは図書室の暖炉のそばで半時間読書をしてから、上着と懐中電灯を取った。西翼のドアの鍵とカンヌキを開けて出ると、外は星が小さくまたたく暗闇だった。彼は青白いストーンサークル、シェベレル・ストーンズめざしてライムの並木道を歩き出した。

荘園の庭とストーンサークルの境目に、仕切りというより目印のような低い塀がある。日が沈むと、チャンドラー－パウエルはその塀を軽々と越えた。十二個の石のサークルは月明かりや星の光を吸い込んだように微光を帯びて一段と白っぽく、一段と神秘的で圧倒的になる。日中見れば、大きさも形もばらばらで不格好なだけのただの石の集まりだから、そこらの丘陵の斜面に転がっている大きな石と変わらない。ただ一つ目を引くのは、割れ目に生えている色彩豊かな地衣類だった。駐車場わきにある小屋のドアには、石の上に登ったり破損してはいけない、地衣類は古いもので興味深いので手を触れてはならないと、見学者向けの注意書きが張ってある。近づいていくチャンドラー－パウエルは、リング状の枯草の上に凶兆として立つ中央の一番高い石を見ても特別な感情を抱かなかった。一六五四年に魔女として火刑になった女性のことが、頭をかすめた。いったい何のために殺されたのだろうか。毒舌があだになったのか、幻覚か精神異常か、個人的な恨みを晴らされたのか、流行病や凶作に見舞われてスケープゴートが必要だったのか、それとも名も知れぬ邪神を慰撫するために捧げられた生贄だったのか。チャンドラー－パウエルは悲しみまでいかない、焦点の定まらない憐憫をぼんやり感じただけだった。その女性は、太古から人間の無知と残酷さの犠牲になってきた何百万人もの無実の人々の一人にすぎない。心を痛めることなら、生きている今の世界にいやと言うほどある。わざわざ同情をかきたてる必要はない。

彼はサークルの先まで歩くつもりだった。だが運動はこれまでと思いなおして一番低い石に腰をおろし、並木道の向こうの、今は暗闇に包まれている領主館の西翼のほうに目を向けた。じっと座って、夜の音に耳をすませた。石を取り囲む丈の高い雑草の中で、なにかが動く微かな音がする。はるか遠くで捕食動物が餌をとらえたらしく、叫び声が響く。不意に風が吹きだすと、枯れた葉がサヤサヤとささやく。長い一日の不安感やささいな苛立ち、厳しさが拭われていく。チャンドラー＝パウエルはこのなじんだ場所にじっと座っていた。自分の呼吸さえも、わずかにリズミカルなだけの音にならない生命の証に思えてくる。

時間が過ぎていった。腕時計を見ると、そこに四十五分も座っていたことになる。肌寒くなって、石の硬さが気になりだした。チャンドラー＝パウエルはこわばった足をゆっくり動かし、塀を乗り越えてライムの並木道に入った。突然病棟の真ん中あたりに明かりがつき、窓が開いて女性の頭が見えた。じっと立ったまま窓の外の夜を眺めている。チャンドラー＝パウエルは思わず足を止めて、その女性を見つめた。どちらもじっと動かなかったから、向こうもこっちに気づいたのではないか。二人の間になにかしらコミュニケーションが生まれたような気が一瞬した。チャンドラー＝パウエルはその女性がだれか思いだした。下見のために荘園にやってきたローダ・グラッドウィンだ。彼は手術前に細かくメモを取り、患者を診察するが、患者自身のことはほとんど頭に残らない。ローダ・グラッドウィンの傷痕と顔は正確に思い出せても、それ以外で記憶にあるのは、あの一言だけだった。傷痕がもう必要なくなったので、取り除きに来たのだ、と。彼は説明を求めなかったし、女性のほうも何も言おうとしなかった。あとほんの二週間あまりすれば、あの傷痕はなくなる。傷痕がなくなってから彼女がどうするかは、チャンドラー＝パウエルには関係のないことだった。

家に入ろうとして彼は歩き出した。すると片手が動いて窓が半分閉められ、カーテンが少し引かれた。数分後部屋の明かりが消えて、西翼は暗闇に包まれた。

# 7

ディーン・ボストックはチャンドラー－パウエル院長から突然電話があって、今週はいつもより早く荘園に行く、夕食の時間に間に合うように着くと言われると、いつも心が浮き立つ。ディーンが調理を楽しむのはこういう時の食事、とくに雇い主に料理をゆっくり静かに味わい、賞賛する時間的余裕があるときだ。院長はロンドンからエネルギーと興奮を持ち帰る。首都の匂いと明るさ、すべての中心にいる高揚感がもたらされる。院長は到着すると、跳ねんばかりに大広間を突っ切って、まるで束縛から解放されたように上着を脱ぎすて、ロンドンの夕刊を図書室のイスに放り投げる。だが、あとでゆっくり読ませてもらうその新聞ですら、ディーンに自分が本来いるべき場所を思い出させる。彼は南ロンドンのバラムで生まれ育った。ロンドンこそ彼の居場所だった。妻のキムは地方出身で、料理学校に入るためにサセックス州からロンドンに出てきた。その料理学校でディーンは一年先輩だった。出会って二週間で彼はキムを愛していると気づいた。その時のことを考えると、いつもそんなふうに思う。恋に落ちたのではない、キムに恋したのではない、愛しているのだ、と。一生涯、二人が生きているかぎり続く愛だ、と。そして今、キムがこれまでになく幸せを感じていると、結婚以来はじめて思えた。キムがドーセットの生活を楽しんでいるのに、自分がロンドンをなつかしがるわけにいかない。キムは初対面の人や新しい場所に神経をとがらせるのに、暗い冬の夜はまったく怖がらない。ディーンにとっては、星のない真っ暗闇の夜は方角も分からず、恐怖だ。捕食動物に捕らえられた動物の、人間の悲鳴に似た叫び声を聞くと、ますます怖くなる。ここの美しい、見かけは平和な田園風景は苦痛に満ちている。ディーンは明るい照明が恋しかった。とぎれのない都会の生活を表わすグレー、紫色、ブルーに染まった夜空、変わる交通信号、雨に洗われた舗道にこぼれるパブや店の明かりが恋しかった。生活、活動、騒音、ロンドンが恋しかった。

　彼は荘園の仕事が好きだが、満足はしていない。彼の料理の腕には物足りない仕事だった。チャンドラー－パウエル院長は食べ物にうるさいほうだが、手術日に食事をゆっくり味わうことはない。食事の質が標準より落ちれば、すぐに文句を言うだろうが、おいしいのは当たり前と考えてさっさと食べて、行ってしまう。ウェストホール姉弟は、ミス・ウェストホールがこの二月まで老父の介護をしていたコテッジで食事を取るし、ミス・クレセットも自室で食事をする。だが、調理場で彼やキムと話し、メニューの打ち合わせをし、彼が特別になにかすれば感謝してくれるのは、ミス・クレセットだった。患者はなにやかやと注文が多い。だが、だいたい食欲がないし、荘園で昼食を取る通いのスタッフもおざなりにほめて、そそくさと食べ仕事に戻る。自分のレストラン、自分のメニュー、自分の客を持ち、キムと一緒に店の雰囲気作りをする夢とはあまりに遠く隔たっていた。夜眠れないままベッドのキムの横で、このクリニックが失敗に終わらないものかと半ば期待している自分に気づいて、愕然とすることがある。院長はロンドンとドーセットの両方で仕事をするのは疲れるばかりで収入にならないと判断して、自分とキムは別の就職先を探さなければならなくなるかもしれない。その場合には院長なり、ミス・クレセットが足がかりを作ってくれるのではないか。しかしまるで戦場のような、ロンドンのレストランの厨房には戻れない。キムはあの生活に順応できない。ディーンは今でもキムの解雇を言い渡された日を思い出すと、身体が震えそうになる。

　彼はレストラン・オーナーのカルロスに、店長室と麗々しく呼ばれる厨房奥の物置のような小部屋に呼ばれた。カルロスは祖父から受け継いだ彫刻の入ったデスク・チェアに、太った尻を窮屈そうに押し込んでいた。それは危険信号だった。そのイスに座ることで、彼は先祖の権威を身につけるからだ。一年前、カルロスは自分は生まれ変わったのだと宣言した。オーナーの改心は、店のスタッフにはひどく居心地の悪いものだった。九カ月たたないうちにカルロスが本来の自分を取り戻し、厨房での悪態禁止が解かれた時には、だれもがほっとしたものだ。しかし改心の名残は一つ残った。〝バカ〟より悪い言葉は許されない。今、カルロスは自分でその言葉を目いっぱい使って言った。

「ディーン、もうバカバカしいほど役立たないんだよなあ、まったく。キンバリーはやめてもらうしかない。正直言って、キムを使う余裕はここにはないんだよ。どこのレストランだって、そうだ。バカにのろいんだよなあ、もう。急がせると、まるで鞭でひっぱたかれた子犬みたいな顔でこっちを見る。びくびくしてるもんだから、作ってる料理がぜんぶ使いものにならなくなっちまう。それにほかのスタッフにも影響が出てるじゃないか。ニッキーとウィンストンは四六時中キムの盛り付けを手伝っているし、ディーン、お前だってやってることに半分しか気が入ってないんだから、もうバカげてるもいいとこだ。ここはレストランで、幼稚園じゃないんだよ」

「カルロスさん、キムは腕のいいコックです」

「そりゃあ、腕はいいよ。でなきゃ、このレストランにはいないさ。これからも腕のいいコックでいられるだろうが、ここでじゃない。家にいるように言ったらどうだい。子供を作ったらどうなんだろなあ。そしたら、お前も家に帰ればうまい飯が待っていて、自分で作ることはないんだ。キムも今より幸せだろう。そういうのを何度も目にしてるぞ」

その家がパディントンのワンルーム・アパートで、そのアパートと仕事は念入りに練り上げた計画の一部だとは、カルロスは知るよしもなかった。二人一緒に働いて、キムの給料を毎週貯金に回す。貯金がたまったら、レストランを探す。彼のレストラン、二人のレストランだ。そして店が軌道に乗ってキムが厨房にいなくてもよくなったら、キムがほしがっている赤ちゃんを作る。キムはまだ二十三歳だ。時間はたっぷりある。

肝心かなめの話をすませたカルロスは後ろにどっかり寄りかかって、度量あるところを見せる態勢を取った。「キンバリーには解雇通知期間の間働いてもらっても仕方がない。今週中に引き上げてもらったほうがいいな。その代りに一カ月分の給料を払おうじゃないか。お前には、もちろんいてもらうよ。お前にはいいシェフになる素質がいやってほどある。腕もあるし、イマジネーションにも恵まれている。きつい仕事もいとわないしな。お前は将来ものになる。だが、キンバリーをもう一年置いていたら、こっちは破産だよ、バカげてるじゃないか」

ディーンの喉からようやく声が出てきた。割れた震え声には哀願の響きがあった。「一緒に働くってことでこれまでやってきたんです。キムが一人で仕事を見つける気になるかどうか、分からないです」

「一人じゃあ一週間と持たないだろうなあ。悪いけどな、ディーン、しょうがないんだよ。二人一緒に勤められるとこもあるかもしれんが、ロンドンじゃ無理だな。小さな田舎町なんかなら、あるいはな。キムは可愛くて、マナーもいい。スコーンとか手作りケーキなんか焼いて、ドイリーで飾ってお洒落なアフタヌーンティーを出す。そんなんだな。それなら、彼女にもストレスにならない」

雇い主の声に込められた軽蔑の響きに、横っ面を張られた思いだった。なすすべもなく小さくなって突っ立つディーンは、消え入りたかった。イスの背かなにか硬いものをギュッとつかんで、湧き上がる怒りと絶望を抑えこみたかった。だが、カルロスの言う通りだった。店長室に呼び出されたのは、意外ではなかった。何カ月も前からこうなるのではないかと恐れていた。ディーンはもう一度訴えてみた。「せめて次のところが見つかるまで、私はここで働かせてもらいたいんですが」

「かまわないよ。言っただろ、お前にはいいシェフになる素質がいやってほどあるって」

彼がやめるわけにいかない。レストランを持つ計画は色あせたとはいえ、二人で食べていかなければならない。

キムはその週末に店をやめた。そしてちょうど二週間後に、シェベレル荘園でコックと助手を務める夫婦を募集している広告を見たのだった。面接は去年六月半ばの火曜日だった。ウォータールー駅から電車に乗ってウォラムで下りれば、迎えを行くと指示された。思い返すと、ディーンには二人で恍惚状態で電車に揺られていたような気がする。

青葉の茂る不思議な風景の中を遠い想像もつかない未来に向かって、自分の意思とは無関係に運ばれていく。高くなったり低くなったり波打つ電線の流れ、それが緑の野原と生垣に変わっていく。そんな風景を背景にしたキムの横顔を見ていて、彼はこの異様な一日が上首尾に終わるようにひたすら願った。大人になってから神に祈ったことなどなかったのに、気がつくと頭の中で同じ言葉を必死に唱えていた。「お願いです、神さま、うまくいかせてください。あいつをがっかりさせないでください」

ウォラムに近づくと、キムはディーンのほうを向いて言った。「紹介状、ちゃんと持っているわね、あなた」キムは一時間ごとに同じことを訊いていた。

ウォラムでは駅前広場にレンジ・ローバーが待っていて、運転席にずんぐりとした体格の年寄りが座っていた。ドライバーは車から降りずに、二人に乗るように手招きした。

「ボストックさん夫婦だね。俺はトム・モグワージーってんだ。荷物は？　いや、荷物はないよな。泊まるんじゃないから。じゃあ、後ろに乗ってくれ」

幸先のいい迎えられ方じゃないなと、ディーンは思った。だが、かぐわしい空気と美しい風景の中をドライブしだすと、そんなことはどうでもよかった。青空に雲ひとつない、完璧な夏の日だった。レンジ・ローバーの開いた窓から入る涼しいそよ風が二人の頬をなでる。風は細い小枝を震わせたり、草をそよがせるほど強くはない。木々はまだ春のみずみずしさを残して青々と茂り、八月のような埃にまみれの重苦しさを感じさせなかった。十分間、沈黙したままドライブが続き、やがて前に乗り出して話しかけたのはキムだった。「モグワージーさん、シェベレル荘園にお勤めなんですか」

「もう四十五年になるね。ガキの頃にあそこで働きだして装飾庭園の剪定をやった。今もやってるけどね。その頃はフランシス卿が持ち主だったんだ。そのあとがニコラス卿。これからあんたたちを雇うのは、チャンドラー－パウエル院長先生だ。女性陣がオーケーを出せばね」

「院長先生が面接をなさるんじゃないんですか」ディーンが訊いた。

「先生はロンドンだよ。月、火、水はあっちで手術をなさる。あんたたちを面接するのは、ミス・クレセットとホランド婦長だ。院長先生は内々のことにはタッチしない。女性陣の気に入れば、雇ってもらえる。だめなら荷物をまとめて、とっとと帰るしかないな」

好調な出だしとは言えなかった。夏の太陽を浴びて銀色に輝き、静かにたたずむ領主館を一目見たときも、感じたのは安心感よりも威圧感だった。玄関前でモグワージーは呼び鈴を指さしただけで二人を残し、レンジ・ローバーに戻って建物の東翼を回って姿を消した。ディーンは意を決して鉄の呼び鈴の取っ手を引っ張った。音がまったくしなかったが、三十秒しないうちにドアが開いて、若い女性が現われた。あまり清潔そうでない金髪を肩の長さに切り、口紅を濃く塗り、派手なエプロンの下にジーンズをはいていた。ディーンは村から来ている手伝いだろうと見当をつけだが、その第一印象は間違いではなかった。女性は二人をうんざりしたような顔でちょっと見つめてから、言った。

「私、メイジーっていうんだけど、ミス・クレセットから大広間にお茶を出すように言われているわ」

ディーンは領主館に着いたあの時のことを今思いかえしてみて、自分が大広間のすごさにこうも慣れてしまったことに驚かされる。大邸宅を所有する人たちがその美しさに慣れて、周囲の豪華さ、絵画や美術品にろくに目も向けずに平然と廊下や部屋を動き回れるのが、ようやく理解できた。手を洗わせてもらいたいと頼むと、廊下の奥の洗面所とトイレらしい部屋の連れていかれた時のことを思い出して、彼は笑みを洩らした。メイジーはどこかに姿を消し、キムが最初に入ってディーンは外で待っていた。

三分して出てきたキムは驚いたように目を大きく見張って、ひそひそ声で言った。「すごく変わっているわよ。トイレの便器の内側に色が塗ってあるの。草花の模様が描いてあって全部ブルーなのよ。それから便座がものすごく大きくて、しかもマホガニーなの。それに普通の水洗じゃなくて、お祖母ちゃんちのトイレみたいにチェーンを引っ張らないと水が流れないのよ。でも壁紙がきれいだし、タオルがいっぱい置いてある。どれを使えばいいのか、困っちゃったわ。石鹸も高級品だった。あなた、急いでね。一人で待っているの、いやだもの。あのトイレ、このお屋敷と同じぐらい古いのかしらね、きっとそうね」

「いやあ」と、ディーンは知ったかぶりで言った。「このお屋敷が建てられた頃には、トイレなんてなかったんじゃないかな。少なくともそんなふうなやつはね。ヴィクトリア朝時代のみたいな感じだな。十九世紀の初めあたりじゃないかな」

ディーンは領主館に気押されまいとして、ない自信をこめて言った。キムは彼に支えと励ましを期待する。彼自身支えと励ましが必要なのを気取られてはならない。

廊下に戻ると、大広間のドアの前にメイジーがいた。

「中にお茶を出しておいたわよ。四十五分したら戻ってきて、事務室に連れて行ってあげるわね」

最初大広間に圧倒された二人は巨大垂木の下を、胴衣とタイツ姿のエリザベス朝時代の紳士や馬と一緒に傲然とポーズを取る若い軍人に見つめられて（と、そんな気がした）、子供のようにおずおずと中に入っていった。広さと立派さに目を奪われていたため、細かいところに気づいたのは時間がたってからだった。右側の壁に大きなタペストリーが掛けられ、その下のオークの長テーブルには花を生けた大花瓶が置かれていた。

暖炉の前の低いテーブルにお茶が用意されていた。優美なティーセットと皿に盛ったサンドイッチ、ジャムとバターを添えたスコーン、それにフルーツ・ケーキ。二人とも喉が渇いていた。キムが震える手でお茶を注ぎ、すでに電車の中でサンドイッチをたらふく食べていたディーンはスコーンを取って、バターとジャムをたっぷり塗った。一口食べて、彼は言った。「ジャムは手作りだけど、スコーンはちがうな。よくないね」

「ケーキも買ってきたものだわね。そのわりにはおいしいけど。でもコックはいつやめたのかしらね。私たちだったら、店で買ってきたケーキを出そうとは思わないでしょ。それから玄関に出てきた女の子、きっと臨時よ。あんな子を雇うとは思わないもの」二人は陰謀でもたくらんでいるようにひそひそと囁きあった。

メイジーは時間通りに戻ってきた。相変わらず笑顔を見せずに、いやにもったいぶった口調で言った。「こっちにどうぞいらしてください」そして正方形の玄関ホールを横切って、反対側のドアを開けて言った。「ミス・クレセット、ボストックさん夫婦です。お茶はもうお出ししました」言い終わると、姿を消した。

部屋はオークの鏡板を張った狭い部屋だった。見るからに実用本位の部屋で、リンネルひだ模様彫りの鏡板とその上の壁に並ぶ小さな絵と対照的な、大きな机が入っていた。デスクには女性三人が着いていて、用意されたイスに座るように二人を手招きした。

背の高い女性が言った。「私がヘリナ・クレセットです。こちらがホランド婦長とフレンシャムさん。ここまでの旅はいかがでしたか」

「おかげさまでとても快適でした」と、ディーンが答えた。

「それはよかったわ。ここに来るかどうか決める前に、住むことになるお部屋と調理場を見たいでしょうね。でもまずその前に仕事について説明しましょう。ある意味で普通のコックの仕事とはかなり違っているわね。チャンドラー－パウエル院長は月曜日から水曜日までロンドンにおられます。つまり週前半のあなたたちの仕事は比較的楽でしょうね。院長の助手マーカス・ウェストホール先生は、お姉さんとお父さんと一緒にコテッジに住んでいます。私は館内の自分のフラットで食事は自分で作ります。ただしときどき小人数の夕食会を開くので、その時には調理をお願いすることになりますけれどね。週の後半はとても忙しくなりますよ。麻酔担当の先生、看護と補助スタッフが全員集まり、一晩泊まり込む人も通いの人もいます。その人たちが到着したときになにか食べるものが必要ですし、それから温かい昼食、そして帰る前にハイティーとも言える食事つきのお茶を取ります。ホランド婦長は館内に住んでいますし、チャンドラー－パウエル院長も患者さんたちもいます。院長はロンドンの患者さんを診に朝五時半に荘園を出発なさることもあります。こちらにはいつもだいたい午後一時までに戻ってこられるので、昼食がいりますね。そのときはご自分の居間で取るのがお好みのようです。週の後半でも一日ロンドンに戻らなくてはならないこともあるので、院長のお食事は不規則になりがちだけれど、お食事はいつも重要です。メニューはあらかじめあなたたちと私とで相談して決めます。患者さんのことはすべて婦長の責任ですから、婦長から説明してもらいましょうか」

ホランド婦長が話し出した。「患者さんは麻酔を受ける前は絶食をします。そして手術後第一日目は、手術の内容、厳しさによるけれど、ほとんど食べないのが普通です。食事ができるほど回復すると、患者さんたちは要求が多く、好みがうるさいですね。食事療法の必要な人もいるので、その場合は栄養士か私が管理します。患者さんはだいたい自分の部屋で食事を取るので、私の許可しないものは部屋に運んではいけません」婦長はキンバリーのほうを向いて言った。「看護スタッフの誰かが患者さんの部屋に食事を運ぶのが普通だけれど、あなたにお茶を出したり、時には飲み物を運んでもらうかもしれません。その場合も許可が必要ですからね。分かりますね」

「はい、婦長さん」

「患者さんの食事以外の指示はミス・クレセットが出します。ミス・クレセットがお留守の時は、補佐のフレンシャムさんに聞くように。それではフレンシャムさんがいくつか質問があるそうですから」

フレンシャムさんは濃い目のグレーの髪の毛を後ろで髷にまとめた、背が高くていかつい感じの年配の女性だった。しかし目は優しい。ディーンははるかに若くて、いやにセクシーな（と、彼は思った）ホランド婦長や、青白くて個性的な顔つきのミス・クレセットよりもなじみやすいように感じた。ミス・クレセットを魅力的に感じる人もいるかもしれないが、美人と表現する人はいないはずだ。

フレンシャムさんの質問はおもにキムに向けられた。朝コーヒーと一緒にどんなビスケットを出すか。その作り方は？　キムは訊かれたとたん緊張を解いて、スグリの実入りの薄いスパイス・ビスケットの作り方を披露した。ミニ・シュークリームの作り方は？　これもキムには簡単な質問だった。ディーンに対する質問は、鴨のオレンジソース、ヴィシソワーズ、ロースト・サーロインビーフのメニューと一緒に出すワインは、三つ挙げるワイン名のどれか。ひどく熱い夏の日、あるいはクリスマス後の食欲のない日にはどんな献立をたてるか。ディーンが答えると、明らかに満足してもらえたようだった。むずかしい試験ではなかった。キムがリラックスするのが、ディーンにも分かった。

二人を調理場に案内してくれたのはフレンシャムさんだった。そのあと彼女はキムのほうを向いて、尋ねた。「ボストックさん、ここで幸せに暮らせそうかしら?」

それを聞いて、ディーンはフレンシャムさんに好感を持った。

そしてキムは幸せだった。こんな仕事につけるのは、彼女にとって奇跡の救い以外のなにものでもない。ピカピカの広い調理場を歩き回りながら浮かべた、彼女の畏敬とも喜びともつかない表情を、ディーンは忘れない。そのあと調理場の上の部屋では、夢の世界にでもいるように自分たちの住まいになる居間と寝室、贅沢な作りの浴室を歩き回り、自分の目が信じられないように家具に手を触れ、窓一つ一つに駆け寄って外を見ていた。最後に二人は庭に出た。キムは日のふりそそぐ景色に向かって両腕を差し出し、子供のようにディーンの手を握って輝く目で彼をじっと見つめた。「すばらしいじゃないの。信じられない。家賃を払わなくていいから、生活費が浮くわ。二人分のお給料をぜんぶ貯金できるのよ」

キムにとって明るい希望に満ち満ちた新しい門出だった。夫婦一緒に働き、荘園の欠くことのできないメンバーになる。調理場の窓から芝生に置かれた乳母車、庭を駆けまわるわが子を見守る。キムの目を見て、ディーンは思った。自分にとっては夢が夢に終わることなのだ、と。

# 8

ローダは目を覚ました。意識の表面にゆっくり浮かび上ったりせず、いつものように一瞬で目覚めて新しい一日に備えていた。数分間静かに横たわって、ベッドの心地よいぬくもりを楽しんだ。寝る前にカーテンを隙間を残して引いておいた。その隙間から青白い朝日が流れ込んでいる。思ったより長く寝ていたらしい。冬の夜明けの時間になっていて、いつもより遅いと分かった。ぐっすり眠って、今は熱いお茶がほしくてたまらない。ベッドの横のテーブルにある番号を呼び出すと、男性の声が答えた。「グラッドウィンさま、おはようございます。調理場のディーン・ボストックです。何かお持ちしましょうか」

「お茶をお願いね。インディアンを。大きいポットで、ミルクだけ。お砂糖はいりません」

「今ご朝食のご注文をなさいますか」

「ええ、でも、持ってくるのは三十分後にして。しぼりたてのオレンジジュースと白パンのトーストにポーチトエッグを一つのせてね。それから全粒粉パンのトーストとマーマレードをお願い。お部屋でいただきますからね」

ポーチトエッグはテストだった。卵が完璧に調理され、トーストも軽くバターを塗られて、固すぎず生焼けでもなければ、手術に戻ってきて何日も入院しなければならない時にもおいしい食事を期待できる。ローダは戻ってくるつもりだった。荘園に、しかもこの部屋に。化粧着を着て窓辺に行くと、緑に覆われた谷と丘陵の風景が目に入った。谷間に薄霧がかかっているので、その向こうの丸い丘のてっぺんが、銀色がかった青白い海に浮かぶ島のように見える。雲のない、寒い夜だったから、建物沿いに植えられた窓下の芝生が霜に打たれて、色を失いこわばっていた。とはいえ靄がかった太陽のおかげで、しだいに緑色と柔らかさを取り戻しだしている。葉の落ちたオークの高い枝にカラスが三羽止まっていた。慎重に置かれた不吉な黒い置物のように、カラスらしくもなくじっと静かにしている。その下からライムの並木道が延びて低い塀まで達し、その向こうに小さな石のサークルが見える。最初は石のてっぺんしか見えなかった。だが見ているうちに薄霧が上がり、サークルがすっかり見えてきた。距離があるし、塀が邪魔になって輪が途切れているので、中央の高い石を取り巻く大小の不格好な石の集まりにしか見えない。あれは先史時代のものにちがいないと、ローダは思った。じっと眺めていると、居間のドアがそっと閉まる音が耳に入った。お茶が来たらしい。そのまま眺めていると、はるか遠くに銀色に輝く細い線が見えた。海だと気がつき、胸が躍った。

眺めから目を離したくなくて数秒間そのまま立っていてから振りむいたローダは驚いて、ビクッとした。音もなく入ってきた若い女性が、無言でこっちをじっと見ていたのだ。ほっそりした身体にブルーのチェックのワンピースと形の崩れた薄茶色のカーディガンを着ている。その服装から身分は推測できなかった。看護師でないことは明らかだが、使用人らしい安定感、やり慣れた当然の仕事から生まれる自信は感じられない。見かけよりも年齢は上だろうとローダは見たが、お仕着せの服と、それ以上に身体に合わないカーディガンのせいで子供のように見える。顔が青白く、茶色のまっすぐな髪の毛を片側で模様入りの長いバレッタで留めていた。おちょぼ口の上唇が完璧な弓型で腫れぼったく見えるのに対して、下唇は薄かった。まっすぐな眉毛の下の目は、薄いブルー。ちょっと出目気味だった。まばたきせずにじっと見つめる目は警戒しているような、ちょっと批判的な目つきでもあった。

話し出した声には町育ちの響きが多少あり、ごく普通のしゃべり方だった。敬意らしきものも込められていたが、ローダは眉唾ものだと思った。「マダム、朝のお茶をお持ちしました。私はシャロン・ベイトマンです。調理場の手伝いをしています。お盆は外なんですけど、ここにお持ちしましょうか」

「ええ、今すぐ持ってきて。お茶は入れたてなの？」

「はい、マダム。入れてすぐにお持ちしました」

ローダは〝マダム〟と呼ぶのはおかしいと言いたくなっ

たが、そのままにしておいた。「それじゃあ、二分ぐらい置いておきましょうか。今、ストーンサークルを見ていたのよ。話には聞いていたけれど、あんなに荘園に近いとは思わなかったわ。あれは先史時代のものなんでしょうね」

「はい、マダム。シェベレル・ストーンズです。とても有名なんですよ。三千年以上も前のものだって、ミス・クレセットはおっしゃってます。ドーセット州ではサークルはとても珍しいんだって」

「昨日カーテンを開けた時に、光がチラチラ見えたわね。懐中電灯のようだった。あっちの方角から近づいてきたけど、石のそばをだれか歩いていたんでしょう。サークルには見学者がおおぜい来るんでしょうね」

「それほどでもないですよ、マダム。ここにあるのを知っている人はあまりいないんじゃないかしら。村の人は近寄りません。歩いていたのは、チャンドラー‐パウエル院長先生じゃないかな。先生は夜この辺を散歩するのがお好きだから。昨日いらっしゃる予定じゃなかったけど、いらしたんです。村の人は暗くなってからは石のそばに絶対に行きませんよ。メアリ・キートが出てきて、歩き回ったりじっと見つめたりしてるから、それを見るのが怖いんです」

「メアリ・キートってだれなの」

「あのサークルには幽霊が出るんです。メアリ・キートは一六五四年に真ん中の石に縛りつけられて、火あぶりになったんです。あの石はほかの石とはちがって、ずっと高いし、黒いんですよ。メアリ・キートは魔女だからって死刑を宣告されたんです。魔女と言われて火あぶりになるのは普通は年取ったお婆さんだったのに、彼女はまだ二十歳だった。火の跡が茶色のシミになっているのが、今でも分ります。サークルの真ん中には草が生えません」

「そりゃあ、何世紀もの間ちゃんと生えないようにしていたんでしょ。草を枯れさせるものをまいたりして。あなた、そんなナンセンスを信じているわけじゃないんでしょ？」

「彼女の悲鳴は教会まで聞こえたんだそうです。火あぶりになるとき、彼女は村を呪ったんですよ。そしたらそのあと子供がほとんど残らず死んでしまった。教会の墓地にその名残があります。今では名前がかすれて、読めなくなってますけどね。火あぶりになった命日には今も彼女の悲鳴が聞こえるって、モグは言ってます」

「きっと風の強い夜なんでしょうよ」

話の相手をするのがおっくうになりだしたが、ローダはやめるにやめられない気分になっていた。この子は――娘はほとんど子供のようだったし、当時のメアリ・キートよりも大して年上ではないのだろう――火あぶりに異常に興味を持っているらしい。ローダは言った。「村の子供は小児感染症か結核なんか、さもなければ熱病が原因で死んだのよ。メアリ・キートは病気の原因にされて死刑の宣告を受けて、火あぶりになった後は子供たちが死んだ原因にされたんでしょう」

「それじゃあ死んだ人の魂が私たちに会いに戻ってくるとは思わないんですか」

「死んだら、魂だろうが――魂がいったいなんなのか問題だけど――他のどんな形でだろうが、戻ってはこないわよ」

「でも死んだ人たちはここにいるんですよ！　メアリ・キートは安らかに眠ってないんですもの。このお屋敷にある肖像画。あの肖像画の顔――あの人たち、今も荘園に留まっているんです。私がここにいるのをあの人たちが嫌ってるのが、私にはちゃんと分かります」

娘はヒステリックな口調でも、特別気にしているようでもなかった。たんに事実を言っているのだった。ローダは言った。「馬鹿なことを言わないで。あの人たちはもう死んでいるのよ。もう考えたり感じたりしない。私の住んでいる家にも古い肖像画があるわよ。チューダー朝時代の紳士の肖像画だけど。もしその人が私がそこに住んで仕事をしているのを見たら、なんて思うかなって時どき想像することがあるわね。でも、そう思うのは私で、その紳士じゃない。たとえ彼と対話ができるって私が勝手に思っても、向こうはこっちと話す気はないでしょう。メアリ・キートは死んだのよ。もう戻ってくることはできない」ローダは一息入れてから、きっぱりとした声で言った。「それじゃあ、お茶をいただくわ」

お盆が運ばれた。繊細なティーカップに同じ模様のティーポットとミルク入れ。シャロンが言った。「マダム、ご昼食のことをお訊きしたいのですが、ここで召しあがりますか、それとも患者さん用の居間がいいですか。患者さん用の居間は下の長い回廊にあります。メニューがありますから選んでください」

シャロンはカーディガンのポケットから紙を取りだして、ローダに渡した。メニューは二つあって、選べるようになっていた。「シェフにこう言って。コンソメスープ、それからパースニップとほうれん草のクリーム煮にのせた帆立貝ダッチェス・ポテト添え、デザートはレモン・ソルベ。冷えた白ワインをグラスでお願いしたいわ。シャブリがいいでしょう。一時にここの居間でいただきます」

シャロンは出ていった。ローダはお茶を飲みながら、心の中にある、なにやらもやもやとしたものについて考えた。あの娘に会ったのはこれが初めてだし、彼女のことは聞いたこともない。あの顔はそう簡単に忘れるような顔ではなかった。それなのに過去の感情を思い起こさせる何かがあって、落ち着かない。その時は大して強い感情ではなかったかもしれないが、今も頭の隅に引っかかっているのだ。この領主館には絵画に塗り込められたり、民間伝承に取り上げられているだけにとどまらないなにかしらがあるという直感が、今の短い出会いで一段と強まった。ちょっと探ってみるのも面白いかもしれない。人間の真実を発見するという長年の情熱にもう一度浸ってみようか。個人としての人間、あるいは職場での人間関係、人間が世間に見せている姿、世間に対して慎重にこしらえ上げた仮面を探るのだ。今はそんな好奇心はコントロールすることにして、それに使われる精神的エネルギーを他の目的に向けるつもりでいた。これは最後のルポになるのかもしれないが、最後の好奇心になるはずがなかった。情熱がすでにパワーを失って、もはや抑えがたい力でなくなっているのが自分でも分かる。おそらく傷痕がなくなれば、すっかり消え去るか、調査に必要な程度残るだけになるのだろう。だが、シェベレル荘園に住む人たちについてもっと知りたい。興味深い真実が実際に存在するとしたら、しゃべらないではいられないらしいシャロンが一番の情報源かもしれない。ローダは昼食後までしか予約していなかった。ホランド婦長と一緒に手術室と術後回復室を見る予定があるから、半日で村と荘園の敷地を見て回るのは無理だろう。早朝の霧が天気のいい一日を約束していた。庭を散歩して、敷地の外まで足を延ばしたら、気持ちがいいだろう。ローダはこの荘園、領主館、部屋が気に入った。明日の午後まで滞在できるか訊いてみるつもりだった。そして二週間したら手術を受けに戻ってきて、新しい未知の生活が始まる。

## 9

荘園の礼拝堂は東翼から八十ヤードほど離れて、サークル状に植えられた斑入りの月桂樹の茂みに半分隠れるようにして立っている。東窓の下に石の祭壇のある、一部屋だけのシンプルな長方形の建物は、建てられた日付や初期の歴史の記録はない。しかし領主館よりも古いことは確かだった。照明はローソクしかない。ドアの左側に置かれたイスの上に、ローソクの入ったボール箱がのっている。一緒にローソク立てもとりどりあった。多くが木製で、昔の台所やヴィクトリア朝時代の召使部屋から出た不用品らしかった。マッチが置いてないので、不意に訪れた人が祈る気なら、明かりなしで祈るしかない。石の祭壇に置かれた十字架はお抱え大工が注文に応じて作ったものなのか、あるいは自らの信仰心に突き動かされて刻んだものなのか。荒削りな彫刻だった。クレセット家の先祖なら銀製なり、もっともったいぶった彫刻を選んだだろうから、彼らが作らせたものとはとても思えない。祭壇の上には十字架以外はなにもなかった。かつては美しく花綱で飾られていたのだろうが、宗教改革の大波を受けて、装飾はいっさい廃されたのにちがいない。

十字架はマーカス・ウェストホールの視線のまっすぐ先にあり、時おり彼は長い間無言でじっと見つめていることがある。十字架から決断の手助けというか、恩寵というか、ある種の神秘的な力を期待しているように傍からは見えるかもしれないが、そんなものがやってこないのは分かっている。この十字架というシンボルのもとでさまざまな戦いが繰り広げられて、国家と教会の地殻変動的変化でヨーロッパの様相は一変したし、人々は拷問を受け、焼かれ、殺されてきた。十字架は愛と許しのメッセージとともに担がれて、人間の想像の暗黒地獄に運ばれたのだ。マーカスにとって十字架は、精神集中の手助けの役目を果たす。頭の中でまるで突風に翻弄される枯れ葉のように這ったと思えば舞い上がり、くるくる旋回する思考の焦点になるのだ。

彼は静かに礼拝堂に入って、いつものように後ろの木のベンチに腰をおろし、十字架をじっと見つめた。しかし祈らなかった。祈りはどう始めるものなのか知らないし、いったいだれとコミュニケーションを交わすのかも分からない。ほんのちょっと触れただけで開くと言われる秘密の扉が見つかり、この罪悪感と優柔不断が肩からするりと降りたら、どんなだろうかと思うことがある。だがそればかりは音痴に音楽の世界が閉ざされているように、自分には無理と分かっていた。レティシャ・フレンシャムはきっと見つけたのだろう。日曜日の早朝、ストーン荘の前を自転車で走りすぎるフレンシャムの姿をよく見かける。どこか遠い村の教会の、耳に聞こえない鐘の音に呼び寄せられているかのように、毛糸の帽子をかぶり、上り坂でいかつい身体を前かがみにしてペダルをこいでいる。礼拝堂でフレンシャムを見かけることはなかった。もし彼女もここに来ているとしたら、彼がジョージと手術室にいる間にちがいない。マーカスはこの聖域を二人で共有してもいっこうにかまわないと思った。フレンシャムがそっと入ってきて、隣で和やかに静座していても気にならないだろう。マーカスはフレンシャムについては、以前ヘリナ・クレセットの家庭教師をしていたとしか知らない。何年もたってからどうして荘園に戻ってきたのか、そのいきさつは見当もつかなかった。しかし静かな人柄と冷静な良識は、深いところで暗流が逆巻いているように感じられる領主館では、そしてとりわけ悩みの多いマーカスにとってはしんと静まる池のような存在だった。

　荘園のほかのスタッフで村の教会に通うのは、モグだけだった。モグは聖歌隊の中心メンバーだった。夕べの祈りで響かせる今なお衰えない力強いバリトンは、荘園に対抗する村人への、そして新興勢力に対する旧勢力への彼なりの忠誠の表現なのかもしれない。モグはミス・クレセットが荘園を仕切っていて、給料もいい間はよそ者に雇われているだろう。だが、チャンドラー-パウエルといえども、慎重に配分されたモグの忠誠心の一部分しか買い取ることはできない。

祭壇の十字架以外にこのシンプルな建物を特徴づけているのは、ドア近くの壁に掛けられたブロンズの記念銘版だった。

　この地で永遠の安らぎを得た准男爵チャールズ・クレセット卿夫人コンスタンス・アーシュラ（一八九六～一九二八）を追悼して。
だが、それにもまして強いのは祈る人
天、地、海、そして潮のはるか下、
さらには信仰の座で
問えば答えを得、求めれば見つかり、
叩けば大きく開かれる

　妻への追悼文だが、最愛の妻とは書かれていないし、三十二歳の若さで亡くなっている。ということは短い結婚生活だったのだろう。マーカスはこの普通の宗教詩とはずいぶん違う詩について調べてみて、十八世紀の詩人クリストファー・スマートの作品と知ったが、コンスタンス・アーシュラについては調べなかった。領主館のほかのスタッフ同様、ヘリナの前で一族のことを話題にするのは控えていた。だが、彼はこのブロンズの銘版を調和を乱すものと思った。礼拝堂は石と木だけのほうがいい。

荘園にこれほど静かな場所はほかにない。時どき一人きりで座っている図書室さえ、例外ではない。いつ孤独が乱され、ドアが開いて、子供の頃から聞き慣れ、恐れている言葉が降ってくるか分からない。〝あら、マーカス、ここにいたの。みんなで探していたのよ〟だが、礼拝堂なら、だれも探しに来ない。この石の礼拝堂がこうも平穏に感じられるのが不思議だった。祭壇でさえ闘争の歴史を持っている。宗教改革の不穏な空気の中で旧宗教を守る地元司祭と新しい思想と信仰に傾斜する当時のフランシス・クレセット卿の間に神学論争が繰り広げられた。荘園の敷地内にある礼拝堂に祭壇が必要と考えた卿は、夜間聖母礼拝堂に家来を送って、祭壇を盗ませたのだ。この聖所侵犯が原因で、何世代にもわたる教会と荘園の確執が始まった。その後、ピューリタン革命のときには議会軍がこのあたりで攻勢に立ち、短期間だが荘園は占領されて国王軍の死者がこの石の床に横たえられた。

マーカスは物思いや回想を振り切って、自分自身のジレンマに心を向けた。今のまま荘園にとどまるか、医師チームに加わってアフリカに行くか決めなければならない――それも今すぐに。姉がどう考えているか分かっているし、自分が抱えるあらゆる問題に対する答えとして何を見出したのかも分かっている。しかしアフリカ行きで自分が逃げだすのは、ここの仕事だけなのだろうか。マーカスは愛人の声に怒りと哀願の響きを聞きとった。セント・アンジェラズ病院の手術担当看護師エリックはマーカスに同性愛者のデモに参加すべきだと言う。言い争いは予期しないわけではなかった。意見が対立したのは、それが初めてではない。自分の言葉が思い出された。

「いったい何のためにデモするのか、ぼくには分からない。異性愛者だったら、大通りを行進して自分が異性愛者だって主張するかい？　なぜそんなことをする必要がある。ぼくたちには今のままのぼくたちでいる権利があるっていうのが、肝心なポイントじゃないのかい。それを世間に向かって正当化したり宣伝したり、主張する必要はないよ。ぼくの性生活がどうしてきみ以外の人間の関心事にならなくちゃならない」

マーカスはその後の喧嘩のやりきれなさを忘れようとした。最後にはエリックの声は割れ、涙でぐしょぐしょになった顔は子供の顔だった。

「オープンにしないとか、そんなんじゃない。きみは逃げてるんだ。自分を恥じているんだ。このぼくを恥じているんだ。仕事のことだってそうじゃないか。チャンドラー－パウエルのところで、見かけばかり気にする見栄っ張りの金持ち女相手にせっかくの腕を無駄にしている。このロンドンでフル・タイムで働けるのに。仕事はあるはずだよ──ああ、あるにきまってる」

「今はそう簡単に見つからない。それに自分の才能を無駄にすると言っているんじゃない。アフリカに行くんだ」

「ぼくとサヨナラするためだろ」

「いや、ちがう、エリック、自分とサヨナラするためだよ」

「きみがそんなこと、するわけないじゃないか、絶対に！」最後に憶えているのは、エリックの涙とドアがバタンと閉まる音だった。

マーカスは十字架が陽炎のようにぼんやりするまで祭壇を凝視していた。彼は目を閉じて、礼拝堂の湿気のこもった冷気を吸った。背中に当たる木のベンチが固い。彼はセント・アンジェラズ病院で助手を務めた最後の大手術を思い出した。犬に顔をひどくかまれた年寄りの国民健康保険患者だった。患者の女性はすでに病身で、容態を考えるとあと生きてもせいぜい一年にちがいない。だがジョージは、何時間もかけて驚くべき根気と技術で世間の意地悪な凝視に耐えうる顔に作り上げた。なおざり、あるいは拙速、無理はいっさいなかった。たとえ週に三日とはいえ時間とエネルギー、技術を、鼻や口、胸の形が気にくわない裕福な女性たちに、チャンドラー－パウエルの手術を受けられる資力を世間に見せびらかしたい金持ち女たちに無駄につぎ込む権利が、ジョージにはたしてあるのか。いったいなんのために腕の劣る外科医でも同じ程度の結果を出せる仕事に時間をかけるのだろうか。

しかしそれでも今彼のもとから去るのは、尊敬する人に対する裏切りではないのか。だが去らなければ自分自身を裏切ることであり、弟思いで弟の自立を望み、行動する勇気を持てと励ましてくれる姉キャンダスを裏切ることになる。キャンダス自身はいつも勇気があった。父が最後の床に伏していた間、彼もストーン荘で寝起きして、姉がその二年間にどんなにつらい状況に耐えたか分かっていた。そして今仕事を失ったキャンダスは次の就職のあてもなく、弟はアフリカに行こうとしている。マーカスにそうしろと言い、力を貸し励ましてきたのは彼女自身だった。だが、姉が孤独になるのはマーカスにもよく分かっていた。彼は愛している二人、キャンダスとエリックを見捨てようとしている。それに心から敬服しているチャンドラー゠パウエルも。

彼のこれまでの生活は支離滅裂だった。臆病で怠け者、自信欠如という性格のせいもあって、放っておけば善意の神が取り計らってくれると信じているかのように、ものごとを成り行き任せにする優柔不断な行動パターンに陥っていた。この三年間、彼は荘園で過ごしてきたが、専門分野の第一人者から学び、その期待に背きたくないという忠誠心、感謝、満足感がどれほどの比重を占めていたのか。そんな気持ちもある程度はあっただろうが、根本的にはここにいたほうが出ていく決心をするよりも楽だったからではないのか。だがこれからはちがう。きっぱりと決別する。単に出ていくだけではない。アフリカに行って、荘園で果たせなかった持続性のある、意義ある変化を遂げるのだ。マーカスはなにか今までと違ったことをしないではいられなかった。それが逃げ出すことなら、自分の技術を必要としている人たちにところに逃げ出すのだ。重度の兎唇の治療を受けていない大きな瞳をした子供たちや、存在を認められず回復手術のあてもないハンセン氏病患者、傷つき、無視された人たちのところに。彼にはもっと強烈な空気が必要だった。今チャンドラー゠パウエルに切り出さなかったら、行動を起こす勇気は永久に出てこないだろう。

年寄りのようにぎごちなく立ち上がったマーカスは、ドアに向かって歩きだした。そしてちょっと足を止めてから、彼は戦場に赴く兵士のように決然とした足取りで領主館をめざした。

## 10

マーカスは手術室でジョージ・チャンドラー＝パウエルを見つけた。配達されたばかりの手術用具を一人で数えていた。一本一本丁寧に調べてから手の上で裏返してみて、それからちょっと恭しげな手つきでトレイに並べている。それは手術部助手の仕事だった。助手のジョー・マスケルは明日七時にやってきて、明日一番の手術の準備をすることになっている。チャンドラー＝パウエルが器具のチェックをしているのは、ジョーを信頼していないからではない。彼は信頼できない人間は雇わない。仕事と領主館という情熱の対象二つがあるここでリラックスしている彼は、大好きなおもちゃを手に取る子供のようなものだった。

マーカスは声をかけた。「もし時間があったら、ちょっとお話があるんですが」

自分の耳にもいつもと高さのちがう不自然な声だった。チャンドラー‐パウエルは目を上げなかった。「ちょっとという言葉の意味によるね。本当にちょっとなのか、それともこみいった話なのか」

「こみいったお話になると思います」

「じゃあ、これをすませてから、事務室に行こう」

そう言われてマーカスはちょっとひるんだ。子供の頃に父の書斎に呼び出された時のことが、いやでも思い出される。今この場で話して、さっさとすませたかった。しかしチャンドラー‐パウエルが最後の引き出しをしめて、先に立ってドアから庭に出るまでじっと待っていた。建物の裏を抜けてホールに入り、そして事務室へ。レティ・フレンシャムがコンピューターの前に座っていたが、二人が入っていくと、小声で「失礼します」と言って静かに出ていった。デスクに着いてマーカスにイスに座るように手招きしたチャンドラー‐パウエルは、黙って待っている。マーカスは院長の沈黙は苛立ちを抑えているせいだと思いたくなかった。


院長が先に話し出しそうもないので、マーカスは切り出した。「アフリカ行きの件で結論を出しました。グリーンフィールド先生のチームに加わる決心がついたので、お知らせしようと思って。三カ月後にクリニックを辞めさせていただきたいと思います」

「ロンドンに行って、グリーンフィールド先生と話したと思う。先生はきみの将来の問題を初めとして問題点をいくつか指摘したはずだがね」

「はい、なさいました」

「マシュー・グリーンフィールドはヨーロッパでトップクラスの形成外科医だ。世界でも六本の指に数えられるだろう。それにすばらしい教師でもある。王立外科医協会特別会員、王立形成外科医協会特別会員、外科医学博士という彼の肩書きは当然のものだ。彼は医学を教え、医学センターを設立するためにアフリカに行っている。アフリカの人たちが望んでいるのは自立の方法だ。それを学びたいのであって、白人が来て肩代わりするのを望んでいるわけじゃない」

「肩代わりではなくて、協力できたらと思っているんです。しなければならないことがいくらもあります。グリーンフィールド先生はぼくでも役に立てるとおっしゃってくれました」

「そりゃあそうだろう。でなきゃあ、自分と君の時間をむだにするだけだからね。しかしきみは自分がどういう形で協力できると思っているんだろうか。きみは王立外科医協会特別会員で、有能な外科医だ。しかし教師としての資格はないし、ごく複雑な症例の場合、単独で処理するのは無理だ。それにアフリカに一年でも出かければ、きみが将来も外科医を続ける気なら、その将来に少なからぬ影響が出てくるだろうね。ここにいることも褒められたことじゃない。それはきみがここに来た時にはっきり言った。今度の新医療従事者教育訓練要領では教育訓練体制の柔軟性がはるかに失われてしまった。インターンは基礎期間ドクターになった。おかげで生じた混乱は、もう周知のことじゃないか。先任勤務医はなくなって、医学実習生は外科専門訓練生になった。こんなのだっていつまで続くのやら。また別のことを考えだすまでの命じゃないか。提出書類が増えて、官僚主義がいよいよはびこり、仕事を進めようとする者の邪魔ばかりしている。しかし、一つだけ確かなことがある。外科医としてやっていきたいなら、教育訓練体制の中に組み込まれていなければだめだし、その体制がひどく融通性がないときている。きみを主流に戻すことは可能かもしれないし、私は助力を惜しまないが、きみがアフリカに行くとなったら、とても無理だね。それに宗教的な動機で行くわけでもないんだろう。もし宗教と関わりがあるのなら、同調しないまでも理解はできるよ――まあ、理解がむりでも、受け入れられるだろうね。そういう人たちもいる。しかしきみが特別宗教心が強いとは思わなかったがね」

「ええ、そういうことはありません」

「それじゃあ、いったいなんだい。博愛心かい。それとも植民地支配に対する罪悪感か。今でも少なからずあるようだからね」

「ぼくでも役に立てる仕事があるからですよ、ジョージ。

アフリカはぼくに向いているような気がしてならないという以外に理由はありません。ここにいつまでもいるわけにはいきません。それはあなたもおっしゃったことです」

「ここにいてくれと言っているんじゃない。将来どの方向に行きたいのか、慎重に考えたほうがいいと言っているんだよ。つまり外科医としてやっていきたいのならね。だが、きみがもう決心したんなら、ごちゃごちゃ言うのはよそう。よくよく考えてみるといい。さしあたって三カ月で君の代わりを探さなくちゃいけないということだね」

「ご迷惑なのはよく分かっています。申しわけありません。それから先生には大変お世話になりました。感謝しています。生涯忘れません」

「感謝がどうのと言う必要はないと思うね。同僚の間で使う言葉じゃない。きみは三カ月後にここを去る。アフリカで求めているものが見つかるように願っているよ。それとも何かから逃げだしたくて、それで行くんじゃないだろうね。さて、それだけなら、ここで一人にしてくれないか」

もう一つ言いたいことがあった。マーカスはそれを口に出すために身構えた。つながりを断つ言葉はもう言ってしまった。もう恐れるものはない。「ローダ・グラッドウィンという患者さんのことなんですが、今ここに滞在しています」

「知っている。荘園が気に入らなくて、セント・アンジェラズ病院のほうがいいと言わないかぎり、二週間後に手術を受けに戻ってくる予定だ」

「セント・アンジェラズ病院のほうが好都合なのではありませんか」

「彼女にとってかい、私にとってかい」

「荘園にルポライターを入れるのはどうかと思ったのです。一人来れば、あとに続く者が出ないとはかぎりません。グラッドウィンがどんなふうに書くか、想像がつきます。〝ここで自分の容姿が気にくわない金持ちの女性たちが一財産使う。優秀な外科医の技術はもっとましなことに使われるべきではないか〟とか。何かしらケチをつける材料を見つけますよ。それが仕事なんです。患者さんたちはここの秘密保持に信頼を置いていて、プライバシーが完全に守られるものと思っています。それがここの存在理由なんじゃありませんか」

「それだけじゃないよ。それから患者を医療の必要性以外の観点から選別する気はない。それに率直に言ってマスコミの口を封じようとは思わないね。政府の策謀と欺瞞を考えたら、時には声高に叫んでくれる強力な組織が必要だ。以前は自分は自由な国に住んでいると信じていたものだが、ここにきてそうではないと認めるしかない。だが少なくとも報道の自由はあるんだから、その自由を損なわないためには、多少俗悪だったり、通俗的、感傷的、あるいはたとえ誤報があっても我慢するつもりだね。キャンダスにそう言われたんじゃないのかい。きみが自分で考えたとはどうも思えないな。もしキャンダスがグラッドウィンさんに個人的な反感を抱いているのなら、グラッドウィンさんとは関わり合いを持つことはないんだよ。その必要はないはずだ。キャンダスの仕事は患者と直接関係がないんだからね。グラッドウィンさんには今も、二週間後に戻ってきたときにも会う必要はない。私はきみのお姉さんの意向に沿って患者を選ぶ気はないよ。さて、ほかに話がなかったら、われわれは忙しい身だ。少なくとも私は忙しい」

チャンドラー‐パウエルは立ち上がって、ドアの横に立った。マーカスは無言のままジョージの袖を軽くかすって横を通りすぎ、部屋を出た。主人の不興を買って解雇された使用人の気分だった。この人物をマーカスは何年も師として崇めんばかりに尊敬してきた。今、その人に憎しみに近い感情を抱いていると知って、彼は愕然とした。期待にも似た、不実で恥ずべき考えが彼の心を占めた。もし災害か火事、病気の感染、あるいはスキャンダルが起これば、領主館の西翼が、そしてクリニック自体が閉鎖をよぎなくされる。金持ちの患者が来なくなれば、チャンドラー‐パウエルだってここを続けるわけにいかないだろう。マーカスはもってのほかな想像をすまいと心に蓋をしようとしたが、もう止められなかった。中でも言語道断で恐ろしい想像は、患者の死だった。

# 11

チャンドラー＝パウエルはマーカスの足音が遠ざかるのを待ってから、領主館を出てキャンダス・ウェストホールに会いに行った。彼はこの水曜日にマーカスあるいはマーカスの姉と議論する羽目になるとは考えてもいなかったが、マーカスが心を決めたからには、キャンダスがどう考えているのかはっきりさせたほうがいい。キャンダスも出ていく気なら、ことは面倒になる。だが父親が亡くなった今、来学期には大学に戻って教壇に立ちたいのではないか。たとえその気がなくても、事務室で補佐役として働き、ヘリナがロンドンにいる間その代理を務める仕事は、とうてい専門職とは言えない。チャンドラー＝パウエルは領主館の事務管理に干渉するのは好まなかったが、キャンダスが出ていく気なら、今のうちに知っておいたほうがいい。

気まぐれに射す冬の日を浴びながらストーン荘に向かって小道を歩いていくと、ローズ荘の外に薄汚いスポーツカーが止まっているのが目に入った。では、ウェストホール姉弟のいとこ、ロビン・ボイトンが来たのか。チャンドラー＝パウエルはボイトンが滞在しに来るとヘリナが面白くなさそうに言っていたのを思い出した。面白くなさそうにしているのは、ウェストホール姉弟も同様のようだ。ボイトンは来る間際になってコテッジの予約をする。しかしコテッジが空いていれば、ヘリナも断われないのだろう。

ストーン荘は、二年半ほど前にキャンダスが父親と一緒に移り住んで以来ずいぶんと変わった。チャンドラー＝パウエルは見るたびに、どんなに変わったか興味を感じる。キャンダスはガーデニングに精を出していた。庭の世話は父ペリグリンのベッドのそばを離れる正当な口実になったのだろう。チャンドラー＝パウエルはペリグリン老人に生前二度しか会っていないが、老人が自分勝手でがみがみうるさく、世話のしがいのない親だったことは知っている。おそらく村中に知れ渡っているのではないか。その父も亡くなり、マーカスがイギリスを出ていくとなれば、苦役だったにちがいない役目から解放されたキャンダスは自分なりに将来の計画を立てているはずだ。

　キャンダスは裏の芝生で落ち葉をかいていた。ガーデニング用の古いツイード・ジャケットを着て、コーデュロイ・ズボンと長靴をはき、毛糸の帽子を耳まですっぽり隠してかぶっている。おかげで父親似がますます強調される。いやに目立つ立派な鼻と一文字の濃い眉の下の落ちこんだ目、大きく薄い唇。いかにも頑固そうな力強い顔は髪の毛が隠れていると、中性的だった。ウェストホール家の遺伝子は奇妙な出方をして、老人の面立ちが女性的な柔らかみを帯びて現われたのは、キャンダスではなくて弟のマーカスのほうだった。チャンドラー‐パウエルに気づいたキャンダスは熊手を木の幹に立てかけて、彼のほうにやってきた。「お早う、ジョージ。何の用でいらしたのか察しはつきますよ。ちょうど休んでコーヒーを飲もうとしていたところです。お入りになって」

　先に立ったキャンダスは日常使っているコテッジの脇のドアから古い配膳室に入った。寄せ集めのカップ類や鍵束、さまざまな皿の並ぶ食器戸棚がでんと置かれた部屋は、壁も床も石造りなので屋外トイレのように見えるが、使い古した道具類の置き場として便利だった。二人は隣の狭いキッチンに進んだ。キッチンはきれいに整頓されている。しかしチャンドラー‐パウエルはそろそろここも広くしてリフォームしなければいけないなと思った。料理上手と評判のキャンダスがキッチンについて不満を言ったことがないのが不思議だった。

　キャンダスはコーヒー沸かしのスイッチを入れて、食器棚からマグカップを二個取り出した。二人はコーヒーができるまで、黙って立って待っていた。キャンダスが冷蔵庫からミルク入れを出し、二人は居間に移った。正方形のテーブルをはさんで座ったチャンドラー‐パウエルは、このコテッジはほとんど変わっていないと改めて思った。家具はほとんどがキャンダスのもので、うらやましくなるほどのいいものもいくつかあるが、それ以外は部屋のわりに大きすぎた。壁三面にはペリグリン老人が老人ホームから移ってきたときに持ってきた木の本棚が並んでいた。蔵書は老人の遺言で母校に寄贈されたり、保存価値のあるものはまとめられたりしたため、本棚は隙間だらけだった。行き場のない本が倒れて、見限られた哀れな身をかこっているように見える。居心地よさそうに見えるのは、暖炉と直角に置かれたソファだけだった。

チャンドラー＝パウエルは前置きなしに話し出した。

「マーカスから三カ月後にアフリカに行くと知らされたんだけどね。そのあまり賢明とは言えない計画に、あなたがどの程度影響を与えたのかと思って」

「弟が自分の人生を自分で決められないという意味じゃないでしょうね」

「決定はできる。だが、それを自由に実行する気になれるかどうかは、別の問題じゃないかな。あなたが影響を与えたことは、言われなくても分かる。与えなかったとしたら、そのほうが驚きだろうね。あなたはマーカスより八歳年上だ。彼が子供の頃お母さんはほとんど病床にいたということだから、彼があなたの言うことに耳を貸すのは当然だろう。あなたが育てたようなものなんでしょう？」

「うちの家族のことをずいぶんとご存じのようね。私が影響を与えたとしたら、行くように勧めたってことですよ。弟はもっと前にここを出ていくべきだったんです。ジョージ、あなたにとって都合が悪いことは承知していますよ。マーカスも申しわけなく思っています。弟も私も申しわけなく思っています。でもあなたはほかの人を見つけるでしょ。こういうことが起きる可能性は一年前から分かっていたんじゃありませんか。代わりの人の心づもりがあるはずですよ」

その通り、チャンドラー＝パウエルには心づもりがあった。頭脳明晰とまではいかないまでも腕は確かな、引退した同じ分野の外科医だった。喜んで週三回補佐を務めようと言っている。チャンドラー＝パウエルは言った。「私が問題にしているのはそのことじゃない。マーカスの目的はいったい何なのか。アフリカにずっととどまるつもりなのか。そんなことはとても考えられない。向こうで一、二年仕事をしてから、こっちに帰ってくるのかい？　で、どうするんだい。どう生きたいのか、人生についてしっかり考えなくてはだめなんじゃないかな」

「それは私たちみんなに言えることじゃないかしら。マーカスは考えたんですよ。そして納得がいったんです。これこそ自分のすべきことだって。それに父の遺言の検認が認められたので、お金はあります。マーカスはアフリカでお荷物にはならない。手ぶらで行くわけではないんですから。あなただって、分かっていらっしゃるはずですよ。全身全霊からこれこそ自分の定めだと思い、実行しないではいられない気持。あなたもそんなふうに生きていらしたんじゃありませんか。どうしてもこの計画を実現しなければならないとか、今までと違ったことをしなければいけないと確信して、絶対に間違っていないと得心のいく決心をする時が、だれにだってあるんじゃありませんか。ですからたとえ失敗したとしても、決心を実行しないほうがよっぽど大きな失敗になる。神のお召しと表現する人もいるでしょうね」

「マーカスの場合は逃げだす口実に、私には思えるね」

「でも、その時期でもあるんですよ、逃げだす時期でも。マーカスはここから、ここの仕事から、荘園から、あなたから逃げださなくちゃいけない」

「私から?」熟慮の必要があることを言われたかのように、怒った口調ではなく静かな訊き方だった。表情にも変化はなかった。

キャンダスは答えた。「あなたの華々しい成功、輝かしい才能、あなたの名声、あなたのカリスマ性から。マーカスは一人の人間として自立しなければいけないんです」

「その自立とやらが何を意味するか知らないが、私が彼の自立を妨げていたとは気づかなかったな」

「ええ、あなたは気づいていらっしゃらない。だからマーカスは出ていかなければいけないし、私が手を貸してやらなくちゃならないんです」

「彼がいなくなれば、あなたはさびしくなる」

「ええ、そう、さびしくなりますね」

チャンドラー‐パウエルは詮索しているような口調にならないように気をつけながら、訊かなければならないので言った。「しばらくここにとどまる気はあるのかな。あるなら、ヘリナは喜ぶと思うが。彼女がロンドンに出かけるときに代わりを務める人間が必要なんだし。しかしあなたは大学に戻りたいだろうな」

「いいえ、それはもう無理なんです。大学は古典学部の閉鎖を決めました。志望者が少なすぎるんですよ。それで比較宗教学部かブリティシュ研究学部とかいう、新設学部の非常勤講師のポストはどうかと言っているんです。私はどっちも教える資格がありませんから、大学には戻りません。マーカスが出発した後、少なくとも半年ここにいられたら助かります。九カ月あれば、先々どうするか決められるでしょう。でもマーカスがいなくなったら、ここにただで置いてもらう理由がありませんわね。お家賃を取っていただいて、次の引っ越し先が決まるまで住まわせてもらえたらありがたいと思います」

「その必要はないよ。ここで貸家はしたくない。だがあなたが九カ月ここにいる気なら、ヘリナに異議がないかぎりいいんじゃないかな」

「もちろんヘリナにも訊きます。それからコテッジを少し変えたいのですけれどね。父が生きている間は、がたがたうるさくすると、とくに職人を入れると父がいやがったのでなにもできませんでした。でもキッチンが暗いし、狭すぎます。私が出たあとスタッフの住まいか見舞客用に使うつもりでしたら、どうにかしなければならないはずですよ。古い配膳室をキッチンに作り変えて、居間を広くするのが順当なところじゃないかしら」

チャンドラー－パウエルは今キッチンについて議論する気はなかった。「そのことならヘリナと話し合うといい。それからコテッジのリフォーム費用についてはレティーに相談したらいいだろう。リフォームはしなければならない。それぐらいの費用はなんとかなるだろう」

チャンドラー－パウエルはコーヒーを飲み終わり、訊きたいことも聞いた。だが彼が腰を上げる前に、キャンダスが言った。「もう一つあるんですけれどね。今ここにローダ・グラッドウィンが来ていますね。二週間後に手術を受けにまた戻ってくるんでしょ。あなたはセント・アンジェラズ病院にベッドを持っていらっしゃる。ロンドンのほうが彼女には都合がいいはずですよ。ここにいれば、彼女は退屈する。それは彼女みたいな女性にはとりわけ危険な状態ですよ。あの女は危険です」

そうか、やっぱりと、チャンドラー＝パウエルは思った。ローダ・グラッドウィンに対する異常な関心の裏には彼女がいたのだ。「危険って、どう危険なんだい。だれにとって危険なのか」

「それが分かれば、これほど気にしませんよ。あなただって、医学雑誌以外にもなにか読んでいらっしゃるなら、彼女の評判を多少は耳にしているはずですよ。ローダ・グラッドウィンはルポライターです。しかも最悪の部類に属するルポライター。豚がトリュフの匂いをかぎつけるように、彼女はゴシップをかぎ出す。偉大なるイギリス大衆の好奇心をくすぐるような他人の秘密をかぎ出すのが彼女の仕事で、おかげで悲しんだり苦しんだりする人が出るし、もっと痛ましいことだって。あの女は秘密を売ってお金にしているんです」

「そいつは言いすぎじゃないかな。それにあなたの言うことが本当だとしても、患者が決めた手術の場所を私が断わる理由がない。なぜそんなに気にするんだい。彼女の食欲をそそるようなことがここで見つかるはずがない」

「そうはっきり言い切れますか。あの女はなにか見つけ出しますよ」

「いったいどんな理由をつけて、ここで手術はできないと言える」

「彼女をわざわざ怒らせることはないですよ。予約を二重に受けてしまったので、ベッドを確保できなかったと言えばいいんです」

チャンドラー＝パウエルは苛立ちを抑えかねていた。患者の取り扱いについて口をはさむ、許しがたい越権行為だ。「キャンダス、いったいどうしたんだ。あなたはいつもは冷静なのに。まるで誇大妄想もいいところじゃないか」

キッチンに行ったキャンダスはマグカップを洗い、コーヒー沸かしの中身を空けだした。少し黙っていてから、彼女はまた口を開いた。「自分でも時どきそんなふうに思いますよね。筋の通らないこじつけに聞こえることは認めます。いずれにしろ私にとやかく言う権利はないけれども、ここではプライバシーが守られると思ってくる患者さんたちは、とかく噂の高いジャーナリストと一緒だと知ったら、喜ばないいんじゃないかと思ったんですよ。でも、ご心配なく。私は今も、二週間後もローダ・グラッドウィンとは接触しません。彼女に包丁を突きつけるなんて大それたことは企ててはいませんから。正直言って、そんなことをする価値もない女ですよ」

キャンダスはチャンドラー＝パウエルをドアまで見送った。チャンドラー＝パウエルが言った。「ロビン・ボイントンがまた来たね。彼が予約したって、確かヘリナが言っていた。何のためにここに来るんだろうか」

「ローダ・グラッドウィンがここに来ているからだと言っていましたよ。二人は友だちで、グラッドウィンが話し相手をほしがるんじゃないかと思ったようです」

「一晩しか泊まらないのに？　二週間後の手術のときにもローズ荘を予約する気なのかな。予約したって、グラッドウィンさんには会えないし、今だって会えないよ。グラッドウィンさんは完璧なプライバシーがほしくてここに来ているのだから、私もそのように取り計らう」

チャンドラー＝パウエルは庭の門を閉めながら、いったいどういうことだろうと訝った。普通ならとてもまともに思えない反感には、個人的な大きな理由がなにかあるはずだ。あるいはつむじまがりで優しさなどみじんもない老人に縛られた二年間の不満と失職の挫折感を、グラッドウィンにぶつけているのかもしれない。それにマーカスのアフリカ行きもある。キャンダスは弟の決心に賛成したかもしれないが、歓迎したとは考えられない。しかし領主館に向かって足早に歩くチャンドラー＝パウエルは、キャンダス・ウェストホールと彼女の悩みを頭から追い払って、自分の抱える問題に心を向けた。マーカスの代わりは見つけられる。フラヴィアが出ていく潮時と決心した場合にも対処できる。このところフラヴィアはなにやらそわそわ落ち着かない様子をしている。忙しいチャンドラー＝パウエルでさえ気がつく、それらしいそぶりを見せている。おそらく関係を清算する時が来たのではないか。クリスマス休暇が近づいて仕事が暇になっている今、彼女と別れる覚悟を決めるべきなのだろう。

領主館に戻ったチャンドラー‐パウエルはモグワージーと話をすることにした。モグワージーはたまたま顔を見せた当てにならない冬の太陽を利用して庭で働いているのではないだろうか。球根を植える時期だから、春に向けてのヘリナとモグワージーの計画に関心を示す頃合いだ。彼はテラスと装飾庭園に出る北側のドアを出た。モグワージーの姿はどこにもなかったが、バラ園に通じるブナの生垣の切れ目に向かって並んで歩く二つの人影が目に入った。背の低いほうはシャロンだ。そしてもう一人はローダ・グラッドウィンのようだ。では、シャロンはグラッドウィンの庭の案内をしているのか。滞在客から求めがあると、普通ならヘリナかレティーがする仕事だ。チャンドラー‐パウエルが二人が視界から消えるまで見ていると、奇妙な二人連れは仲よさそうに話し、シャロンは連れを見上げている。なぜかチャンドラー‐パウエルは心が騒いだ。マーカスとキャンダスの予言には気になるよりもいらいらさせられたのに、今初めて彼はうずくような不安を感じた。何やら怪しげなコントロール不能なものが自分の領域に入りこんだような気がする。まじめに考えるにはいくらなんでも不合理だし、迷信じみてすらいる。彼はそんな思いを振り払った。とはいえ非常に知的で合理的な考え方をするキャンダスが、ローダ・グラッドウィンに対して異常なこだわりを見せている。もしかしてキャンダスはグラッドウィンについて、彼が知らないなにかを知っていて、しかもそのことを人には秘密にしておきたいのではないか。

モグワージーを探すのをあきらめたチャンドラー‐パウエルは領主館に戻り、ドアをしっかり閉めた。

# 12

　ヘリナはチャンドラー‐パウエルがローズ荘に行ったのを知っていた。そして院長が戻ってきてから二十分後にキャンダスが事務室に現われても、驚かなかった。

　キャンダスはいきなり言った。「お話しがあるんですけれどね。話は二つ。一つ目はローダ・グラッドウィンのことよ。昨日彼女がここに来たのを見かけた――というか、BMWが通りすぎるのが見えたので、彼女だろうと見当をつけたわけだけれど。彼女、いつ発つんですか」

「今日は発たないわよ。もう一晩泊りたいと予約を入れたから」

「それであなたはオーケーしたんですか」

「理由もなしに断わるわけにはいかないでしょ。理由なんてありませんからね。部屋は空いているし、ジョージに電話をしたら、とくに気にしているようでもなかったわ」

「そりゃあそうでしょう。一日分よけいにお金が入ってきて、彼には面倒でもないんですからね」

「私たちにだって面倒じゃありませんよ」と、ヘリナは答えた。

　ヘリナの口調に腹立たしげな響きはなかった。彼女から見て、チャンドラー‐パウエルのやり方そのものは順当だった。とはいえ、ああいう患者の下見については話し合いたいと思っていた。あらかじめ施設を下見する必要が本当にあるのだろうか。ヘリナにしてみれば、荘園が民宿に成り下がるのは好ましいことではなかった。だが、この件は持ち出さないほうがあるいは賢明なのかもしれないと考え直した。チャンドラー‐パウエルは患者は手術の行なわれる場所をあらかじめ見る機会を与えられるべきだと、常々はっきり主張している。彼は医療に関する自分の判断に干渉されたら我慢ならないと思うにちがいない。二人の関係ははっきり決められてはいないが、どちらも自分の立場は心得ていた。チャンドラー‐パウエルは領主館の管理について口を出したことは一度もないし、ヘリナはクリニックとはいっさい関わりをもたなかった。

キャンダスが言った。「それで、彼女、また来るわけですか」

「そういうことになるでしょうね。二週間ちょっとしたら」ちょっと沈黙があった。ヘリナは続けた。「なぜそんなに気にするの。あの人もほかの患者さんと変わりありませんよ。術後回復の期間として一週間予約しているけれど、十二月のことだし、丸々一週間はいないでしょうね。きっとロンドンに戻りたくなるでしょう。丸々一週間いようといまいと、面倒な点はほかの患者と少しも違わないわよ。たぶん楽なほうじゃないかしら」

「面倒の意味によるんじゃありませんか。彼女はルポライターよ。いつも記事のネタを探しているんです。次の記事のネタがほしければ、見つけ出す。たとえここの患者さんの虚栄心とか愚かさを痛罵する程度の記事だって書くんじゃないかしら。ここでは安全だけでなくプライバシーも保証されているんでしょ。ルポライター、それも彼女みたいなのが入院していては、プライバシーもなにもないんじゃないかしら」

「グラッドウィンさんとスケフィントンさんの二人しか入院しないのだから、虚栄心と愚かさを記事にするにしても一例しか書けないことになるわね」

ヘリナは考えた。〝そんなことが問題なのではないだろう。弟がここを出ていくというのに、彼女がクリニックの成功不成功を気にする理由がない〟ヘリナは言った。「でも、あなた、何か個人的な理由があるんじゃないの？ そうとしか思えないわね」

キャンダスは横を向いた。衝動的に思わず質問してしまったヘリナは後悔した。二人は少なくとも仕事の上では尊敬しあって、職場での関係はよかった。今は私的な領域に踏み込むときではない。ヘリナはキャンダスの私生活にも、自分のと同じように立ち入り禁止の看板が立てられているのを知っていた。

沈黙がきた。やがてヘリナは言った。「話が二つあるって言ったわね」

「ジョージにもう六カ月、長くて一年ここにいてもいいか訊いてみたんです。あなたに異存がなければ、会計と事務一般の仕事を続けたいと思っているんです。マーカスが辞めたら、もちろんきちんとお家賃を払います。でも、あなたにその気がなければ、ここにいるつもりはありませんよ。それから来週三日間ここを留守にするので、それを言っておきたかったんです。一緒に父の介護をしてくれた看護師のグレース・ホームズのために年金のようなものを設定することになっているので、トロントに行ってきます」

では、マーカスは辞めるのか。そろそろ彼が辞める決心をするのではないかと思っていた。マーカスがいなくなれば、ジョージにとってはかなり不都合だろうが、代わりを見つけるにちがいない。ヘリナは言った。「あなたがいなくなるとなにかと困るから、しばらくでもいてもらえると助かるわ。レティーも同じ意見でしょう。それじゃあ、大学のほうはお終いにしたのね」

「大学のほうが私をお終いにしたんですよ。古典学部を存続させるほど古典を志望する学生がいないんです。むろんいずれそうなるだろうと分かっていました。去年、司法科学部を拡張するために物理学部を閉鎖した。そして今度は古典学部が閉鎖されて、神学部は比較宗教学部になる。そして比較宗教学部がむずかしすぎると言われれば——あの大学の新入学生のレベルなら、そうなるんでしょうけど——宗教メディア研究学部になる。あるいは宗教司法科学部か。若者の大学進学率五十パーセントを目標にしながら、同時に四十パーセントの中学生を学力のないまま平気で卒業させる政府は、空想の世界に住んでいるんだわね。でも高等教育の話はやめておきましょう。退屈なだけですから」

〝じゃあ、職を失い、弟も失おうとしているのか〟と、ヘリナは思った。〝おまけに将来の展望もなしに六カ月間このコテッジに住みつづけることになる〟キャンダスの横顔を見たヘリナは、憐憫で胸を突かれた。瞬時の感情だったが、意外だった。ヘリナには自分がキャンダスのような状況に陥るなど想像もつかなかった。すべての原因は、二年間死の床についた横暴な老人だ。キャンダスはどうして父親から離れようとしなかっただろう。まるでヴィクトリア朝時代の娘のように良心的に父の介護をしたが、愛情は一かけらもなかった。それはとくべつ敏感でなくても、だれの目にも明らかだった。ヘリナ自身はなるべくコテッジに近づかないようにしていた。スタッフのほとんどがそうしていたが、見聞きしたことや噂話、あてこすりなどから真相は知れていた。老人はいつも娘を蔑視して、女性として学者としての自信を打ち砕いてきた。キャンダスほどの能力がありながら、どうして一流大学のポストに応募せずに三流校の教壇に甘んじていたのか。あの老いた暴君がその程度が似合いだと決めつけたからではないか。そして地区看護師の介護を受けていたのに、娘に常識で考えられる以上のことを要求した。キャンダスはどうして父を老人ホームに入れなかったのだろうか。老人は自分の父も入っていたボーンマスの施設では満足できなかったかもしれないが、ほかにも老人ホームはあるのだし、金に不自由している家族ではない。老人はわずか数週間前に亡くなった父から八百万ポンド近い遺産を受けついだという噂だ。遺産の検認がすんだ今、キャンダスとマーカスは裕福だった。

五分後、キャンダスは出ていった。ヘリナはキャンダスと交わした会話を思いかえした。キャンダスに話さなかったことが一つある。とくべつ重要なことには思えないが、話せば、キャンダスの苛立ちをますますかきたてたかもしれない。グラッドウィンの手術の前日から回復期の一週間のあいだロビン・ボイトンがローズ荘を予約したと聞いて、キャンダスの気分が晴れるとはとても思えなかった。

# 13

十二月十四日金曜日の午後八時、ローダ・グラッドウィンの手術が無事終了して、ジョージ・チャンドラー＝パウエルは東翼の自室の居間で一人くつろいでいた。手術日の最後にはよくこうして一人になる。手術した患者はグラッドウィン一人だったが、傷痕の除去は予想よりも面倒で時間がかかった。七時にキンバリーが軽い夕食を運んできて、八時には食卓は片づけられ、小さな折りたたみダイニング・テーブルもしまわれた。二時間は一人静かにしていられる。七時に患者を診て、術後の状態をチェックした。十時に再度診る予定だった。マーカスは手術が終わるとすぐに、ロンドンで一晩泊ってくると言って外出した。経験豊かなフラヴィアがグラッドウィンを見ているし、自分も呼ばれればすぐに行けるので、ジョージ・チャンドラー＝パウエルは安心して私的な楽しみに浸ることができた。暖炉前の小卓にのっているワイン、シャトー・パヴィはとっておきの楽しみだ。燃える薪をかきたてたチャンドラー＝パウエルは薪の重ね具合をチェックしてから愛用のイスに腰を落ち着けた。ワインはディーンがデカンターに移した。あと半時間もすれば飲みごろになると、チャンドラー＝パウエルは見当をつけた。

荘園を買い取るときに一緒に購入した絵画のいいものは大広間と図書館に飾ってあるが、この部屋には彼の愛蔵の絵が掛かっていた。患者が感謝のしるしに遺贈してくれた水彩画六点だ。遺贈はまったく思いがけなかったので、贈られた時には贈り主の患者の名前を思い出すのにちょっと時間がかかった。彼は外国の遺跡や見慣れない風景はどうも好きになれないのだが、贈り主もそうだったらしく、どれもイギリスの風景なのはありがたかった。大聖堂を描いた三点はアルバート・グッドウィンのカンタベリー大聖堂とピーター・ド・ウィントのグロースター大聖堂、ガーキンのリンカーン大聖堂。その向かいの壁にはロバート・ヒルズの描いたケントの風景。あとの二点は海の風景だった。コプリー・フィールディングのものと、ターナーのイギリス船のカレー到着を描いた水彩画のための習作。最後のこれがチャンドラー＝パウエルが一番気に入っている絵だった。

彼は摂政期時代の本棚に目を向けた。本棚に並ぶ本を読み直そうとよく思う。子供の頃の愛読書が何冊かあるが、それ以外は祖父の蔵書だった。だが、一日の終わりによくあるようにあまり疲れていると、文学から満足感を引き出すだけのエネルギーがない。代わりに音楽にした。今夜は特別な楽しみが待っている。クリスチャン・カーニンが指揮し、彼のお気に入りのメゾソプラノ歌手ヒラリー・サマーズが歌うヘンデルの『セメレ』。まるで喜歌劇のように愉快で官能的な音楽だ。最初のCDをプレーヤーに入れていると、ドアをノックする音がした。チャンドラー＝パウエルは怒りに近い苛立ちを覚えた。この専用の居間でくつろぐ彼の邪魔をする者はほとんどいないし、ノックをする者はさらに少ない。答える前にドアが開いた。フラヴィアが入ってきて、後ろ手でドアをバタンと閉め、そのまま寄りかかった。キャップ以外はまだ白衣だったから、彼は反射的に訊いた。

「グラッドウィンさんは変わりないかい」

「もちろん変わりありませんよ。もしなにかあれば、私がここにはいるはずないでしょ？　六時十五分にお腹がすいたと言って、夕食を注文しました。内容に興味があるかどうか知らないけど、コンソメスープにスクランブルド・エッグ、スモークサーモン、デザートはレモンムース。ほとんど平らげて、おいしく食べられたみたいだったわ。私が戻るまでフレイザー看護師に任せてきました。私が戻ったらフレイザーは勤務を終えて、ウォラムに帰ります。それはともかく私がここに来たのは、グラッドウィンさんのことじゃないのよ」

フレイザー看護師はパートタイムのスタッフの一人だった。チャンドラー＝パウエルは言った。「急ぎじゃなかったら、明日まで待てないかい」

「いいえ、ジョージ、待てないわ。明日まで待てないし、あさってまでも待てない、しあさってもだめ。あなたが耳を貸す時間を作ってくれるまで待つわけにはいかないの」

「時間がかかるのかい」

「いつも割いてくれる時間よりは長くなるわね」

チャンドラー＝パウエルにはどういう話か見当がついた。いずれにしろ二人の関係は遅かれ早かれ決着をつけなければならない。今夜はもう台なしになってしまったことだし、今すませるのも悪くないだろう。最近フラヴィアは怒りを爆発させることが多くなっているが、荘園にいる時に怒りだしたことはこれまでに一度もない。彼は言った。「上着を取ってくる。ライムの並木道を歩こう」

「暗い中を？　それに風も出てきたわよ。ここで話せない？」

だが、チャンドラー＝パウエルはすでに上着を取りに行っていた。取った上着を着ながら戻ってきて、ポケットを軽く叩いて鍵が入っていることを確かめた。「外で話そう。楽しい話にはならないだろう。楽しくない話はこの部屋ではしたくないんでね。きみもコートを取ってきたほうがいい。ドアの前で会おう」

どのドアか言う必要はなかった。直接テラスに出られてライムの並木道に通じるドアは、西翼一階のドアだけだ。フラヴィアはコートを着て、頭からウールのスカーフをかぶって待っていた。ドアには鍵が掛かっていたが、カンヌキは掛かっていなかった。ドアを出て、チャンドラー＝パウエルはドアに鍵をかけた。二人は少しの間無言で歩いた。チャンドラー＝パウエルは沈黙を破るつもりはなかった。せっかくの夜を台なしにされた不快感がおさまらず、助け船を出す気になれない。この話し合いを望んだのはフラヴィアのほうだ。なにか言いたいことがあるのなら、彼女のほうから言いだせばいいのだ。

並木道の端まで行って、数秒迷ってから回れ右をしたところでフラヴィアはようやく足を止め、彼のほうを向いた。彼女の顔ははっきり見えないが、身体が緊張して、声にこれまでにないざらつきと決然とした響きがあるのが分かった。

「今のまま続けるわけにいかない。私たち、決心すべきじゃないかしら。結婚してくれるわね」

そうか、いよいよ来たか。彼が恐れていた瞬間だった。だが決心はフラヴィアがするのでなく、彼に求められている。チャンドラー＝パウエルはどうして自分はこの瞬間を予期しなかったのだろうかと考えた。が、すぐにその要求が荒っぽく露骨な言い方ながら、まったく思いがけないものでないことに気づいた。彼はそれとなくほのめかした言い方や不機嫌な様子、言葉にならない不満が積もり積もっているのを努めて無視してきたのだ。チャンドラー＝パウエルは冷静な声で言った。「悪いけど、それは無理だよ、フラヴィア」

「無理なことないでしょ。あなたは離婚したんだし、私は独身よ」

「これまでそんなことは考えたこともないってことだよ。ぼくたちの関係は最初からそういう意味合いを持っていなかった」

「じゃあ、どういう意味合いがあると思っていたの。私たちが初めて関係を持ったときのことよ――八年前よ、憶えているかしら。あのときどんな意味合いがあったの」

「きみをセクシーだと思って魅力を感じたし、それに尊敬の気持ちや好感も持った。どれもうそいつわりのない気持ちだった。だが、愛していると言ったことは一度もない。結婚を口にしたことも一度もない。結婚したいとは思わなかった。失敗は一度で沢山だよ」

「そうね、あなたはいつも正直だった――正直というか、注意深いというか。それに私一人だったわけじゃないんでしょ。名前の売れたハンサムな外科医で離婚しているんだから、格好の相手ですものね。あなたに食らいつこうとする金目当ての欲深な女たちを追い払うために、何度私を――私の容赦しないところを利用したか、この私が知らないと思っているの。ゆきずりの情事の話なんかしているんじゃないのよ。私にとってはゆきずりじゃなかった。八年間の深い関係よ。ねえ、離れているときに、私のことを思い浮かべることがある？　あなたの頭にある私は、手術室で白衣、マスク姿であなたの求めを予想し、なにがほしいかほしくないか、手術中にどんな音楽を聞きたいかちゃんと分かっている女なんでしょ？　あなたがほしいと思った時にいつもそこにいて、あなたの生活の周辺でひっそりおとなしくしている女。ベッドの中と大して違わないわよね。ただし、少なくとも手術室ではそう簡単に代わりは見つからなかったわね」

チャンドラー＝パウエルの声は落ち着いていた。だが、明らかに誠意の感じられない口調にフラヴィアが気づかないはずないと思うと、多少後ろめたかった。「フラヴィア、すまない。確かにぼくの考えが浅かったし、知らないうちに思いやりのないことをしていた。きみがそんなふうに感じていたとは思ってもみなかったよ」

「憐れんでくれなんて言っているんじゃないのよ。とんでもないわ。愛してくれと言っているんでもない。あなたに愛情はない。正当な扱いをしてほしいと言っているのよ。私は結婚したい。妻という身分と子供がほしいの。今三十六歳だけれど、定年まで働くのはごめんよ。定年後どうなるっていうの。退職金をそっくり注ぎこんで、どこか田舎のコテッジを買うわけ？　村の人たちが仲間に入れてくれるかどうか、びくびくしながら？　ロンドンなら、まともな場所で家が買えるお金なんてないから、寝室が一室のフラットってとこかしらね。私には兄弟がいないし、あなたが会ってくれる時にいつでも空いているように、友だちづきあいもないがしろにしてきた」

「ぼくのために生活を犠牲にしてくれと言ったことはない。つまりきみが犠牲と考えているんならね」

だが、フラヴィアは彼の言葉が耳に入らなかったように続けた。「八年間、私たち一度だって一緒に旅行したことがなかった。国内旅行も海外旅行も。ショーや映画を見に行ったり、レストランで食事をする時だって、行くのは、あなたの知り合いに会う怖れのないところだけだったでしょ。ほかのカップルが楽しんでいるような、そういうごく普通のことがしたいのよ」

チャンドラー＝パウエルはもう一度、今度は多少の誠意をこめて言った。「すまない。ぼくが身勝手で、考えが足りなかった。いずれそのうちきみもこの八年間をもっと肯定的に思い返せるようになると思う。それに遅すぎるわけじゃないよ。きみはすばらしく魅力的だし、まだ若い。人生の一段階が終わって次の段階に進む時期と考えるのが、賢明というものじゃないかな」

今度はチャンドラー‐パウエルにも、フラヴィアの侮蔑の表情が暗がりでも見えるような気がした。「私を捨てるっていうこと？」

「そうじゃない。先に進むのさ。きみが言ったのはそういうことじゃなかったのかい。この話し合いはそういうことなんだろう？」

「じゃあ、私と結婚する気はないの？　その気持ちは変わらないの？」

「ああ、フラヴィア、変わらない」

「荘園のせいなんでしょう？」と、フラヴィアは言った。「私たちの間にいるのは、ほかの女性じゃない。この領主館よ。あなたはここで一度だって私と寝なかったじゃないの。ここでは私はお呼びじゃない。ずっといてほしくないんでしょ。奥さんとしてここにいられると困るんでしょ」

「フラヴィア、馬鹿なことを言わないでくれ。ぼくは領主の奥方を求めているわけじゃない」

「あなたがロンドンにいれば、バービカンのフラットにいれば、こんな話をすることもなかったのよ。あそこでなら楽しくしていられた。でもこの荘園では、私はここの人間じゃない。あなたの目にそう書いてあるわ。ここの何もかもが私を敵視する。それからここの人たちが私たちの関係に気づいていないなんて思わないことね——ヘリナ、レティー、ボストック夫婦、モグだってちゃんと知っているわよ。みんな、あなたがいつ私を捨てるんだろうって思っているのよ。だからあなたに捨てられたら、あの人たちに同情されて、その屈辱に耐えなければならない。もう一度訊くわ。私と結婚してくれるわね？」

「いや、フラヴィア。すまないが、それはできない。ぼくたちは幸せにはなれないし、ぼくは二度も失敗を重ねたくはない。ぼくたちの関係は終わりだってことを受け入れてほしい」

突然フラヴィアが泣き出して、チャンドラー‐パウエルはひるんだ。彼の上着をつかんだフラヴィアはよりかかってきた。激しいあえぎとすすり泣きが彼の耳を打ち、波打つような身体の震えが直接伝わってくる。やわらかなウールのスカーフが頬をなでて、なじんだ匂い、吐息の匂いがした。チャンドラー－パウエルは彼女の肩をつかんで言った。「フラヴィア、泣くことはないよ。これは解放だよ。きみは自由になるんだ」

フラヴィアはかなわぬまでも威厳をつけようともったいをつけて身体を引いた。すすり泣きをこらえて、彼女は言った。「私が急にいなくなったら、変に思われるでしょうし、スケフィントンさんの手術が明日ある。グラッドウィンさんの世話もあることだし、あなたがクリスマス休暇に出かけるまではここにいます。でも、戻ってきたときには、私はいませんからね。一つだけ約束してちょうだい。私はこれまでなにもほしいって言ったことがないでしょ。誕生日やクリスマスのプレゼントだって、秘書が選んでお店から送らせていた。最初から分かっていたわ。今夜、私の部屋に来て。最初で最後よ、本当に。遅いほうがいいわね、十一時ごろ。こんなふうに終わるわけにいかないじゃないの」

チャンドラー－パウエルはなにがなんでも彼女と別れたかった。彼は言った。「もちろんだ、行くよ」

ありがとうと小さくつぶやいたフラヴィアは回れ右して、領主館めざして足早に歩きだした。時どきつんのめるようにして足をもつれさせている。チャンドラー－パウエルは追いかけて慰めの言葉をかけたい衝動をぐっと抑えこんだ。慰めの言葉などない。すでに頭の中では手術担当看護師の代わりを見つける算段をしているのが分かった。自分が非常にまずい約束をさせられたことも分かっていた。しかしあの約束は守るしかない。

彼はフラヴィアの姿がぼんやり霞んで、やがて暗闇に吸いこまれるまで待ち、その後もさらに待った。西翼を見上げると、明かりが二つにじんで見える。スケフィントン夫人の部屋と隣のローダ・グラッドウィンの部屋の明かりだ。するとグラッドウィンはベッドの横の明かりをつけたままで、まだ眠る態勢ではないのか。二週間あまり前に石に座り、窓辺に立つ彼女の顔を見た夜のことが思い返された。

あの患者にこうも興味をかきたてられるのが不思議だった。たぶんハーリー街のクリニックで傷痕の除去を今になってするのはどうしてかと尋ねたときに、彼女が〝もう必要ありませんから〟と謎めいた返事をしたまま、その後もその意味を明かしていないせいかもしれない。

## 14

その四時間前、ローダ・グラッドウィンはゆっくり漂うように意識を取り戻した。開けた目に最初に映ったのは小さな丸いものだった。目のすぐ前に満月のように宙にふわふわと浮いている。その不思議な物体が気になってしかたがない。なんだろうと考えた。月のはずがない。いやにがっちりして動かない。やがて円形がはっきりしてきて、木製の枠の内側に黄銅の細い縁取りがしてある壁時計だと分かった。針や数字もはっきりしてきたのだが、何時だかは分からない。どうでもいいことだと思いなおして、さっさと時間のことはあきらめた。知らない部屋でベッドに横になっている。そばに人がいる。青白い影のように音を立てずに動いている。そのとき思い出した。傷痕を取ってもらおうとしていたのだ。あの人たちは手術の準備をしているのにちがいない。手術はいつ始まるのだろうかと、ローダは考えた。

そのうち顔の左側がおかしいのに気がついた。痛みがあるし、分厚いギプスをはめられたようにずっしり重い感じがする。口の端の感覚がはっきりしないのと左目の端が引っ張られているせいもあった。手を動かす力があるだろうかと思いながら、ためらいがちに手を上げて、そっと顔に触れた。左頬はなかった。まさぐる指に触れたのは、ちょっとざらついた手触りの固いかたまりだった。テープらしいものが十文字に貼られている。だれかがローダの手をそっと下ろした。聞き覚えのある声が言った。「しばらくはパッドに触らないほうがいいですよ」そう言われて、ローダは自分が回復室にいるのだと知り、そばの二つの人影はチャンドラー゠パウエル院長とホランド婦長にちがいないと思った。

ローダは見上げて、動きにくい唇から言葉を出そうとした。「どうでしたか。うまくいきました?」

カエルの鳴き声のようにしゃがれていたが、チャンドラー゠パウエルは聞きとれたようだ。落ち着き払った重みのある声が返ってきた。「上々でしたよ。少ししたら、あなたにもうまくいったと思っていただけるんじゃないかな。今はここで休んでいてください。しばらくしたら婦長が部屋にお連れします」

ローダは周囲の物体と同じようにじっと動かずに横になっていた。手術は何時間かかったのだろうか。一時間か、二時間か、三時間か。何時間であろうと、彼女にとってその時間は死んでいるのと同じような状態のなかで失われてしまった。時間が完全消滅したのだから、人間の想像しうるものの中でもっとも死に近いのではないか。ローダはこの一時的な死と睡眠の違いを考えてみた。どんなに深い眠りであろうと眠りから覚めた時には、時間が過ぎた感覚がかならずある。目覚める間際に見た夢の断片も、たとえ忘れるとしてもその前にちゃんととらえる。ローダは記憶を試そうとして、昨日のことを思い出してみた。激しい雨に閉じこめられて車の中に座っていた。そして荘園に到着して、初めて大広間に入った。部屋で荷物を解いて、シャロンと話した。いや、それはどれも二週間あまり前に初めてここに来た時のことだ。最近の記憶が戻ってきた。昨日は前回とは違った。すんなり問題のない快適なドライブだった。冬の太陽が急に陰ったと思ったら、サーッと雨が降り出して、すぐまたやんだ。そして今回は根気よく集めた情報を持って荘園にやってきた。その情報を利用してもいいし、使わなくてもいい。今眠る直前の満ち足りた気分に浸るローダは、自分の過去と決別しようとしているようにその情報も捨てようと考えていた。過去をやり直すことはできない。もう何も変えられないのだ。最悪のことが起きてしまったが、その力もまもなく尽きるだろう。

目を閉じて次第に眠りに吸いこまれながら、ローダはこれから先の平穏な夜を思い、生きて見ることのなかった朝について考えていた。

## 15

七時間後、自分の部屋に戻ったローダ・グラッドウィンは微かに身じろぎして、ぼんやり目を覚ました。急に目覚めたときによくある軽い戸惑いを覚えて数秒間じっとしていた。ベッドの心地よさと重ねた枕にかかる自分の頭の重みが感じられ、それに空気の匂いがロンドンの自分の寝室とは違っている。さわやかだが、冬の空気というよりも秋の大気のように、ちょっと鼻をくすぐる。きまぐれな風が運んでくる土と草の匂いだ。真っ暗だった。ホランド婦長に促されて寝る前に、カーテンを開けて、格子窓もちょっと開けてもらった。真冬でも窓を閉め切った寝室で眠るのはいやだった。だが、開けてもらわないほうがよかったのかもしれない。窓をじっと見つめていると、外よりも室内のほうが暗いのが分かった。ほのかに明るい空の高いところに星座が見える。風が強くなり煙突の中でむせぶ音が聞こえるし、右の頬に風の息吹を感じる。

この異様な倦怠感を振り払って、起き上がって窓を閉めたほうがいいかもしれない。だがとてもできそうにない。鎮静剤を勧められたとき、ローダは断わった。だから、窓の隙間から見える細長い星空に目を凝らしたまま、次の風が低く唸るのをじっと待って、今のままぬくぬくと心地よくおさまっていたいと感じるこのだるさが不思議だった。が、とくに心配はしなかった。痛みはない。左手を上げて、パッドとそれを固定しているテープにそっと触った。パッドの重みと硬さにもう慣れて、その下の傷と同じように自分の一部になったかのように、そっと愛撫するように触っていた。

そして今、風の合間に音が聞こえた。部屋が静かだからかろうじて聞こえる微かな音だった。居間で何かが動きまわっているのが、音よりも感覚で分かった。最初ははっきり目覚めていないせいで恐怖感はなく、なんとなく好奇心が湧いただけだった。早朝にちがいない。七時になって、お茶を持ってきてくれたのかもしれない。また音がした。微かにきしる音だが、まちがいない。だれかが寝室のドアを閉めている。好奇心に代わって、初めてひんやりとした不安感がこみあげてきた。どの明かりもつかず、暗いままだ。パッドが邪魔になるが、しゃがれ声で声をかけてみた。「だれ。なにをしているの。だれなの」答えはなかった。入ってきたのが善意の訪問者でないことははっきりした。悪意のある何者かがそこにいる。

ローダが身体を硬くして横たわっていると、白衣とマスク姿の青白い人影がベッドの横に来た。ローダの頭上で両腕が祝福の儀式のパロディのようにおごそかに動かされた。ローダはもがくようにして身体を起こし――布団が急にずしりと重みをかけてきたように思えた――呼び鈴の紐と照明のスイッチに手を伸ばした。呼び鈴の紐はなかった。手に当たった照明のスイッチを押したが、明かりはつかなかった。呼び鈴の紐を手の届かないところに引っかけ、照明の電球を抜き取ったにちがいない。ローダは叫び声を上げなかった。子供の頃から恐怖心を表に出してはいけない、怒鳴ったり叫んだりして感情を放出してはいけないと自制してきたため、悲鳴を上げる力が抑えこまれていた。それに声を上げても意味がないことは分かっていた。パッドのせいで話すことさえままならないのだ。ローダはベッドから出ようともがいたが、動けなかった。

暗い中で白い人影の、なにかをかぶった頭とマスクをかけた顔がぼんやりと見分けられた。半分開いた窓のガラスの上を手が横切っていく——でも、あれは人間の手ではない。あれに血が流れているはずない。腕と切り離されたかと思うほどピンクがかった白い手は、何やら目的ありげにゆっくりと宙を動いている。手が音もなく窓の掛け金をかけた。そして抑制のきいた美しく繊細な動きでカーテンをゆっくりと閉めている。室内の暗闇が濃くなった。単に光が遮断されただけではなくて、空気がねっとり濃密になって息苦しい。あれは半睡状態が作り出した幻覚にちがいないと、ローダは思った。そう思った瞬間、恐怖心はすっかり消えた。幻が周りの暗闇に吸いこまれるのを待って、じっと見つめていた。だがすぐにすべての希望は絶たれた。

影はベッドの横に来て、ローダを見下ろした。ローダに見分けられるのは形のはっきりしない白いものだけだ。非情な目が彼女の目をのぞきこんでいるのかもしれないが、見えるのは黒い切れ目だけだった。声が聞こえた。静かに話しているが、ローダにはなんのことかさっぱり分からない。必死で枕から頭を上げて、しゃがれ声で抗議しようとした。とたんに時間が止まり、恐怖の渦に巻かれたローダは臭いしか、糊のきいたリネンのかすかな臭いしか感じなかった。暗闇の中から彼女のほうに突きだされているのは、父の顔だった。この三十年間思い出してきた顔ではなくて、幼い時の短い思い出にある若く幸せそうな顔が、ローダのベッドにかがみこんでいた。ローダはパッドに触ろうとして腕を上げたが、重すぎて腕は落ちた。彼女は話そうとした。動こうとした。こう言いたかった。「ほら、見て。あれを消したのよ」手足が鉄ですっぽりおおわれているような気がするが、それでも今震えながらもなんとか右手を上げて、傷痕をおおうパッドに触った。

ローダは死ぬのだと分かった。そう思うと同時に、安らぎが、あきらめが求める前にやってきた。皮膚のない、人間のものではない頑丈な手が彼女の首をつかみ、頭を枕に押しつけた。そして白い影はその体重を一気に前にかけた。ローダは死を前にして目を閉じなかったし、抵抗もしなかった。部屋の暗闇が彼女を閉じこめ、それがすべての感覚が停止する終極の闇に変わった。

## 16

七時十二分、調理場でキンバリーは不安を募らせていた。グラッドウィンさんから早朝のお茶を七時に運ぶようにリクエストがあったと、ホランド婦長に言われていたのだ。グラッドウィンさんがこの前荘園に泊まった時よりも早い時刻だったが、婦長はキムに七時にお茶を用意しておくように言った。だからキムは六時四十五分にお盆に茶器を並べて、ティーポットをレンジにかけた。

なのに、七時十二分になっても呼び鈴がならない。キムは朝食の用意をしているディーンを手伝わなければならない。今朝の朝食は思いもかけない面倒なことになった。チャンドラー＝パウエル院長はいつもと違って自室で食べたいと言うし、火の通った朝食はめったに食べず、自室の小さなキッチンで好みのものを作るミス・クレセットが、七時半にダイニング・ルームでほかの人たちと一緒に食べたいと電話をよこした。おまけにベーコンの焼き具合いと卵の新鮮さにいやにうるさい注文をつけた。領主館の食卓で出される卵が放し飼いの鶏から取れる新鮮な卵じゃないみたいな言い方だったと、キムは思った。ミス・クレセットはキムと同じぐらいちゃんと分かっているはずなのに。シャロンが現れないので、苛立ちはいや増した。シャロンは朝食のテーブルをセットして、ホットプレートのスイッチを入れて温めておくのが役目だった。もしかしたらグラッドウィンさんはもう呼び鈴を鳴らしたのかもしれない。でもキムは二階に上がって患者を起こすのは気が進まなかった。

お盆にカップ、受け皿、ミルク入れがきちんと並んでいるかもう一度いらいらと確かめながら、キムはうろたえた顔をディーンに向けた。「上に持って行ったほうがいいのかしら。婦長さんは七時だって言っていたのよ。ベルを待つ必要はないってことだったのかな。グラッドウィンさんは七時ちょうどにお茶が運ばれるものと思っているのかしら」

途方にくれた子供のようなキムの顔を見ると、ディーンの胸にいつも愛情とかすかに苛立ちを伴った憐れみが湧き上がってくる。彼は電話を取った。「婦長さん、ディーンです。グラッドウィンさんからお茶を運べというベルがまだないんですけどね。待ったほうがいいですか。それとも今キムに用意させて、運ばせましょうか」

電話の会話は一分足らずですんだ。受話器を置いて、ディーンは言った。「持って上がれってさ。患者さんの部屋に入らずに、婦長さんの部屋のドアをノックしろってことだよ。婦長さんが部屋に運ぶそうだ」

「この前と同じにダージリンと、それにビスケットでいいと思うんだけど。婦長さんはとくに何も言わなかったから」

レンジで卵を焼くのに大わらわなディーンは短く言った。「ビスケットがほしくなければ、残すだろうよ」

やかんはすぐに沸き、数分でお茶が入った。いつものようにエレベーターまでディーンが一緒に来た。ドアを押さえてボタンを押せば、キムは両手でお盆を持っていられる。キムがエレベーターから降りると、婦長が自分の部屋から出てきた。キムはお盆を受け取ってもらえると思ったのだが、婦長はちらっと見ただけでグラッドウィンさんの部屋のドアを開けた。キムがあとから続くものと思っているらしい。それはそうかもしれないと、キムは思った。早朝のお茶を運ぶのは婦長の仕事ではない。それに婦長は懐中電灯を持っているから、お盆を持つのはむずかしい。

居間は暗かった。婦長は電灯のスイッチを入れて、二人は寝室のドアに近づいた。婦長がゆっくりドアを開けた。寝室も暗かった。まったく音がしない。息遣いの音もしない。グラッドウィンさんはよほどぐっすり眠っているのだろう。変に静かだ、空き部屋の入ったような感じだと、キムは思った。いつもはお盆の重さが気にならないのに、今は一秒ごとに重くなっていくような気がする。彼女はお盆を抱えて、開いたままの戸口に立っていた。グラッドウィンさんが遅くまで寝ているのなら、お茶は作り直すしかない。お茶が出すぎたまま冷めてしまってはしかたがない。

婦長が落ち着いた声で言った。「まだ眠っていらっしゃるなら、起こすことはないわ。変わりないか、チェックだけしましょうか」

ベッドに近づいた婦長はあおむけに寝た患者を懐中電灯の青白い光でサッとなで、すぐにスイッチを切り替えて光を強めた。婦長は懐中電灯を消した。暗がりの中でキムの耳に婦長の声とは思えない甲高い緊迫した声が聞こえた。「戻りなさい、キム。入っちゃだめ。見ちゃだめよ！　見ちゃだめ！」

だが、キムはもう見てしまった。懐中電灯が消えるまでの数秒間に異様な死にざまが目に入ってきた。乱れた黒髪が枕の上に大きく広がり、握りしめたこぶしがボクシング選手のように上げられていた。片目が開き、青黒い斑点の散った首。グラッドウィンさんの頭ではなかった——だれの頭でもない真っ赤な生首、生命とはまるで関係のない人形だ。キムの耳にカーペットに落ちた茶碗の立てる大きな音が聞こえた。居間の安楽イスに倒れこみながら前かがみになったキムは激しく嘔吐した。吐しゃ物の臭いが鼻を突き、気を失う前に頭に浮かんだのは、別の恐怖だった。イスを台なしにしちゃって、ミス・クレセットになんて言われるだろう。

気がつくと、自分たちの寝室のベッドで横になっていた。ディーンがそばにいる。その後ろにチャンドラー‐パウエル院長とホランド婦長がいた。キムは少しの間目を閉じたままでいた。婦長さんの声がして、チャンドラー‐パウエル先生が答えている。

「ジョージ、彼女が妊娠しているのに気がつかなかったんですか」

「気がつくわけがないだろう。私は産科が専門じゃない」

じゃあ、もう分かったのか。妊娠したことを知らせる必要はなくなった。キムが気になるのはお腹の子供のことだけだった。ディーンの声がした。「気を失ったあと、眠っていたんだよ。チャンドラー‐パウエル先生がここに運んでくださって、鎮静剤をくださった。もう昼時になる」

チャンドラー‐パウエル先生が前に出てきた。キムは手首に彼の冷たい手を感じた。

「キンバリー、気分はどうだい」

「大丈夫です。よくなりました。ありがとうございます」

キムは勢いよく身体を起して、婦長を見た。「婦長さん、赤ちゃんは大丈夫でしょうか」

「心配することないわよ。赤ちゃんは大丈夫」と、ホランド婦長は答えた。「昼食をここで取りたかったら、かまわないわよ。ディーンも一緒にここにいるといいわ。ダイニング・ルームのほうはミス・クレセットとフレンシャムさんと私でなんとかするわ」

「いいえ、私は大丈夫です。本当です。働いたほうがいいんです。調理場に戻りたいんです。ディーンと一緒にいたいから」

チャンドラー‐パウエル院長が言った。「えらいぞ。全員がなるべくいつもの通りに仕事をこなさなければいけない。でも急ぐことはない。少しずつゆっくりやりなさい。ウェットストーン主任警部が来てくれたが、首都警察の特別捜査班の到着を待っているらしい。今のところはみんなに、昨夜あったことについては話さないように言っている。キムもわかったね」

「はい、先生。分かりました。グラッドウィンさんは殺されたんですね」

「ロンドンの特捜班が来たら、いろいろ分かるだろう。もし殺されたのなら、特捜班の人たちが犯人を見つける。怖がることはないんだよ、キンバリー。これまでと同じようにきみもディーンも仲間と一緒なんだ。きみの面倒は私たちが見る」

キムは低く礼を言った。院長と婦長が出ていき、ベッドから滑り出たキムはディーンの頼もしい力強い腕に包まれた。

# 第二部　十二月十五日　ロンドン、ドーセット

# 1

アダム・ダルグリッシュ警視長とエマ・ラヴェンナムはその日、土曜日の午前十時半にエマの父と会う約束になっていた。未来の義父と初めて会う、とくに近々予定している彼の娘との結婚を報告するのが目的の場合、一抹の不安を感じないわけにはいかない。似た設定のフィクションが頭の隅にあったダルグリッシュは、一人で未来の義父ラヴェンナム教授に会って頼みこむ図を想像していた。だが、エマに一緒に会うほうがいいと言われて簡単に説得された。

「一緒でないと、父は私はどういう考えなのかって、しつこく訊くでしょうよ。父はあなたに一度も会ったことがないし、私もあなたの名前を持ち出したことがほとんどないもの。私が一緒にいなかったら、父ははたして理解するかどうか。いつもなんとなくうわの空って感じなの。でもあれがどこまで本当なのか疑問ではあるんだけど」

「そのうわの空はしょっちゅうなのかい」

「私がいる時はそうね。ただし、頭のほうはぜんぜん問題ないのよ。人をからかうのが好きなのね」

うわの空や人をからかうのが好きなのは、未来の義父との間に横たわる問題としてはごくごく軽いものではないかと、ダルグリッシュは思った。老齢期を迎えた非凡な人を見ていると、青年期や中年期に持っていた風変わりな性格がますます色濃くなっているのに気づく。自らの証である奇矯な性格を心身の衰え、人生の最後に起きる自己崩壊に対する防壁にしているようにも思える。エマと父親が互いにどう思っているのか、ダルグリッシュには分からないが、愛情——少なくとも愛情の思い出や相手を思いやる気持ちはあるにちがいない。エマの話では、幼い頃に車にはねられて亡くなった妹は明るくて素直でエマよりも愛らしかったから、父に可愛がられていたらしい。だがそんな話をするエマの口調に非難や恨みがましい響きはまったくない。恨みはエマとは無縁の感情と、ダルグリッシュは思っていた。とはいえ、たとえ父との関係に問題があろうと、父と愛する人との初顔合わせがうまくいくように願っているはずだ。成功させて、彼女の思い出に気まずさや暗い影が残らないようにするのが、ダルグリッシュの役目だった。

エマの子供の頃についてダルグリッシュが知っていることといえば、とりとめのない雑談の中で互いの過去を遠慮がちに手探りする間に聞いたことばかりだった。オックスフォード大学の教壇を退いたラヴェンナム老教授は、オックスフォードにとどまらずにロンドンを選んだ。メルリボンにある〝マンションズ〟とご大層な名前の付いたエドワード朝時代の建物の一つに、彼の住む広いフラットがある。建物はパディンドン駅からそう遠くない。オックスフォードに出かけて元いたカレッジの食堂の主賓テーブルで食事をすることの多い――エマに言わせれば、時には多すぎる――教授には交通の便がいい。未亡人の娘と同居するためにカムデンに移り住んでいた大学の元使用人夫婦が毎朝やってきて掃除をし、夕方また出直してきて教授の夕食を作る。教授は四十歳すぎまで独身だったし、今七十歳を超えたとはいえ、自分のことは自分で充分できる。しかしソーヤー夫婦はなにもできない年寄りの大先生の世話をしてあげないといけないと思いこんでいて、教授も夫婦の思い込みをいいことに黙っていた。教授を形容する言葉で正しいのは大先生の部分だけだった。カルヴァートン・マンションズを訪れた教授の元同僚たちは、ヘンリー・ラヴェンナムはけっこうな独り住まいをしていると口をそろえる。

ダルグリッシュとエマはマンションズまで車で行き、教授との約束どおり十時半に着いた。最近塗り替えられたフラットの建物は、レンガの色が残念ながらダルグリッシュにはヒレ・ステーキと表現するのが一番近いように思えた。二人は鏡張りで、家具磨きの臭いがぷんぷんするスペースたっぷりのエレベーターで三階に上がった。

二十七号室のドアは、主人が窓から車の到着を待って見ていたのではないかと思うほど、すぐに開いた。目の前に現れた男性はダルグリッシュと大して違わない背丈があり、骨太なハンサムな顔にぼさぼさのゴマ塩頭をしていた。杖をついてはいるが、肩がほんの少し丸いだけで、娘と唯一似ている黒い目は輝きが失われたとはいえ、驚くほどの鋭さでダルグリッシュをしげしげと見つめている。室内ばきをはいて普段着だが、清潔そのものだった。「さあ、入って、入って」まるで二人が戸口でぐずぐずしていると言わんばかりのいらいらした口調で、教授は言った。

二人は通りに面した出窓のある広い部屋に通された。図書室らしい。四方の壁が本の背表紙の描くモザイク模様で埋め尽くされ、机上を初めとして平面ほぼすべてに雑誌やペーパーバックがうずたかく積まれているのだから、読書以外のことをするスペースはない。机の前の背もたれのまっすぐなイスが、重ねた書類を下に置いて空けられている。ダルグリッシュにはそこだけがむきだしで、何やら不吉に思えた。

ラヴェンナム教授は机からイスを引き出して座り、ダルグリッシュに空いているイスに座るように手招きした。エマの眉といやにそっくりな白髪交じりの眉毛と半月型の眼鏡の間から、黒い眼がダルグリッシュをじっと見つめている。エマは窓際に歩いていった。彼女、この場を楽しむつもりだなと、ダルグリッシュは思った。彼女の結婚をとめる権利は父にはない。エマは父が賛成すればうれしいだろうが、賛成、反対のどちらにも影響される気はない。しかし二人でここに来たのは正解だった。ダルグリッシュはもっと早くに来るべきだったと気づいて、落ち着かなくなった。あまりいい出だしではない。

「ダルグリッシュ警視長。その肩書でまちがっていませんね」

「はい、恐れ入ります」

「確かエマがそう言っていたと思ったのでね。あなたのように多忙な人がいささか不都合なこんな時間に出向いてこられた理由がなんだか、察しはついていますよ。言わせてもらうと、あなたの名前は、娘の相手としてふさわしい青年のリストにはのっていない。しかしながら、あなたが私の質問に娘を思う父親が望むような答え方をすれば、あなたの名前を加えるにやぶさかではありませんね」

なるほど、このごく個人的な質疑応答はオスカー・ワイルドの戯曲『まじめが肝心』を下敷きにして進められるのか。ダルグリッシュはありがたいと思った。記憶力が衰えていないらしい教授だから、戯曲や小説、あるいはラテン語の文献から難解な引用してもおかしくなかったのだ。おかげで自分の役回りを問題なく務められそうだと、ダルグリッシュは思った。彼は何も言わなかった。

ラヴェンナム教授は続けた。「まずこううかがうのが世の常でしょうね。あなたには娘に慣れ親しんだ生活を続けさせるだけの充分な収入がありますか。エマは博士号を取って以来、自立しているし、おまけに私が時おり不定期に少なからぬ補助をしている。以前父親として怠慢だった埋め合わせの意味もなきにしもあらずだが。二人で快適に暮らせるだけの金を持っておられると考えていいですか」

「首都警察から警視長としての給料をもらっている以外に、叔母がかなりの額の遺産を残してくれました」

「それは土地かな、それとも投資？」

「投資です」

「けっこう。土地というのは生きている間に求められる義務やら死後の義務やらで、今では所有してもいっこうに利益にならないし、楽しくもない。土地を持てば地位が与えられるが、それを維持できないのですよ。土地とは要するにそういうものなんだな。家はお持ちか」

「クイーンハイズにテムズ川を見下ろす、賃貸期間が百年以上のフラットがあります。家は、ベルグレイブ・スクウェアの人気のない側にも持っておりません」

「それでは一軒持ったらどうだろうね。エマのようにお嬢さま育ちでない娘でも、たとえ百年以上の賃貸契約があろうと、テムズ川を見下ろすクイーンハイズのフラットに住むのはいかがなものか」

「パパ、私はあのフラットがとても気に入っているのよ」と、エマが言ったが、その言葉は無視された。

教授はこれ以上からかっても、苦心のわりに面白味がないと思ったようだ。「なるほど、その点もけっこうのようだな。さて、ここで二人に何か飲み物を出すのが習いだ。私はシャンパンは好まないし、白ワインはどうも体質に合わない。だが、台所のテーブルに赤ワインが一本置いてある。朝の十時四十分は飲酒にふさわしい時刻にも思えないから、持って帰ってはどうだろうね。長くいるつもりはないんだろうから。でなければ」と、教授は期待を込めていった。「コーヒーもあるがね。ソーヤーの奥さんがすべて用意してあると言っていた」

エマがきっぱり言った。「パパ、ワインをいただいていくわ」

「そうか、じゃあ、持っていくといい」

二人は一緒にキッチンに行った。ドアを閉めるのは失礼だったから、二人はこみ上げる笑いをこらえた。ワインはクロ・デ・ベーズだった。

「もったいないほど上等だな」と、ダルグリッシュが言った。

「あなたが気に入ったっていうことよ。気に入らなかった場合のために、デスクの引き出しに安ワインが忍ばせてあったんじゃないかしら。父なら、やりかねないわ」

ダルグリッシュがワインを持ち、二人は図書室に戻った。


ダルグリッシュが言った。「ありがとうございます。このワインは特別の日のためにとっておきます。その時は是非おいでいただきたいのですが」

「うん、おそらくな。私は大学は別にして、外で食事はあまりしないのですよ。陽気がよくなったら、あるいはね。私が寒い夜に出かけるのをソーヤー夫婦が喜ばないのでね」

「パパ、結婚式に出席してもらいたいと思っているのよ。春にカレッジ・チャペルで挙げる予定なの。たぶん五月になるんじゃないかしら。日にちが決まり次第知らせるわね」と、エマが言った。

「身体の調子さえよければ、もちろん出席させてもらうよ。父親としての義務だからね。式で私は役どころが今一つはっきりしない、セリフのない役を演じることになるんじゃなかろうか。たしか祈禱書にそんなようなことが書いてあった――祈禱書をしょっちゅう読むわけではないがね。同じカレッジ・チャペルで挙げたお前のお母さんとの結婚式で、お義父さんがその役目だった。バージン・ロードを進む間待たせたら私が気を変えると思ったのか、可哀そうにお母さんをいやにせきたてててね。もし私もその役を務めことになったら、もうちょっとちゃんとやりたいね。だが、お前は娘を一人の男性の所有からもう一人の男性の所有に正式に移管させるという考え方に反対なんじゃないだろうか。警視長、もう行きたいんじゃないですか。ソーヤーの奥さんが入用なものを持って今朝来るかもしれないと言っていたが、あなたに会えなくてさぞかしがっかりするだろう」

戸口でエマは父親のそばに行って両頰にキスをした。教授がいきなりエマをつかんだ。ダルグリッシュは教授の指の関節が白くなっているのに気づいた。老人が支えがほしくてつかまっているような、強い握り方だった。数秒間、父と娘は抱き合っていた。そのときダルグリッシュの携帯電話が鳴りだした。低いが紛れのないその音が、こんなに場違いに響いたことはかつてなかった。

エマをつかんだ手を離しながら、教授が苛立った声で言った。「私は携帯電話がなによりも嫌いなんだ。それを切っておくことはできなかったんですか」

「これは切るわけにいかないのです。ちょっと失礼させていただきます」

ダルグリッシュはキッチンに入って行った。教授が声をかけた。「ドアを閉めたほうがいいだろうね。もう気づいたと思うが、私の耳はまだまだよく聞こえる」

首都警察警視監ジェフリー・ハークニスは、情報を正確に、しかも質問ないし議論を封じるような言葉づかいで伝える名人だった。定年を半年後に控えている彼は今、自分の職業人生が大きな混乱や恥さらし、大事件にかき乱されることなく静かに送別会を迎えられるように、鍛え上げた技を縦横に駆使した。ダルグリッシュはハークニスが定年後に国際大企業の保安アドバイザーとして、今のサラリーの三倍の報酬を確保していると耳にしていた。せいぜい頑張るといい。ハークニスとダルグリッシュは互いに敬意は抱いてはいたが——ハークニスは渋々だったが——友情はかけらもなかった。今、ハークニスの声は焦れったそうでぶっきらぼうだったが、抑えた緊迫した響きがあった。よくそういう話し方をする。

「アダム、特捜班にお呼びがかかった。場所はドーセット州のシェベレル荘園、プールから西に十マイルのところだ。クリニックと介護施設の中間のような施設で、ジョージ・チャンドラー＝パウエルという外科医の経営だ。金持ちの患者に美容整形手術をしている。患者の一人、ローダ・グラッドウィンが死亡した。首を絞められたらしい」

ダルグリッシュは当然の質問をした。同じ質問を過去に何回も繰り返す羽目になっているが、いい反応が返ってきたためしがない。「なぜ特別班なんですか。所轄の警察は対処できないんですか」

「できるよ。しかしきみにお呼びがかかったんだ。理由は聞かないでくれ。ここじゃなくて、首相官邸からの呼び出しなんだから。いいか、アダム、目下官邸とわれわれの間がどうなっているか分かっているだろう。事を紛糾させる時じゃない。特捜班はとくに神経を使わなければならない事件を捜査するために設置され、官邸はこの事件がその範疇に入ると判断した。所轄の署長レイモンド・ホワイトスタッフは――あの男、きみも知っているだろう――気持よく応じてくれて、きみが望めば鑑識と写真班を回してくれるそうだ。そのほうが時間と経費の節約になるだろう。ヘリコプターを出すほどじゃないが、緊急であることは言うまでもない」

「いつもそうでしょう。法医はどうなんですか。キナストンを使いたいんですが」

「あの男はすでに事件にかかっているよ。だがエディス・グレニスターが空いている。コム島の殺人事件で彼女を使ったじゃないか。忘れたか」

「忘れるわけありませんよ。捜査本部設置と後方支援は所轄に頼めるんでしょうね」

「荘園から百ヤードぐらいのところのコテッジが使えるそうだ。村の駐在の住居だったんだが、その男が退職したあと後任を置かなかったから、売却予定のコテッジは今のところ空き家になっている。そのコテッジからさらに行ったところに民宿があるから、ミスキンとベントン＝スミスはそこに泊まればいい。所轄署のキース・ウェットストーン主任警部が現場できみを待っている。きみとグレニスターが行くまでは遺体は動かさない。ほかにこっちでしてほしいことはないか」

「いいえ。ミスキン警部とベントン－スミス部長刑事には私が連絡を取ります。ただ、私の秘書に一言言ってもらえると、時間の節約になります。月曜日にある会議は欠席にして、火曜日の会議はキャンセルするしかありません。それからあとのことはまた連絡します」

「よし、わかった。じゃあ、頑張ってくれ」ハークニスはそう言って、電話を切った。

ダルグリッシュは図書室に戻った。ラヴェンナム教授が言った。「悪い知らせじゃなかったんだろうね。ご両親はご健在なのかな」

「二人とも亡くなりました。今のは仕事の電話だったのです。申しわけありませんが、すぐお暇しなければなりません」

「それじゃあ、引きとめちゃあいけないな」

二人は追い立てられるようにして、いやにそそくさと玄関に向かった。ダルグリッシュは教授がまたオスカー・ワイルドを引用して、片親を亡くすのは不運と言えるかもしれないが、両方の場合はいかにも不注意だと言うのではないかと思った。しかし未来の義父と言えども、口に出すのがはばかられることもあるようだ。

ダルグリッシュとエマは足早に車に向かった。エマがこれからの予定がどうであれ、彼に回り道をして送らせる気がないことは、ダルグリッシュにもよく分かっていた。彼は一分の時間も惜しんで警視庁のオフィスに行かなければならない。エマに失望の気持ちを伝える必要もなかった。エマには彼の失望の深さも避けがたいことも理解している。並んで歩きながら、ダルグリッシュはこれから二日間の予定を尋ねた。ロンドンにこのままいるのか、それともケンブリッジに帰るのか。

「クララとアニーが、私たちの予定がおじゃんになったら週末に泊まりにこないかって言ってくれたのよ。電話をしてみるわ」

クララはエマの親友だった。ダルグリッシュはエマがクララの誠実さと知性、健全な良識を買っているのを知っていた。彼はクララと会い、今ではお互いに気のおけない仲になっている。だが、エマと付き合いはじめた頃にはしっくりいかなかった。クララは彼がエマの相手にしては年を取りすぎているし、だいたい仕事と詩作に打ち込みすぎて、女性と真剣に付き合う気などないのだ、要するにエマにはふさわしい男性ではないとはっきり言い切っていた。ダルグリッシュとしては人から、とくにクララから言われると決して愉快ではなかったが、三つ目の告発には賛成するしかなかった。彼を愛することでエマがなにかを失ってはならない。

クララとエマの付き合いは学生時代にさかのぼる。ケンブリッジ大学の同じカレッジの同学年に在籍した二人は、卒業後はまったく違った道を選択しながらも、音信がとだえることがなかった。見るからに意表をつく組み合わせだから、正反対の相手に魅力を感じるという世間一般の見方があてはまるのだろう。エマは異性愛者で、胸を衝かれるような美貌の持ち主だった。美貌は羨望の的、純粋な天恵とよく言われるが、実際には本人にとっては負担なことを、ダルグリッシュは見抜いていた。一方快活な丸顔で、ぱっちり明るい目に大きな眼鏡をかけたクララは背が低くて、ずんぐりむっくりした農夫のような歩き方をする。そんな彼女も男性には魅力的に感じられるのだから、男女間の魅力の摩訶不思議さを表わすいい例だろう。ダルグリッシュは自分に示したクララの最初の反応は、嫉妬あるいは失望ではないかと思ったこともあった。だが、どちらもありえない。クララはアニーという優しげな顔をした、いかにも弱々しいパートナーと幸せに暮らしている。ただしアニーは見かけに似合わずタフなのではないかとダルグリッシュは思っていた。二人の住むパットニーのフラットを、ジェイン・オースティンの表現を借りれば、赤い血が脈々と通う幸せいっぱいの住まいに変えたのはアニーのほうだった。数学で首席の成績を収めたクララは金融街シティで就職し、資産運用担当者として頭角を現わした。同僚の顔ぶれは次々と変わったが、クララは動かなかった。エマの話では、クララは三年したら今の仕事をやめて、かなりの額の貯金を使ってアニーと二人でまったく違った生活を始める計画らしい。それまではクララの収入の多くは、アニーの信じる主義主張のために使われていた。

三カ月前、エマとダルグリッシュはクララとアニーのシビル・パートナー法（同性婚法）による結婚式に出席した。クララの両親とやもめになったアニーの父、親しい友人数人だけの静かで和やかなお祝いだった。式のあとフラットでアニー手作りの昼食が出された。二番目のコースを食べ終わり、汚れた皿を集めたクララとダルグリッシュがプディングを取りにキッチンに立った。するとクララはそのチャンスを待っていたのか、意を決したようにダルグリッシュのほうを向いた。

「あなたたち異性愛者がどんどん離婚したり、結婚しないで同棲する時代に、私たちが法的な結びつきにこだわるなんて、あまのじゃくに見えるでしょうね。今までだって何の不満もなかったし幸せだったけれど、互いに最近親者だってはっきりさせなければいけないと思ったのよ。アニーが病院に入院するようなことがあったら、私はそばに付き添っていたいもの。それに遺産相続のこともある。もし私が先に死んだら、私のお金は無税でアニーのものになるでしょ。アニーはきっとほとんどを社会からはみ出した人たちのために注ぎこんでしまうでしょうけど、それは彼女がしたいようにすればいいことよ。無駄に使ったりはしない。アニーはとっても賢いもの。アニーには強い私が必要だから私たちの関係は続くと、みんな思っている。でも、実際は逆なのよ。最初からそれを見抜く人はめったにいないけど、あなたはそうだった。今日は来てくださって、ありがとう」

ぶっきらぼうに言われた最後の部分は、ダルグリッシュを受け入れたことを確認する言葉であり、一度受け入れたからには撤回はありえない。これから数日間どんな未知の顔、どんな問題、どんな難関がダルグリッシュを待ち受けていようと、彼の想像するエマの週末は活気にあふれているし、エマ自身も楽しく過ごせる。そう思うと、ダルグリッシュはうれしかった。

## 2

　ケイト・ミスキン警部にとってテムズ川北岸ワッピングの下流にあるフラットは、達成感の象徴だった。鉄とレンガ、木材でがっちり構築されているから、これ以上に象徴として永続性のあるものはない。このフラットを買った時、自分には高額すぎるのは承知の上だった。ローンの支払いの最初の数年間は、いろいろなことを犠牲にしなければならない。喜んで犠牲を払った。初めて光の溢れる部屋から部屋へ歩いたときの興奮、テムズ川の変化に富んだ、しかしひと時も絶えない鼓動を感じながら目を覚まし、眠りについた感激は今も失われていない。最上階の角部屋のフラットは二面にバルコニーがついているので、上流と対岸が広々と見渡せる。最悪の天候でないかぎりケイトはバルコニーに立って、次々と雰囲気を変える川を静かに眺める――T・S・エリオットの言う茶色の神の秘められた魔力、逆巻く上げ潮、盛夏の空の下でキラキラ輝く淡いブルーの広がり、そして日没後は光に切り裂かれて、ねっとりねばつく黒い肌。ケイトはロンドン港管理部や河川警察のランチ、しゅんせつ船、荷を満載したはしけなど見慣れた船が通りがかるのを、友だちが戻ってくるのを待ちかねるようにして待つ。夏には遊覧船や小型のクルーズ船。中でもとくにわくわくさせられるのが、帆船だ。手すりに若い船員がずらりと並んだ帆船はゆっくり威厳のあるスピードでタワーブリッジの開いた大橋桁の下を通過して、上流のプール・オブ・ロンドンめざして進んでいく。

　フラットはケイトが祖母に育てられたエリスン・フェアウェザー・ビルディングズ七階の狭苦しい部屋とは、月とスッポンだった。あの臭い、無法者に壊されたエレベーター、ひっくり返ったゴミ容器、金切り声、危険と背中合わせの毎日。幼いケイトは都会のジャングルをびくびく、おどおどしながら歩いた。彼女の幼年期は祖母が近所の人に話していた言葉でくっきり浮かび上がってくる。七歳の時に耳に入ったその言葉を、ケイトは決して忘れない。〝父なし子を産むしかなかったんなら、せめて死なずにちゃんと自分で面倒を見りゃあいいのに。私におっかぶせたりしないでさ。父親がだれだか、分からなかったんだよ。でなかったら、知ってて黙ってたんだね〟十代になって、ケイトは祖母を許せるようになった。貧しく働きづめで疲れていた祖母は思いもかけない厄介な重荷を背負わされて、孤軍奮闘していたのだ。そんな生い立ちからケイトが学んだのは、片親さえ知らないと、肝心な部分が欠けて、心に絶対にふさぐことのできない穴を抱えて生きなければならないということだった。

とはいえ彼女にはフラットがあるし、力量を発揮できる大好きな仕事がある。そして半年前まではピアーズ・タラントがいた。ピアーズとは愛情を感じ始める寸前の関係だった。もっともどっちも愛情という言葉は口にしなかったが、ケイトには彼がどれだけ自分の生活を豊かにしてくれたかよく分かっていた。特別捜査班のメンバーだったピアーズは首都警察対テロ部に移った。彼の現在の仕事の内容は秘密の部分が多いが、それでも同僚だった以前の日々を再現できる。二人は同じ言葉遣いをするし、民間人には理解できない警察活動のあいまいさも承知している。ケイトはいつもピアーズを魅力的な男性と思っていたが、同僚でいる間はつきあうのは自滅を意味した。ADは特捜班の効率を損なうものはなんであろうと許さない。一方、あるいは両方とも配置転換させられていただろう。だが、一緒に働いた年月、分かち合った危険、失望、疲労、成功、それにときにはADに認められたくて燃やしたライバル意識さえも二人をしっかり結びつけていたから、つきあい始めると、それまで常に存在したものを確認する、ごく自然で楽しい関係になった。

半年前、ケイトはピアーズと別れた。今もその決断を後悔していない。彼女は不実なパートナーに我慢がならなかった。人間関係に不変を期待したことはない。子供の頃、若い頃の経験から身にしみて分かっている。だがピアーズにとってささいなことでも、ケイトには裏切りだった。彼に別れを宣言し、それ以来彼に会っていないし、噂も耳にしていない。思い返すと、最初から自分は甘かったのだ。ピアーズの評判はよくよく知っていたはずなのに。別れるきっかけは、ぎりぎり間際になって出席することにしたショーン・マクブライドの送別会だった。例によって盛大な飲み会になりそうだったし、ケイトはとっくの昔に送別会には見切りをつけていた。しかし刑事時代に短期間ショーンの下に配属されたことがあって、彼は当時当たり前だった婦人警官に対する偏見を持たない、頼りになるいいボスだった。ケイトは送別会に顔を出して、彼の幸運を願いたかった。

人込みをかき分けていると、にぎやかなグループの真ん中にいるピアーズが目に入った。彼にしなだれかかっている金髪女性は、男性たちが視線を彼女の太ももに向けようか胸に向けようか迷うほど肌も露わだった。二人の関係は一目瞭然だった。互いに異性に人気のある相手を獲得して得意になり、それを隠そうとしなかった。ピアーズは人込みにできたわずかな隙間の向こうにいるケイトに気づいた。一瞬二人の目が合った。だが、ピアーズが人をかき分けて近寄ってくる前に、ケイトは会場を出た。

翌朝早くピアーズがやってきて、別れは決定的になった。交わした言葉はおおかた忘れてしまったが、切れ切れの断片が今もケイトの頭の中でお経のように鳴り響いている。

「ねえ、ケイト、あんなこと、どうでもいいことなんだよ。なんでもないじゃないか。彼女はなんでもないんだ」

「分かっているわ。私はそれがいやなのよ」

「ケイト、やたら求めるんだな」

「私、あなたになにも求めていないわよ。ああいうのがあなたの生き方なら、それはあなたの問題よ。私はほかの女性と寝る人と同じベッドで寝たくないだけ。一夜の関係を持てば持つほど格の上がるこの時代に、やぼなことを言うと思うかもしれないけれど、私はそういう人間だし、変えることはできない。だから、私たちはこれでお終いよ。どっちも恋愛感情を持たなかったからよかったわよね。涙やなじり合いなんて、よくある退屈などたばたを演じなくてすんだじゃないの」

「あっちとサヨナラしたっていいんだ」

「そして次の人、また次の人ってわけ？　あなた、まるで分かっていない。私はね、お利口にしているごほうびに寝てあげたりしないのよ。説明も言い訳も、約束もほしくない。お終いよ」

それが最後だった。この半年間、ピアーズはケイトの生活から完全に姿を消した。彼がいない生活にも慣れてきたと自分に言い聞かせるが、簡単ではなかった。互いに満たし合うセックスがないのが寂しいだけではなかった。笑いの声や行きつけの河畔のパブで飲むお酒、ストレスのない気の合う相手と過ごす時間、フラットで一緒に料理する食事。どれもがケイトがこれまで知らなかった、人生に対して肩の力を抜いた、楽天的な自信を生みだしてくれた。

ピアーズと将来について話し合いたかった。何でも話せる相手はほかにいない。次の事件はケイトにとって最後の事件になるかもしれない。特別捜査班が今の形で存続しないことは確定的だった。組織を飛び越えた人員登用を合理化して、物事をあいまいにするために作りだされた最新語でその機能を定義し、特捜班をよりオーソドックスな官僚機構に組み込もうとする計画を、ダルグリッシュ警視長はこれまでなんとか阻んできた。特別捜査班がこれまで存続できたのは、文句なしの逮捕率の高さ、比較的安上がりなこと、それにイギリスでも指折りの刑事が率いているからだった。首都警察内ではさまざまな噂が飛びかっていた。今ささやかれている噂はすべてケイトの耳に入った。いわく、首都警察の権謀術数やその他もろもろに嫌気のさしたダルグリッシュは退職を考えている。いや、ADは退職の意思はなくて、遠からず全国の警察にまたがった刑事教育訓練特別部門を統率することになるらしい。二大学の犯罪学部が彼に転職を打診している。シティの会社が今の警視総監の給料の四倍のサラリーで引き抜こうとしているんだそうだ。

ケイトとベントン－スミスはどんな質問を受けても沈黙で通した。わざわざ口をつぐむ必要はなかった。二人ともなにも知らなかったのだ。しかしADが身の処し方を決めたら、自分たちはすぐさま知らせてもらえると信じていた。ケイトが部長刑事になって以来上司だったダルグリッシュは数ヵ月のちにエマと結婚する。何年も一緒に働いてきたが、ADとはもう同じチームではなくなる。昇進を約束されているケイトは数週間後には主任警部になるだろうし、それ以上の昇進も望める。孤独な将来になるかもしれない。だが、たとえそうでも仕事がある。ケイトはほかの仕事につきたいと思ったことがないし、これまでこの仕事を続けてきたからこそ、さまざまなものを手に入れられた。孤独よりも悪いことがいくらもあることを、ケイトは身にしみて知っていた。

電話は午前十時五十分にかかってきた。ケイトはその日午後一時半まで出勤しなくてもいいことになっていた。半日非番のときはいつも雑用に時間を取られる。スーパーマーケットで食料品を仕入れて、修理に出した腕時計を受け取る。ドライクリーニング店に寄って洗濯物も出さなければならない。そんな雑用をすませるためにフラットを出ようとしていたところだった。電話はチーム呼び出し専用の携帯電話にかかってきたから、だれからかは分かっている。ケイトはじっと聞き入った。思ったとおり殺人事件だ。ドーセット州のクリニックで手術を受けたルポライター、ローダ・グラッドウィンが七時半に死亡しているのが発見された。絞殺と思われる。住所はストーク・シェベレル、シェベレル荘園。ダルグリッシュは特別捜査班が捜査に当たる理由を言わなかったが、首相官邸がからんでいるようだ。現場までケイトかベントン－スミスの車を使い、チームは一緒に現場に到着する。

「了解しました、警視長。これからベントンに電話をして、彼のフラットに向かいます。彼の車を使うことになります。私のは定期点検に出さなければならないので。私の事件用のバッグは手元にあります。ベントンもそうのはずです」

「わかった。私は警視庁に寄らなければならないから、シェパーズ・ブッシュで落ち合おう。きみたちが着く頃に私も行ければいいが。もっと詳しいことが分かったら、会ったときに話す」

ケイトは電話を切ってから、ベントン－スミスにかけた。そして二十分後には地方の事件のときに着るツイードのスラックスとジャケットに着替えていた。着替えの衣類の入ったバッグはいつも用意されている。すばやく窓の戸締りと電気のコンセントをチェックしてから事件用バッグをつかみ、二つついている安全錠をかけて出発した。

## 3

フランシス・ベントン－スミス部長刑事がノッティング・ヒルの青果市場で買い物をしているときに、ケイトから電話が入った。今日一日の予定を念入りに立てた彼は、やっともらえた休日が楽しみでしかたがない、すばらしい精神状態にあった。とはいえ休日は、休むよりもエネルギッシュにエンジョイすることになりそうだ。まずサウス・ケンジントンにある両親の家で二人のために昼食を作る約束がしてある。そして午後はシェパーズ・ブッシュにある自分のフラットでベヴァリーとベッドで過ごす。親孝行と快楽を完璧にミックスさせた一日は、ベヴァリーをカーズン座の封切映画に連れていって締めくくる予定だった。今日は彼がベヴァリーのボーイフレンドとして返り咲いた、個人的なお祝いの意味もあった。ボーイフレンドというありふれた表現に彼はちょっと苛立ちを感じはするのだが、ベヴァリーを恋人と呼ぶのは当たらないような気がする。ベントン＝スミスの考えでは、恋人はもっとずっと深い関係を意味した。

ベヴァリーは目下テレビで売り出し中の俳優だった――彼女は女優と呼ばれたくないと言う。付きあい始めた時にベヴァリーは自分の嗜好についてはっきり宣言した。いろいろなボーイフレンドと付きあうのが好みだが、複数の相手と同時に付きあうのは、原理主義の説教師に負けないぐらい我慢がならない。厳しい期限つきの一対一の付き合いがいくつもつながっているのが、彼女のセックスライフだった。半年以上続いた相手はほとんどいないと、彼女は前もってベントンに警告した。均整のとれた、しなやかではっそりした身体つきのベヴァリーは、小柄なわりに食べるのが好きだった。ベントンは自分の魅力の幾分かは食事にあるとにらんでいた。財布が苦しいながらも選びすぐったレストランに連れていくし、さもなければ家で自分で料理して食べさせる。彼女は後者を好んだ。今日の昼食にベヴァリーを招いたのは、付き合いを中断していた間になにを失っていたか彼女に思い出させるためでもあった。

ベントンはベヴァリーの両親に一度だけちょっと会ったことがある。品のいい服装をした、ごく普通のカップルは肉づきがいいものの、とくに人目を引く外見をしていなかった。だからベヴァリーのような風変わりな子供がいるのが驚きだった。ベントンはベヴァリーを眺めるのが大好きだった。白い卵型の顔に黒に近い濃い色の髪の毛を目の上で切りそろえて、目がわずかにつり上がり気味だったから、東洋的な魅力をかもしだしている。彼女もベントンと同じに恵まれた環境に生まれ育ち、きちんとした教養を身につけている。その証拠はいくら消そうとしても消し切れない。だが消し切れないブルジョワ的価値観や物腰はベヴァリーの演技でみごと隠されて、サフォーク州の村を舞台にしたテレビのメロドラマでは、話し方も見かけもすっかりパブの店主の娘、気まぐれアビーに変身していた。ドラマ制作の初段階では彼女の役どころは魅力的だった。教会のオルガン奏者との恋愛、妊娠、そして不法な中絶手術、村を巻きこんでの大騒動といった構想だった。ところがこの田舎物語はBBCの超人気番組、リアリズムに徹した『イーストエンダーズ』の向こうを張っていると、視聴者から苦情が寄せられた。噂では、おかげで気まぐれアビーは優等生に変身させられるらしい。清純な結婚、そして母性溢れる母親という設定までささやかれている。ベヴァリーが言うように、そうなったら、お終いだ。すでにエージェントはベヴァリーの人気を今のうちに目いっぱい利用しようとあちこちに働きかけている。フランシスは——ベントンと呼ばれるのは首都警察の中だけだった——今日の昼食がうまくいくと信じて疑わなかった。彼の両親は自分たちとは縁のない不思議な世界を垣間見たいと、いつも好奇心いっぱいだ。ベヴァリーは喜んで一番新しいストーリーを、台詞を交えて生き生きと語って聞かせるにちがいない。

ベントンは自分の容貌もベヴァリーに負けずに紛らわしいと思っていた。彼の父はイギリス人、母はインド人だった。ベントンは母の美貌を受けついだが、母が今も失わない、そして夫も共感するインドへの深い愛着は彼にはない。母は十八歳のときに十二歳年上の父と結婚した。二人は熱愛のすえ結ばれ、今も深く愛しあっている。毎年恒例の母の里帰りは、二人にとって一年で最大の行事だった。ベントンも少年の頃に同行したが、いつもよそ者のようで居心地が悪かった。イギリスにいる時よりも陽気で幸せそうな父が言葉や衣服、食べ物もすんなり受け入れている世界に、彼はどうしてもなじめなかった。それに幼い頃から両親の熱々の関係は第三者が、一人っ子の彼さえも間に入る余地がないと感じていた。両親に愛されているのは分かっている。しかし元校長の父と一緒にいると、息子ではなくて将来が楽しみな六年生のような気がしてならない。二人の善意の不干渉主義は、彼にはとまどいの種だった。十六歳のとき、ベントンは学校友だちが親への不満をぶちまけるのを聞いた。門限は十二時とばかげた規則を作るし、麻薬や飲酒、エイズに気をつけろ、遊びより宿題を優先させろとしつこく言う。ヘアスタイルや着るもの、プライベートな場所のはずの部屋の状態までくだくだと文句を言う。ベントンは聞いていていて、自分の親の寛容さは心理的無視とそう遠くない無関心のような気がしてきた。親とはそういうものではないはずなのに。

ベントンから警官を職業に選んだことを聞かされた父は、すでにだれかに言ったことのあるような言葉で感想を言った。「職業を選ぶに当たって重要な条件が二つある。一つにほかの人たちの幸福につながり、二つに自分も満足感を得られる。警察官の仕事は一つ目は問題ない。二つ目もうまくいくように祈るよ」ベントンはあやうく〝ありがとうございます、先生〟と言いそうになった。しかし自分が両親を愛していることは確かだが、距離を置いているのは両親のほうばかりではない、自分も二人にめったに会いに行かないと時おり反省する。今日の昼食は日頃の不孝に対するささやかな埋め合わせだ。

呼び出しは十時五十五分、ベントンが有機野菜を買っているときに専用携帯電話にかかってきた。ケイトの声だった。「事件発生。ドーセット州のストーク・シェベレルの民間クリニックで患者が殺害された模様。現場は領主館だそうよ」

「そいつはちょっと変わってますね、警部。でもどうして特別班なんですか？　ドーセット州の所轄でいいでしょうに」

ケイトはじれったそうに言った。しゃべっている時間はない。「そんなこと分かるわけないわよ。例によってその点に関しては多くを語らずなんだから。でも首相官邸がからんでいるんじゃないかと思われるのよね。行く途中で分かっているかぎりの状況を話すわ。あなたの車で行ったらどうかしら。三人一緒に荘園に到着するという指示がダルグリッシュ警視長からあったのよ。警視長はご自分のジャガーでいらっしゃる。私はなるべく早くあなたのところに行って、車はそっちの駐車場に置いておくわね。警視長もそっちで私たちに合流することになっているのよ。あなた、自分の事件用のバッグは手元にあるんでしょ？　それからカメラを持ってきて。役に立つかもしれないから。あなた、今どこにいるの」

「ノッティング・ヒルです。すんなりいけば、十分かからずにフラットに戻れます」

「ちょうどよかった。サンドイッチかラップサンド、それに何か飲み物を仕入れておいてくれない？　ＡＤだって、すきっ腹で現場に到着したくないでしょ」

ケイトが電話を切った。ベントンはケイトに言われなくても、昼食の算段をする心づもりだった。ベントンがかけなければならない電話は二つ、両親とベヴァリーだけだ。電話を取った母はよけいなことは言わずに、残念ねと短く言って、切った。ベヴァリーは携帯電話に出なかった。ベントンはそれでよかったと思い、予定はキャンセルする羽目になった、あとでまたかけ直すと伝言を残した。

サンドイッチと飲み物の仕入れは数分しかかからなかった。市場からホランド・パーク街に飛び出すと、九十四番のバスが停留所に止まろうとしている。猛然とダッシュしたベントンは扉が閉まる前に飛び乗った。今日の予定は、もう彼の頭から消えていた。気持ちは特捜班での評価向上というより厳しい課題に向けられている。興奮と挑戦に満ちた時間を目前にしたこの高揚感を持てるのは、ドーセット州の領主館で未知の遺体が硬直し、それに伴う悲しみ、苦痛、恐怖があってこそと思うと、心穏やかではない。ただし、ほんのわずかだった。もしドーセットに着いてみたら、事件はありふれた殺人事件で、犯人はすでに判明、逮捕されていたと分かったら、さぞかしがっかりするにちがいない。多少の良心の呵責を感じつつも、それは認めるしかない。だがそういうことはこれまでなかったし、今回もそうなる可能性は低い。特別捜査班がありふれた事件に呼び出されることはない。

バスの扉のそばに立ったベントン‐スミスは開くのを今か今かと待ち、開くと同時にフラットの建物めざして駆けだした。エレベーターのボタンを叩いてから、息を切らしながらエレベーターの降下音に耳を傾けているときだった。彼は選びに選んだ有機野菜の入った袋をバスに忘れてきたのに気づいた。まるで気にならなかった。

# 4

午後一時半だった。遺体が発見されてから六時間たつが、だれかが現われて指示を出してくれるのを調理場で待つディーンとキンバリーには、朝が永遠に続くかに思えた。この調理場は人にとやかく言われることなく悠然としていられる彼ら二人の領域だった。正面切って言われることはそうはないが、それでも自分たちの価値が認められているのは分かっているし、仕事には自信がある。なによりも二人一緒だった。ところが今二人は勝手の分からない場所に放り出されてうろたえる素人のように、テーブルからレンジに向かってのろのろと動いていた。ロボットのような動きでエプロンの紐を首にかけ、白いキャップをかぶったものの、ろくに仕事にならなかった。九時半にミス・クレセットに言われて、ディーンはクロワッサンとジャム、マーマレードを大きなコーヒーポットと一緒に図書室に運んだ。しかし後になって下げると、食べ物にはほとんど手がつけられていない。だがコーヒーポットは空になっていて、その後もコーヒーの注文が続き、ホランド婦長が魔法瓶を取りに何度も現われた。ディーンは次第に自分の調理場に閉じこめられているような気分になってきた。

屋敷は不気味な静けさにすっぽり包みこまれていた。風まで鳴りをひそめて、次第に衰えていく突風が絶望のため息に聞こえる。キムは気を失ったことが恥ずかしかった。チャンドラー‐パウエル先生はとても優しくて、気分がよくなるまで仕事に戻らないようにと言ってくださった。でもキムはディーンと一緒に調理場の自分の持ち場に戻ってほっとした。顔を土気色にしたチャンドラー‐パウエル先生はいやに年とって見えるし、なんだか前と違っている。キムは手術を受けて家に帰ってきたときの父親を思い出した。力強さと力強さよりももっと肝心なもの、父を父そのものにしていたなにかしらが抜け落ちてしまっていた。みんなキムに優しかったが、話すこと自体が危険な行為であるかのように、同情の言葉も恐る恐る口にされる。殺人事件が起きたのがキムの故郷の村だったら、まるで違っていただろう。怒りや恐怖の声が声高に上がり、キムを慰めようと抱擁の腕が伸びてきただろう。村中の人が見に、聞きに、嘆きにやってきて、質問や憶測の声が飛びかったにちがいない。荘園の人たちはちがった。チャンドラー＝パウエル先生を初めとして、ウェストホール先生も彼のお姉さんも、ミス・クレセットも人前で感情を表に出さない。あの人たちだって感情はあるはずだ。だれにもあるのだから。キムは自分がなにかというとすぐ泣きだすことはよく分かっていた。でも、こんなことを考えること自体失礼だろうが、あの人たちだって時には泣くことがあるはずだ。ホランド婦長の目が赤く腫れていた。きっと泣いたのだ。患者さんが亡くなったからだろうか。でも看護婦さんはそういうことに慣れているんじゃないだろうか。広々とした調理場がいやに狭苦しく感じられてきて、キムは調理場の外でなにが起きているのか知りたかった。

ディーンの話では図書室でチャンドラー＝パウエル院長から全員に話があったらしい。患者用の棟とエレベーターが立ち入り禁止にされて、なるべく平常通りに仕事を進めるようにと指示があった。警察からそれぞれに質問があるだろうが、それまではグラッドウィンさんが亡くなったことを話題にするのは控えるようにと、先生は念を押したそうだ。だが、キムにはみんなが話し合っていることは分かっていた。グループでではなく、二人ずつで。ウェストホール姉弟はストーン荘に帰ってから、そしてミス・クレセットとフレンシャムさん、チャンドラー＝パウエル先生はホランド婦長と。モグはたぶん黙っているだろう——黙っていたほうが得と見れば、黙っていられる人だ。グラッドウィンさんについてシャロンと話す人がいるとは思えない。シャロンが調理場に来ても、ディーンとキムは話すつもりはない。でも、ディーンとは話した。声をひそめれば言葉を無害化できるかのように、ひそひそと声をひそめて話した。キムはまた同じ話を蒸し返さずにはいられなかった。

「スケフィントンさんのお茶を持って上がった時になにがあったか一つ残らず話せって、警察に言われたら、話さなくちゃいけないの？」

ディーンは苛立ちを抑えようとしていた。それが声に出ている。「キム、そのことはもう話したじゃないか。そのとおり、話さなくちゃいけない。はっきり訊かれた質問には本当のことを話す。でなきゃ、大変なことになる。でもなにがあったかは問題じゃないんだ。お前はだれも見なかったし、だれとも口を利かなかった。あれがグラッドウィンさんが亡くなったことと関係あるはずない。いたずらに捜査の邪魔をすることになるかもしれない。聞かれるまで黙っていろ」

「あなた、ドアのこと、自信があるの？」

「ある。でもそのことで警察がうるさく訊きだしたら、なにも自信を持って言えないってことになるかもしれないな」

「すごく静かじゃない？　もうだれかが来てもよさそうな頃と思ったんだけど。私たち、ここで二人きりでいていいのかしら」

「自分たちの仕事をしていろって言われたんだ。この調理場がおれたちの仕事場だ。ここがお前の、おれたちの持ち場なんだ」

ディーンは音もなく近寄ってきて、キムを抱いた。二人は黙って少しの間じっと立っていた。キムは気持ちが落ち着いてきた。ディーンが腕を離しながら言った。「それはともかく昼食のことを考えなくちゃいけないな。もう一時半だ。これまでのところ喉を通ったのはコーヒーとビスケットだけだ。いずれ温かいものがほしいと言いだすだろうが、キャセロールを食べる気にはならないだろうな」

前日ビーフ・キャセロールを作り置きして、オーヴンで温めればいいようになっていた。領主館にいる全員の分があり、庭仕事をするモグの分まである。だが、今はその濃厚な匂いをかいだだけで、キムは気分が悪くなりそうだった。

ディーンが言った。「そうだな、重いものは何にしろだめだろうね。豆のスープなら作れる。ももの骨でストックを作っておいたじゃないか。それにサンドイッチかな。卵にチーズに……」声が小さくなった。

「でも、モグがパンの仕入れに行かなかったんじゃないの。チャンドラー＝パウエル先生はみんなここにいなくちゃいけないっておっしゃってたから」

「ソーダパンを焼くか。あれはいつも人気がある」

「警察はどうなの。警察にも食事を出すの？　ウェットストーン警部がいらしたときは食事は出さなくて、コーヒーだけだったって、あなた、言っていたけど、今度の人たちはロンドンから来るのよ。長いドライブのあとでしょ」

「分からないな。チャンドラー＝パウエル先生に訊くしかない」

そのときキムは思い出した。今まで忘れていたなんて、不思議だ。「今日、スケフィントンさんの手術が終わったら、先生に赤ちゃんのことを話すはずだったのよ。もう分かっちゃったけど、みんな気にしていないみたい。ミス・クレセットは領主館には赤ちゃんを育てるスペースならたっぷりあるって言ってくださった」

キムはディーンの声にちょっとじれったそうな、それでいて内心満足しているような響きを聞きつけた。「赤ん坊が生まれた後もここにいると決めるのは、よくないんじゃないか。このクリニックが続けられるかどうか分からないじゃないか。こんなことがあって、ここに来たがる患者さんがいるかい。お前、あの部屋で寝たいと思うかい」

キムがディーンのほうをちらりと見ると、彼の表情が一瞬決意を固めたように引き締まった。そのときドアが開いた。二人が振り向くと、チャンドラー＝パウエル院長だった。

# 5

チャンドラー‐パウエルが腕時計に目を走らせると、一時四十分だった。調理場に閉じこもりきりのボストック夫婦に声をかけたほうがよさそうだ。キンバリーが完全に回復したかもう一度見ておかなければならないし、食事のことを考えているだろうか。まだだれも昼食をとっていなかった。遺体が発見されてからの六時間は永遠にも思えた。つながりのないささいなことが、いつ起きたのか分からないままはっきり思い出される。ウェットストーン主任警部の指示通りに事件の起きた部屋を封印した。デスクの奥から一番広幅なセロテープを一巻見つけたが、端をしっかり止めなかったせいでセロテープが跳ねかえり、一巻丸々使いものにならなくなった。ヘリナが彼の手からテープを取って、やり直してくれた。テープがいじられていないか分かるようにイニシャルを書きこんだのは、ヘリナの提案だった。チャンドラー‐パウエルはあたりが明るくなり、暗闇が灰色の冬の朝に変わったこと、衰えてきた風が時どき激しく吹きつけてきて、それが銃声のように聞こえたことにもまったく気がつかなかった。記憶がとぎれ、時間の感覚を失ったにもかかわらず、自分がすべきことをやったという自信はあった。スケフィントン夫人のヒステリーを鎮め、キンバリー・ボストックを診察して手当の仕方を指示した。そして警察が来るまでの長い時間、全員が冷静に待てるように気を配った。

ホットコーヒーの匂いが館内に漂い、どんどん強くなる。なぜあんな匂いをほっとする香りと思ったのだろうか。これからはあの匂いを嗅ぐたびに、痛い失敗を思い出させられるのか。見慣れた顔が見ず知らずの他人の顔に変わっていた。予想しなかった痛みにじっと耐える患者のような、お面の顔、葬式用の表情を貼りつけた会葬者の顔。死んだことで絶大な影響力を持った、ろくに知らない人物の葬式にふさわしい、わざとらしいほど厳粛な顔。フラヴィアのむくんだ顔、腫れた目蓋、涙で沈んだ目。しかし彼女が実際に泣いているのを見たわけではない。フラヴィアがしゃべった言葉で記憶に残っている唯一の言葉が、チャンドラー＝パウエルにはいらだたしいほど的外れに思えた。

「あなたの手術、すばらしかったのに。もう彼女、傷の消えた顔を見られないのよ。あんなに長く待ったのに。あの時間、あの手術、ぜんぶ、なにもかも無駄になった」

彼もフラヴィアも共に患者を失った。荘園クリニックで初めての死者だった。フラヴィアの涙は挫折あるいは失敗を嘆く悔し涙だったのか。悲しくて流した涙のはずがない。

さて、今度はボストック夫婦を見てやらなければならない。二人は安心感と慰めを求め、たとえ無関係に思えても二人にとっては無関係でない事柄に決断を下してほしがっている。それに応えなければならない。図書室で八時十五分に開いたミーティングで必要なことはすべて言った。少なくともあの場では自分は責任を果たした。短く切り上げるつもりで始めて、実際に短かった。声は落ち着いて、重々しかった。すでにそれぞれの生活に影響のある悲劇が起きたことは知っていることと思う。今朝七時半にローダ・グラッドウィンさんが部屋で亡くなっているのが発見された。不審死と思われる証拠が見受けられた。まあ、そういう言い方もあるんじゃないだろうかと、チャンドラー＝パウエルは考えた。警察に通報し、所轄署のウェットストーン主任警部が来られることになっている。当然のことながら警察の事情聴取に全員が協力することになる。それまでは冷静さを失わず、噂話や憶測は控え、それぞれの仕事を進めるように。仕事って、どんな仕事だと、彼は思った。スケフィントン夫人の手術はキャンセルされた。麻酔医と手術室担当スタッフへの電話連絡はフラヴィアとヘリナの二人が当たった。短いスピーチを終えると、彼は質問を避けて図書室を出た。だが、全員の目が彼に向けられているあの場から退場したのは、芝居じみたジェスチャー、意図的な責任回避ではなかったか。不案内な家の中で迷ったかのように、ドアの外で一瞬足を止めたのが思い出された。

そして今、調理場のテーブルにディーンとキンバリーと一緒に座ったチャンドラー＝パウエルは、豆スープとソーダパンについて考えなければならなかった。日頃はめったに来る必要のない部屋に入った瞬間から、自分が侵入者のような場違いな存在に思えた。二人は彼からどんな安心感や慰めを期待しているのか。目の前の二つの顔は、パンやスープとはまったく関係のない疑問に答えてほしい、おびえた子供の顔だった。

はっきりした指示を求められていることに苛立ちながらも、それをこらえて「きみたちが一番いいと思うようにしなさい」と言おうとしたとき、ヘリナが入ってくる足音がした。ヘリナは静かに彼の背後に近寄ってきて、言った。

「豆のスープはいい考えね、温かくて栄養たっぷりで、気持ちが和むわ。ストックがあるから、簡単に作れるでしょう。食事は簡単なものにしましょうよ。教会区の収穫祭かと思われたら困るでしょ。温かいソーダパンにバターをたっぷり添えてね。冷製のお肉にはチーズの盛り合わせを組み合わせたらいいんじゃないの？　タンパク質を取らなくちゃいけないから。でも控え目にね。いつものように食欲をそそるようにして出してちょうだい。だれもお腹がすいていないでしょうけど、食事はしなくてはいけない。それからキンバリーが作ったおいしいレモン・カードとアプリコット・ジャムを出すといいんじゃないかしら。ショックを受けると、甘いものがほしくなるものだから。コーヒーはいつもたっぷり出せるように用意してね」

キンバリーが訊いた。「ミス・クレセット、警察の方にも食事を出すんでしょうか」

「その必要はないと思うけど。まあ、それはいずれはっきりするでしょう。知っていると思うけど、ウェットストーン主任警部はもう捜査に当たらないのよ。首都警察から特別捜査班が派遣される。その人たちは来る途中で食事をしてくるでしょう。あなたたち、よくやってくれているわ、いつもそうだけど。どんな人だって、ときに生活が乱されることがあるけれど、あなたたちはちゃんとやれるって分かっていますよ。もし分からないことがあったら、私に訊いてね」

ボストック夫婦は安心したように礼の言葉を低くつぶやいた。チャンドラー＝パウエルとヘリナは一緒に調理場を出た。チャンドラー＝パウエルは声に温かみを出そうとしたが、うまくいかなかった。「助かったよ。ボストック夫婦はあなたに任せておくべきだった。それにしてもソーダパンというのはなんだろう」

「イーストを使わずに焼いた全粒粉パンですよ。ここでしょっちゅう食べているじゃありませんか。お好きでしょ」

「とにもかくにも次の食事の算段はついた。午前中がつまらないことにかかり切って過ぎてしまったような気がするな。ダルグリッシュ警視長の班が早いところ到着して、捜査を開始してくれないものか。ダルグリッシュが姿を現わすまで、法医学の大家が所在なげにぶらついていることになるんだろうか。彼女、なぜさっさと仕事をやらないのだろう。それにウェットストーンだって、なにもここで待っていなくてもほかにすることがあるだろうに」

「それにしてもどうして首都警察なのかしら」と、ヘリナは言った。「ドーセット警察だって充分能力があるんだから、ウェットストーンが捜査できないはずないでしょうに。ローダ・グラッドウィンには私たちの知らない秘密とか、なにか重要なことがからんでいたのかもしれませんねえ」

「ローダ・グラッドウィンには最初からよく分からないところがあったね」

二人は玄関ホールに入っていった。車のドアが閉まる音がして、話し声が聞こえてきた。

ヘリナが言った。「ドアに出たほうがいいですよ。首都警察が着いたようだから」

# 6

田舎をドライブするにはもってこいの日だった。いつもならダルグリッシュは間道の探検をしたり、車を止めて落葉した大木の堂々たる幹や大枝、雲一つない空に複雑な模様を描く高枝を眺めたりして時間をたっぷりかけていただろう。長かった秋も終わり、冬のまぶしい白い太陽の下を走っていた。太陽の縁が真夏のように澄み切った青空ににじんで見える。あの光もまもなく衰えるだろうが、今は明るい光線を受けて野原や低い丘、木立などが影一つなくくっきりと際立っている。

ロンドンの混雑を抜けると二台の車は快調に走り、二時間半後にはドーセット州東部に達していた。三人は退避所に短時間止まってサンドイッチをぱくつき、ダルグリッシュは地図を調べた。十五分後、ストーク・シェベレルに通じる十字路に出た。そして村をすぎて一マイルほどのところにシェベレル荘園の方向を示す標識があった。両開きの鉄門の前に車を止めると、門の向こうにブナの並木道が見える。門の内側で長いオーバーを着込んだ老人が台所から持ってきたようなイスに腰をかけて、新聞を読んでいた。

老人はあわてる様子もなく新聞を丁寧にたたんで、それから高い門を開けに出てきた。ダルグリッシュは車を降りて手を貸したものかと迷ったが、門は簡単に開いた。彼は車を中に入れ、ケイトとベントンの車もあとに続いた。老人は門を閉めてから、車に近寄ってきた。

「ドライブウェイに車がごちゃごちゃ止めてあると、ミス・クレセットがいやがるんですよ。東翼の後ろに回ってください」と、老人は言った。

「分かったけど、あとからそうさせてもらうよ」と、ダルグリッシュは答えた。

三人は車から事件用のバッグを降ろした。緊急時であり、何人もの人がさまざまな動揺、不安を抱えて自分を待っていると分かっていても、ダルグリッシュは数秒間手を止めて領主館を眺めた。この建物がチューダー朝様式の領主館としては、イギリスでも指折りの美しさということは聞き知っていた。今目の前に、その優雅さと力強さを調和させた、自信に満ちた完璧な姿があった。ゆらぎない信念を持ち、自分たちのすべきことをわきまえた人々によって、誕生と死と通過儀礼のために建てられた建物。歴史に礎を置いて、永存する建物だ。領主館の前面には、芝生や庭園、彫刻の類はまったくなかった。装飾をぬきにしたありのままの姿を見せて、その堂々たる気品の高さは飾りを必要としない。ダルグリッシュが見ている今、領事館は最高に美しかった。冬のきらめく白い朝日はすでに和らいでブナの木の幹につやを与え、石造りの領主館を銀色の光で包んでいたから、領主館は不動のたたずまいながらも一瞬ゆらいで、まるで幻のようにはかなげに見えた。まもなく日が陰りだすだろう。今月は冬至の月だ。夕暮れが来て、追いかけるように夜になる。捜査班は暗い真冬に黒い凶行の捜査をすることになる。明るい光を好む人にとっては、これは実際問題として不利であると同時に、心理的な圧迫でもある。

三人が建物に近づいていくと大きなポーチのドアが開き、男性が一人出てきて三人のほうに歩いてきた。男は一瞬敬礼をすべきか迷っているように見えたが、すぐに手を差しだして言った。「キース・ウェットストーン主任警部です。思ったより早く着かれましたね、警視長。鑑識のスタッフをお望みと署長から聞きました。今のところ二人しか空いているのがおりませんが、四十分でここに到着します。カメラマンはこっちに向かっております」

ウェットストーンが警官であることは一目瞭然だと、ダルグリッシュは思った。警官でなければ軍人だ。主任警部はでっぷりした身体つきだったが、背筋をぴんと伸ばして姿勢が良かった。頬が赤らんで、ハンサムではないが好感のもてる顔をしている。古い麦藁のような色の髪の毛をクルーカットにして、大きすぎる耳のまわりがきれいに丸く刈りこんである。落ち着いた用心深そうな目をしていた。ツイードの上下とオーバーを着ていた。

紹介が終わり、主任警部は尋ねた。「警視長、首都警察がこの事件を担当される理由をご存じですか」

「いや、分からない。警視監から電話を受けた時には、さぞかしびっくりしたことだろうね」

「署長はちょっとおかしいと思われたようですが、われわれは仕事を探し求めているわけではありませんから。海岸であった検挙についてお聞きでしょう。目下、署は関税消費税庁の連中でごったがえしていますよ。警視庁のほうから巡査を一名ご希望だと連絡を受けました。マルコム・ウォリンを使ってください。ちょっとおとなしいですが、頭はいいし、いつ口を閉じていなくてはいけないか、ちゃんと心得ています」

「静かで信頼できて、よけいなことはしゃべらない。申し分ないね。今どこに」

「現場の部屋の外で、遺体の警備に当たっています。この領主館の住人というか、主だったメンバー六人は大広間で待っています。領主館の所有者のジョージ・チャンドラー－パウエル院長と院長の補佐のマーカス・ウェストホール医師、ウェストホールの姉のキャンダス・ウェストホール、婦長のフラヴィア・ホランド、私の知る限りでは家政婦と秘書、支配人を兼ねたような役割のヘリナ・クレセット、会計担当のレティシャ・フレンシャムですね」

「見事な記憶力だな、主任警部」

「そういうわけではないんですよ、警視長。チャンドラー－パウエル院長はここに来てまだ間がないですが、ここら辺の人はだいたい領主館にだれが住んでいるか知っています」

「グレニスター先生は見えたかな」

「一時間前に着かれました。お茶を飲んでから、庭を一回りして、モグ——庭師をやっている男です——にガマズミの木を剪定しすぎだと感想を述べておられました。また散歩に出られたんじゃなければ、今広間におられるはずです。ずいぶんとアウトドアがお好きなご婦人ですね。まあ、いつも死体の臭いをかいでいるから、いい気分転換なるんでしょう」

「きみはいつここに到着した」

「院長の通報から二十分後です。捜査主任として動き出そうとした時に、署長から警視庁が捜査に当たることになったと電話がありました」

「この事件をどう思う、警部」

ダルグリッシュがこう訊いたのは、儀礼的な意味合いもあった。ここはダルグリッシュの縄張りではない。内務省がからんできた理由がいずれ分かるかどうか知らないが、ウェットストーンが省の介入を呑んだからと言って、彼が気を悪くしていないということではない。

「内部の犯行じゃないでしょうかね、警視長。もしそうなら、容疑者の数は限られてきます。私の経験から言いますと、だからといってすんなり解決とはいきません。容疑者が全員頭がいい場合はなかなかですね。ここの人たちはほとんどが頭がいいんですよ」

四人はポーチの前まで来ていた。だれかが到着の瞬間を待ち構えていたかのようにドアが開いた。片側に寄って四人を入らせた男性がだれだかは一目で分かった。ショックの影響で顔が青ざめ、緊迫した深刻な表情を浮かべているが、主人としての堂々とした態度は失っていない。ここは彼の住まいであり、家と自分はきっちりコントロールしている。男性は握手の手を差し出さず、ダルグリッシュの部下にことさら視線を向けることなく、口を開いた。「ジョージ・チャンドラー－パウエルです。ほかの者は大広間におります」

四人は院長に従ってポーチを抜けて、正方形の玄関ホールの左側の部屋に向かった。意外にもオークの重厚なドアは閉まっていた。チャンドラー－パウエルがドアを開けた。大広間を最初に目にした瞬間のドラマチックな効果を狙って、ドアが閉めてあったのかと、ダルグリッシュは疑った。それはまさに無上の体験だった。建築、色彩、形、音、天を突く屋根、右手の壁の大タペストリー、ドアの左側に置かれたオーク・テーブル上の冬の緑を盛った花瓶、ずらりと並ぶ金縁の額入りの肖像画――視線を走らせただけではっきり目に入るものもあれば、子供の頃の記憶や空想から拾い集めたものもあったかもしれない――そんなものすべてが融合して生きた絵になり、ダルグリッシュの心にしみわたった。

部屋に個性と人間味を与えるために周到に配置されたように、暖炉の両脇で待っていた五人の顔が彼に向けられて、一幅の絵が完成した。ダルグリッシュとチャンドラー－パウエルが手短にそれぞれのメンバーの紹介をしたが、いかにも場違いな形式に思えて妙に気まずい一分間だった。チャンドラー－パウエル側の紹介は必要なかったとも言える。もう一人いる男性はマーカス・ウェストホールだろうし、青白い個性的な面立ちの女性はヘリナ・クレセット、クレセットより背が低くて、黒髪黒目の女性はフラヴィア・ホランド婦長にちがいない。涙を流したらしい跡があるのは婦長だけだった。チャンドラー－パウエルはグループの端に立っていた背の高い年配の女性を紹介し忘れた。その女性が静かに進みでて、ダルグリッシュの手を握った。「レティシャ・フレンシャムと言います。会計を担当していますす」

「グレニスター先生はすでにご存じでしょうね」と、チャンドラー－パウエルが言った。

ダルグリッシュは座っているグレニスターのところに行って握手をした。まだ座っているのは彼女一人だった。傍らのテーブルにお茶のセットが置かれているところを見ると、お茶の接待を受けていたらしい。グレニスターはダルグリッシュが前回会ったときと同じ服装をしていた。スラックスの裾を革ブーツの中にたくしこみ、小柄な身体にいかにも重そうに見えるツイードのジャケットを着ていた。いつも粋に傾けてかぶっているつば広の帽子はイスの肘にのっていた。帽子をかぶっていないと、短くカットした白髪から透けて見える頭皮は子供の頭のように柔らかそうだった。繊細な顔立ちをして顔色も青白かったから、時おり重病人ではないかと疑いたくなる。しかし彼女は非常にタフで、黒に近い濃い色の目の輝きも実際の年齢よりもずっと若々しい。ダルグリッシュとしては長年一緒に仕事をしてきたキナストン博士のほうが好ましいのだが、前に組んだことがあり、好感と尊敬を抱く相手に会えばうれしい。グレニスター博士はヨーロッパで非常に高く評価されている法医学者であり、法医学の教科書の著者として、また法廷では手ごわい鑑定人として名をはせている。だが、彼女の存在は首相官邸の関与を思い出させる。著名なグレニスター博士は政府がからんでいるときに呼び出されるケースが多い。

年若い女性のようにサッと立ちあがって、博士は言った。

「ダルグリッシュ警視長とは古い仕事仲間です。さて、では始めましょうか。チャンドラー゠パウエルさん、一緒に上に行っていただきたいのですが。ダルグリッシュ警視長、かまいませんね」

「もちろん」と、ダルグリッシュは答えた。

おそらくダルグリッシュは、グレニスター博士が自分の意見の是非を尋ねる唯一の警察官だろう。ダルグリッシュにはどうして博士が尋ねたのか分かった。チャンドラー゠パウエルにしか分からない医学的な細かい所見がある一方で、彼が遺体のそばにいるところでダルグリッシュと博士が話し合うとまずい場合もある。チャンドラー゠パウエルは容疑者の一人だ。グレニスターはその点を承知していた。チャンドラー゠パウエル本人も分かっているにちがいない。

三人はチャンドラー゠パウエルとグレニスター博士を先頭にして、正方形の玄関ホールを横切って階段を昇った。カーペットが敷いてないため足音がいやに大きく響く。踊り場に来た。右手のドアが開いている。精巧な作りの低い天井の下に長い部屋が伸びていた。チャンドラー゠パウエルが言った。「回廊です。エリザベス一世の寵臣ウォルター・ローリー卿がこの荘園を訪れた時に、ここで踊ったのですよ。家具以外は当時のままです」

ダルグリッシュもグレニスターも何も言わなかった。さらに短い階段を昇るとドアがあり、その向こうはカーペットを敷いた廊下になっていて、東西に面して部屋が並んでいた。

チャンドラー゠パウエルが言った。「この廊下に沿って患者の部屋があります。居間と寝室、シャワー室からなるスイート部屋です。真下の回廊が共同の居間になっていますが、たいだいの患者がそれぞれの部屋にいるか、あるいは時どき一階の図書室を使うのを好みますね。エレベーターの向いの、西向きの端の部屋がホランド婦長の部屋になっています」

ローダ・グラッドウィンの部屋がどれか言う必要はなかった。三人が姿を現わすと、ドアの前に座っていた制服警官がはじかれたように立ち上がって敬礼した。

ダルグリッシュが声をかけた。「ウォリン刑事だね」

「はい、さようです」

「いつからここで警備に当たっているね」

「ウェットストーン警部と一緒にここに到着してからずっとです。八時五分でした。あのテープはすでに張ってありました」

「ウェットストーン警部からドアを封印するように指示されたのです」と、チャンドラー＝パウエルが説明した。

ダルグリッシュは粘着テープをはがして居間に足を踏み入れ、ケイトとベントンもあとに続いた。部屋の折り目正しさと裏腹に、嘔吐物の強烈な臭いが漂っている。寝室のドアは左手にあった。閉まっているドアを、チャンドラー＝パウエルが転がっている盆と割れたカップ、ティーポット、ポットの蓋を押しのけるようにして、そっと開けた。

寝室は暗かった。光は居間から流れ込む日の光だけだ。カーペットにお茶の黒いしみが飛び散っていた。

チャンドラー＝パウエルが言った。「私が最初に見たときのまま、なにも動かしていませんし、婦長と私が出てからはだれも入っていません。このティーセットや汚れは、遺体を動かしたあと片づけることにします」

「現場の捜索がすむまではそのままにしておいてください」と、ダルグリッシュが言った。

部屋はとくに狭くはなかったのだが五人の人間が入って、急に窮屈になった。居間より少し手狭だが、優雅な家具が入っている。その優雅さがベッドに横たわる遺体をますますむごたらしく見せていた。ダルグリッシュは戸口の電灯のスイッチを入れ、ベッド脇のスタンドもつけようとした。見ると電球がなくなっており、赤いナースコール・ボタンのついたコードも、ベッドの上の高いところに掛けられている。五人は遺体のそばに無言で立った。チャンドラー＝パウエルは自分は本来ならここにいられないのではないかと気づいて、少し離れていた。

ベッドは窓に面していて、窓は閉められカーテンも引かれていた。あおむけに寝たローダ・グラッドウィンはこぶしに固めた両手をぎごちなく頭の上に上げていた。まるで芝居でびっくり驚いている演技をしているように見えた。濃い色の髪の毛が枕の上に乱れて広がっている。顔の左側はテープで留められた外科用パッドにおおわれているが、わずかに見える皮膚は鮮紅色だった。大きく開かれた右目は生気を失い膜がかかっている。厚いパッドの陰になって見えにくい左目は半眼に開かれて、まるで遺体がまだ死んでいない片目で意地悪くにらんでいるような異様な形相になっていた。犯人は白リネンのネグリジェの細い肩ひもで縁取りされた自分の仕事ぶりをわざと目立たせるつもりだったのか、肩までシーツでおおわれていた。死因は歴然としている。人間の手による扼殺だ。

ダルグリッシュには自分の目も含めて考えながら遺体をじっと見つめる目が、生きた人間を見る目でないのはよく分かっていた。殺人死体に慣れた捜査のプロであろうと、同情、怒り、戦慄を感じないわけがない。優秀な法医、優秀な警官なら今の四人のように遺体を前にして、死者を敬う気持ち、同じ人間としての感情を抱いた者への敬意を、たとえ短時間であろうと決して失わず、共に人間性を有し、共に最期を迎える存在であることを無言のうちに認める。しかし人間性も個性も息を引き取った瞬間からすべて無になる。すでに避けられない腐敗プロセスに入った遺体は証拠物件に変わり、捜査のプロたちの重大な関心の対象となる。死者にはもうない、もうわずらわされることのない感情の焦点になる。これから遺体と物理的に接触するものと言えば、動物の死骸を解体するように解剖する手袋をはめた手であり、消息子であり、メスだけだ。この遺体はダルグリッシュが刑事として何年間かに見た中で特別むごたらしいわけではない。だが、この職業に就いてからこれまで蓄積された憐憫、怒り、無力感がこの遺体に投影されていた。〝殺人死体を見すぎたな〟と、ダルグリッシュは思った。

被害者が横たわる寝室は居間と同じに快適そうに見えるのだが、家具や内装に神経が行き届きすぎて、ダルグリッシュには近寄りがたく没個性的に思えるほど完璧に整えられていた。居間からベッドのそばまで歩いた間に目に入ったものが頭に浮かんだ。ジョージ朝時代の書き物机、電気ヒーターの入った御影石の暖炉の前に置かれた現代風の安楽イス二脚、マホガニーの本棚、衣装ダンス。それぞれの長所を生かして配されていた。だがダルグリッシュはここでくつろいだ気分になれないだろう。一度、たった一度だけ泊まった貴族の別荘ホテルが思い出された。高い料金を払った宿泊客は、ホテル所有者の趣味の高尚さになんとなく劣等感を抱かされるような仕組みになっていた。いかなる欠陥も許されない。ここの部屋を設えたのはだれだろうか。おそらくミス・クレセットだろう。だとすれば、ミス・クレセットは領主館のこの部分が短期宿泊用ホテルにすぎないと言いたいのだろう。客はここで感心させられるだけで、たとえ短時間であろうと所有できない。ローダ・グラッドウィンはそうは感じなかったかもしれないし、ここでくつろいだのかもしれない。だが、彼女にとってこの部屋はまだ醜い殺人の忌まわしさに損なわれていなかった。

グレニスター博士がチャンドラー－パウエルのほうを向いて尋ねた。「先生はもちろん昨夜彼女をごらんになったのでしょうね」

「ええ、もちろんです」

「そして今朝ごらんになった時にはこういう状況だったのですか」

「そうです。患者の喉を見て、もう手の施しようがないと分かりましたし、自然死ではありえないことも一目瞭然でした。死因の診断に法医学者の所見が必要とも思えません。窒息死です。私が部屋に入ってベッドに近づいた時には、今ごらんの通りの状況でした」

「先生お一人でしたか」と、ダルグリッシュが訊いた。

「ベッドのそばには私一人でした。ホランド婦長は居間のほうで、朝のお茶を運んできたキンバリー・ボストックというコックの助手の世話をしていました。婦長は遺体を発見した時に、居間にある赤い呼び出しボタンを数回押した。それで何か緊急事態が発生したらしいと私にも分かったのです。ごらんの通り、ベッドのそばのコールボタンは手の届かないところに掛けられている。ホランド婦長があれに手を触れなかったのは非常に賢明でした。婦長は昨夜患者の寝る支度をした時にコールボタンはいつものようにベッド横のテーブルに置いてあったと断言しています。私はてっきり患者がパニックを起こしたか、あるいは具合が悪くなったかして、婦長もコールに応えてここに来たものと思っていました。われわれはドアを両方とも閉めて、私はキンバリーを下の部屋まで連れていった。夫を呼び出してキンバリーのそばにいるように言いつけ、私はすぐに警察に電話をしました。ウェットストーン主任警部から部屋を封印するように言われて、警部があなた方が着かれるまでこの指揮をとってくださった。この廊下とエレベーターはその前に立ち入り禁止にしました」

グレニスター博士は遺体の上にかがみこんでいたが、手は触れなかった。身体を起して、博士は言った。「右手で握られて絞められていますね。おそらく滑らかな手袋をはめていたんでしょう。右手指五本の痕がありますが、爪の痕は見られない。解剖すれば、もっと分かります」法医はチャンドラー‐パウエルを見た。「質問が一つあります。昨夜被害者に鎮静剤を処方しましたか」

「テマゼパムを勧めたのですが、患者は必要ないと断わりました。麻酔から覚めた時の状態は良好で、軽い夕食を取り、眠気が出てきたようでした。すぐに眠れると思ったのでしょう。最後に患者を見たのは、犯人を別にすれば、ホランド婦長です。患者はブランデー入りのホット・ミルクだけでいいと言った。ホランド婦長は患者がミルクを飲み終わるのを見届けてから、グラスを下げました。グラスはもう洗ってしまいました」

グレニスターが言った。「ここの調剤室に保管されている鎮静剤をすべてリストアップして提出していただけると、研究所のほうで助かると思うんですよ。それから患者に投与されるか、患者に入手可能な医薬品のリストもね。ご苦労さまでした、チャンドラー‐パウエル先生」

「十分後にあらかじめ先生お一人とお話ができると助かります」と、ダルグリッシュが言った。「領主館の間取りとスタッフの方々の人数と役割、グラッドウィンさんが先生の患者になった経緯をお訊きしたいのです」

「事務室におります。大広間の向いのポーチの中です。館内の間取り図は探しておきます」

ダルグリッシュとグレニスター博士は隣室から院長の足音が聞こえて、廊下に出るドアが閉まる音がするまで待った。グレニスター博士は診察鞄から外科用の手袋を取りだし、グラッドウィンの顔、それから首と腕にそっと触った。彼女は法医学の教師としても有名だった。ダルグリッシュは一緒に仕事をした経験から、彼女が若い人を教えるチャンスを逃さないではいられないのを知っていた。

博士はベントンに向かって言った。「部長刑事、死後硬直についてはもちろんすべて頭に入っているんでしょうね」

「いいえ、そんなことはありません。死後およそ三時間して目蓋から始まり、顔、首、胸、最後に胴体と下肢に広がることは知っています。一般的に硬直は約十二時間で完了し、約三十六時間後から逆の順序で消え始めます」

「で、死後硬直は死亡時刻の推定材料として信頼できると思う?」

「いいえ、必ずしもそうとは言えません」

「まるで信頼できないわね。室温や遺体の筋肉の状態、死因によって推定が複雑になるし、死後硬直に似ているように見えながら実際は違う状況によっても推定は変わってくる。つまり高温にさらされた遺体とか、強直性けいれんを起こした遺体ね。強直性けいれんは知っているわね、部長刑事」

「はい。死の瞬間に起こるけいれんです。手の筋肉が収縮して、遺体がつかんでいるものがなかなか取れなくなります」

「正確な死亡時刻の推定は検視医のとりわけ重要で、とりわけむずかしい責務なのよね。新しい方法として眼球内体液のカリウム量の分析というのがある。今回は直腸温を測って解剖をすれば、より正確な時刻が分かるでしょう。それまでは血液沈下に基づいた仮の推定値を出しておくわね。血液沈下はもちろん知っているわね」

「はい、死斑のことです」

「そう、今の場合、それがもっとも現われているんじゃないかしら。それと死後硬直の進み方から見て、被害者が亡くなったのは午後十一時から十二時半の間と思われるわね。おそらく十一時のほうに近いでしょう。法医は遺体を数分見ただけで正確な推定値を出すものと思っている捜査官がいるけど、部長刑事、あなたがそうはなりそうじゃなくて安心しました」

法医学教室は終了という意味だった。そのときナイトテーブルの上の電話が鳴りだした。思いがけないベルの音はけたたましく執拗で、死者のプライバシーを侵害しているように思えた。数秒間グレニスター以外はだれも動かなかった。グレニスターは耳が聞こえないかのように落ち着き払って診察鞄のところに行った。

ダルグリッシュが受話器を取った。ウェットストーンの声だった。「警視長、カメラマンが到着しました。鑑識二名はこちらに向かっております。チームのどなたかに引き継いでいただけたら、私は失礼させていただきます」

「すまないね。すぐ下りていく」と、ダルグリッシュは答えた。

彼はここで見るべきものはすべて見た。グレニスター博士の遺体検分を見られなくても残念とは思わなかった。

「カメラマンが来ました。ご都合がよければ、ここに寄こしますが」

「あと十分ですみますよ」と、グレニスターは答えた。「そしたら、そう、寄こしてください。撮影がすみしだい搬送車を呼びましょう。ここの人たちも遺体が移されれば、ほっとするでしょう。そのあと失礼させてもらう前に、ちょっと話しましょう」

ケイトは今までのところ無言だった。階段を降りながらダルグリッシュはベントンに言った。「カメラマンと鑑識の相手をしてくれないか、ベントン。遺体が動かされたら、鑑識に捜索を開始してもらってかまわない。あとで指紋採取を行なうが、めぼしいものが出るとは思えないな。ここのスタッフなら、いつあの部屋に入ってもおかしくなかったはずだ。ケイト、きみは私と一緒に事務室に来てほしい。チャンドラー‐パウエルがローダ・グラッドウィンの近親者の名前と、それにおそらく弁護士の名前も知っているはずだ。亡くなったことを知らせなければならないが、それは地元警察にまかせるのがベストだろう。それからここのこと、間取りやチャンドラー＝パウエルの雇っているスタッフについて、勤務時間など知りたいことがいろいろある。被害者の首を絞めた犯人は外科用手袋をはめていたと思われる。ゴム手袋の裏から指紋が採取可能なことはほとんどの人が知っているから、手袋はすでに処分されただろうな。それから鑑識にエレベーターを調べてもらってほしい。さて、ケイト、チャンドラー＝パウエル先生がどんな話をしてくれるのか聞きに行こうじゃないか」

## 7

事務室ではチャンドラー＝パウエルが目の前に図面を二枚広げて、机に着いていた。一枚は荘園と村との関係を示す地図、もう一枚は領主館の間取り図だった。ダルグリッシュとケイトが入っていくと院長は立ち上がって、机の奥から出てきた。三人は図面にかがみこんだ。

チャンドラー＝パウエルが説明した。「今いらした患者用の棟は西側のここです。ホランド婦長の部屋もここです。建物の中央部には玄関ホール、大広間、図書室、ダイニングルーム、調理場。調理場の上にハーブの装飾庭園が見渡せるコック夫婦の部屋があります。その隣が家事手伝いのシャロン・ベイトマンの部屋。私の部屋、およびミス・クレセットの部屋、フレンシャムさんの部屋は東翼になります。ほかに客用の部屋が二室ありますが、今は空室です。

通いのスタッフのリストを作っておきました。お会いになったスタッフのほかに麻酔医と手術室担当看護師も雇っています。手術日の早朝にバスで通う者もいますし、車で来る者もいます。ここに泊まることはありません。パートタイムの看護師ルース・フレイザーが午後九時半までホランド婦長と看護に当たりました」

「私たちが来た時に門を開けてくれた年配の人はフルタイムで働いているのですか」と、ダルグリッシュが質問した。

「あれはトム・モグワージーです。ここで三十年間庭師をしている男で、この荘園を買ったあと前の所有者から引き継ぎました。古くからドーセットに住んでいる家に生まれて、ドーセットの歴史、伝統、民話のエキスパートを任じている。血なまぐさければ血なまぐさい話ほどいい、というやつです。実際にはモグの父は彼が生まれる前にロンドンのイースト・エンドに移ったので、モグは三十になってから先祖の地に戻ってきた。ドーセットの住人と言うよりロンドンの下町っ子といった感じもありますね。私の知るかぎり、人を殺すような男ではありませんし、首なし騎手とか魔女の呪い、王党派の幽霊の行軍なんて話に目をつぶれば、正直で信用できます。姉さんと一緒に村に住んでいます。マーカス・ウェストホールと彼のお姉さんは、荘園の中にあるストーン荘を住まいにしています」

「それでローダ・グラッドウィンさんですが、どういういきさつでこちらの患者さんに?」と、ダルグリッシュが言った。

「彼女を最初に診たのは十一月二十一日で、ハーリー街のほうでした。かかりつけの医者から回されてきたのではなかったんですが、一応医者には連絡を取りました。左頬の深い傷痕を除去してくれとのことでした。セント・アンジェラズ病院のほうでテストをした時にもう一回会い、この木曜日の午後に彼女がここに到着した時にもちょっと。グラッドウィンさんは十一月二十七日にもここに下見に来て、二晩泊って行きましたが、その時には私は会いませんでした。彼女に会ったのはハーリー街の時が初めてで、どうして荘園を選んだのか理由は見当もつきません。おそらく美容整形外科医の評判を調べ、ロンドンにするかドーセットにするかと訊かれて、プライバシーのある荘園を選んだんじゃないでしょうか。グラッドウィンさんのことはジャーナリストとしての評判以外は、それにもちろん病歴以外はなにも知りません。初診の時に、非常に冷静で率直で、なにをしてほしいかはっきり話していましたね。一つ面白いことがありましたよ。これまで傷痕を取り除こうとしなかったのに、どうして今除去する気になったのかと尋ねたのです。こう答えましたよ。もう必要なくなったからだと」

ちょっと沈黙がきた。やがてダルグリッシュが訊いた。

「グラッドウィンさんを死に至らしめたのがだれか心当たりがおありですか。不審に思われることがあったら、あるいは私に知らせたほうがいいと思われることがあったら、今話していただきたい」

「すると今回のことはあなた方のおっしゃる内部の犯行だと想定していらっしゃるのですね」

「なにも想定していません。ですが、ローダ・グラッドウィンさんはあなたの患者で、あなたの所有する建物内で殺害された」

「しかし殺害したのはここのスタッフではありませんよ。私は殺人狂を雇ってはいない」

「これが殺人狂の仕業とは思えませんね。それにスタッフが犯人と考えているわけでもありません」ダルグリッシュは続けて言った。「グラッドウィンさんは部屋を出て、エレベーターで一階に下り、西翼のドアの鍵を開けられる状態でしたか」

「意識を完全に取り戻してからは、問題なくできたでしょうね。ただし回復室にいる間は常に観察していましたし、四時半にスイート室に戻ってからも、最初のうちは三十分毎に見回っていました。唯一可能性があるのは、寝る態勢になった十時以降でしょう。その時にはグラッドウィンさんは部屋を出ることができたでしょうが、人に見られる可能性はもちろんあったわけです。それにキーがなければ外に出られません。事務室のキー保管庫からワンセット取るにしても、防犯ベルを切らなければ無理です。領主館のこの図面を見れば、防犯システムの仕組みが分かります。玄関、大広間、図書室、ダイニングルーム、事務室は防犯システムでカバーされていますが、西翼はカンヌキと鍵だけです。夜、防犯ベルを入れるのは私の役目です。私が不在の時はミス・クレセットがします。カンヌキは外出した者がいないかぎり、私が十一時にかけますね。昨夜もいつものように十一時にかけました」

「グラッドウィンさんが下見に来た時に、西側のドアのキーを渡したのですか」

「もちろんです。患者にはすべて渡します。グラッドウィンさんはロンドンに帰る時にうっかり持ち帰り、二日後にすまないという言葉を添えて返却してきました」

「で、今回は？」

「木曜日に暗くなってから到着して、庭に出る気はないということでした。普通ですと、今朝キーを渡していたはずです」

「キーのチェックはしていますか」

「それなりのチェックはしています。患者用のスイート室は六室あり、番号をふったキーが六セットとスペアキーが二セットあります。すべてのキーについて保証はできません。患者、特に長期滞在の患者は出入り自由です。ここは精神病院ではありませんからね。患者が使用するのは西側のドアです。それに言うまでもないですが、ここに住んでいる者は全員玄関と西側のドアのキーを持っている。患者用のキーと同様、どれも所在がはっきりしています。患者用のはキー保管庫に入っていますよ」

キーは暖炉の横の壁に造りつけられたマホガニーの小さな戸棚にしまってあった。ダルグリッシュは番号のついたキー六セットとスペア二セットがあるのを確認した。

手術直後のローダ・グラッドウィンがいったいなんのために人と会うだろうかとは、チャンドラー＝パウエルは質問しなかった。この可能性の低い仮説に基づいた推理に異論を唱えることもなかった。ダルグリッシュもそれ以上は何も言わなかった。しかし可能性は低くても、その質問はしないわけにはいかなかったのだ。

チャンドラー＝パウエルが言った。「グレニスター先生が現場でおっしゃっていましたし、私も気づいたのですが、ここにある医療用の手袋に関心がおありでしょうね。手術に使う手袋は手術室の手術用品室に保管してあり、部屋には鍵がかかっています。ゴム手袋は看護や家事のスタッフも必要な時に使います。そっちは一階の調理場隣の家事用具入れの戸棚にしまってある。手袋は箱で購入し、箱を一つ開けておきます。家事用のも手術室のも手袋はチェックしていません。入用なときに使って捨てる使い捨てですから」

ケイトは思った。〝ということは荘園の人間は誰でも家事用具入れの戸棚に手袋が入っていることを知っていた。でも部外者は前もってそう教えられないかぎり、知らないわけだ〟今のところ医療用の手袋が使われた証拠はないが、事情の分かっている者には当然の選択だろう。

チャンドラー＝パウエルは地図と荘園の間取り図をたたみ始めた。「ここにグラッドウィンさんの個人ファイルがあります。この中の情報がご入用なんじゃありませんか。すでにウェットストーン主任警部にはお教えしました。グラッドウィンさんが近親者として挙げていたお母さんの名前と住所、それに弁護士の名前と住所も。それから、ここに昨晩泊まったもう一人の患者ローラ・スケフィントンさんが捜査のお役に立つかもしれません。クリスマスの長期休暇のために患者数を減らしているのですが、スケフィントンさんの要望で今日簡単な処置を行なう予定でした。スケフィントンさんの部屋はグラッドウィンさん部屋の隣で、夜中に庭に明かりが見えたとおっしゃっている。当然ながらここからすぐにも出たがっていますから、あなたかチームの方が最初に彼女と話されたらいかがでしょうか。スケフィントンさんはすでにキーを返却しました」

そんなことはもっと早くに言ったらよさそうなものだと、ダルグリッシュは言いたくなった。「スケフィントンさんは今どこにおられますか」

「フレンシャムさんと図書室にいます。一人にしないほうがいいと考えたのです。当然のことながらショックを受けて怯えています。部屋にはいられないようです。それに患者用の階に人が入らないほうがいいだろうと考えて、遺体を見たあとすぐに廊下とエレベーターを立ち入り禁止にしました。その後、電話でウェットストーン主任警部から指示されて、現場の部屋を封印したのです。スケフィントンさんはフレンシャムさんに荷づくりの手伝いをしてもらって、出ていく準備はできています。すぐにも発ちたいようです――こっちとしても早々に引き揚げてもらいたいですよ」

ケイトは思った。〝それじゃあ、地元警察に通報する前から、可能なかぎり現場保存に努めたというわけか。思慮深いこと。それとも警察に協力する姿勢を強調しようとしているのか。いずれにしろ現場の階とエレベーターを立ち入り禁止にしたのは賢明だったが、必要不可欠とは言えない。患者にしろスタッフにしろ毎日出入りしているのだから、内部の犯行なら指紋による手がかりは期待できない〟

ダルグリッシュが言った。「皆さん全員一緒にお目にかかりたいのですがね。グラッドウィンさんがここに到着してから彼女に接触した方、およびモグワージーさんを含めてグラッドウィンさんが部屋に戻った昨日の四時半以降に領主館におられた方々全員です。後日オールド・ポリス・コテッジのほうで一人一人からお話をうかがいます。皆さんの日常生活になるべく影響が出ないようにするつもりですが、ある程度の不都合は避けられません」

「では適度に大きい部屋が必要でしょうね」と、チャンドラー－パウエルが言った。「図書室で間に合うようでしたら、スケフィントンさんから話を聞かれて、彼女が発ったらあそこが空きます。一人一人と話されるときにも、あそこでよければどうぞお使いください」

「すみませんね。そのほうが双方にとって便利でしょう。ですが、まずスケフィントンさんから話を聞くことにします」

事務室を出ながらチャンドラー－パウエルが言った。「マスコミや近所の野次馬対策として民間の警備チームを手配しているのですが、ご異存はないでしょうね」

「門内に入らず、われわれの捜査の邪魔をしなければ、いっこうにかまいません。邪魔かどうかは私が判断させてもらいます」

チャンドラー－パウエルは答えなかった。ドアの外でベントンが合流し、四人はスケフィントン夫人のいる図書室に向かった。

# 8

ケイトは大広間を横切る間、光と空間、色彩の織りなす鮮烈な印象にふたたび胸を揺さぶられた。暖炉で踊る炎、薄暗い冬の午後を変えるシャンデリア、控え目ながらもくっきりとした色合いのタペストリー、金縁の額、深く豊かな色合いに描かれたガウン、そしてはるか高い天井に渡された黒い梁。領主館のほかの部分同様に見学に訪れて目を見張るところであっても、実際に住んで生活する場所ではなかった。ケイトは自分なら過去に対する義務、公的な責任を押し付けてくるこんな家では絶対に楽しく暮らせないと思い、テムズ川畔の光に溢れた、家具の少ない自分のフラットを思い出して、満足した。暖炉に近い右側のリンネルひだ彫りのオークの壁板に図書室のドアが隠されていた。チャンドラー＝パウエルが開けなければ、ケイトはそこにドアがあるとは思わなかっただろう。

四人の入った部屋は大広間と対照的に意外なほど小さかった。高い棚に一度も取りだされたことがないようにびっしりと並ぶ革表紙の本と静寂を守る聖所は、気取ったところがなくて、居心地がよさそうだった。ケイトはいつものように気づかれないようにすばやく室内を見た。特捜班に入ったばかりの頃、ADが一人の部長刑事を叱った言葉を決して忘れない。〝われわれは同意を得てここにいるが、歓迎されているわけではない。今もここはあの人たちの家なんだぞ、サイモン。がらくた市で品物をあさっているような目でじろじろ見るんじゃない〟高窓が三つついている一面を除いて壁三面にすきまなく並ぶ棚は、大広間に使われている板よりも明るい色で、彫刻もずっとあっさりして優雅だった。この図書室はあるいは後から付け足されたのかもしれない。棚のてっぺんに大理石の胸像が並んでいた。見えない目のせいで人間らしさを感じさせないただの偶像だ。ADやベントンなら、だれの胸像か知っているだろう。木部に施された彫刻のおよその年代も分かるだろうし、この部屋にもしっくりなじめるのだろう。そう思ったケイトは、そんな思いを頭から振り払った。教養に対する劣等感はとっくに清算したはずじゃなかったのか。不必要だし、もううんざりだ。班で一緒に活動した同僚から、自分で思う以上に知的に劣っていると思わせられたことは一度だってない。コム島の事件のあと、ケイトはそんな偏執狂じみた卑下から卒業したと思っていた。

スケフィントン夫人は暖炉の前に置かれた背もたれの高いイスに座っていた。夫人は立ち上がらずに、細い足をそろえてエレガントに見えるように居ずまいを正した。夫人の白い卵型の顔は高い頬骨の上で皮膚がぴんと張り、ふっくらとした唇には真っ赤な口紅が塗られていた。このしわ一つない完璧な顔がチャンドラー－パウエル院長が腕を振るった結果だとしたら、院長は夫人の希望を十二分にかなえたことになる。しかし首は顔より色が黒く、皮膚がたるんでしわが寄っていた。紫色の静脈が浮く手も、若い女性の手ではない。つやのある真黒な髪の毛は、額の生え際からふんわりとかきあげられて、肩に垂れていた。両手がせわしげに動いて髪の毛をひねったり、耳の後ろに押し戻したりしている。向かい側に座っていたフレンシャム夫人が立ち上がり、チャンドラー゠パウエルが紹介をしている間、両手を組み合わせて立っていた。スケフィントン夫人がベントンをじっと見つめて、ほんの一瞬だが驚きと関心、計算の入り混じった、予想通りの表情を見せた。ケイトは内心またかと思いながら、面白そうに見守った。だが、夫人がすねた子供のような憤慨した声で話しかけた相手は、チャンドラー゠パウエルだった。

「永久に姿を現わさないかと思いましたよ。だれか来ないものかと、ここに何時間も座っていたんです」

「でもお一人になった時はなかったでしょう？　お一人にならないように手配しておいたのです」

「一人と変わりありませんよ。たった一人でした。婦長はなにがあったか教えようともせずに、すぐにいなくなっちゃいましたよ。きっとしゃべるなと言われていたんでしょ。代わりに来たミス・クレセットも同じ。そして次に来たフレンシャムさんは終始無言。まるで遺体安置所にいるか、監視されているみたいじゃありませんか。ロールスロイスが外に来ているわ。窓から来るのが見えました。運転手のロバートはここでぐずぐずしていられないだろうし、私もここにはいられません。私にはなんの関係もないんですからね。帰らせてもらいます」

夫人はびっくりするような唐突さで怒りの矛先を収めて、ダルグリッシュのほうを向いて握手の手を差し出した。

「警視長、あなたがいらして、本当にほっとしましたよ。夫のスチュアートが、あなたがいらっしゃると言っていました。心配するな、一番優秀なのを送りこむって」

だれも答えず、しんとなった。スケフィントン夫人は一瞬困惑の表情を浮かべて、チャンドラー゠パウエルを見た。

〝なるほど、そういうわけで私たちはここにいるのか〟と、ケイトは思った。〝特捜班の呼び出しが首相官邸から来たというのは、そういうことだったのか〟ケイトはダルグリッシュのほうを、首を回さずにちらりと見ずにはいられなかった。彼ほど怒りを隠すのがうまい人間はいないが、それでも額が一瞬赤らむと同時に目が冷たい光を放ち、顔の筋肉がほとんど分からないほどかすかに引き締まって、少しの間仮面のようにこわばった。それを見て、ケイトには怒っているのが分かった。エマはあんな表情を見たことがないにちがいないと、ケイトは思った。ダルグリッシュの生活のある部分、ケイトが共有している部分は、彼が愛している女性には今でも閉ざされている。今後もずっとそうだろう。エマは詩人のダルグリッシュ、愛する人ダルグリッシュを知っていても、刑事のダルグリッシュ、警察官のダルグリッシュを知らない。ケイトたちの職業は危険な権限を与えられていて、宣誓をしていない者には立ち入れない領域だ。ダルグリッシュの戦友はケイトであって、彼の愛情を勝ちえた女性ではない。警察の仕事は実際に携わった者にしか理解できない。ケイトは嫉妬はしないと心に決めて、ダルグリッシュが手柄を上げることに喜びを見出すすべを覚えた。しかしそれでも時には、こんなこせこせした小さな慰めを見出さないではいられなかった。

フレンシャム夫人が「お気をつけて」と低くつぶやいて、出ていった。ダルグリッシュは彼女が座っていたイスに腰を下ろした。「スケフィントンさん、長くお引き留めするつもりはありませんが、お訊きしたいことがあります。昨日の午後にここに来られてから、どんなことがあったか詳しくお話しいただけますか」

「ここに到着した時からですか」ダルグリッシュは、それには答えなかった。夫人は続けた。「でも、そんなの、ばかげているわ。あら、ごめんなさい。でもなにも話すことなんてありませんのよ。なにもありませんでした。つまりね、いつもと違うことなんて、なにもなかったんです、昨晩まではね。私のことを誤解なさっているのかもしれないわねえ。私は明日手術を受ける予定でここに来たんですよ

——いえ、明日じゃなくて、今日だけど。たまたまここにいただけなんです。もう二度とここには来ませんよ。まったく、とんでもない時間の無駄だったわ」

夫人の声が小さくなって消えた。ダルグリッシュが言った。「ここに着かれた時から始めてはいかがでしょうか。ロンドンから車でいらしたのですか」

「車です。運転手のロバートがロールスロイスで。もう言

いましたでしょ、私を家に連れて帰るために運転手が待っているって。私が主人に電話をしたら、主人はすぐにロバートをこっちに寄こしたんです」

「電話をなさったのはいつですか」

「患者さんが亡くなったと聞いてすぐですよ。八時頃だったんじゃないかしら。足音やら話し声やらなんだかいやに騒がしいので、私、ドアから首を突き出したんですよ。そうしたらチャンドラー＝パウエル先生が入っていらして、なにがあったのか話してくださった」

「ローダ・グラッドウィンさんが隣の部屋の患者さんだったことをご存じでしたか」

「いいえ、知りませんでしたよ。その人がここに入院していたなんて、まるで知りませんでした。ここに着いてから姿を見かけなかったし、だれもその人がここの患者だなんて話してくれませんでした」

「こちらにいらっしゃる前に、グラッドウィンさんとお会いになったことがありますか」

「いいえ、もちろんありませんよ。だって、私がその人と会うわけがないじゃないですか。その人って、ジャーナリストかなにかだったんじゃないの？　その種の人たちには近づかないようにって、スチュアートに言われています。ああいう人たちって、何かしゃべると、かならずすっぱ抜くんだから。だいたいお付き合いする人たちが同じじゃありませんものね」

「でも、隣の部屋にだれかいることはご存じだった？」

「まあね、キンバリーがお夕食を運んでましたから。ワゴンの音が聞こえました。もちろん私は家で軽い昼食を取ってからなにも口にしてはいませんよ。次の日に麻酔を受けるので、絶食だったんです。今となっては、もうどうでもいいんですけどね」

「ここに着かれた時のことに話を戻しますが、何時でしたか」

「そうねえ、五時頃だったわね。ウェストホール先生とホランド婦長、ミス・クレセットが出迎えてくださって、一緒にお茶をいただきました。でも食べ物はいっさいなしでしたよ。お庭を散歩するには暗くなっていたので、寝るまで自分のお部屋にいると言ったのです。翌朝は麻酔の先生がいらっしゃるし、その先生とチャンドラー－パウエル先生が手術前のチェックをなさるということで、かなり早起きをしなければならなかったのでね。ですからお部屋に上がって、十時ごろまでテレビを見てから休みました」

「夜中はいかがでしたか」

「そうねえ、寝つくのにちょっと時間がかかって、眠ったのは十一時を回ってからだったわね。でもしばらくしてトイレに行きたくて目がさめました」

「何時でしたか」

「どのぐらい眠ったのかしらと思って、腕時計を見たんです。十二時二十分前ぐらいでした。その時エレベーターの音が聞こえたんです。エレベーターは婦長さんの部屋の向かいです――もうごらんになったでしょうけど。ドアが静かにしまって、エレベーターが降りていく音がしただけですけれどもね。私、ベッドに戻る前にカーテンを開けに行きました。いつも窓は少し開けて休みますし、ちょっと外の空気が吸いたくなったんです。そしたらシェベレル・ストーンズの中に光が見えたんですよ」

「どんな光でしたか」

「石の中を小さな光が動いていました。懐中電灯だったのかもしれないわねえ。ちらちら瞬いてから、消えました。きっとスイッチを切ったか、光を下に向けたんでしょうよ。それっきり見えませんでしたね」スケフィントン夫人はそこで切った。

「それからどうなさいましたか」

「それで、怖くなりましてねえ。あそこで火あぶりになった魔女のこととか、あそこには幽霊が出るとかいう噂を思い出したんです。少し星明りがありましたけど、かなり暗くて、あそこにだれかがいるような気がしてなりません。だれかいたはずですよ。でなければ光が見えたはずないものねえ。もちろん幽霊なんて信じませんよ。でも薄気味悪いじゃありませんか。怖いですわよ。で、私、急に相手がほしくなったんです。だれかと話がしたくなって、お隣の部屋の患者さんはどうかって思ったのね。でも廊下に出るドアを開けたものの、その、なんと言うか、浅はかなことをしているって気づいたんです。もう真夜中近かったんです。お隣の人は眠っているはずでしょ。起こしたら、彼女、ホランド婦長さんに言いつけるでしょうよ。婦長というのは自分の認めないことをされると、とてもきついんです」

ケイトが尋ねた。「すると、お隣の患者さんが女性ということをご存じだったのですね」

スケフィントン夫人はケイトを見た。生意気なメードに向ける目つきだと、ケイトは思った。「いつもだいたい女性でしょ？　だってここは美容整形のクリニックなんだから。いずれにしろお隣のお部屋のドアはノックしませんでした。キンバリーにお茶を持ってきてもらって、眠たくなるまで本を読むかラジオを聴くことにしたのです」

ダルグリッシュが質問した。「廊下をのぞかれたとき、人影を見るなり、物音を聞かれませんでしたか」

「いいえ、まさか。もしそうだったら、そう言ってましたわよ。廊下にはだれもいなくて、シーンとしていました。薄気味悪いったらないの。エレベーターのところに薄暗い明りが一つポツンとついているだけで」

「ドアを開けられたのは、正確に言って何時でしたか。憶えておられますか」

「十二時五分前ぐらいでしょうね。窓のそばに五分以上はいなかったから。それで電話でお茶を注文して、キンバリーが運んできました」

「彼女に光のことを話しましたか」

「ええ、しましたよ。ストーンサークルの中で光がチラチラしていて、それが怖くて寝つけないって。だからお茶がほしくなったのだとね。それに話し相手がほしいって。でもキンバリーは長くいなかったわ。きっと患者とおしゃべりをしてはいけないと言われているんでしょう」

チャンドラー＝パウエルが突然口をはさんだ。「ホランド婦長を起こそうとは思われませんでしたか。婦長の部屋はあなたの部屋の隣で、廊下に面しています。婦長の部屋があそこにあるのはそのため、患者さんに呼ばれたときにすぐ行けるからです」

「あのとき起こしたりしたら、婦長はきっと私のことを馬鹿な女と思ったでしょうよ。それに自分が患者とは思わなかったわねえ。まだ手術の前だったんだから。薬や睡眠薬が必要だったわけでもないし」

夫人が口をつぐんで、しんとなった。自分の言ったことの重要性に初めて気がついたように、夫人はダルグリッシュからケイトに視線を移した。「光を見たって言ったけど、もちろん私の勘違いかもしれませんよ。夜も遅かったし、なんとなくそんなふうに思いこんだってこともあるでしょ」

ケイトが言った。「お隣の患者さんの部屋に行こうと思われて廊下に出られたときには、光をごらんになったと確信がおありだったのですね」

「そりゃあ、そうでしょ？ でなきゃ、あんなふうに部屋から出たりしませんよ。でもだからと言って、本当に光が見えたことにはならないでしょ。目が覚めたばかりだったし、ストーンサークルのほうを見て、生きながら焼かれた哀れな女のことを考えていたら、幽霊を見たような気がしたのかもしれないじゃないの」

ケイトがまた質問した。「では、その前にエレベーターのドアが閉まり、エレベーターが降りていく音を聞かれた時も、やはりそんな気がなさっただけだったのでしょうか」

「エレベーターの音は想像だったとは思わないわねえ。だれかがエレベーターを使ったんですよ。エレベーターはだれだって使えたわけでしょ。患者の部屋に行きたい人はだれだって。たとえばローダ・グラッドウィンのお部屋に行きたい人とか」

沈黙が来て、ケイトにはそれが数分続いたような気がした。やがてダルグリッシュが言った。「昨夜いつでもいいですが、隣の部屋あるいはお部屋の外の廊下でなにかごらんになるとか、音を聞かれたりしませんでしたか」

「いいえ、全然、なにも。お隣の部屋には婦長が入っていったので、だれかいると分かっただけ。このクリニックではみんな揃いも揃ってひどく秘密主義なんだから」

「ミス・クレセットが部屋にご案内をした時に、お話ししたはずですよ」と、チャンドラー＝パウエルが言った。

「入院中の患者さんは一人だけとはおっしゃっていたけど、

どのお部屋かとかその人の名前は言いませんでしたよ。いずれにしろ、そんなことはどうでもいいことよね。光のことは私の勘違いだったのよ、きっと。ただしエレベーターは勘違いじゃありませんよ。エレベーターが降りる音を想像するとは思えないわ。たぶんあの音で目がさめたんでしょうよ」夫人はダルグリッシュのほうを向いた。「じゃあ、これで帰らせていただくわ。主人は私が騒ぎに巻き込まれることはないって言っていましたわよ。首都警察最高のチームが担当するんだから、私は守ってもらえるって。殺人犯がうろうろしているところにいたくはありませんわよ。殺されたのは私だったかもしれないのよ。もしかしたら殺す目当ては私だったのかもしれない。主人には敵がいますからね。有力者には避けられないことなんです。そして私は隣のお部屋で、一人ぼっちだった。犯人が部屋を間違えて、私をグラッドウィンと思って殺したってこともありえたんじゃないの？　患者はみんなここは安全だと思ってくるんですよ。料金はいやというほど高いのにねえ。それにだいたい犯人はどうやってここに入り込んだの。私、知っていることは何もかもお話ししましたよ。でも法廷で証言はできませんからね。どうして私がそんなことをしなくちゃならないの」

ダルグリッシュが答えた。「スケフィントンさん、あるいは証言していただくことになるかもしれません。もう一度お話をうかがうことになると思いますが、その場合もちろんロンドンでかまいません。お宅か、あるいはニュー・スコットランドヤードのほうで」

明らかにありがたくない予測だったが、ケイトからダルグリッシュに視線を移しながらスケフィントン夫人はなにも言わないのが賢明と判断したようだ。代わりに夫人はダルグリッシュに微笑みかけて、甘ったれな子供のような声を出した。「じゃあ、もう行ってもよろしいでしょう？　お役に立つように精いっぱい努めたんですのよ、本当に。でも夜遅かったし、私は一人きりで怖かった。今思うと、なにもかも恐ろしい夢みたいだわ」

しかしダルグリッシュはまだ質問を終えていなかった。
「こちらに着かれた時に西のドアのキーを受け取られまし

たか」

「ええ、婦長からもらいました。安全錠のキーをいつも二本渡されます。今回は一番のセットだったわね。フレンシャムさんが荷作りを手伝ってくださったときに返しました。バッグはロバートが車まで運びました。ロバートはエレベーターを使わせてもらえないので、バッグを持って階段を下りたんですよ。チャンドラー－パウエル先生、男性スタッフを雇うべきですよ。モグはどう見たって荘園で働くには向いていませんわよ」

「夜の間キーはどこに置かれましたか」

「ベッドの横だったんじゃないかしら。いえ、ちがう、テレビの前のテーブルだったわ。とにかくもうフレンシャムさんに返しましたよ。もしなくなったとしても、私には関係ありません」

「いいえ、なくなってはいません。スケフィントンさん、ご協力ありがとうございました」

ようやく解放されたスケフィントン夫人は愛想がよくなり、あいまいな礼の言葉と作り笑いをだれかれなく振りまいた。チャンドラー－パウエルが車まで送っていった。院長はその機会を利用して夫人をなだめたり、機嫌を取ったりするのだろうが、夫人が口をつぐんでいるとは彼も思わないだろう。夫人は当然二度と来ないし、ほかの患者もそうだ。十七世紀の火刑を想像する程度なら、患者たちはちょっとスリルを味わって面白がるかもしれないが、手術後の比較的無力な患者がむごたらしく殺されたクリニックをわざわざ選ぶはずがない。ジョージ・チャンドラー－パウエルがクリニックの収益で荘園の維持費を賄っているとしたら、立ち行かなくなるだろう。今回の殺人事件の被害者は一人だけではない。

三人はロールスロイスが走り去る音がして、チャンドラー－パウエルが戻ってくるまで待っていた。ダルグリッシュが言った。「捜査本部はオールド・ポリス・コテッジに設置して、部下たちはウィステリア・ハウスに滞在します。三十分後に図書室に全員お集まりいただけると助かります。それから西翼で鑑識の係官が捜索に当たります。これから一時間ばかり図書室を自由に使わせていただけますか」

# 9

ダルグリッシュとケイトが現場に戻ると、ローダ・グラッドウィンの遺体はすでに動かされていた。遺体安置所の係官二人が慣れた手つきで遺体を遺体袋に納めて、担架でエレベーターの中に移動させた。遺体搬送のために遺体安置所のバンの代わりに出動した救急車を見送るためにベントンが下にとどまり、次いで到着予定の鑑識係官を待つことになっている。口数が少なく動作の機敏な巨漢カメラマンはすでに仕事を終えて、引き上げた。ダルグリッシュは時間のかかる容疑者からの事情聴取の前に、ケイトと一緒に空になった部屋に戻ってきた。

ダルグリッシュが犯罪捜査課の刑事に昇進したばかりの頃、殺人遺体が移動されると現場の部屋が前と違うように思えたものだ。被害者が物理的に不在なだけでなく、もっと微妙な変化が感じられた。空気が呼吸しやすくなり、話し声が大きくなる。謎の脅威あるいは汚染源がその能力を失ったかのように、だれもがほっとした表情になる。そんな感覚が今でもいくらか残っていた。枕に頭の跡がついた乱れたベッドは、目を覚ました部屋の主がついさっき起き上がったばかりで、すぐにも戻ってきそうな何でもないごく普通のベッドに見える。ダルグリッシュの目にドラマチックで不快感の象徴に映るのは、むしろドアのすぐ内側に散乱するお盆と茶器だった。まるでスリラーの表紙カバー撮影のために設定されたシーンのようだ。

グラッドウィンの所持品にはまだ手を触れていない。ブリーフケースは隣の居間の書き物机に立てかけてある。キャスター付きのメタリックな色合いのスーツケースはタンスの横に立っていた。ダルグリッシュは事件用のバッグを折りたたみ式の荷物置きに置いた。バッグを開けて、彼とケイトは捜索用の手袋をはめた。

銀色の留め金のついた、診察鞄形のグリーンの革のハンドバッグは、明らかにブランドものだった。中に鍵束、小型アドレス帳、手帳、財布にはクレジットカードと硬貨が合計四ポンド、二十ポンド札と十ポンド札で六十ポンドが入っていた。そのほかにもハンカチ、革表紙の小切手帳、櫛、香水の小瓶、銀色のボールペン。専用ポケットに携帯電話。

ケイトが言った。「普通なら携帯電話はナイトテーブルに置きますよね。電話に出たくなかったようですね」

小型の携帯電話は新しいモデルだった。ダルグリッシュは蓋を開いてスイッチを入れ、着信と伝言をチェックした。古いメールは削除されていたが、送信人〈ロビン〉と書かれた新着メッセージが入っていた。〝非常に重要な事態が発生しました。相談があります。会ってください。ぼくを切り捨てないでください〟

ダルグリッシュが言った。「送信人を突きとめて、この重要な事態が荘園に出向いてくるほど重要だったのか確かめなければいけないな。しかしそれは後回しだ。事情聴取を始める前にほかの病室をざっと見ておきたい。グレニスター先生が犯人は手袋をはめていたとおっしゃった。犯人はできるだけ早く手袋を処分したかっただろう。医療用の手袋なら切り刻んで、トイレに流せたはずだ。とにかく見て損はない。鑑識を待たないほうがいい」

ラッキーだった。廊下の端のスイート室の浴室で、便器の縁の下側に人間の皮膚のように薄いゴム手袋の、ごく小さな断片がくっついているを見つけた。ダルグリッシュはピンセットでそっとはがして証拠品用の袋に入れ、封印した。封印の上に彼とケイトはそれぞれのイニシャルを書いた。

「鑑識が来たら、このことを知らせてやろう」と、ダルグリッシュは言った。「このスイート室を集中的に捜索する必要がある。とくに寝室のウォークイン・クロゼットだ。あれがついているのはこの部屋だけだ。そのことからも内部犯行の疑い濃厚だな。さてと、被害者のお母さんに電話をしたほうがいいな」

「ウェットストーン主任警部が婦人警官を被害者の母親のところに差し向けたと言っておられました。ここに到着してすぐに手配されたんです。ですから被害者の母親はすでに知っています。私が電話しましょうか、警視長」

「いや、いいよ、ケイト。被害者の母親には私が電話をするのが筋だろう。しかしすでに知っているのなら、急ぐことはないな。全員まとめた事情聴取にかかるか。ベントンと一緒に図書室に来てくれ」

## 10

ダルグリッシュがジョージ・チャンドラー＝パウエルと図書室に入っていくと、荘園に住むスタッフはすでに集まり、ケイト、ベントンと一緒に待っていた。ベントンはスタッフたちの位置関係を面白いと思った。マーカス・ウェストホールは窓際のイスに座る姉から離れて、フラヴィア・ホランド婦長の隣のイスに座っていた。おそらく同じ医療スタッフということで、並んで座ったのだろう。ヘリナ・クレセットは暖炉の横に置かれた肘掛イスに座っていたが、くつろいでいるように見えてはよくないと思ったのか、手をイスの肘に軽く置いて背筋を伸ばしていた。地獄の番犬ケルベロスを連想させるモグワージーは、光沢のあるブルーのスーツと縞柄のネクタイに着替えて、葬儀業者のように見えた。暖炉を背にしてヘリナの後ろに立っている。

座っていないのは彼だけだった。ダルグリッシュたちが入ってくると、彼はダルグリッシュをじろりとねめつけたが、ベントンの見るかぎり敵対しているのではなくて、にらみを利かせているだけらしい。ボストック夫婦は一脚だけ置いてあるソファに身体を固くして並んで座っていた。立ち上がるべきか迷ったのかちょっと身じろぎして、目を左右にきょろきょろと動かし、すぐにクッションに沈みこんだ。キンバリーの手が夫の手の中にそっと滑り込んだ。

シャロン・ベイトマンもキャンダス・ウェストホールから数フィート離れたところに一人でしゃっちょこばって座っていた。両手を膝の上で重ねて、細い足を揃え、ベントンの目をちらりと見返した目には怯えよりも警戒の色が強かった。デニムのジャケットの下にブルーの花模様の木綿のワンピースを着ている。寒々とした十二月の午後より真夏向きのワンピースは、サイズが大きすぎた。そんなヴィクトリア朝時代の孤児院で厳しくしつけられた依怙地な子供のような雰囲気は、あるいはわざとこしらえたものではないかと、ベントンは疑った。フレンシャム夫人は窓際のイスに座って、時どき外に視線を投げている。ここの空気は恐怖と緊張ですえた臭いがするが、外には新鮮でごくノーマルな世界があるのを思い出すためかもしれない。スタッフたちはいずれも青い顔をしている。セントラルヒーティングがあるし、暖炉で火が音をたてて燃えているにもかかわらず、寒さで凍えているように見えた。

不安を表に出さずに敬意と哀悼の気持ちを見せたほうが賢明と考えたのか、それぞれにふさわしい服装に着替えていた。プレスしたてのシャツを着て、コーデュロイやデニムがスラックスやツイードのスーツに変わっていた。セーターやカーディガンもタンスから出したばかりのように見える。ヘリナ・クレセットは白と黒の細かいチェックの細いスラックスにカシミアの黒いタートルネックセーターを着て、エレガントだった。顔から血の気が引いていたから、ソフトな色合いの口紅もいやに派手でわざとらしく見える。彼女をじろじろ見ないようにしながらも、ベントンは思った。〝典型的なプランタジネット王家の顔だな〟そして自分が彼女を美しいと思っているのに気づいて、驚いた。

十八世紀のマホガニーデスクの前に置かれた三脚のイスが警察用らしかった。三人はそこに座り、チャンドラー－パウエルは向かいのミス・クレセットのそばに座った。全員の視線が院長に集まったが、ベントンには彼らの頭にあるのが自分の右に座る黒髪長身の男であることは分かっていた。部屋の空気を支配しているのはダルグリッシュだった。しかし三人はチャンドラー－パウエルの同意のもとにここにいるのであって、ここはチャンドラー－パウエルの家であり、彼の図書室だ。そしてチャンドラー－パウエルもそのことをそれとなく主張していた。

チャンドラー－パウエル院長が落ち着いた重みのある口調で、口を開いた。「ダルグリッシュ警視長さんからわれわれ全員に質問があるので、この部屋を使いたいというお申し出がありました。もう全員がダルグリッシュ警視長、ミスキン警部、ベントン－スミス部長刑事のお顔は存じ上げていると思います。私は今ここでスピーチをするつもりはありませんが、ただ昨夜起きたことはわれわれ全員にとって大変なショックだった。今われわれのしなければならないことは警察の捜査に全面的に協力することです。言うまでもなくこの悲劇が荘園の外に知られないではすまない。新聞記者そのほかのマスコミ関係者の応対は専門家に任せることになるので、皆さんは少なくとも当面は外部の人と話さないように。では、ダルグリッシュ警視長、お願いします」

ベントンは手帳を取りだした。彼は警官になりたての頃に風変りというか、かなり特殊な速記法を編み出していた。ピットマン表音速記術を基本にしてはいるが、彼独自の部分がかなり多い。ボスはほぼ完璧な記憶力を持っているが、観察し、耳を傾け、言われたこと、目撃したことをすべて記録するのが彼の役目だった。ADがどうしてまず全員を集めて事情聴取を行なうのか、彼はその理由が分かった。ローダ・グラッドウィンが十二月十三日の午後に荘園に来てからなにがあったか、全体的な経緯を確実につかむことが重要であり、関係者全員が一堂に会して互いに話を補足したり、間違いを正したりするほうがより正確な情報を得られる。個別の事情聴取ではほとんどの容疑者が上手にウソをつく――中にはびっくりするようなウソの名人もいる。殺して遺体を隠した恋人や肉親が、涙ながらに殺した犯人を捕まえてくれと訴える場面を、ベントンはいくらも見た。しかし他の人間がいる場所でうそをつき続けるのは、そう簡単ではない。容疑者本人は表情をコントロールする名人でも、彼の話を聞いている人たちの顔に真実が現われるかもしれない。

ダルグリッシュが口を開いた。「皆さんにお集まりいただいたのは、被害者のローダ・グラッドウィンさんがここに着かれてから遺体発見までの間にどんなことがあったのか、グループで正確な経緯を割り出すのが目的です。もちろん個別にお話をうかがわなければなりませんが、これから三十分の間になにかしら進展が見られるのではないかと期待しています」

ちょっとしんとなったが、ヘリナ・クレセットが沈黙を破って発言した。「グラッドウィンさんを最初にお迎えしたのは、門を開けたモグワージーですね。ホランド婦長とウェストホール先生、それに私が大広間でお迎えしました」

クレセットの声は落ち着いていて、言葉も明快で事務的だった。ベントンの耳に彼女の言わんとすることは明白だった。〝この公開ジェスチャーゲームをどうしてもしなければならないのなら、早いところすませてしまいましょう〟

モグワージーがダルグリッシュをにらみつけた。「その通りです。グラッドウィンさんはだいたい時間通りに着かれましたよ。ミス・ヘリナからお茶の時間と夕食の時間の間に着かれると言われてたから、四時から気をつけてたんです。六時四十五分に着かれました。門を開けると、グラッドウィンさんは車を自分で駐車場に止めて、荷物は自分で運ぶと言われました。キャスターのついたスーツケース一つだったね。えらくきっぱりしたご婦人だった。私は玄関の前に回ってこられるまで待ってたんです。玄関のドアが開いてミス・ヘリナが出迎えられた。それでもう用がないと思って、家に帰ったんですよ」

「建物の中に入って、荷物を部屋まで運んだりはしなかったのですか」と、ダルグリッシュが訊いた。

「いや、しませんでしたよ。駐車場から引っ張ってこられるんなら、患者さんの階までだって問題ないって思ったからね。もしだめなら、だれかが運ぶだろうしね。私がグラッドウィンさんを最後に見たのは、玄関を入っていく姿だったね」

「グラッドウィンさんが到着してから以降、建物の中に入りませんでしたか」

「私がどうして中に入るね」

「分からないから、うかがっているんです」

「入らなかったよ。私のことが問題になってるようだから、はっきり言わせてもらいますよ。遠慮はしないよ。あんたが何を訊きたいのか分かってる。だから面倒を省いてあげますよ。私はグラッドウィンさんがどこで寝てたか知っていた——患者さんの階ですよ、当然だよ。それから私は庭に出るドアのキーを持っている。でもね、グラッドウィンさんが玄関を入ってくのを見てからあとは、一度もあの人の姿を見なかった、生きてるのも死んだのもね。私はあの人を殺さなかったし、だれが殺したかも知らない。もし知ってたら、教えるよ。殺人犯をかくまったりしないやね」

「モグ、だれもあなたを疑ってはいませんよ」と、ミス・クレセットが言った。

「あなたは疑っちゃいないでしょうけどね、ミス・ヘリナ。ほかの人は疑ってるんですよ。世の中の仕組みは分かってます。はっきり言っといたほうがいいんですよ」

ダルグリッシュが言った。「モグワージーさん、ありがとう。はっきりおっしゃっていただいて、助かりました。ほかに話すことはありませんか。荘園から帰られたあとに何か見聞きしたとか？　たとえば荘園の近くで人を見かけませんでしたか。見たことのない人とか、挙動不審な人とか」

モグはずばりと言った。「暗くなってから荘園のまわりをうろうろしてるよそ者は、だれだろうと挙動不審だね。昨日の夜はだれも見なかった。でもストーンサークルのそばの待避所に車が一台止まってたね。帰る時じゃなくて、もっとあとだけどね」

モグがしてやったりと言いたげな薄笑いをちらっと浮かべたのを見逃さなかったベントンは、車のことを持ち出したタイミングは意図的だったのではないかと疑った。聞いた者の反応は、モグにとっては明らかに痛快なものだった。だれもが無言だったが、息をヒュッと吸いこむ音が聞こえた。モグの思惑どおり、車のことをだれも知らなかったのだ。ベントンは互いに顔を見合わせるスタッフたちを見守った。全員がほっと胸をなでおろした瞬間だった。すばやくごまかしはしたものの、安堵感は紛れもなかった。

「その車のモデルとか、色を憶えていますか。」ダルグリッシュが訊いた。

「黒っぽいセダンだったね。黒かブルーだったんじゃないかな。ライトはついてなかった。運転席に人が座ってたけど、ほかに人がいたかどうかは分からないね」

「ナンバーを見ませんでしたか」

「見なかったね。わざわざナンバーを見るわけないじゃないか。いつもの金曜日と同じに、エイダ・デントンさんのコテッジでフィシュ&チップスを食べて自転車で帰る途中で通りかかっただけなんだから。自転車に乗ってる時にちゃんと前を見ない人がいるけど、私はちがいますよ。分かってるのは、車が一台あそこに止まってたってことだけだね」

「何時でしたか」

「夜中の十二時前だったね。たぶん五分か十分前だろう。いつも十二時前に帰るから」

「モグ、それは重要な証言だよ。どうしてもっと前に言わなかったんだい」と、チャンドラー-パウエルが言った。

「どうしてかって。あなたが言われたんじゃないですか。グラッドウィンさんが亡くなったことをあれこれ言うな、警察が来るのを待てって。だから、警察の親分が来たから、見たことを話してるんですよ」

だれかがなにかを言う前に、いきなりドアがぱっと開いた。全員の視線がそっちに向けられた。男が一人飛び込んできて、その後ろでウォリン巡査が止めようとしている。闖入がドラマチックなら、男の外見も変わっていた。多少中性的で青ざめたハンサムな顔、大理石の男神像のように額に金髪を貼りつかせて、青い目が怒っていた。あせたブルージーンズの上に床に届きそうな黒いロングコートという服装だった。ベントンは一瞬男がパジャマとガウンを着ているのではないかと思った。この意表を突く登場が計画的だとしたら、これ以上にどんぴしゃりのタイミングはないのだが、仕組んだ演出には思えなかった。闖入者は感情を抑えかねて、身体を震わせていた。おそらく悲しんでいるのだろうが、同時に怯えて怒っていた。戸惑ったように、居並ぶ顔から顔に視線を走らせている。男が口を開く前に、窓際に座っているキャンダス・ウェストホールが落ち着いた声で言った。

「私たちのいとこのロビン・ボイトンです。今、見舞客用のコテッジに泊まっています。ロビン、こちらがニュー・スコットランドヤードのダルグリッシュ警視長さんとミスキン警部さん、ベントン－スミス部長刑事さんですよ」

ロビン・ボイトンはキャンダスを無視して、マーカスに食ってかかった。「こいつ！　なんて腹黒い冷血漢なんだ！　ぼくの友だちが、ぼくの親友が亡くなった。殺されたた。なのにぼくに知らせる人間らしさも持ち合わせていないのか。みんなで集まって警察に取り入り、こっそり内々ですませようという魂胆だろう。チャンドラー－パウエル大先生の大事なお仕事のお邪魔をしていけないというわけか。彼女は上で冷たくなっているっていうのに。ぼくに知らせるべきだったと思わないか！　だれかが知らせてくれなくちゃいけなかったんだよ。彼女に会いたい。さよならを言いたいんだ」

男は涙を流して、人目をはばからず泣きだした。ダルグリッシュは黙っていた。しかしベントンが彼のほうを見ると、ボスの黒い目は油断なく見守っていた。

キャンダス・ウェストホールがいとこを慰めようとしたのか腰を浮かしたが、また下ろした。口を開いたのは弟のほうだった。「残念だが、それは無理だよ、ロビン。グラッドウィンさんの遺体はもう遺体安置所に運ばれた。でも、きみに知らせようとしたんだぞ。九時ちょっと前にコテッジに寄ってみたんだが、きみはまだ寝ているようだった。カーテンは閉まっていたし、ドアに鍵がかかっていた。ローダ・グラッドウィンさんと知り合いだとはいつか話していたと思うけど、親友だとは言わなかったな」

「ボイトンさん」と、ダルグリッシュが言った。「今のところグラッドウィンさんが木曜日に到着した時点から亡くなっているのが発見された今朝の七時半までの間にこの建物の中におられた方々からお話をうかがっています。もしあなたも中にいらしたのなら、このままここにいらしてください。そうでなかったら、私か部下ができるだけ早くお話をうかがいます」

ボイトンは怒りの矛先を収めた。息を大きく吸って話しだした声は駄々っ子のようだった。

「もちろんぼくはちがいますよ。中に入ったのはたった今なんだから。ドアの前の警官が入れてくれなかった」

「それは私の命令です」と、ダルグリッシュが言った。

「その前は私の命令です」と、チャンドラー＝パウエル。「グラッドウィンさんは例外なしのプライバシーをご希望だった。ボイトンさん、不快な思いをされて申しわけないですが、私も警察の方や法医学者の先生がいらして手一杯だったので、コテッジにあなたが宿泊なさっていることまで気がまわらなかった。昼食をお取りになりましたか。ディーンとキンバリーがなにかさし上げられると思いますよ」

「昼は食べてませんよ、当然でしょ。ぼくがローズ荘に泊まった時、食事を出してくれたためしがありますか。それにあんたに食べさせてもらおうとは思わない。人を見下したような言い方はやめてくれ！」

ロビン・ボイトンは身体をそらすと震える腕をのばして、チャンドラー＝パウエルに指をつきつけた。が、すぐに服装も服装だし芝居じみた格好はこっけいに見えると気づいたのか、腕を落して、みじめそうな顔で一同を無言で見まわした。

「ボイトンさん、グラッドウィンさんのお友だちなら、有益なお話がうかがえそうですが、それはのちほどお願いします」と、ダルグリッシュが言った。

静かに口にされたその言葉は命令だった。ボイトンは肩を落として回れ右した。だがすぐに向き直って、チャンドラー＝パウエルに向かって言った。「彼女はあの傷痕を消して、新しい生活を始めるためにここに来た。彼女はあんたを信頼していたんだぞ。あんたが彼女を殺したんだ。この人殺し！」

反応を待たずに、ボイトンは出ていった。その間、影のように立っていたウォリン巡査も後を追って出ると、ドアをきっちりと閉めた。五秒間、だれもなにも言わなかった。その間に場の雰囲気が変わるのが、ベントンには分かった。ついにあの紛れのない言葉が口にされた。信じがたくて、グロテスクで恐ろしい事実が、ついに事実として認められた。

ダルグリッシュが言った。「では、続けましょうか。クレセットさん、あなたはグラッドウィンさんを玄関で出迎えられたんでしたね。そこから始めましょうか」

それから二十分間、話はスムーズに進められた。ベントンは速記に集中した。ヘリナ・クレセットは新しい患者を領主館に招き入れて、まっすぐ部屋に案内した。翌朝麻酔を受けるので、夕食は抜きだった。グラッドウィンは一人でいたいと言った。患者はスーツケースを自分で部屋まで引っ張っていくと言い、クレセットが部屋を退出するときには、本をスーツケースから出していた。クレセットはグラッドウィンが金曜日に手術を受けたあと、夕方になって回復室から患者用のスイート室に戻ることを当然知っていた。それがいつもの手順だった。クレセットは患者の世話にはかかわらず、グラッドウィンの部屋に出入りしなかった。夕食はダイニングルームでホランド婦長、キャンダス・ウェストホール、フレンシャム夫人と一緒に取った。マーカス・ウェストホールはアフリカで一緒に働くことになっている医師とロンドンで夕食を取り、一晩泊ってくる予定だと聞いた。キャンダス・ウェストホールと七時近くまで事務室で仕事をし、七時に図書室でディーンが食前の飲み物を出してくれた。夕食後は自室の居間でフレンシャム夫人とチェスをしながら話した。十二時には就寝し、朝までなにも聞かなかった。土曜日、シャワーを浴びて着替えをしているときにチャンドラー＝パウエル院長が来て、ローダ・グラッドウィンが亡くなったことを告げられた。

フレンシャム夫人が静かな声でクレセットの話を裏付けた。ミス・クレセットの居間を出て東翼の自分の居室に戻り、夜の間なにも見聞きしなかった。朝八時十五分前にダイニングルームに降りてきて、だれもいないのを見るまで、グラッドウィンさんが亡くなったことは知らなかった。あとになってチャンドラー＝パウエル院長が来て、グラッドウィンさんが亡くなったと教えてくれた。

キャンダス・ウェストホールは夕食までミス・クレセットと事務室で仕事をしたと、クレセットの話を裏付けた。夕食後事務室に戻って書類を片付け、十時すぎに玄関から出た。ドアを出る前にチャンドラー＝パウエル院長が階段を降りてきたので、挨拶をした。翌朝、院長が事務室から電話をくれて、グラッドウィンの死を知った。すぐに弟と一緒に領主館に来た。弟のマーカス・ウェストホールは早朝にロンドンから帰ってきた。弟の車が戻った音が聞こえたが、ベッドから出なかった。弟が寝室のドアをノックしたので、ちょっと言葉を交わした。

フラヴィア・ホランド婦長は落ち着いて、簡潔に証言した。手術日の早朝、麻酔医と非常勤の医療および技術スタッフが顔をそろえた。非常勤スタッフの一人フレーザー看護師が患者を手術室に移動させて、そこで前にロンドンのセント・アンジェラズ病院で患者を診察した麻酔医が再度診察した。チャンドラー＝パウエル院長は患者に挨拶をして、気持ちを落ち着かせるために少しの間一緒にいた。どういう手術をするかは、セント・アンジェラズ病院のオフィスですでに説明してあったはずだ。グラッドウィンさんは終始非常に冷静で、怯えている様子、とくに不安を抱いている様子はなかった。手術が終わると、麻酔医と非常勤スタッフは帰宅した。翌朝スケフィントンさんの手術があるので、再度来ることになっていた。スケフィントン夫人は昨日の午後に荘園に到着した。手術後のグラッドウィンさんはチャンドラー＝パウエル院長と自分が回復室で経過を見守り、四時半にスイート部屋に戻された。その頃には患者は歩くこともでき、ほとんど痛みはないと言っていた。その後七時半まで眠り、目をさますと、軽い夕食を取ることができた。鎮静剤は断わったが、ブランディー入りのミルクをほしがった。ホランド婦長は左側の端の部屋に待機して、午前十二時近くに自分が就寝するまで毎時間患者をチェックした。十一時にチェックしたのが最後で、患者は眠っていた。夜間、何の物音も聞かなかった。

チャンドラー－パウエルの話も婦長の話と一致した。患者が手術あるいはそのほかのことに対して恐怖心を抱いている様子がまったくなかったことを、彼は強調した。患者から一週間の回復期に見舞客に会いたくないととくに要望があったので、ロビン・ボイトンの来館を断わった。手術は成功したが、思ったより時間がかかり、むずかしかった。しかし院長は結果に自信があった。グラッドウィンさんは健康で、麻酔にも手術にも問題なく耐え、彼は経過にまったく不安を感じていなかった。亡くなった日の夜には十時頃に患者の様子を見て、その帰りに帰宅するウェストホールさんと出会った。

シャロンは事情聴取の初めからぶすっとした表情でじっと座っていたが、昨日はどこにいて、何をしたのか尋ねられると、午前、午後の行動一つ一つをだらだらと不機嫌な口調で話しだした。四時半以降に話を絞るように求められると、調理場とダイニングルームでディーンとキンバリーの手伝いで忙しかった、八時四十五分に二人と一緒に夕食を取ってから、自室に引き取ってテレビを見たと話した。何時に就寝したか、どんなテレビ番組を見たかは記憶していなかった。とても疲れていたので朝までぐっすり眠った。ホランド婦長が来て起こされ、調理場の手伝いをしろと言われるまでグラッドウィンさんが亡くなったことは知らなかった。それが九時頃だったと思う。グラッドウィンさんにはこの前に来た時に庭の案内をしてほしいと言われて、いい人だと思った。ケイトにどんな話をしたのかと尋ねられると、シャロンは子供の頃のことや学校のこと、老人ホームでした仕事のことだと答えた。

ディーンとキンバリー・ボストックが証言するまでは意外な事実はまったく出てこなかった。キンバリーは婦長の指示で患者の部屋に飲食物を運ぶことが時どきあるが、グラッドウィンさんは絶食中だったので、彼女の部屋には行かなかったと語った。キンバリーも夫のディーンも、グラッドウィンさんが到着したところは見ていない。翌日集まる非常勤の手術スタッフは帰宅前に必ず昼食を取るので、その準備で二人ともいつになく忙しかった。金曜日の夜十二時前にスケフィントン夫人の電話で起こされ、お茶の注文を受けた。夫がお盆を運ぶのを手伝ってくれた。彼は患者の部屋には一歩も入らずに、部屋の外で待っていた。スケフィントン夫人はストーンサークルの中で光がちらちら瞬くのを見たと言って怖がっていたが、キンバリーはただの妄想だろうと思った。夫人にホランド婦長に電話をしようかと尋ねると、ホランド婦長は必要もないのに起こされたら怒るだろうと言って夫人は断わった。

ここでホランド婦長が口をはさんだ。「キンバリー、夜の間に患者から注文があったら、必ず私に電話をすることになっていたでしょ。どうしてしなかったの。スケフィントンさんは術前だったのよ」

速記ノートから顔を上げたベントンは油断なく見守った。触れてほしくない質問だったのがありありと見て取れた。キンバリーはパッと顔を赤くした。彼女は夫をちらりと見やり、握り合わせた二人の手に力が入った。キンバリーは言った。「すみません、婦長さん。翌日までは患者さんではないと思ったので、お起こししませんでした。スケフィントンさんに婦長さんかチャンドラー－パウエル先生をお呼びしましょうかとお訊きしたのです」

「キンバリー、スケフィントンさんは荘園に到着した時から患者ですよ。私に連絡する方法は分かっているでしょ。連絡しなくちゃいけなかったのよ」

「スケフィントンさんは夜中にエレベーターの音を聞いたと言っていませんでしたか」と、ダルグリッシュが質問した。

「いいえ、おっしゃいませんでした。おっしゃったのは光のことだけです」

「二人ともあの階にいる間に、なにかいつもと違うものを見聞きしませんでしたか」

二人は顔を見合わせてから、首を勢いよく振った。ディーンが答えた。「あそこにいたのは、ほんの数分だったんです。シーンとしてました。いつものように廊下の薄暗い電灯がついてました」

「では、エレベーターは？　エレベーターに気づきましたか」

「はい、エレベーターは一階に止まってました。お茶を運ぶのにエレベーターを使いました。階段を上ってもよかったんですが、エレベーターのほうが早いです」

「昨日の夜のことで、ほかになにか言うことはありませんか」

今度は黙りこんだ。二人はまた顔を見合わせている。ディーンが勇気を奮い起そうとしているようだった。彼は口を開いた。「一つあります。一階に戻ってきたときに、庭に出るドアのカンヌキがかかってなかったんです。自分たちの部屋に戻るには、あのドアの前を通らなくちゃなりません。ライムの並木道とシェベレル・ストーンズの方向に出られる、右手の重いオークのドアです」

「それは確かですか」と、ダルグリッシュが訊いた。

「はい、確かです」

「カンヌキのかかっていないことを奥さんに言いましたか」

「いいえ。今朝、調理場で言いましたけど、それまでは黙っていました」

「どちらか、あるいは二人でチェックしに行きましたか」

「いいえ」

「帰りがけに気がついたんですね。奥さんに付き添ってお茶を上に運ぶ時ではなかったのですね」

「帰りがけです」

ホランド婦長が口を入れた。「ディーン、お茶を運ぶのに付き添う必要があったの？　お盆が重すぎるってことはないでしょ。キンバリーは一人で運べなかったの？　いつも一人でしているじゃないの。エレベーターもあるんだし。西翼には薄暗いけどいつも明かりがついているのよ」

ディーンは頑なに言った。「そりゃあ、できます。でもこいつが夜遅くにお屋敷の中をうろうろするのは、私は好かないんです」

「いったい何を怖がっているの」

ディーンは困惑の表情で答えた。「そうじゃないんです。ただ好かないんです」

ダルグリッシュが静かに言った「普通はチャンドラー－パウエル先生が十一時ちょうどにあのドアにカンヌキをかけることは知っていましたか」

「はい、知ってました。だれでも知ってることです。でも院長先生がお庭を散歩なさる時には、少し遅くなることが時どきあります。先生が外にいらっしゃるかもしれないのに、私がカンヌキをかけたら、先生が中に入れなくなるんじゃないかって」

「十二時すぎに庭を散歩ですって、十二月に？　そんなこと考えられる、ディーン？」と、ホランド婦長が言った。

ディーンは婦長ではなくダルグリッシュを見て、言い訳がましく言った。「ドアにカンヌキをかけるのは私の役目じゃありません。それにドアには鍵はかかってたんです。キーのない人はだれも入れません」

ダルグリッシュはチャンドラー－パウエルを見た。「十一時に確かにドアにカンヌキをかけられたのですね」

「いつものように十一時にかけて、今朝六時半に見た時にはかかっていました」

「皆さんの中で何らかの目的でカンヌキを開けた方はいませんか。これが重要な点であることは、お分かりでしょう。今この場ではっきりさせたいのです」

だれもなにも言わなかった。沈黙が続いた。ダルグリッシュは言った。「どなたか十一時以降にあのドアのカンヌキがかかっているのに、あるいはかかっていないのに気づいた方はおられませんか」

また沈黙が返ってきた。ようやく今回は低い否定のつぶやきが漏れた。全員が互いに視線を合わせまいとしているのに、ベントンは気づいた。

「それでは今のところはこの程度で充分でしょう」と、ダルグリッシュは言った。「ご協力ありがとうございました。皆さんからは個別に、ここかオールド・ポリス・コテッジの捜査本部でお話をうかがうことになります」

ダルグリッシュは立ち上がり、ほかの者も順番に静かに席を立った。相変わらずだれも何も言わない。三人がホールを横切っているとき、チャンドラー－パウエルが追いついてきた。彼はダルグリッシュに言った。「今お時間がありましたら、ちょっとお話があります」

ダルグリッシュとケイトは院長の後ろから事務室に入り、ドアを閉めた。ベントンは言外にそれとなく伝えられた仲間はずれを不快に思わなかった。警官二人なら引き出せる情報も、三人になると引き出せなくなる場合があることを承知していた。

チャンドラー－パウエルは時間を無駄にしなかった。三人とも立ったままだった。「はっきりお話しすべきだと思ったのです。キンバリーがどうしてフラヴィア・ホランドを起こさなかったかと訊かれて、困惑していたのをごらんになったでしょう。キンバリーは起こそうとしたのだと思います。部屋のドアに鍵がかかっていなかったので、キンバリーかディーンがドアをちょっと開けたとしたら、声が聞こえたはずです。私の声とフラヴィアの声が。私は午前十二時ごろ彼女と一緒にいた。ボストック夫婦はあなたにそう言うのがはばかられたのでしょう、とくにほかの者がいる場では」

「でも、その場合ドアを開ける音が聞こえたのではありませんか」と、ケイトが質問した。

チャンドラー－パウエルはケイトを落ち着き払った目で見た。「そうとはかぎりません。われわれは話に夢中でしたから」

「のちほどボストック夫婦に確認しましょう。どのぐらい一緒におられましたか」と、ダルグリッシュが言った。

「防犯装置を入れて、庭に出るドアにカンヌキをかけてから、フラヴィアの部屋に行きました。一時頃までいましたね。話し合わなければならないことがあった。仕事のこと、それに個人的なことも。どっちもローダ・グラッドウィンさんの死には関係ありません。その間、彼女も私も変わったことは見聞きしませんでした」

「エレベーターの音は聞こえませんでしたか」

「聞こえませんでしたね。聞こえたとは思えません。ごらんになったようにエレベーターは階段の隣、婦長の部屋の向かいにありますが、新しいものですから比較的静かなのです。ホランド婦長が私のこの話を裏付けてくれるでしょうし、キンバリーも傷つきやすい人間から情報を引き出すのに慣れた人から訊かれれば、われわれの声が聞こえたと認めるでしょう。私があなたに本当のことを話したと、はっきりしているんですからね。それから、私がなにもかも包み隠さず話す人間だとは思わないでください。ローダ・グラッドウィンが午前十二時ごろ亡くなったのだとしたら、フラヴィアと私が互いにアリバイを証明できることに気づかないほどナイーブではない。率直に申し上げたほうがいいでしょう。特別扱いをしてくれとは思いません。しかし医者はふつう自分の患者を殺しませんし、たとえこの荘園と自分の名前を台なしにする気でも、手術の前ならともかく、術後にはしませんよ。自分の仕事が無になるのは我慢ならない」

唐突に怒りと不快感をみなぎらせたチャンドラー＝パウエルの顔は面変わりして見えた。ダルグリッシュはそれを見て、少なくとも最後の言葉は本心だろうと思った。

## 11

ダルグリッシュはローダ・グラッドウィンの母親に電話をするために一人で庭に出ていった。彼としてはかけたくない電話だった。所轄の婦人警官がすでにすませているが、直接哀悼の気持ちを伝えるのは決してたやすい仕事ではない。警官ならだれでも避けたい任務だ。ダルグリッシュもこれまでにいやというほどこなした。遺族の家のドアの前に立っても、手を上げてベルを押したりノックをするのがためらわれる。ドアは例外なくすぐ開いて、目が合う。人生を変える知らせにとまどう目、いちるの望みにすがり懇願する目、あるいは苦痛をたたえた目。同じ立場の同僚の中にはこの仕事をケイトに任せる者もいるだろう。遺族に電話で悔みを言うのは気が利かないようにも思えるが、被害者の肉親はだれが事件の捜査に当たるのか知るべきだと、ダルグリッシュはいつも思う。そして捜査に支障がないかぎり捜査の進展の報告を受けてしかるべきだと。

電話を取ったのは男性だった。電話が吉報を伝えるはずのない文明の利器であるかのように、おずおずととまどった声だった。声は自分がだれだか名乗らずに、ほっとした声で言った。「警察? ちょっと待ってください。家内を呼んできます」

ダルグリッシュはもう一度名乗り、相手がすでにどんな言い方をしようと和らげられない知らせを受けていることを承知の上で、可能なかぎり穏やかに哀悼の気持ちを伝えた。初めは返事がなかった。やがてありがたくないお茶の誘いを受けた時のような、感情のこもらない声が言った。

「お電話くださって、ご親切に。でももう存じてます。こちらの警察の若い婦警さんが知らせに来てくれました。ドーセット州の警察から電話があったとか。十時に帰っていきましたよ。とっても優しい婦警さんでした。一緒にお茶を飲みましたけど、大して話してくれませんでしたねえ。ローダが遺体で発見されて、自然な死に方じゃないとだけ。私にはまだ信じられません。だって、だれがローダを傷つけたいなんて。私、なにがあったのか、警察はだれが犯人か知っているのかって訊いたんですよ。でも婦警さんはほかの署が担当しているのでそういう質問には答えられない、あなたから連絡があるだろうっておっしゃって。彼女は知らせに来ただけだったのね。でも、親切な婦警さんでした」

「ブラウンさん、お嬢さんに敵がいたかお気づきでしたか。お嬢さんに危害を加えたいと考えそうな人はいましたか」と、ダルグリッシュは尋ねた。

相手の声が憤然とした調子になった。「そりゃあ、いたんでしょう? でなければ殺されるはずがないじゃありませんか。ローダは自費のクリニックに入ったんですよ。あの子は安手なことはしませんでした。それなのにどうしてクリニックはあの子の面倒をちゃんと見てくれなかったんでしょう。患者が殺されるなんて、ひどくいい加減なクリニックにちがいないわ。あの子はこの先いろいろ楽しみにしていたのに。ローダはジャーナリストとしてとても成功していたんです。あの子は昔から頭がよかった。父親とそっくりに」

「お嬢さんはシェベレル荘園クリニックで傷痕を除去すると、あなたにおっしゃいましたか」

「傷痕を取るつもりだとは言っていましたが、どこでするとか、いつとかは言いませんでした。あの子は、ローダは自分のことはしゃべりませんでした。子供の頃からそうだったんです。秘密をじっと守って、考えていることをだれにも言わなかった。あの子が家を離れてからは、私たち、あまり会いませんでしたけど、五月にはこちらに来て私の結婚式に出てくれました。その時に傷痕を取ると言っていたのです。何年も前にどうにかすべきだったんですよ。三十年以上も前の傷なんですから。十三歳の時に台所のドアにぶつけてできたんです」

「それではお嬢さんの交友関係とか私生活についてはあまりご存じないのですか」

「言いましたでしょ。あの子は自分のことは話さなかったって。あの子の友だちや私生活のことは何も分かりません。それにお葬式をどうしたらいいのか、それも分からなくて。ロンドンですべきなのか、こっちでいいのか。何かしなくちゃならないのかどうかも、皆目分かりません。ふつうは書類を出したり、人に知らせたりするんでしょ。主人を煩わせたくないんですよ。主人はとてもショックを受けていて。ローダに会って、気に入っていたんです」

「検死解剖がありますが、それがすめば遺体は検視官から返されると思います。力になってくれたり、アドバイスがもらえるお友だちはいらっしゃいませんか」

「そうねえ、教会に友だちがいます。司祭さまに話したら、きっと力になってくださるでしょう。こっちで追悼礼拝ができるかもしれませんね。ただ、あの子はロンドンでとても有名でしたからねえ。それに宗教に関心がなかったから、礼拝は望まないかもしれない。そのクリニックに私が出向くなんてことにならなければいいんだけど。どこなんですしょう、そちらは」

「ドーセット州です。ストーク・シェベレルというところです」

「でもねえ、主人を置いてドーセット州には行けません」

「後日ある検視陪審に出席なさりたい場合はともかく、その必要はありませんよ。弁護士に相談されてはいかがですか。お嬢さんの弁護士から連絡がいくと思います。お嬢さんのハンドバッグから弁護士の名前と住所が見つかりました。その弁護士が力になってくれるのではないでしょうか。申しわけありませんが、ここにあるお嬢さんの所持品とロンドンのお住まいを調べさせていただかなければなりません。捜査のためにお借りするものもあるかもしれませんが、充分注意して扱いますし、後日お返しします。よろしいでしょうか」

「お好きなものを持っていってください。私はロンドンのあの子の家には行ったことがありません。いずれ行かなくてはならないんでしょうね。価値のあるものがなにかあるかもしれない。それに本がありますでしょう。ローダはいつも本に夢中だった。本がなんになるって言うんです。あの子を戻してはくれないじゃないですか。手術は受けたんでしょうか」

「はい、昨日。成功したようです」

「じゃあ、かけたお金がそっくり無駄になったんですね。可哀そうに。ローダは仕事で成功したけれど、運には恵まれませんでした」

声の調子が変わった。涙をこらえているのかもしれない。ブラウン夫人は続けた。「これで失礼します。お電話してくださって、ありがとうございました。今はもうこれ以上はとても無理です。ショックです。ローダが殺された。そんなこと、新聞やテレビで見ることで、だれが自分の知っている人に起こるなんて思いますか。あの子は傷痕を取って、楽しみにしていることがいっぱいあったんです。こんな理不尽なことって」

ダルグリッシュは思った。〝自分の知っている人か。愛する人ではなくて〟。泣き声がはっきり聞こえて、電話は切れた。

次にグラッドウィンの事務弁護士にかける前に、ダルグリッシュは少しの間電話を見つめていた。悲しみは時と人を問わないが、それに対する反応は一つではない。さまざまな形を取り、時には奇妙な出方をする。ダルグリッシュは母が亡くなったときのことを思い出した。悲しむ父を前にしてちゃんとふるまわなければと思い、葬式の間も涙をこらえることができた。ところが何年もたってから、さまざまな場面や会話の断片、表情がふと思い出されて、悲しみがこみあげてくる。母の不滅のガーデニング用手袋。あれ以外の手袋をはめたのを見たことがなかった。そしてそんなちょっとした思い出の中でも一段と鮮やかに蘇る場面が、学校に戻る列車がゆっくり動きだした、あの時だ。窓から身を乗り出すと、母の後ろ姿が見えた。毎年同じコートを着て、息子に言われたように振り返らず、手も振らなかった。

ダルグリッシュは思いを振り切って現実に戻った。弁護士に電話をすると、聞こえてきたのは留守番電話の声だった。事務所は月曜日十時まで閉まっているが、緊急の用件は当直弁護士が応じると言って、電話番号が録音されていた。その番号にかけると、すぐにてきぱきとした事務的な声が答えた。ダルグリッシュが名乗ってニュートン・マックルフィールド弁護士に緊急の話があると告げると、弁護士の自宅の番号を教えてくれた。ダルグリッシュは用件を説明しなかったが、声の調子で緊急なことが伝わったらしい。

ニュートン・マックルフィールドが家族と一緒にロンドンを離れてサセックス州の別荘にいるのは、土曜日だったから意外ではなかった。会話は背後の子供の声と犬の鳴き声をはさんで、事務的に進められた。弁護士は儀礼的な口調でショックと哀悼の言葉が述べてから、こう言った。

「もちろん捜査のお役に立つことでしたら、できるだけのことをいたします。明朝グラッドウィンさんの家のあるサンクチュアリー・コートにいらっしゃるんですか。キーはお持ちですか。そうですね、グラッドウィンさんがお持ちだったでしょう。こちらの事務所では自宅のキーは預かっておりません。十時半でよろしければ、私もグラッドウィンさんの家に出向きますよ。事務所に寄って遺言書を取ってから行きましょう。ただしグラッドウィンさんの自宅にも一通保管してあるはずです。残念ながらお手伝いできるのは、その程度ですね。ご存じのように、警視長、事務弁護士と依頼人の関係は近しい場合もあります。とくに何世代にもわたって家族の弁護士を務めている場合はね。しかしこの場合はそうではありませんでした。グラッドウィンさんと私は互いに尊敬と信頼を抱き、そして私のほうは好感を持って接していました。しかし純粋に仕事上の関係だったのですよ。グラッドウィンさんを依頼人としては知っていましたが、一人の女性として知っていたわけではありません。ところで近親者には知らせていただいたのでしょうね」

「ええ、近親者は母親だけです。母親はグラッドウィンさんは自分のことはなにも話さない娘だったと言っていますね。グラッドウィンさんの家に入る許可を求めると、母親はかまわない、役立つならなにを持ち出してもいいとのことでした」

「弁護士の私も異議はありません。では、十時半に家のほうでお会いします。いやはや、とんでもないことになりました！　警視長、ご連絡を感謝します」

携帯電話を閉じながら、ダルグリッシュは考えた。修復不可能なユニークな犯罪、殺人は慣例的な行動だけでなく抑えがたい欲望まで呼び起こす。今度の事件がこれほどセンセーショナルな犯罪でなかったら、マックルフィールドが田舎で過ごしているせっかくの週末を途中で切り上げるかどうか疑わしい。ダルグリッシュもやはり若い刑事の頃に不本意ながらも、一時同じような経験をした。ショッキングで不快なのにもかかわらず、人を引きつけないではおかない殺人事件の強烈な力に動かされた。人間が殺されるなんて信じられないと思いつつも、人は心を奪われる。そして起きた場所に引き寄せられて、悲しみや疑惑に煩わされないのんきな野次馬になる。荘園の鉄門の前にはまだ人の群れやマスコミは集まっていない。しかし必ず来る。チャンドラー－パウエルの雇った民間の警備チームが、そういう人たちから嫌な顔をされる以上のことができるとは思えなかった。

## 12

午後の残りの時間は個別の事情聴取に費やされて、ほとんどが図書室で行なわれた。ヘリナ・クレセットの事情聴取は荘園住み込みのスタッフの最後になり、ダルグリッシュはケイトとベントンに任せた。クレセットが自分はダルグリッシュから質問されるものと思いこんでいるのを感じ取ったダルグリッシュは、自分はチームのリーダーで、部下は二人とも有能だということを分からせようと考えたのだ。意外にもクレセットは、ケイトとベントンを東翼にある自分のフラットに招き入れた。二人が通された部屋は居間のようだったが、その優雅さ、豪華さは家政婦兼支配人の住いとはとても思えなかった。家具調度と絵のかけ方に部屋の主の嗜好が色濃く出ていた。室内はごたついた感じはしないものの、貴重な品が室内装飾のプランではなくて、所有者の好みを満足させるために一ヵ所に配置されている印象だった。ヘリナ・クレセットは領主館の一部を自分の領土として植民地化していると、ベントンは感じた。ここにはチューダー朝時代の暗色の重厚な家具はない。暖炉と直角に置かれたクリーム色のリネンと赤いパイピングの入ったソファ以外は、ほとんどがジョージ朝時代のものだった。

鏡板を張った壁を飾る絵はほとんどが一族の肖像画で、ミス・クレセットが先祖にそっくりなのは一目瞭然だった。ベントンの目にはどの絵もとくに傑作には見えない――おそらくいいものは荘園とは別に売却されたのだろう。しかしどれもきわめて個性的で、画家の腕は確かだった。中にはうまいだけではないものもある。袖がローン地の司教服をまとったヴィクトリア朝時代の司教は聖職者特有の尊大な目で画家を見つめて、掌を本の上に置いているが、その本がまるでダーウィンの『種の起源』であるかのような微かな困惑が見て取れる。その隣には片手を剣にかけてふてぶてしくポーズを取る十七世紀の騎士がいた。マントルピースの上には領主館の前に集うヴィクトリア朝時代初期の一族の絵があった。幼い娘たちに囲まれる長い巻き毛の母親と子馬に乗った長男、傍らに立つ父親。いずれも高く弧を描く眉と目立つ頬骨、ふっくらとした上唇の持ち主ばかりだ。

「クレセットさん、ご先祖に囲まれていらっしゃいますね。本当にそっくりですよ」と、ベントンが言った。

ダルグリッシュやケイトなら、そんなことは言わないだろう。容姿を話題にして事情聴取を始めるのはうまいやり方ではないし、軽率とも言える。ケイトは何も言わなかったが、ベントンは警部が驚いているのが分かった。しかし彼はとっさに口をついたその言葉が、けっこう効果を発揮するのではないかと考えた。これから質問する女性について、とくにこの荘園でどの程度の力を持っているのか、チャンドラー‐パウエルを初めとする住人にどれぐらいの影響力を持っているのか突きとめなければならない。ちょっとした無礼な言動にどんな反応を見せるかで、それが分かるかもしれない。

クレセットはベントンをまっすぐ見て、落ち着いた声で言った。「〝人の一生と関わりなく／曲線に声に目に現われる／長く受け継がれた特徴、それが私／死の運命をまぬがれた人間の永遠性だ〟プロの刑事さんでなくても、それぐらいは分かりますよ。トマス・ハーディーはお好きですか、部長刑事さん」

「小説家としてより詩人としてのほうがいいですね」

「同感ですね。登場人物がこれでもかと言わんばかりにつらい目に遭わされるので気が滅入ってきます。作者と登場人物の両方がちょっと常識を働かせれば避けられるのにね。テスはヴィクトリア朝時代のフィクションに出てくる若い女性の中でも、とくにいらいらさせられるわ。お二人とも、どうぞお座りになって」

部屋の主としての義務を思い出したものの、渋々といった恩着せがましい響きは抑えかねる、あるいは抑えたくないような口調だった。クレセットは二人にソファを勧めて、自分は向かいの肘掛イスに座った。ケイトとベントンも腰を下ろした。

ケイトが前置きなしで質問にかかった。「チャンドラー－パウエル先生が、あなたはここの管理担当者だとおっしゃいました。正確に言ってどんなお仕事なんでしょうか」

「ここでの私の仕事ですか。説明がむずかしいですね。支配人であり、管理人であり、家政婦、秘書、それにパートタイムの会計係でもあります。まとめて支配人とでも言えばいいでしょうか。でもチャンドラー－パウエル院長は患者さんに管理担当者だと説明しています」

「それで、ここには何年いらっしゃるのですか」

「来月でまる六年ですね」

「楽な六年ではなかったでしょうね」と、ケイトは言った。

「どういう意味で楽でないとおっしゃるんですか、警部さん」

ミス・クレセットは無関心な関心といった口調だったが、ベントンは怒りを抑えているのを聞き逃さなかった。こういう反応を見るのは初めてではなかった。それなりに権威のある地位にいて、質問に答えるよりも質問することに慣れた容疑者にありがちだ。捜査責任者の反感は買いたくないので、部下に怒りをぶつけることになる。ケイトは動じなかった。

「ご一族が何世代も所有した美しい領主館に戻っていらして、人手に渡ったことを目の当たりにして。だれにでもできることではありません」

「だれにも起こることではありませんものね。説明したほうがいいんでしょうね。私の一族はこの荘園を四百年以上所有し、住んできたけれど、すべては終わったのです。チャンドラー－パウエル院長はこの領主館が気に入ってらして、ここを見にきて買いたがったほかの人の手に渡るよりも院長が所有してよかったのです。私はクリニックを閉鎖に追いやって、一族の家を買い戻すために、あるいは安く手に入れるために患者を殺すような真似はしませんでしたよ。あけすけな言い方でごめんなさい、警部さん。でもそれを証明したくていらしたんでしょう?」

どんな場合にも、まだ言ってもいないことに反駁するのは、とくに今のような真正面から切りつけるのは賢いやり方ではない。クレセットは言葉が口を突いて出るとすぐにミスに気づいたようだ。では、やはり怒っていたのか。だが、だれに対して、なにを怒っているのだろうかと、ベントンは訝った。警察にか、チャンドラー＝パウエルが聖域であるべき西翼を汚したからか、先祖伝来の建物に俗悪な犯罪捜査を持ちこんで、厄介で不都合な事態を招いたローダ・グラッドウィンに対してか。

ケイトが質問した、「どういうふうにこの仕事につかれたのですか」

「応募しました。就職って、普通そうするものじゃありませんか。募集広告を見て、荘園に戻ってクリニックに改修した以外にどんなふうに変えられたか見るのも面白いだろうと思ったのです。もともとは美術史が専門ですけど、それとここに住むこととつなげるのはちょっと無理がありますし。長くいるつもりはなかったんですけどね、仕事が面白いし、今のところはあわてて出ていく気はありません。お聞きになりたかったのはそれでしょ。でも、私の経歴とローダ・グラッドウィンさんが亡くなったことと、実際問題として関係があるんですか」

「いろいろお訊きしなければ、なにが関係あるのか、ないのか分かりません。プライバシーの侵害と思われるかもしれませんし、確かに侵害することが少なくありません。私たちとしてはご理解とご協力をお願いするしかありません。殺人事件の捜査は社交とはちがいます。」

「そうですか、では、そのように考えましょうか、警部さん」

個性的な白い顔に発疹のような赤みがスッと走った。一瞬落着きを失ったことがクレセットをより人間らしく見せ、意外なことに魅力的に見えた。感情をしっかりコントロールしているが、ないわけではない。彼女は情感に乏しい女性ではないと、ベントンは思った。気持ちの動きを抑える知恵を会得しているだけだ。

「グラッドウィンさんとは、最初にここに来た時と今回でどのぐらい接触がありましたか」と、彼は訊いた。

「二回とも出迎えてお部屋に案内しただけで、それ以外はないに等しいですね。ほとんど口をききませんでした。私の仕事は患者さんとは関係ありません。患者さんの治療と生活のお世話は先生二人とホランド婦長の責任です」

「しかし家事のスタッフを採用して、統括されてますね」

「人手が足らない時は、人を見つけます。私はこの家の運営に慣れていますから。それに、そう、採用された人たちは確かに私の指揮下に入るわけだけれど、私のしていることから考えて、そういう言い方は強すぎますね。時どきあるんですけど、スタッフが患者さんに関係のあることをする時には、ホランド婦長の責任になります。調理場スタッフは私の責任ですし、患者さんがなにを食べるかは婦長の責任ですから、責任がかちあう部分もありますけど、問題なくスムーズに運んでいますね」

「シャロン・ベイトマンさんを採用なさったのは、あなたですか」

「あちこちの新聞に募集広告を出したら、シャロンが応募してきたのです。当時老人ホームで働いていて、大変いい紹介状を持ってきました。実際に面接はしませんでした。その時はロンドンのフラットのほうに行っていたので、フレンシャムさんとウェストホールさん、ホランド婦長が会って、採用を決めました。後悔した人はいないと思いますよ」

「ローダ・グラッドウィンさんがここに来る前に彼女を知っていましたか。会ったことがありますか」

「一度も会ったことがありません。ただし、あの方のことはもちろん知っていましたよ。新聞を読む人なら、だれでも知っています。ジャーナリストとして成功して、影響力もある人ですよね。私には、グラッドウィンさんに好感を抱く理由など一つもありませんけれども、彼女の名前を聞くといい気分がしない程度の個人的な反感だけでは、死を望んだりはいたしませんよ。私の父はクレセット家最後の男子で、ロイズ騒動で一族の財産をほとんど失いました。父は荘園を売却せざるをえなくなり、チャンドラー－パウエル院長が買ったわけですね。売却してから少ししてローダ・グラッドウィンさんは、金融関係の新聞にロイズ保険協会の保険引受人を批判する記事、引受人の中でもとくに父をやり玉に挙げて短い記事を書きました。不運だった人たちは身から出た錆なのだという内容でしたね。記事に荘園の簡単な説明と歴史が書かれていましたけど、私たちが記憶するかぎりあの人がここに来たことはありませんから、ガイドブックを参考にしたのでしょう。父の友人の中には父を死なせたのはその記事だと思っている人もいます。でも私はそんなことは信じませんし、その人たちだって本気ではないでしょうよ。思いやりがないけれど、中傷とは言えない記事に過剰反応しただけなんでしょう。父は長いこと心臓が悪くて、危ないのは分かっていたのです。荘園を売ったことが致命的な打撃だったのかもしれないけれど、父がローダ・グラッドウィンさんが書いたり言ったりしたことを気に病んだとはとても思えない。だいたい、あの人がなんだというのです。他人の苦痛をお金に変えていた野心家じゃありませんか。首に手をかけるほど憎んでいた人がいたのでしょうが、昨日この領主館で寝ていた人ではありませんよ。では失礼ですけれど、これでお引き取りいただけますか。私にご用があれば、もちろん明日もここにおります。でも、今日はこれ以上の興奮はたくさんです」

そう言われては引きさがるほかない。事情聴取は三十分足らずだった。背後でドアがぴしゃりと閉められた。クレセットとの共通点はトマス・ハーディーの小説よりも詩のほうが好きだというあの一点しかなかったようだし、それ以外にありそうもないなと、ベントンはちょっと残念に思った。

# 13

図書室で全員まとめて事情聴取されたことが不快な記憶としてまだ生々しく残っているせいか、容疑者たちは大っぴらに事件の話をするのを申し合わせたように避けていた。だが、フレンシャムには分かっていた。自分とヘリナ、あるいは調理場をいつもわが家のように思っていたのに、今は避難所にしているボストック夫婦、ストーン荘に住むウエストホール姉弟といった親しい者同士はこっそり噂しあっている。フラヴィアとシャロンだけがほかの人たちから距離を置いて、沈黙していた。フラヴィアは手術室でなにやら忙しげにしているし、シャロンは無口で不機嫌なティーンエージャーに戻っていた。モグは皆の間を動き回っては、差し出された手に施しを置くように噂話や憶測の断片を配っていた。ちゃんとした話し合いや合意の作戦があったわけではないが、よほど疑い深くないかぎり納得できる共通の推理が編み出されて、平穏が保たれているようにレティーには思えた。

事件は外部の犯行ということにされた。ローダ・グラッドウィン自身が犯人を招き入れたのだろう。おそらくロンドンを出る前に、日にちと時間を打ち合わせておいたのにちがいない。だから彼女は見舞客をいっさい断わってくれと強く求めたのだ。なんといっても評判の悪いルポライターだ。敵がいたのにちがいない。モグが見た車は犯人のもので、スケフィントン夫人がストーンサークルの中で見た光は、犯人が振った懐中電灯の光だったのだ。翌朝のカンヌキの問題はそう簡単に説明がつかなかった。しかし犯人は犯行後に自分でカンヌキをかけて、翌朝チャンドラー－パウエルが開けるまで建物のどこかに隠れていたのかもしれない。警察が来る前に館内を捜索したが、ごくおおざっぱなものだった。たとえば空室になっている西翼のスイート室四部屋を調べた者がいるか。それに人間一人ぐらいなら隠れられる大きな戸棚はいくらもある。侵入者が見落とされる可能性は充分ある。スタッフ全員が北側に面した図書室に集められてダルグリッシュ警視長の事情聴取を受けている間に、犯人は西側のドアから気づかれずに外に出てライムの並木道から野原に逃走した。警察がスタッフばかりにこだわらなければ、今頃は犯人が逮捕されていたのではないか。

次の第一容疑者として、だれが最初にロビン・ボイトンの名前を挙げたのか、レティーは憶えていないが、その説はじわじわと広まった。ローダ・グラッドウィンを見舞うためにストーク・シェベレルにやってきたボイトンはひどく彼女に会いたがっていたのに、追い返された。おそらく計画的な殺人ではなかったのだろう。グラッドウィンは手術後問題なく歩ける状態だった。彼女はボイトンを館内に入れ、けんかになってボイトンは自制心を失った。ストーンサークルのそばに駐車してあった車は彼のものではなくて、事件には関係がないのだろう。警察は車の所有者を突きとめようとするだろう。だがその努力が失敗に終われば好都合とだれもが考えたが、口には出さなかった。たとえ疲れたドライバーがちょっと一寝入りするために車を止めていたと分かっても、外部犯行説はゆるがない。

夕食の時間が近づくころには憶測も下火になっていた。生きた心地もしない長い一日だった。今はだれもが静かな時間をほしがり、一人になりたがっていた。チャンドラー－パウエルとフラヴィアは、それぞれの部屋に食事を運ぶようにディーンに注文した。ウェストホール姉弟はストーン荘に帰り、ヘリナはハーブ・オムレツとサラダの夕食にレティーを招待して、自室の小さなキッチンで調理した。食後二人は一緒に食器を洗ったあと、照明をスタンドだけにして暖炉の前に落ち着き、BBCラジオスリー局のコンサート番組に耳を傾けた。ローダ・グラッドウィンのことにはどちらも触れなかった。

十一時になると暖炉の火も消えかけてきた。崩れて灰になりかかっている最後の薪を青い炎がチロチロとなめている。ヘリナがラジオを消し、二人は黙って座っていた。やがてヘリナが言った。「私が十三歳の時にあなたはここを出ていったけど、どうしてだったの。父に関係があったの？　私、あなたたちは愛しあっていたって、ずっと思っていたわ」

「あなたはいつも年のわりにませていたわね」と、レティーは静かに答えた。「お父さまとはね、互いに好ましく思う気持ち、頼る気持ちが強くなりすぎたのよ。私が出て行くほうがよかったの。それにあなたには女の子の友だちが必要だったし、もっと広範囲の教育を受けなければならなかったでしょ」

「そうね。あの学校、最低だったわ。父とは愛人関係だったの？　関係を持ったの？　ひどい言い方だけれど、ほかの言い方はもっと露骨だから」

「一度ね。だから終わりにしなければいけないと思ったのよ」

「ママのために？」

「私たちみんなのためによ」

「じゃあ、駅のシーンがない『逢い引き』だったわけね」

「そんなところかしら」

「ママはかわいそうだった。何年も医者と看護婦に囲まれて。しばらくしたら衰えた肺は彼女の存在の一部になって、病気には思えなくなっていたわ。ママが亡くなっても、私、ほとんど寂しいとは思わなかったわねえ。いつもいないも同然だったから。忘れないわ、学校から呼び戻された時のこと。でも遅すぎた。間に合わなくてよかったんだって思ったわ。でも、あのだれもいない寝室、あれはショックだった。今でもあの部屋は大きらいよ」

「今度は私が訊くわ。どうしてガイ・ハヴァーランドと結婚したの」

「ガイは面白くて頭がよくて、魅力的だし大金持ちだったからよ。私、まだ十八歳だったけれど、長くは続かないって分かっていた。だからロンドンの登記所で民事婚にしたのよ。契約のほうが教会でするよりも面倒じゃないでしょ。ガイは美人に目がなくて、変わりそうになかった。でもあの三年間はとてもすばらしかったし、彼からずいぶん学んだわ。けっして後悔しないわね」

　レティーは立ちあがって、言った。「もう寝る時間ね。お夕食をごちそうさま。おやすみなさい」そして出ていった。

ヘリナは西側の窓に行って、カーテンを開けた。真っ暗な西翼は月明かりを受けて細長い形にしか見えない。何年も口をつぐんでいたことを思わずしゃべったり尋ねたりしたのは、殺人事件に触発されたからだろうか。ヘリナはレティーと彼女の結婚生活を考えた。レティーに子供はいない。悲しかったにちがいない。レティーが結婚した司祭はセックスをみだらな行為と考えて、自分の妻と貞淑な女性すべてを聖母と見なすような男性だったのだろうか。そして今夜はしなくも口をついた質問は、二人の頭にありながら、どちらも尋ねる勇気がなかった問いの代わりだったのか。

## 14

ダルグリッシュは七時半まで自分の仮の宿を調べて落ち着くチャンスはほとんどなかった。地元警察は協力的で、こまごまと用意してくれていた。電話線の点検からパソコンの設置、写真や図表を貼れるようにと、大型コルク掲示板も壁に掛けられている。ダルグリッシュの快適な生活にも心が配られていた。石造りのコテッジは何カ月も無人だったせいで微かにかび臭かったが、すでに暖炉に火がおこされて勢いよく燃えている。二階にはメークされたベッドと電気ヒーターがあった。シャワーも古い型ながら、試しにコックを回すと熱い湯が出た。冷蔵庫には少なくとも三日分の食料が詰まり、手作りらしいラムシチューまで入っている。缶ビールと、けっこう飲めそうな赤と白ワインも一本ずつ用意されていた。

九時になる頃には彼はシャワーと着替えをすませ、温めたラムシチューの夕食も終えていた。シチューのキャセロール皿の下に、ウォリン巡査夫人の手製と記したメモがあった。ダルグリッシュが思った通りに、夫の特捜班臨時配属は幸運と受け止められたようだ。ダルグリッシュは赤ワインを開けて、暖炉の前の低いテーブルにグラス三個を添えて置いた。軽快な模様のカーテンで夜を閉めだすと、事件捜査中に時おり経験できるひとときの孤独にすっぽりと包まれた。一日に短時間でも完全に一人きりになる。これは食べ物や光と同じに、ダルグリッシュには子供の頃から必要不可欠なことだった。そんな短い休息を切り上げて、今、彼は小型手帳を出して今日の事情聴取の検討に入った。部長刑事時代から事情聴取した相手の軽率な発言や断片的な会話、目くばせを即座に思い出せるように、特徴的な言葉や言い回しを私用手帳に書き取っている。これを手助けにすると、ほぼ完全に記憶が蘇る。この一人でする検討が終わればケイトとベントンを電話で呼び出して、今日一日の捜査の進捗状況を話し合い、明日の予定を指示する。

これまで入手した証拠を根本からくつがえす情報は、事情聴取からは出なかった。キンバリーはチャンドラー－パウエル院長からまちがったことはしていないと言質をもらったにもかかわらず、見るからにうろたえて、自分の空耳だったちがいないと思いこもうとした。図書室でダルグリッシュとケイトと三人になると、夫が助けに来てくれないものか、院長が今にも現われるのではないかとドアにチラチラと視線を走らせた。ダルグリッシュとケイトは根気強くねばった。あのとき聞こえた声はチャンドラー－パウエル院長とホランド婦長のものだったのではないかと訊かれたキンバリーは、顔を苦悶の表情にゆがめて考えていた。

「チャンドラー－パウエル先生と婦長さんだと思いました。だって、そうでしょう？　ほかに考えられないじゃありませんか。お二人の声に聞こえたし、そうでなかったら、お二人と思うわけがないでしょ。でもなにを話してらしたかは思い出せません。なんだか喧嘩をしてらしたみたいに聞こえました。居間のドアをほんの少し開けただけで、居間にはいらっしゃらなかったから、たぶん寝室のほうだったんでしょうね。でももちろん、居間にいらしたのに、私には見えなかっただけかもしれません。大きな声だったけれども、ただしゃべっていただけなのかもしれないです。夜遅かったから……」

キンバリーは口ごもった。彼女はスケフィントン夫人と同じで、公判になったら弁護人側には儲けものだろう。それからどうしたかと尋ねられたキンバリーは、スケフィントン夫人の部屋の外で待っているディーンのところに戻って、彼に話したと答えた。

「どう話したのですか」

「婦長さんがチャンドラー＝パウエル先生と言い合いをしてるみたいだって」

「だから二人に声をかけて、婦長にスケフィントンさんにお茶を持っていくことを言わなかったのですか」

「図書室で言った通りです。婦長さんは邪魔されたくないだろうし、スケフィントンさんは手術の前だからかまわないだろうって、ディーンも私も思ったんです。どっちにしてもスケフィントンさんは大丈夫だったんです。婦長さんを呼べとはおっしゃらなかったし、ご用ならベルを押せばよかったんですから」

キンバリーの証言はその後ディーンによって裏付けられた。ディーンはキンバリー以上に動揺しているように見えた。キンバリーとお茶を持って二階に上がる時には、ライムの並木道に出るドアのカンヌキがかかっていないのに気づかなかった。しかし帰りがけにはかかっていなかったと断言した。ドアの前を通りがかった時に目に止まった。深夜の散歩に出た者がいるかもしれないし、いずれにしろ自分の仕事ではないのでカンヌキはかけなかったと、前と同じ証言をくり返した。彼とキンバリーはほかの人たちよりも先に起きて、六時に調理場で朝のお茶を飲んだ。彼はそのあとドアを見に行って、カンヌキがかかっているのを見た。とくに意外とは思わなかった。チャンドラー＝パウエル院長は冬の間は九時前に開けることがあまりないからだ。キンバリーを怖がらせないように、ドアのカンヌキがかかっていなかったことは彼女には黙っていた。彼自身は安全錠が二つついていることだし、心配しなかった。どうして後になって錠とカンヌキを点検しなかったかは、防犯は自分の役目ではないとしか説明しなかった。

チャンドラー‐パウエルは捜査班到着のときと同じように冷静さを保っていた。クリニックの閉鎖、おそらくは開業医としての仕事の大幅な縮小を予期しているだろうに、そのストイックな態度にダルグリッシュは感心した。彼の書斎で行なわれた事情聴取ではなにも新しい事実は出てこなかったが、最後にケイトがこう訊いた。「ここにいる人で、グラッドウィンさんが荘園に来る前に彼女に会ったことがあると証言した人はボイトンさんだけです。ですが、ある意味では被害者はグラッドウィンさん一人ではないでしょう。グラッドウィンさんが亡くなったことで、このクリニックの評判が損なわれるのは避けられないのではありませんか。あなたに害を加えたいと考えていそうな人はいませんか」

チャンドラー‐パウエルは答えた。「私はここで働いている人に全幅の信頼を置いているとしか言いようがありませんね。私に迷惑をかけるためにローダ・グラッドウィンさんを殺したというのは、こじつけ以外のなにものでもないように思えますね。おかしな考え方だ」

グラッドウィンさんの死自体がおかしいじゃないかと言い返したいのを、ダルグリッシュはこらえた。チャンドラー‐パウエルは十一時すぎから一時までホランド婦長と一緒に婦長の部屋にいたと、改めて証言した。どちらも不審なものを見聞きしなかった。ホランド婦長とは医学的な問題を話し合わなければならなかったが、その問題は守秘義務に属していて、グラッドウィンとは関係がない。ホランド婦長はチャンドラー‐パウエルの証言を裏付け、どちらも今のところそれ以上は話す意思はないようだった。医療従事者の守秘義務は黙秘するための安易な口実だが、有効にはちがいなかった。

ダルグリッシュはケイトと一緒に、ウェストホール姉弟の事情聴取をストーン荘で行なった。姉弟は血のつながりを感じさせないほど、似ていなかった。弟マーカスの個性に乏しいが若々しくハンサムな容貌とひよわな印象に対して、姉はがっちりした体格に線の太いいかつい目鼻立ち、心労によるしわの多い顔をしていて、違いのほうが際立って見える。弟はアフリカで加わることになっている外科医チームのマシュー・グリーンフィールド医師と会い、チェルシーにある彼の自宅で夕食をご馳走になった話を再度証言しただけで、ほかにはほとんどしゃべらなかった。グリーンフィールドに一泊するように勧められていたので、翌日はロンドンでクリスマスの買い物をするつもりだった。ところが車の調子が悪くなり翌朝近所の修理工場に出せるように、夕食直後の八時十五分に帰宅したほうがいいと考えた。殺人事件のせいでほかのことはほったらかしになり、車はまだ修理に出していない。帰宅途中の道はすいていたが、車をゆっくり走らせたので、帰宅したのは十二時半ごろだった。途中だれにも会わなかったし、領主館に明かりはついていなかった。ストーン荘も真っ暗で、姉はすでに眠っていると思った。車を駐車しているときに姉の部屋で明かりがついたので、自室に入る前に姉の部屋のドアをノックして、おやすみなさいと声をかけた。姉は眠たそうだったが、それ以外はいつもと少しも変わらず、夕食のことやアフリカ行きについて朝話し合おうと言った。二人のアリバイは、ロビン・ボイトンが隣のコテッジで車の音がした時間をはっきり証言できない場合を除き、揺るぎそうにない。車を点検してもいいが、たとえ調子が悪くなくても、雑音がして不安になりロンドンで足止めを食う危険は冒さないほうがいいと考えたと主張できる。

キャンダス・ウェストホールは車の音で目が覚め、弟と話したと言ったが、ベッドのそばに置いてある時計を見なかったので、弟の正確な帰宅時間を証言できなかった。その後、彼女はすぐに寝入った。ダルグリッシュはキャンダスが事情聴取の最後に話した内容を憶えていた。彼はいつも会話をほぼ完全に思い出せる。メモに目を走らせると、彼女の言葉一つ一つが頭にはっきりと浮かんできた。

「ここの人間でローダ・グラッドウィンに対する反感をはっきり口にしていたのは、おそらく私一人でしょう。ああいう評判のジャーナリストを荘園で治療するのは望ましくないのではないかと、チャンドラー＝パウエル院長にはっきりと言ったのですよ。ここに来る人たちはプライバシーが守られるだけでなく、入院したことをだれにも知られずにすむと思っています。グラッドウィンのような女性はいつも記事のネタを、できればスキャンダルのネタを探している。彼女はここでの経験を何らかの形で使って、おそらくは自費医療や純粋な美容整形に優秀な外科医を使う無駄を痛烈に批判していたにちがいありません。ああいう女性はどんな経験でも利用せずにはすまさないのです。自分の治療費を取り戻す気だったんじゃないかしら。自分も自費患者だという矛盾は気にしなかったでしょうよ。私はマスコミの記事をいつも苦々しく思っているので、その嫌悪感をグラッドウィンに転じていたのでしょうけれど。でも、私は彼女を殺しませんでしたし、だれが殺したか見当もつきません。もし殺す気だったら、彼女の仕事ぶりをあんなにはっきり非難したりはしなかったでしょうね。彼女の死を悼む気にはなりません。悼むようなふりをすること自体ばかげていますよ。彼女は見ず知らずの他人だったんですから。でもここの仕事をめちゃめちゃにしてくれたことには、犯人に対して怒りを感じます。グラッドウィンが死んだことで、私の警告が正しかったと証明されたということね。彼女が患者としてここに来た日は、荘園のすべての人間にとって厄日だったんです」

モグは尊大と紙一重の声と態度で車を目撃したと改めて主張したが、車や中に乗っている人物について新しい事実はなにも思い出せなかった。しかしベントンとウォリン巡査がエイダ・デントン夫人を訪ねると、意外に若くぽっちゃり型美人の夫人は、モグワージーさんはほぼ毎週金曜日にタラとフライドポテトの夕食に来るし、その日も確かに一緒に夕食を取り、彼は十一時半すぎに自転車で帰っていったと証言した。夫人は品行正しい女性が友人の男性と夕食を共にしただけで警察がやってくるなんて、嘆かわしいことだとも言った。ウォリン巡査はその言葉は警察に対する怒りではなくて、モグワージーの後々のためを思っての発言と受け取った。二人が辞去する時に夫人はベントンに微笑みかけて、彼が非難の対象外であることを伝えていた。

ケイトとベントンを呼ぶ時間だ。ダルグリッシュは暖炉に薪を足して、携帯電話を取った。

## 15

ウィステリア・ハウスに戻ったケイトとベントンはシャワーを浴び、着替えて、九時半にはダイニングルームでシェパード夫人の出してくれた夕食をすませていた。一日の終わりに捜査状況を検討して次の二十四時間の予定を組むためにダルグリッシュのところに行く時には、二人とも仕事着を脱いで着替えるのを好んだ。これは二人が楽しみにしている慣れた日課だった。ケイトはベントンよりも自信があり、余裕がある。ベントンは自分はＡＤの期待に応えているとは思っていたが——応えていなければ、とっくにチームからはずされているだろう——熱が入りすぎて、もっとじっくり考えて修正すべき意見をつい口にしてしまう。そしてこの熱心すぎる傾向を抑えようとすると、今度はのびのびとした柔軟性が損なわれる。そのため夜の検討会は捜査活動の中でも気持ちが高ぶる重要な時間だが、不安もぬぐいきれない。

ケイトとベントンはウィステリア・ハウスに来てから、宿の主人とあまり話をしていない。到着して簡単な紹介をすませただけで、ホールにバッグを置いたまま荘園に戻った。クロードとキャロライン・シェパードと名前と住所の書かれた白い名刺が二人に渡されたが、それにＥＭＯと頭文字が入っていた。キャロラインの説明によると、夕食はオプションという意味で、夕食は出せるし、出すということだった。これを聞いたベントンの頭にもっと込み入った頭文字が次々に浮かんできた。ＨＢＯは熱い風呂はオプション、あるいは固いベッドはオプションだし、ＨＷＢＯは熱い湯たんぽはオプションとなる。主人夫婦は捜査班が来たことを他言するなとすでにウェットストーン主任警部から釘を刺されていたので、ケイトは同じ注意をごく簡単に、やんわりと繰り返すにとどめた。ケイトもベントンも夫婦の知的で真面目そうな顔を一目見て、改めて注意する必要もないし、歓迎もされないと分かった。

「警部さん、しゃべりたいとは思いませんね」と、シェパード氏は言った。「ここの村の人たちは礼儀正しいし、愛想もいいですけれど、よそ者に気を許さないところがちょっとあるのですよ。私たちはここに来て、まだ九年にしかならない。彼らの目には新入りなんですな。ですから村人と接触することはあまりありません。村のパブ〈クレセット・アームズ〉では飲まないし、教会にも行きません」最後の部分を、主人は悪癖の誘惑に打ち勝った者の自己満足を漂わせて言った。

ケイトはシェパード夫婦を民宿の経営者らしくない人たちだと思った。この種の便利な宿泊施設を時おり利用した経験から、経営者に共通した特徴があるのに気づいていた。いずれも愛想がよく親切で、中には非常に社交的な人もいる。未知の人たちとの出会いが好きで、自分の家を自慢にし、辺り一帯の情報、見どころを喜んで教えてくれる。そしてコレステロール要注意の警告にもかかわらずイギリス風朝食をたっぷりフルコースで出してくれる。今回の主人夫婦は、連日宿泊客の食事を用意するきつい仕事をこなす民宿経営者としては年を取っていた。二人とも長身で、夫人のほうが背が高かった。おそらく実年齢よりも年取って見えるのだろう。穏やかで用心深そうな目は澄んでいるし、握手する手にもしっかり力が入っている。身体の動きも老人特有のぎごちなさはなかった。メタルフレームの眼鏡の上で量の多い白い前髪を切りそろえたシェパード氏は、画家スタンレー・スペンサーの自画像を温厚にした感じだった。妻は夫より量の少ない白髪交じり髪の毛を細く長い三つ編みして、頭のてっぺんでクシで留めていた。夫婦はびっくりするほど似た声をしていて、その種の声を持たない者には頭にくるほど自然な上流階級の声そのものだった。二人がBBC勤務や政界入りを望んだとは思えないが、たとえ望んでもあの声ではあっさり締め出しを食っただろうとケイトは思った。

ケイトが入った部屋には快適な夜を過ごすのに必要なものが揃って、不要なものはいっさいなかった。隣のベントンの部屋もおそらく同じなのだろう。二台並んだシングルベッドには真っ白なベッドカバーが掛けられて、ナイトテーブルのスタンドは読書しやすいようにモダンな型だった。引き出しが二つついたタンスと、木製ハンガーのかかった小さな洋服ダンスが置かれている。浴室はシャワーだけで浴槽はない。シャワーを試しにひねると、勢いよく湯が出た。石鹼は無香料の高級品だ。キャビネットを開けてみると、透明な袋に入った歯ブラシ、歯磨き、シャンプー、シャワー・ジェルといった客が忘れそうな必需品が揃えられている。早起きのケイトには湯沸かしなど朝のお茶を入れる道具がないのが残念だったが、タンスの上に置かれたお知らせにお茶は午前六時から午後九時までいつでも運んでくれるとある。ただし新聞は八時半まで配達がなかった。

洗いたてのシャツとカシミアセーターに着替えたケイトは上着を取ると、ホールでベントンに合流した。

外に出ると、初めは方角もつかめないほどの塗りこめたような闇だった。小型のわりには強力なベントンのヘッドライトが、道に敷かれた石や細道を障害物に変えて不安をあおり、茂みや木立ちの形をゆがめた。目が暗さに慣れてくると、黒やグレーの雲の間に星が一つ、また一つと見えてきて、流れる雲間に半月が優雅に見え隠れしていた。月の光は細い道の色彩を奪って、暗闇に虹色の神秘的な光沢を与えていた。二人は無言で歩いた。舗装道路を打つ靴音が夜の平穏を脅かす侵入者、エイリアンのように響く。ただし、夜はけっして平穏ではない、とケイトは思った。静寂とはいえ草の中で微かにうごめく音がするし、遠くでは人間の悲鳴かと思う叫び声が時どき上がる。暗闇に隠されたその下では、殺し殺される殺戮の連鎖が容赦なく繰り広げられている。金曜日の夜に命を落とした生き物は、ローダ・グラッドウィンだけではなかった。

五十ヤードほど歩いたところで、ウェストホールのコテッジの前を通りすぎた。二階に明かりが一つ見え、一階の窓が二つ光っている。左手数ヤードのところに駐車場と黒い小屋があり、その向こうにシェベレル・サークルがちらりと見える。見えるといっても半分は頭の中でイメージした形でしかなかったが、やがて月が雲間から顔を出すと、石は索莫とした暗い野原で月光にさらされ、白くはかなげに浮かんで見えた。

オールド・ポリス・コテッジにやってきた。一階の窓二つが明るく輝いている。二人が近づいていくと、ダルグリッシュがドアを開けた。スラックスにチェックの開襟シャツとセーターを着て、一瞬人がちがって見えた。暖炉に火が入り、燃える薪の匂いが部屋を満たしていた。それに微かにおいしそうな匂いもする。ダルグリッシュは座り心地よさそうな低いイス三脚を暖炉の前に引き寄せて、間にオークのコーヒーテーブルを置いていた。テーブルの上には口を切った赤ワイン一本とグラス三個、領主館の見取り図が置いてあった。ケイトは心が高ぶった。必ず行なわれるこの一日最後の検討会は、わが家に戻るのに似ていた。昇進すれば当然仕事は変わるが、そのときケイトはこの時間を失ったことを悲しむだろう。話の内容は死であり殺人であり、ときには陰惨を極める事件の場合もあるが、記憶に残る一日最後の検討会にはぬくもりと安心感、自分が認められている充実感が結びついているはずだ。どれもケイトが子供の頃に経験しなかった感覚だった。窓の前の机にダルグリッシュのノート型パソコンと電話、その横に厚いファイルが置いてある。テーブルの脚にはふくらんだブリーフケースが立てかけてある。事件以外の仕事も持ちこんでいるのだ。〝警視長は疲れているみたいだ。よくないわ。何週間も働きづめなんだから〟と、ケイトは思った。そして絶対に口に出せないと分かっている感情がこみあげてきた。

三人はテーブルを囲んだ。ケイトを見て、ダルグリッシュが言った。「民宿は快適かな。夕食はすませたのかい」

「おかげさまでとても快適です。シェパードさんの奥さんはよくしてくれます。夕食は手作りのスープに魚のパイ、それに——あのデザートはなんだったの、部長刑事。あなた、食べ物にくわしいじゃないの」

「クイーン・オブ・プディングですよ、警部」

「ウェットストーン主任警部は、きみたちが泊まっている間、ほかの客を泊めないようにシェパード夫婦と話をつけたそうだ」と、ダルグリッシュが言った。「損害は埋め合わせをしなければならないが、それもちゃんとしてくれたはずだ。ここの警察は実に協力的だな。易々とできることじゃない」

ベントンが口をはさんだ。「シェパード夫婦はほかの客のことは気にしないと思いますよ。奥さんが予約は入っていないし、入るとは思わないと言っていました。いずれにしろ、部屋は二部屋だけなんです。春と夏は忙しいそうですが、ほとんどが常連客なんですよ。それにあの人たちは客を選ぶんですね。見かけが気にくわない客が来ると、窓にすばやく〈満室〉の看板を出すんだそうです」

「どういう見かけが気にくわないのかしら?」と、ケイトが訊いた。

「大型高級車に乗ってくる客、それに部屋を取る前に部屋を見せろと要求する客ですね。一人旅の女性や車がなくて、夕方必死で宿を探している人は絶対に断わらないんです。週末は孫が泊まりにきて、庭の隅の離れに入っています。ウェットストーン主任警部もその孫のことは承知していますよ。孫もよけいなことはしゃべりませんよ。夫婦は孫を可愛がっていますが、孫の乗っているバイクは嫌いのようですね」

「誰からそんなにいろいろ聞いたの?」ケイトが訊いた。

「奥さんが部屋に案内してくれた時に話してくれました」

ケイトは何も言わなかったが、ベントンは求めずに情報を引き出す恐るべき能力の持ち主なのだ。シェパード夫人は他のほとんどの同性と同じく、ハンサムで礼儀正しい青年に弱いらしい。

ダルグリッシュがワインを注いで、テーブルの見取り図を広げた。「領主館の間取りをはっきりさせておこう。見て分かるように建物は南向きで、東西に翼があるH字型だ。中央部分に玄関ホール、大広間、ダイニングルーム、図書室、それに調理場がある。調理場の上の二部屋にボストック夫婦が入り、その隣室をシャロン・ベイトマンが使っている。西翼の奥は患者用施設に当てられている。一階は手術室とその隣の麻酔室、回復室、ナースステーション、物置、シャワー、端がトイレ。車イスと担架が入るスペースのあるエレベーターで二階に上がると、ホランド婦長の居間、寝室、浴室があり、その先に患者の部屋がある。一番手前のスイート室にスケフィントン夫人が入っていて、その隣がローダ・グラッドウィンの部屋、そして端が空き部屋。いずれも居間と浴室がついている。寝室の窓からシェベレル・ストーンズまで続くライムの並木道が見える。東向きの部屋からは装飾庭園が見える。チャンドラー－パウエル院長は東翼の二階、クレセットさんとフレンシャムさんは一階に部屋がある。最上階の部屋は予備の寝室になっていて、泊まりの医療補佐や看護スタッフが時どき使用する」

ダルグリッシュはそこで切って、ケイトを見た。ケイトが先を続けた。

「問題は領主館には七人居住していて、そのいずれもがグラッドウィンさんを殺害できたという点ですね。全員が被害者の寝ていた場所、彼女の部屋の隣が空室で隠れ場所になりえたこと、それに医療用の手袋のしまい場所も知っており、西側のドアのキーを持っているか、あるいは入手できました。それからウェストホール姉弟は領主館に住んでいませんが、被害者の部屋を知っており、正面玄関とライムの並木道に出る西側のドアのキーを持っています。マーカス・ウェストホールは十二時半までにストーン荘に帰っていなければシロなんでしょうけど、今のところ目撃者はいません。もっと前に帰ってきた可能性は充分あります。車の彼の主張した昨晩帰宅した理由は納得できませんね。車の調子がおかしくて不安なら、高速道路で故障する危険を冒すよりもロンドンに留まって修理に出したほうが安全だったのではないでしょうか。それからロビン・ボイトンですね。彼が被害者の寝ている部屋を知っていた、あるいは領主館のキーを持っていたとは考えにくいですが、被害者を個人的に知っていたのは彼一人ですし、被害者が荘園にいるからローズ荘を予約したと本人が認めています。チャンドラー－パウエル院長は、ライムの並木道に出るドアのカンヌキを十一時ちょうどにかけたと、一貫して主張しています。犯人が外部の人間で領主館に不案内なら、居住者のだれかが中に入れて被害者の部屋の位置を教え、手袋を渡してから、その後犯人を外に出してドアに掛け金をかけたことになります。この事件は内部犯行の可能性が大ですし、そうなると犯行の動機がきわめて重要になってきます」

ダルグリッシュが言った。「早い段階で動機に焦点を絞ったり強調しすぎるのは、普通は考えものだ。人を殺す理由はさまざまで、犯人にすらはっきりしていない場合もある。それから被害者はグラッドウィン一人でない可能性も忘れてはならない。たとえば犯行の目的はチャンドラー－パウエルだったのではないか。犯人はクリニックを閉鎖に追い込みたかった、あるいはグラッドウィン殺害とチャンドラー－パウエルの破滅の二重の動機があったのかもしれない。医者を破滅させたければ、患者を理由もなく無残に殺すほど効果的な方法はない。チャンドラー－パウエルはおかしな動機だと言っていたが、念頭に置いておいたほうがいいだろうな」

ベントンが発言した。「スケフィントン夫人なんかは二度と戻ってこないでしょうね。早くから動機に焦点を絞りすぎるのはよくないかもしれませんが、チャンドラー－パウエルやホランド婦長が患者を殺害するとは想像できませんね。チャンドラー－パウエル院長は傷痕の修復に成功した。それが彼の仕事なんです。自分がせっかく仕上げたものを壊すなんて、まともな人間のすることでしょうか。それからボストック夫婦も犯人には思えませんね。二人にとってここはいかにも快適な仕事場に見えます。ディーンは格好の働き口をふいにするでしょうか。となると残るはキャンダス・ウェストホール、モグワージー、ミス・クレセット、フレンシャム夫人、シャロン・ベイトマン、ロビン・ボイトンですね。われわれの知るかぎりグラッドウィン殺害の動機がある者は一人もいません」

ベントンはそこで切って、ダルグリッシュの望まない方向に話を進めたような気がしたのか、ばつの悪そうな顔で二人のほうを見た。

ダルグリッシュはベントンの発言には触れずに、こう言った。「それじゃあ、これまで判明したことを確認しよう。動機は今のところ考えないことにする。ベントン、始めてくれないか」

ケイトはボスがきまってチームの最若手に議論の口火を切らせるのを承知していた。ここに歩いて来るまでの間ベントンが無言だったところをみると、どう話を進めるべきか考えをまとめていたのだろう。ダルグリッシュはベントンに事実の列挙を求めたのか、事実の解説を求めたのか、あるいはその両方なのかははっきりさせなかったが、ベントンが解説しなければ、ケイトが必ず口をはさむ。往々にして活発になるそのやり取りが、ダルグリッシュの狙いではないかと、ケイトは考えていた。

ベントンはワインを一口ごくりと飲んだ。どう言うかは、ここに来るまでに考えてある。彼は簡潔に話を進めた。ローダ・グラッドウィンが十一月二十一日にハーリー街のクリニックで初めて診察を受けてから死亡するまで、被害者がチャンドラー＝パウエルおよびシェベレル荘園にどう関わったか、その経緯。被害者はロンドンのセント・アンジェラズ病院の自費患者用ベッドかシェベレル荘園かどちらか選ぶことができた。グラッドウィンは一応荘園を選んで、十一月二十七日に下見にやってきた。その際、一番接触の多かったのは、庭を案内したシャロン・ベイトマンだった。通常患者と接するのは上級スタッフか外科医二人、ホランド婦長だから、これはちょっと意外だった。

「十二月十三日木曜日、被害者はチャンドラー＝パウエル院長とホランド婦長、フレンシャムさんの出迎えを受けた後まっすぐに自分のスイート室に入りました。被害者は非常に落ち着いていて、不安を感じている様子はなかった、あまり話をしなかったと異口同音に言っています。翌朝通いの非常勤スタッフ、フレーザー看護師が被害者を手術室に移動させて、そこで麻酔医による診察のあと手術が始まりました。複雑な手術だったが、成功したと院長は言っています。回復室に入った被害者は、四時半に西翼のスイート室に戻りました。軽い夕食を取り、数回ホランド婦長が見回ったのち、院長と婦長による十時の回診時に被害者は就寝すると言った。被害者は鎮静剤を断わっています。ホランド婦長は被害者を最後に見回ったのは十一時で、その時には眠っていたと証言しています。被害者は扼殺されました。グレニスター先生は死亡時刻十一時から十二時半と推定しています」

ダルグリッシュとケイトは黙って耳を傾けていた。ベントンは分かり切ったことに時間をかけすぎたかと不安になった。ケイトをちらりと見たが反応を得られず、彼は先を続けた。「その夜、重要と思われる出来事がいくつかあったと証言がありました。被害者以外で唯一の入院患者だったスケフィントンさんが目を覚まして、トイレに行った。目を覚めたのはエレベーターの音のせいだった可能性があり、その音がしたのは十一時四十分だったと言っています。スケフィントンさんは寝室の窓からシェベレル・ストーンズの中で光が瞬くのが見えたと証言しています。これが午前十二時近くのことですね。光に怯えたスケフィントンさんはコック助手のキンバリー・ボストックに電話をして、お茶を注文した。おそらくスケフィントンさんは少しの間でも話し相手がほしかったのでしょうが、隣室のホランド婦長を起こしたくはなかった」

「キンバリーとディーンがお茶を運んだ時に、スケフィントンはそこまでは認めなかったでしょう？」と、ケイトが言った。

「スケフィントンさんは婦長よりもキンバリー・ボストックに好感を持っているようです。ぼくにはもっともに思えますね。ボストックの妻は、翌日手術を受けるスケフィントンさんがお茶を飲んでいいものか分からなかった。ホランド婦長に確認しなければいけないと思ったキンバリーは、夫をスケフィントンさんの部屋の前に残して、自分は婦長の部屋をノックして中をのぞいた」

ケイトが口をはさんだ。「キンバリーはけんかをしているのが聞こえたと言っていますね。チャンドラー‐パウエルは話をしていたと言っている。どちらにしろ、チャンドラー‐パウエルは婦長と一緒にいたと認めたことで、自分と婦長のアリバイが証明できたと考えているようですね。それは言うまでもなく実際の死亡時刻がいつかによります。院長は婦長の部屋に行った正確な時刻ははっきりしないと言い、婦長も意外なほどあいまいです。時間を不明確にすることで、実際の死亡時刻にアリバイがあると主張するミスを避けたか――これは常に不審を招きますからね――あるいはアリバイがない状態を避けたのか。会う前に二人のどちらかが、または両方がローダ・グラッドウィンを殺害していた可能性もあるわけです」

「死亡時刻をもう少し絞れないものでしょうか」と、ベントンが言った。「スケフィントンさんはエレベーターが降りていく音で目が覚めて、お茶を注文したと言っていますね。それが十一時四十分頃。エレベーターは廊下の端にあるホランド婦長の部屋の真向かいです。新型で比較的音がしない。しかしチェックしたところ、ほかに音がしていなければ昇降音は充分聞こえます」

「でも音がしていたのよ」と、ケイトが言った。「昨夜は風が相当強かったらしいから。でもスケフィントンに聞こえたのに、どうしてホランド婦長に聞こえなかったのか。婦長とチャンドラー＝パウエルは寝室でけんかをしていたから聞こえなかった。あるいはベッドに入っていたのか。といってもけんかをしなかったということにはなりませんね。いずれにしろキンバリーが証言を変えないと期待するのは無理でしょう」

ベントンはケイトの意見についてはなにも言わずに、先を続けた。「二人のどちらかが居間にいたら、当然キンバリーのノックの音が聞こえたでしょうし、ドアを少し開けた彼女の姿が見えたはずです。夜間にエレベーターを使ったのは、お茶を持って上がったボストック夫婦だけで、ほかに使用を認めた者は一人もいません。スケフィントンさんの証言が確かなら、死亡時刻を十一時半頃とするのが妥当に思われます」

ベントンがダルグリッシュにちらりと視線を走らせて口を閉じ、ケイトが代わって言った。「エレベーターの音を聞いて、光を見た時刻をスケフィントンがもっと正確に証言できたら助かったのですけどね。エレベーターの音と光の間に大して間隔がなければ――たとえばエレベーターを降りてから石まで歩く時間よりも間隔が短ければ、二人の人間が関係していたということになります。犯人はエレベーターで降りると同時にストーンサークルで懐中電灯をつけることはできません。二人はまったく別の目的をもって行動していたのかもしれない。共謀の線を考えるなら、まず疑われるのがウェストホール姉弟ですね。もう一つの重要な証言は、ディーン・ボストックの言ったライムの並木道に出るドアのカンヌキが開いていたことです。ドアには安全錠が二つついていますが、チャンドラー＝パウエルは領主館で寝起きしている者がまだ外出中でないかぎり、毎晩十一時にカンヌキをかけるとはっきり言っています。いつものようにカンヌキをかけ、朝もちゃんとかかっていたと断言している。六時半に起床してまず一番に防犯装置を解除して、ライムの散歩道に出る西のドアを点検したのです」

「それにディーン・ボストックが六時に起きた時にカンヌキをチェックしています」と、ベントンが口をはさんだ。

「カンヌキから指紋採取の可能性はないでしょうか」

「ないんじゃないかしら。チャンドラー＝パウエルとマーカス・ウェストホールが敷地内を調べるために外に出た時に、チャンドラー＝パウエルがあのドアを開けているから。それに手袋の断片があるわよ。犯人は指紋を残さないように準備していた」

ダルグリッシュが口を開いた。「チャンドラー＝パウエルとボストックのどちらもウソをついていないとしたら——ボストックはついていないと、私は思うが——領主館の住人の中に十一時以降にあのドアのカンヌキを開けて外に出たか、あるいは人を入れた者がいるということになる。あるいはその両方か。そう考えると、午前十二時少し前に石のそばに駐車している車を見たというモグワージーの証言につながってくる。被害者は昨夜すでに領主館内にいた人間——スタッフあるいは館内に入ることができた者に殺害されたか、あるいは外部の人間に殺された。外部の者ならたとえ安全錠二個のキーを持っていたとしても、ドアのカンヌキを開けてもらわなければ中に入れなかった。さて、今回の事件の犯人に名前が必要だな」

ダルグリッシュは捜査中の殺人犯によく使われるあだ名を嫌って、チームはいつも犯人に名前をつける。つけるのはだいたいの場合ベントンだった。そこで彼はこう言った。

「いつも男性の名前をつけますが、気分を変えて女性にしませんか。さもなければどっちにも通用する名前。犯人は夜来たので、夜にまぎれてという意味のノクティスではどうでしょう」

「よさそうだな。ノクティスにしよう。ただし今のところは男性にしておこうか」と、ダルグリッシュが言った。

ケイトが言った。「やはり動機の問題に戻ってしまいますね。キャンダス・ウェストホールはローダ・グラッドウィンが荘園に来ないように、チャンドラー－パウエルを説得しようとしました。もしウェストホールが犯人なら、どうして被害者を来させまいとしたのか。もっとも二重のはったりということもありますけれど。それからこれが計画的殺人でない、あの部屋に行った時点でノクティスに殺意はなかったということはありうるでしょうか」

「手袋を使用し、あとで処分したことから見て、当然ありえないね」と、ダルグリッシュ。

「ですが、計画的だとしたら、どうして昨夜だったのでしょう」と、ベントンが言った。「ほかに患者は一人きりだし、通いのスタッフは全部帰ってしまったのですから、容疑者の数は少なくなっていたんです」

ケイトがじれったそうに言った。「昨夜しかなかったのよ。被害者は荘園にまた戻ってくる予定はなかった。その彼女がこの荘園にいて、しかも比較的無力な状態だったから殺害された。問題は、単に犯人はこの状況をこれ幸いと利用したのか、それとも被害者がチャンドラー－パウエルを選び、さらにロンドンで入院しないで荘園を来るようにわざわざ仕向けたのかということでしょう。ロンドンのほうが被害者にとって便利なのは明らかです。ロンドンは彼女のテリトリーで、ロンドンを基盤として生活していた。それなのに、どうしてここに来たのか。そう考えると、被害者のいわゆる友人、ロビン・ボイトンがどうして同じ時期にコテッジを予約したかという疑問が出てきますね。まだボイトンの事情聴取をしていませんが、訊いてはっきりさせたいことがいろいろあります。二人の関係はいったいどういうものなのか。それにグラッドウィンの携帯電話に入っていたボイトンからの緊急伝言があります。グラッドウィンにひどく会いたがっていたようです。グラッドウィンの訃報にひどく動揺していた様子でしたが、あれはどこまで演技だったのか。ボイトンはウェストホール姉弟のいとこで、見舞客用コテッジにちょくちょく泊まっているみたいですね。以前泊った時にキーを入手する機会があり、コピーしたのかもしれません。あるいはローダ・グラッドウィンから渡された可能性もありますね。被害者は前回来た時にコピーするつもりで、わざとキーを持ち帰ったとも考えられます。ボイトンが犯行日の早くに領主館に入り込み、患者用の翼の突き当りにあるスイート室に隠れていた可能性は否定できないんじゃありませんか。ゴム手袋の断片から、ノクティスがあの部屋にいたことは確かです。いたのは犯行後だけでなく、犯行前にもいたのかもしれない。あの部屋をのぞくような人がいるとは思えませんからね」

ベントンが言った。「犯人がだれにしろ、被害者の死を悼む人がここでも、あるいはほかのところでもあまりいるとは思えませんね。生前は相当人を傷つけていたようです。典型的なルポライターですよ。独占記事を書いて金を受け取り、人の受けた苦痛を気にとめない」

「われわれの仕事は被害者を殺害した犯人を割り出すことで、道徳的な判断を下すことではない。そっちにそれるのはよくないね、部長刑事」と、ダルグリッシュが言った。

「しかし、警視長、たとえ口に出さなくても、われわれは常に道徳的判断をしているんじゃありませんか。被害者について善悪どちらの面もできるだけ知ることが肝心なんじゃないでしょうか。人間はその人がそういう人間だから、そういうことをしていたから死ぬ。それは証拠の一部じゃないでしょうか。子供や若い人、純粋無垢な人が死んだ場合には、そうは思わないでしょうけど」

「純粋無垢？　じゃあ、きみは死に値する被害者と値しない被害者の区別をつける自信があるわけだね。子供が殺害された事件の捜査に関わったことがまだないんじゃないか」

「ありません」ベントンは思った。〝そんなこと知っているくせに。訊くまでもないじゃないですか〟

「子供が被害者の事件を担当した場合、被害者の遺体を目にしなければならない苦痛から、本来の目的である犯人はだれかという疑問ばかりではなく、感情的そして神学的な疑問にぶち当たる。道徳的な怒りは当然だ。それがなければ人間とは言えないだろう。しかし子供や若者、純粋無垢な人の遺体を前にした刑事にとって、逮捕は個人的な戦いになりがちだ。それは危険なことだよ。判断を誤らせかねない。どんな被害者であろうと、同じ気持ちで捜査に当たるべきじゃないか」

ベントンは〝分かりました、警視長。そのように心がけます〟と言いたかった。しかし仰々しくて、注意されて後悔する学童の返事のようだ。彼はなにも言わなかった。

ケイトが沈黙を破った。「どんなに調べても結局どれだけ分かるのでしょうか。被害者のことにしろ、容疑者、犯人のことが？　ローダ・グラッドウィンはどうしてここに来たんでしょうね」

「傷痕を消すためですよ」と、ベントン。

ダルグリッシュが言った。「三十四年間そのままにしておいた傷痕だ。なぜ今消そうとしたのか。そしてなぜこの場所だったのか。どうして被害者は傷痕をそのままにしておく必要があったのか、そしてどうして今消す必要があったのか。それが分かったら、被害者の女性についてなにかしら分かるのかもしれない。それに、ベントン、きみの言う通りだ。彼女はそういう人で、そういうことをしていたから死に至った」

部長刑事でなくて、ベントンか――ほう、こいつはいいぞ。そしてベントンは思った。〝ぼくはあなたがどういう人か知りたいですよ〟しかしそれはこの仕事の魅力の一部だった。謎であり、今後も謎のままにちがいないボスの下で働いているのだ。

ケイトが言った。「今朝のホランド婦長の行動は少しおかしくはありませんか。キムから電話があって、グラッドウィンさんからお茶がほしいという電話をかかってこないと言われた時、婦長はキムにお茶を持って来るように指示するよりも、患者が大丈夫か直ちに調べるのが普通じゃないでしょうか。遺体発見時に目撃証人がいるようにわざわざそうしたんじゃないでしょうか。グラッドウィンがすでに死亡していることを婦長は知っていたのかもしれません」

「院長は一時に婦長の部屋を出たと言っています」と、ベントンが言った。「その時に婦長は患者をチェックするのが自然なんじゃありませんか。婦長はチェックしたのかもしれない。そしてキンバリーにお茶を持って上がるように指示した時に、グラッドウィンが死亡していることを知っていた。遺体発見時にはいかなる場合も立会人がいたほうがいいですからね。といっても、だから彼女が犯人ということにはなりません。さっき言いましたように、チャンドラー＝パウエル、あるいはホランド婦長が患者の首を絞めて殺したとは思えません。とくに手術をしたばかりの患者ですからね」

ケイトは反論しそうな様子だったが、なにも言わなかった。夜が更けてきた。ダルグリッシュには三人とも疲れているのがよく分かっていた。明日の予定を組む時間だ。彼とケイトはロンドンに車を走らせて、シティにあるローダ・グラッドウィンの家で証拠の入手に当たる。ベントンとウォリン巡査は荘園に残る。ダルグリッシュはロビン・ボイトンが明日には落ち着いて協力的になるだろうと思い、彼に会うのを遅らせていた。ベントンとウォリンはボイトンの事情聴取を行ない、シェベレル・ストーンズのそばに止めてあった車の正体を可能なかぎり追う、明日正午には作業を終えると思われる鑑識官との連絡に当たり、荘園における警察の駐在を維持して、チャンドラー＝パウエル院長が雇ったカードマンが現場に近づかないように目を配る。グレニスター博士の解剖検案書は正午にはできあがるはずなので、ベントンは検案書を入手次第ダルグリッシュに電話を入れる。以上の仕事以外にも、ベントンは自分の判断で質問があれば容疑者に再度事情聴取する。

真夜中近かった。ベントンはワイングラス三個をキッチンに下げて洗い、ケイトと一緒にウィステリア・ハウスめざして雨に洗われて甘い香りのする暗闇の中を歩き出した。

# 第三部　十二月十六日～十八日

ロンドン、ドーセット、
ミッドランズ、ドーセット

# 1

ダルグリッシュとケイトは午前六時前にストーク・シェベレルを出発した。早朝出発したのは、ダルグリッシュが朝のラッシュに巻き込まれるのを嫌ったせいもあるが、同時にロンドンで時間の余裕がほしかったからだ。仕上げた書類をヤードに届けて、コメントを求められている機密報告書草案を受け取り、秘書の机にメモを残すと、二人はほとんど人気のない街路を無言で車を走らせた。

日曜日朝のシティにほかにない魅力を感じる人は多いが、ダルグリッシュもそうだった。平日の五日間シティの空気はエネルギッシュに激しく拍動し、その巨大な富は地下のどこかにある機関室で汗水たらして作り上げられているような気がしてくる。金曜日の午後になると機関室のエンジンはゆっくり回転運動を止める。何千何万というシティの労働者が鉄道の駅めざしてテムズ川の橋に押し寄せるさまはとても意思行動とは思えず、強迫観念の命じるままに動く古代の民族大移動を見るようだ。日曜日早朝、シティはより深い眠りに就こうとはせずに静かに横たわる。鐘の音に誘われて現われた幽霊の大群が大切に保存された霊廟で古の神々を称え、人通りのない通りを行進するのを待っているのだ。テムズ川までいつもよりゆったり流れているように感じられる。

駐車スペースはアブソルーション小路から数百ヤード離れた場所に見つかった。ダルグリッシュはもう一度地図に目を走らせてから事件用バッグを車から出し、ケイトと一緒に東に向って歩き出した。狭いわりにいやに凝った石のアーチ門がついた丸石敷きの入口は、見落としてもおかしくないほど目立たなかった。舗装された中庭は狭く、壁に取り付けられた照明二個がディケンズ風の薄暗がりを作っている。中央の台座に崩れかけた彫像が据えられていた。

宗教的価値のある骨董品なのかもしれないが、今は形をとどめない石の塊にすぎなかった。八番地は東側にあり、黒に近い濃いグリーンのドアにフクロウの形をしたノッカーがついていた。八番地の隣は古い版画を売る店だったが、外に出してある木製の陳列台は、今は空っぽだった。その隣は専門職業紹介所のようだが、どういう就職希望者を相手にしているのかなにも書いてない。ほかのドアの磨かれた小さな表札には、見慣れない名前が並んでいた。コトリとも物音がしない。

ドアには安全錠が二個ついていたが、グラッドウィンの鍵束からすぐに合うキーが見つかり、ドアは簡単に開いた。ダルグリッシュは手をのばして、電灯のスイッチを探り当てた。二人はオークの鏡板が張られた狭い部屋に入った。装飾入りの漆喰天井に一六八四と年号が入っている。奥の縦仕切りが細かく入った窓から狭いパティオが見え、葉の落ちた木の植わる素焼の特大植木鉢がスペースのほとんどを占めていた。右手にコート掛けのフックが並び、その下が靴用の棚になっている。左には長方形のオークテーブルがあった。上に請求書かカタログにちがいない封書が四通のっていた。グラッドウィンが木曜日に荘園に出かける前に配達されて、被害者は帰宅後に処理することにしたのだろう。石の暖炉の上にこの部屋でたった一枚の絵、繊細な面長な顔をした十七世紀の男性を描いた小さな油絵がかかっていた。ダルグリッシュは一目見て詩人ジョン・ダンの有名な肖像画の複製にちがいないと思った。彼は絵を照らすように取り付けられた細長い照明をつけて、無言でしばらく見つめた。通過するだけの部屋にポツンと一枚だけ掛けられた絵は、家の守り神のような聖像に似た力を得ていた。ローダ・グラッドウィンもそんなふうに見ていただろうかと、ダルグリッシュは照明を消しながら思った。

カーペットの敷いてない木の階段を昇って二階に上がると、道路側にキッチン、裏側に狭いダイニングスペースが設けられていた。料理しなれた女性のキッチンのように配置や設備が整っているが、キッチンもダイニングエリアも最近使われた形跡がない。次の階段を上ると、中庭を見下ろしてシングルベッドが二台入った客用の寝室だった。同じベッドカバーがしわ一つなくかけられ、シャワーとトイレがついている。ここも使われた形跡がない。その上の部屋もほぼ同じ寝室だったが、シングルベッドは一台だけで、ここがグラッドウィンの寝室だったようだ。ナイトテーブルには角度の調節できるモダンなスタンドと静かな部屋で異様に大きな音を響かせて時間を刻む旅行用時計、それに本が三冊のっていた。本はクレア・トマリンの書いた十七世紀の海軍大臣ピープスの伝記とチャールズ・コーズリーの詩、現代短篇小説集だった。浴室の棚にはごく限られた数の化粧品しかなかった。女性として好奇心からふと手をのばしかけたケイトは、すぐに手を引いた。ダルグリッシュもケイトも被害者の私的領域に入る時には、自分たちの存在は必要だがプライバシーの侵害でもあると自覚している。ケイトは捜索して証拠品として押収する物と、人間として傷つき羞恥する能力から永久に離脱した人生に対する自然な好奇心とをつねにはっきり区別していた。彼女は「傷痕を隠す努力はしていなかったようですね」とだけ言った。

二人は最後に最上階に昇り、東西いっぱいに延びて両方に窓がありシティの全景が見渡せる部屋に入った。ここに来てダルグリッシュは初めて、この家の住人と精神的な接触を持ったように強く感じた。被害者はこの部屋に住んでいた。ここで仕事をし、休息を取って、テレビ、音楽を楽しんだ。ここの四方の壁の中に存在しない人間、物を必要と思わなかった。一方の壁はほぼ全面が優美な彫刻の入った本棚で占められていた。本棚の左側にあるデスクはエドワード朝時代のものらしい。単なる飾りでなく実用的なデスクには、両側に引き出しがついている。右側の引き出しに鍵がかかっていた。机上の棚にはボックスファイルが並んでいる。部屋の反対側には座り心地よさそうなソファが置かれ、テレビの前に安楽イスと小さな足置き、黒いヴィクトリア朝時代の暖炉の右側には背もたれの高い肘掛イスが配されていた。ステレオは新しかったが、地味な型で目立たなかった。窓の左側に上にコーヒー沸かしとコーヒーミル、マグカップ一個をのせた小型冷蔵庫があった。一階下の浴室の水道を使えば、一階のキッチンまで降りなくてもここで飲み物が作れたわけだ。暮らしやすい家ではないが、ダルグリッシュにも気楽に住めそうな住まいだった。彼とケイトは黙って室内を動き回った。ダルグリッシュは東向きの窓から鉄製の狭いバルコニーに出られるのに気づいた。そこから鉄階段を昇れば屋根に上がれる。彼は窓を開けて朝の冷気の中に踏み出し、階段を昇った。ケイトはついていかなかった。

クイーンハイズにある、テムズ川を見下ろすダルグリッシュのフラットは、ここから歩いていける距離だった。彼はテムズ川のほうを見た。たとえフラットに戻る時間や戻らなければならない用があったとしても、エマがいないことは分かっている。彼女はキーを持っているのに、ロンドンに来てもダルグリッシュがいないかぎりフラットに来ようとしない。これは彼の仕事から距離を置こうとする、エマなりの口には出さない慎重なやり方なのだと、ダルグリッシュは理解していた。彼女はプライバシーを理解し、プライバシーに対してダルグリッシュと同じ考え方だった。彼のプライバシーを尊重し冒したくないと思う、強迫観念に近い願望を持っていた。恋人は獲得した所有物、あるいはトロフィーではない。人格には、つねに他者の侵入を拒む部分がある。二人が愛を確認したばかりの頃エマは彼の腕の中で眠るが、ダルグリッシュが夜中に目を覚まして手を伸ばしても、彼女はもうそこにはいない。朝のお茶を運ぶ先は、客用の寝室だった。今はそうたびたびはないが、最初の頃はダルグリッシュも気になった。答えを聞くのが怖いこともあり、訊くのがはばかられて、彼は彼なりの結論に達した。自分は自分の仕事の現実をエマに率直に話していないし、おそらくこれからも話すことはない。したがってエマとしては恋人と刑事を分けて考えるしかないのだろう。エマのケンブリッジ大学での仕事については話し合えるし、よく話し合う。文学は共通の情熱の対象だから、時には意見を戦わせて楽しむ。それに対してダルグリッシュの仕事は二人に共通の場を提供しない。エマは愚かでも神経過敏でもない。ダルグリッシュの仕事の重要性は分かっている。それでも彼の刑事という職業は、二人の間に未踏の地雷野のように危険領域として横たわっているのだろう。

　ダルグリッシュは屋根の上に一分もいなかった。ローダ・グラッドウィンはこの自分専用の高い場所から夜明けの光がシティの尖塔や堂塔を染めるのを眺めたのだろうか。ダルグリッシュは階段を降りて、ケイトのところに戻った。

「まずファイルを見ようか」と、彼は言った。

　二人はデスクに並んで座った。どのボックスファイルにもラベルがきちんとつけられていた。〈サンクチュアリ・コート〉と書かれボックスには、複雑な賃貸契約書――契約が切れるのは六十七年先だった――弁護士との連絡書簡、改装やメンテナンスに関する説明や見積もりが入っている。不動産屋と弁護士の名前がそれぞれ書かれたファイルもある。別の〈ファイナンス〉のボックスには、銀行取引明細書と投資に関する定期報告書があった。目を通したダルグリッシュはグラッドウィンが豊かなのに驚いた。二百万ポンド近くの資産が株と公債に半々に投資されていた。

　ケイトが言った。「普通なら、この投資報告書は鍵のかかった引き出しに入っていますよね。だれかが忍び込んで、どのぐらい財産があるのか探りだすとは考えなかったようですね。きっとこの家は安全だと思ったのでしょう。あるいはそんなことは大して気にしなかったのか。金持ち然とした暮らし方はしていなかったようですから」

「弁護士のニュートン・マックルフィールドが遺言書を持って来れば、だれがこの気前のいいプレゼントをもらうのか分かる」

　二人は被害者の書いた新聞雑誌記事のコピーがすべて納められたファイルの列に移った。年号が貼られたボックスの中身はどれも日付順で、中にはプラスチック・カバーがついているのもあった。二人はそれぞれファイルを一冊取って、調べ始めた。

「シェベレル荘園とあそこの人たちに関係があるなら、間接的であれなんでも取りだしてほしい」と、ダルグリッシュは言った。

　それから一時間近く二人は無言で作業を続け、やがてケイトが新聞の切り抜きを何枚もデスクの上を滑らせてダルグリッシュのほうに寄こした。「警視長、これは面白いですよ。《パタノスター・レヴュー》誌二〇〇二年春季号に載った盗作に関する長い記事です。注目を集めたようです。新聞の切り抜きが多数添えられているんですが、中に検視審問の記事や写真付きの葬式の記事なんかがあります」彼女は記事をダルグリッシュに渡した。「お墓のそばに立つ人の中に、キャンダス・ウェストホールにそっくりな女性がいるんです」

ダルグリッシュはバッグから拡大鏡を出して、写真を見た。無帽の女性が参列者の集団から少し離れて立っている。頭は見えるが、顔は部分的にぼやけていた。それでも一分ほど見つめたダルグリッシュには、それがだれだかほぼ確信が持てた。拡大鏡をケイトに渡して、彼は言った。「そうだな、キャンダス・ウェストホールだ」

彼は記事にかかった。彼は読むのが早いうえ、要点のつかみやすい記事だった。丹念な調査に基づいて巧みに描かれた、知的な読み物だ。ダルグリッシュは記事そのものに興味を覚えて、尊敬の念を深めた。盗作を冷静かつ公平に（と、ダルグリッシュには思えた）取り上げたもので、はるか昔の盗作例や最近のもの、有名な事件が列挙されて、多くはダルグリッシュが初めて知る例だった。ローダ・グラッドウィンは文学で文章やアイデアが無意識に真似されたり、時には強烈なアイデアが時は来たれりとばかりに二人の頭脳に同時に沸き上がる奇妙な偶然に興味を覚えていた。音楽ではバッハやベートーベン、美術では絵画の巨匠たちが後続世代に影響を与えたように、大作家がのちの作家に微妙に影響を与えた例も検証している。しかしグラッドウィンが偶然見つけたとしている現代の盗作例は、明らかに露骨なものだった。独創性のあるらしい才能豊かな若い作家に盗作の必要はなさそうに思えるから、興味深い例だった。大学在学中の若い女流小説家アナベル・スケルトンは処女作を発表して好評を博し、国内の有名文学賞の最終選考まで残った。その作品の一部のフレーズや会話、効果的な描写が一九二七年に出版されたフィクションからの丸写しだった。ダルグリッシュが名前を聞いた覚えのない、すでに忘れられた女性作家の作品だった。グラッドウィンの文章の質の高さ、記事の公平さが功を奏して、このケースは疑問の余地がないとされた。大衆紙がニュース不足の時と重なったために、ジャーナリストたちはこのスキャンダルに飛びついた。アナベル・スケルトンの名前を最終選考リストから外すべきだと声高な論調だった。結果は悲劇的だった。記事が出てから三日後に若い作家は自殺した。もしキャンダス・ウェストホールが亡くなった作家と親しい関係――愛人、友人、教師、またはファンだったら、人によっては殺人に走りかねない強い動機となる。

そのときダルグリッシュの携帯電話が鳴った。ベントンからだった。ダルグリッシュはケイトにも聞けるようにスピーカーに切り替えた。ベントンは興奮を抑えた口調で言った。「警視長、車を突きとめました。フォード・フォーカスで、ナンバーはW三四一UDGです」

「そいつは早かったな、部長刑事。おめでとう」

「それほどでもないんですよ、警視長。ラッキーだったんです。シェパード夫婦の孫が週末を過ごしに金曜日遅くに来ていたんです。昨日は一日中ガールフレンドのところに行っていたので、今朝ようやくその孫に会えました。モーターバイクでこっちに来る時にその車のあとを何マイルか走り、その車がストーンサークルのそばに駐車するのを見たと言うんです。金曜日の十一時三十五分頃のことです。車に乗っていたのは一人で、車を止めるとライトを消したそうです。どうしてナンバーを覚えていたのかと孫に聞いたんですよ。そうしたら三四一はブリリアント数だからだと言うんです」

「目を引くナンバーでよかったよ。ブリリアントって、なんだろう。孫は説明したかい」

「数学用語らしいです。三四一は素因数を二つ、十一と三十一を含んでいるのでブリリアント数と呼ばれているんです。その二つの数字をかけると、三四一になる。同じ長さの素因数二つを含む数字はブリリアント数とされて、暗号作成に使われるとか。三四一は十六の約数をそれぞれ二乗した合計の数字でもありますが、彼には素因数二つという点が印象深かったみたいですね。UDGは問題なく記憶に残ったとか。〝やったじゃないか〟の頭文字に見えたんですね」

「数学のことは分からないが、彼が間違っていないように望むしかないな。だれかに確認してもらったらどうだろう」

「その必要はありませんよ、警視長。オックスフォード大学で数学で優等の成績を上げたばかりの男ですから、車の後ろを走らなければならない羽目になると、必ずナンバーを見て遊ぶんだそうです」

「で、その車の所有者は?」

「調べたかぎりではちょっと意外なんですね。司祭なんです。マイケル・カーティスという司祭です。ドラウトン・クロスに住んでいます。バラクラヴァ・ガーデンズ二番地の聖ジョンズ教会司祭館。ドラウトンの郊外です」

ミッドランズの工業都市なら高速に乗れば二時間ちょっとで行ける。ダルグリッシュは言った。「ありがとう。ここがすみ次第、ドラウトン・クロスに行こう。車のドライバーは事件に関係がないかもしれないが、ストーンサークルのそばに駐車した理由を知りたいし、何か見ていたら、それも知りたいからな。ほかには?」

「鑑識が引き揚げる前に、一つ見つけてくれました。重要というより、奇妙とでも言いますか。外国の景色の古い絵ハガキ八枚の束で、どれも一九九三年に投函されたものです。宛名が書いてあった右半分が切り取られてなくなっているので、受取人がだれだか分かりません。しかし子供宛てに書いたような文章なんですね。アルミホイルでぴっちり包んでポリ袋に入れ、シェベレルの石の一つのそばに埋めてあったんです。見つけた鑑識官の観察眼は相当なものです。最近荒らされたんじゃないけれど、草の生え方が乱れているのに気づいたんです。そのハガキの束がグラッドウィン殺害とどう関係してくるかは、なんとも言えませんね。犯行のあった夜に石のそばに懐中電灯をもった人間がいたことは分かっていますが、もしハガキを探していたのなら、見つけられなかったということです」

「だれのものか訊いてみたのか」

「はい、警視長。所有者としてはシャロン・ベイトマンが一番考えられるので、オールド・ポリス・コテッジに来てもらいました。自分のものだと認めました。父親が家を出たあとに彼女宛てに送ってきたのだとか。奇妙な娘ですよ、あれは。最初私がハガキを並べて見せると、顔面蒼白になりましてね。ウォリン巡査も私も失神するんじゃないかと思いました。それでイスに座らせたんですが、あれは怒ったんだと思いますね、警視長。テーブルのハガキをひったくりたいのを、かろうじてこらえているらしいのが分かりましたよ。そのあと冷静さを取り戻しました。ハガキは一番大切なもので、荘園に来たばかりの頃に石のそばに埋めたんだそうです。あそこは特別な場所で、あそこに埋めておけば安全だからだと言うんです。あの娘のことがちょっと心配になりまして、それでこう言ったんです。ハガキを警視長に見せなければならないが、大切に預かるし、問題なく返却されると思うと。それでよかったんでしょうか、警視長。お二人のお帰りを待って、ミスキン警部に質問をお願いすべきだったんでしょうか」

「あるいはな。しかしそれであの娘が安心したときみが思うんなら、いいんじゃないか。彼女から目を離さないようにしてくれないか。この件は今夜話し合おう。グレニスターー博士から解剖検案所は届いたか」

「いいえ、まだです。博士から電話があって、毒物検査報告書が必要にならなければ、夕方には届けられるということでした」

「遅れるとは珍しいな。それだけか、部長刑事」

「はい、警視長。ほかに報告することはありません。三十分後にロビン・ボイトンから事情聴取する予定です」

「よし。できたら、彼がグラッドウィンの遺言に期待しているかどうか探ってみてくれ。なかなか多事な一日のようだな。部長刑事。がんばっているじゃないか。こっちも面白い展開があったが、それはあとで話そう。ドラウトン・クロスから電話する」

ダルグリッシュは電話を切った。ケイトが言った。「シャロンは恵まれない子のようですね。彼女の言うことが本当なら、ハガキが大切なものということは理解できます。でもどうして宛名を切り取ったのか。なぜわざわざ隠すのか。ほかの人には何の価値もないのに。金曜日の夜にハガキを確かめるか取りに行ったのなら、なぜその必要があったのか、なぜそんな遅い時間に行ったのかという疑問があります。でもベントンは包みが掘り返された形跡はなかったと言っています。ハガキは事件には関係ないようですね」

話す余裕もなく次々に事が起きる。ダルグリッシュが答える前に玄関のベルが鳴った。ケイトが「弁護士のマックルフィールドさんでしょう」と言って、迎えに降りていった。

木の階段を昇ってくる足音がした。話し声は聞こえない。ニュートン・マックルフィールドが先に入ってきた。室内の様子に関心を払わずに、にこりともせずに手を差し出した。「早すぎてご迷惑ではなかったですか。日曜日の朝は道がすいてますのでね」

マックルフィールドはダルグリッシュが電話の声から考えていたよりも若かった。おそらく四十代前半だろう。長身、金髪、肌につやのある、いわゆるハンサムな容貌をしていた。首都圏で仕事を成功させている自信を漂わせているが、それが田舎で週末を過ごすのに適したコーデュロイパンツ、チェックの開襟シャツ、着古したツイードの上着とあまりに対照的なために、まるで仮装しているようなわざとらしさがある。目鼻立ちが整い、形のいい唇は引き締まって目に油断がない。その場その場にふさわしい表情しか見せないように訓練された顔だと、ダルグリッシュは思った。今の場合にふさわしい哀悼とショックの言葉が重々しくかつ理性的に述べられているが、多少の不快感も混じっているように、ダルグリッシュの耳には聞こえた。シティの有名弁護士事務所が、こんな人聞きの悪い形で依頼人を失うことになろうとは思わなかったのだろう。

マックルフィールドはケイトがデスクの前から引きだしたイスを見もせずに断わり、座る代わりにブリーフケースを置いた。ケースを開けながら、彼は言った。「遺言書の写しを持ってきました。捜査のお役に立つようなことが含まれているとは思えませんが、当然一通お持ちになるべきですからね」

「同僚はすでに自己紹介したと思いますが、ケイト・ミスキン警部です」

「ええ、玄関ですでに」

ケイトは指がかろうじて触れあう程度の短い握手を受けた。三人とも立ったままだった。

弁護士が言った。「グラッドウィンさんの訃報は事務所の弁護士全員にとって悲報ですし、ショックです。電話でご説明したように、グラッドウィンさんとは友人でなく依頼人と弁護士という関係でしたが、大変尊敬していましたし、亡くなられてじつに残念です。グラッドウィンさんの取引銀行とうちの事務所が共同遺言執行者になっていますから、葬儀の采配もいずれわれわれが行なうことになるでしょう」

「グラッドウィンさんのお母さんがそれを知ったら、安心するでしょう。再婚して現在ブラウン夫人になっているお母さんには、すでに連絡を取りました。検視陪審など娘の死の余波からできるかぎり距離を置きたいようです。仲がよかったとは言えないようで、人に知られたくない、あるいは考えたくもない家庭内の問題があるのかもしれません」

「なるほど、娘は他人の人に知られたくない秘密を暴くのが非常にうまかったですけれどもね。ですが、マスコミに顔を出したいばかりに涙ながらに悲劇を最大限に利用する母親から捜査の進捗状況を教えろと要求されるよりは、家族が割りこんでこないほうがあなたにはやりやすいんじゃありませんか。母親が問題になるのは、多分あなたより私のほうでしょう。いずれにしろ母娘の関係がどうであれ、遺産は母のものになります。額を知ったら、母親はびっくりするでしょうね。銀行の取引明細と投資関係の資料はもちろんごらんになったでしょうね」

「全額が母親に行くのですか」と、ダルグリッシュは訊いた。

「二万ポンドを除いて全額です。二万ポンドはロビン・ボイトンが相続します。その人物と故人との関係がどういうものかは分かりません。グラッドウィンさんが遺産について話に来られた時のことを憶えていますよ。自分の財産の処分に不思議なぐらい無関心でしたね。ふつうなら母校などに寄付の一つや二つするでしょう。それが一切ありません。死後も私生活に関してはだれにも知られたくないといった印象でしたね。ブラウンさんには月曜日に電話をして、会うことにします。事務所としてはできることはなんなりと協力いたします。ご連絡いただけるんでしょうが、今お話をした以上のことが分かるとは思えませんね。捜査は進んでいるんでしょうか」

「事件が発生してまだ一日しかたっていませんから、その間に進展可能な程度ですね。火曜日には検視陪審の日程が分かります。今の段階では延期になるでしょうが」

「だれか出廷させるかもしれません。形式ですが、マスコミがからんでくるとなると、だれかがいたほうがいいわけでして。事件が報道されれば、当然マスコミが押しかけるでしょう」

ダルグリッシュは遺言書を受け取って、礼を言った。マックルフィールドは、用はすんだとばかりにブリーフケースを閉じて言った。「ほかにご用がなければ、これで失礼させていただきます。昼食までに帰ると妻に約束したものですから。この週末、息子が学校の友だちを家に連れてきていましてね。イートン校生の集団に犬四匹が加わると、とても手に負えません」

弁護士はダルグリッシュと握手をして、ケイトの後ろから階段を降りていった。戻ってきて、ケイトが言った。

「息子がボグサイド総合中学校の生徒だったら、学校の名前を出したりしないでしょうにね」そしてそう言ったことを後悔した。ダルグリッシュはマックルフィールドの言葉に微かな軽蔑を含んだ微苦笑で応じたが、そんな鼻もちならない性格の一面を垣間見せられても腹立たしいとは思わなかった。ベントンも面白がるだけで、苛立ったりしないだろう。

ダルグリッシュは鍵束を出して、言った。「さて、引き出しにかかるか。その前にコーヒーが飲みたいな。マックルフィールドにもなにか出すべきだったんだろうが、時間を取られると困るからね。ブラウンさんはここから必要なものはなんでも持っていっていいと言っていたから、ミルクとコーヒーをもらっても文句は言わないだろう。ただし、冷蔵庫にミルクが入っていればだが」

ミルクは入っていなかった。「当然といえば当然ですよね、警視長」と、ケイトが言った。「冷蔵庫は空です。ミルクはカートンの封が切ってなくても、彼女が戻ってくる頃には賞味期限が切れていたでしょうから」

ケイトはコーヒーポットを一階下まで持っていき、水を入れた。もう一個マグカップが必要なので、歯ブラシ入れのカップを洗った。被害者のプライバシーを冒しているとはとても言えないこんなささいな行動がぶしつけのような気がして、階段を上るケイトは一瞬心が騒いだ。ローダ・グラッドウィンはコーヒーにうるさかったらしく、コーヒーミルののった盆には缶入りの豆があった。ミルのスイッチを入れる時にも、死者の物を奪っているようないわれのないわだかまりがまだ残っていた。モーター音がいやにうるさく、いつまでも続くように思える。やがてコーヒー沸かしからコーヒーが滴り落ちるのがやみ、ケイトはマグカップに注いで、デスクに持っていった。

コーヒーがさめるのを待つダルグリッシュは「めぼしいものが見つかるとしたら、ここのはずだな」と言って、引き出しの鍵を開けた。

入っていたのは中に紙の詰まったベージュ色のホールダーだった。コーヒーは忘れられた。マグカップを脇に押しやったケイトは、ダルグリッシュの横にイスを引き寄せた。中身の紙はほとんどが新聞の切り抜きのコピーで、一番上の切り抜きは一九九五年二月の日曜版の記事だった。見出しが目に飛び込んできた。〈可愛らしすぎる妹をねたんで殺害〉。見出しの下の女児の写真はページ半面を占めていた。学校用に撮られた写真らしい。金髪をきれいにブラッシングして、服装は襟元の開いた清潔な白いブラウスに紺色の上着。女の子はたしかに可愛らしかった。ろくにポーズも取らず、照明も凝っているわけではない。何でもない写真ながらも、人目を気にしない自信や未来に開かれた明るさ、幼い弱々しさが伝わってくる。じっと見つめるケイトの目に、写真のイメージはばらばらに解像されて無意味なにじみになり、やがて再び焦点が合ってきた。

写真の下の記事はいきすぎた誇張や怒りの表現を避けて、事実そのものに語らせていた。〝今日刑事裁判所においてシャーリー・ビール（十三歳八カ月）は九歳の妹ルーシーを殺害したことを認めた。シャーリーはルーシーの首を制服のネクタイで絞めたのちに、憎しみの対象である妹の顔を判別不能になるまで強打した。逮捕時およびその後もシャーリーは妹のルーシーは可愛すぎるので殺したとしか言わない。シャーリー・ビールは児童収容施設に送られて、十七歳で少年院に移されることになる。東ロンドン郊外の閑静な町シルフォード・グリーンは恐怖のるつぼと化した。五ページに詳細記事。十二ページにソフィー・ラングトンの〈子供はどうして殺人に走るのか〉を掲載〟

ダルグリッシュが記事の切り抜きをめくった。その下の紙は白紙で、写真が一枚留めてあった。同じ制服、同じ白ブラウス、ただしこの写真は制服のネクタイを締めている。カメラに向けられた顔に浮かぶ表情を見て、ケイトは自分の学校写真を思い出した。恒例のささいな行事にしぶしぶ参加して、ふてくされながらもちょっと不安げな顔。その妙に大人びた顔に二人は見覚えがあった。

再び拡大鏡を取ったダルグリッシュは写真をじっくり調べてから、拡大鏡をケイトに渡した。秀でた額に少し出目気味の目、上唇がぽってりしたおちょぼ口。人目を引く顔ではないが、純粋とか子供らしいといった見方はもう不可能だった。少女の目は映像を形作る点々と同じように無表情にカメラを見つめている。下唇は大人になってふくらみが出たものの、やはり同じすねたような頑なさがある。見つめるケイトの頭にまったく別の写真が重なって浮かんだ。打ち砕かれて血と割れた骨になり、髪の毛も血のりで固まった子供の顔。首都警察の事件ではなかったし、被疑者が犯行を認めたために公判はなかったが、事件が古い記憶を蘇らせた。ダルグリッシュも同じだったようだ。

「シャロン・ベイトマンだな」と、ダルグリッシュが言った。「グラッドウィンはどうやってこれをつかんだのだろう。だいたい記事にできたこと自体が不思議だ。規制が解かれたのにちがいない」

ローダがつかんだのはそれだけではなかった。調査は荘園を下見した時点から始まったらしく、徹底的だった。続いてほかの新聞の切り抜きがあった。近所の住人は饒舌で、恐怖を語り少女たちの家庭についてよくしゃべった。二人の子供が母と祖母と一緒に住んでいたテラスハウスの写真もあった。父親は二年前に家を出て、犯行時、両親はすでに離婚していた。同じ通りに今も住む人々は、両親の夫婦仲は悪かったが、子供に問題はなかった、警察やソーシャルワーカーが出入りすることはなかったと語っている。ルーシーはまちがいなく可愛らしかったが、姉妹は仲がいいように見えた。シャーリーはおとなしく、ちょっと無愛想で人なつっこくはなかった。衝撃的な事件に影響されたのだろう、住民は姉のほうはいつも一人ポツンと離れている変わり者だったと記憶していた。両親が別れる前には怒鳴ったり殴ったりとけんかの音が聞こえてきたが、子供たちはいつもちゃんと世話をしてもらっているようだった。その点は祖母が気を配っていた。父親が出ていってからは下宿人が入れ替わり立ち替わり入った——母親のボーイフレンドも含まれていたようだが、その点はあからさまには書いていない。安い下宿を求める学生も二、三人入ったが、いずれも長くはいなかった。

ローダ・グラッドウィンはどんな手段を使ったのか解剖検案書を手に入れていた。死因は絞殺。目がつぶれ、鼻の骨が割れた顔の傷は死後つけられたものだった。グラッドウィンはまた事件の捜査にあたった捜査官の一人を突きとめて、インタビューをしている。不審な点はまったくなかった。事件は土曜日午後三時半ごろ、当時六十九歳の祖母がビンゴをしに公民館に出かけた間に起きた。子供が留守番をさせられるのは珍しいことではなかった。犯行は祖母が午後六時に帰宅して発見された。ルーシーの遺体は家族がほとんどの時間を過ごすキッチンの床に横たわり、シャーリーは二階の自分のベッドで眠っていた。手や腕についた妹の血を洗い落とした様子はなかった。凶器はドアストップに使われていた古いアイロンで、シャーリーの指紋が残っていた。シャーリーは妹を短時間一人で放っておいたことを認めるような淡々とした口調で、殺したことを認めた。

ケイトとダルグリッシュはちょっとの間無言で座っていた。ケイトはボスも自分と同じことを考えているのが分かった。この事実が判明したことで、容疑者としてのシャロンに対する感じ方が影響を受けるし（受けないわけにはいかない）、捜査にも響いて複雑化する。ケイトは手法上の落とし穴がいくらもある厄介な状況だと思った。どっちの事件も被害者は絞殺されている。いずれ無関係と判明するかもしれないが、それでも一つの事実ではある。シャロン・ベイトマンは——引き続きこの名前を使うことになるだろう——もう社会に脅威を与えないと当局が判断したのでなければ、一般社会で生活しているはずがない。そのかぎりでは彼女は単に容疑者の一人で、疑わしさの点ではほかの容疑者と変わらないと見るべきではないか。ほかに知っている者がいるのだろうか。チャンドラー‐パウエルはこのことを知らされているのか。シャロンは領主館のだれかに教えたのか。もし教えたなら、相手はだれか。ローダ・グラッドウィンは最初からシャロンの正体に疑いを抱いて、それで滞在を延ばしたのか。グラッドウィンは暴露すると脅かしたのか。脅かされて、シャロンあるいは事実を知るほかのだれかが暴露させないために行動に出たのか。もしシャロン以外の容疑者を犯人として逮捕したら、殺人罪で有罪判決を受けた者が荘園に存在する事実は、事件が公判に耐えうるか判断する公訴局に影響を与えるのではないだろうか。さまざまな思いがケイトの頭の中を行き交ったが、彼女は何も言わなかった。ダルグリッシュと一緒にいる時には、当然のことは口に出さないようにつねに心がけていた。

ダルグリッシュが口を開いた。「今年、内務省で機能の分割が行なわれたが、変更部分についてはだいたいつかんでいる。五月以降、矯正部門は新設の司法省の管轄下に入り、保護観察に当たる係官は更生観察官と呼ばれるようになった。シャロンにも観察官が一人ついているはずだ。私の記憶が間違っていないか確認しないといけないが、更生者は一般社会で少なくとも四年間違法行為を一切せずにすごさないと観察を解かれない。しかもその許認可は一生有効だから、どの時点でも撤回可能だ」

「シャロンはたとえ無罪でも殺人事件に関わりを持った時点で、保護観察官に報告する法的義務があるはずです」

「確かに報告しなければならなかった。しかし彼女が報告しなくても明日ニュースが報道されれば、矯正部に分かる。それにシャロンは仕事を変えたことも報告する義務があったはずだ。彼女が観察官に連絡したかどうかに関わりなく、観察部に連絡するのが私の責任だし、観察部から司法省に報告が行くはずだ。情報を管理して、その情報が必知事項かどうか判断するのは警察ではなくて、観察部門だ」

「では私たちは報告するだけで、シャロンの観察官が来るまでなにもしないわけですか。でも彼女からもう一度事情聴取したほうがいいのではありませんか。捜査における彼女の立場が変わったんですから」

「シャロンから事情聴取する場合には観察官の立ち合いが必要だが、できたらそいつを明日やりたいな。日曜日だからお膳立てがむずかしいが、司法省の当直官を通じて観察官に連絡できるんじゃないだろうか。ベントンに電話を入れよう。シャロンを監視する必要があるが、ただし慎重に行なわなければならない。私がお膳立てをしている間、きみはここのファイルに目を通してくれないか。下のダイニングルームで電話をしよう。ちょっと時間がかかるかもしれない」

一人になったケイトはまたファイルに取りかかった。ダルグリッシュが部屋を出ていったのはファイルを調べる邪魔をしたくなかったからだ。たしかに電話の会話に気を取られずにファイルにきちんと目を通すのはむずかしい。

三十分後階段を昇ってくる靴音がした。部屋に入ってきてダルグリッシュは言った。「心配したほど時間がかからなかったよ。例によって手こずりはしたが、なんとか保護観察官に連絡がついた。マダリン・レイナーという人だ。うまい具合にロンドンに住んでいて、家族と昼食に出かける寸前に捕まえられた。明日朝の列車でウォラムに着くから、ベントンに迎えに行かせてまっすぐオールド・ポリス・コテッジに連れてこさせよう。できることなら観察官が来たことをだれにも知られたくない。観察官はシャロンはとくに監察が必要ではなく危険でもないが、荘園からなるべく早く出たほうがいいと思っているようだ」

「ドーセットに戻るおつもりですか」と、ケイトは訊いた。

「いや。観察官が明日来るまではシャロンのことはなにもできない。予定通りドロートンに行って、車の件を片付けよう。遺言書のコピーとシャロンに関するファイル、盗作の記事を持っていこう。きみが事件に関係あるものをほかになにか見つけたんでなければ、それだけじゃないかな」

「私たちの知らないことはなにもありませんでした。一九九〇年代初めにロイズの保険引受人が莫大な損失をこうむった記事がありましたね。ミス・クレセットが、ニコラス卿がその引受人の一人で、シェベレル荘園を売らざるをえない羽目になったと話していました。所有する絵画の上物は、荘園とは別に売却されたようですね。領主館とニコラス卿の写真がありました。記事は保険引受人にとくに好意的とは言えませんが、殺人の動機になりうるとは思えません。グラッドウィンさんが領主館に来るのをヘリナ・クレセットがあまり喜んでいなかったことは分かっています。この記事もほかの資料と一緒に持っていきましょうか」

「ああ、被害者の書いた荘園に関連のあるものはすべて必要だ。しかしきみの意見に賛成だな。保険引受人の記事はグラッドウィンが領主館に着いた時に冷ややかに迎えられた程度で、それ以上の危険な行動の動機になったとはとても思えない。被害者のエージェントとの連絡書簡のファイルを見ていたんだが、グラッドウィンはジャーナリズムから身を引いて、伝記を書こうとしていたようだ。エージェントに会うとなにか分かるかもしれないが、それは後回しでもいい。どっちにしろ関係ありそうな手紙類も取り分けてくれないか、ケイト。それから預かる物のリストを作ってマックルフィールドに渡さなければならないが、それも後でいいだろう」

ダルグリッシュは大型の証拠品収納袋を出して資料を入れた。ケイトはキッチンに降りてマグカップと歯ブラシ入れを洗い、動かした物が元の位置に戻っているかすばやくチェックした。ダルグリッシュのところに戻ると、彼がこの家が気に入って、もう一度屋根に登りたそうにしているのが分かった。ダルグリッシュもこんな邪魔の入らない閑居で仕事をし、暮らすのが好きなのだろう。だが再びアブソルーション小路に出たケイトは、閉めたドアに鍵をかけるダルグリッシュを黙って見ながら、ほっと安堵した。

## 2

ロビン・ボイトンが早起きの可能性は低いと考えたベントンは十時すぎまで待って、ウォリン巡査と連れだってローズ荘に向かった。ウェストホール姉弟が住む隣家と同じにスレート屋根と石壁の建物だった。左側に車一台が入るガレージがあり、正面には狭い庭。乱れ敷きの細い通り道が灌木の中を走っている。ポーチはからみ合う太い枝にすっぽりおおわれて、茶色に枯れた固いつぼみとピンク色のバラの花一輪がコテッジの名前の由来を物語っていた。ウォリン巡査がきれいに磨かれたベルを押した。丸々一分たってようやくベントンの耳に、足音とカンヌキを引きぬき、鍵を開ける音が聞こえた。ドアが大きく開けられてロビン・ボイトンが二人の前に立っていた。わざと二人を入らせまいとするように動かない。ちょっとぎごちない沈黙があってから、ボイトンは横に動いて言った。「入ってください。キッチンのほうに」

　ドアを入ると、カーペットのない木の階段の横にオークのベンチが置いてあるだけの、正方形の狭いホールだった。左側のドアが開いていた。安楽イス、ソファ、つやのある丸テーブルが見え、奥の壁に水彩画が並んで掛っている。そこが居間なのだろう。ベントンたちはボイトンのあとから右の開いているドアを入った。建物の幅いっぱいに広がる明るい部屋だった。庭側がダブルシンクとグリーンのレンジ、中央に調理台のあるキッチンになっていた。ダイニングエリアは長方形のオークテーブルにイスが六脚。ドアに面した壁に大きな食器戸棚が置かれて、さまざまな水差しやマグカップ、皿が並んでいる。表側の窓の下にコーヒーテーブルと低いイス四脚が置かれているが、どれも古く不揃いだった。

　ベントンは自己紹介とウォリン巡査の紹介をしてテーブルのほうに動き、リーダーシップを取った。「ここに座りましょうか」と言うと、自分は庭を背にして座った。「ボイトンさん、向かい側に座りませんか」そう言われたボイトンは、窓から差し込む光を顔面にもろに受ける向かい側のイスに座らざるをえなかった。

　ボイトンは悲しみか恐怖か、おそらくその両方だろうが、まだ動揺していて、眠らなかったような顔をしていた。肌がくすみ、額に汗が玉になって噴き出している。青い目もくすんで黒ずんで見えた。しかし髭は剃ったばかりらしい。石鹸とアフターシェーブローションの混じった匂いがして、話すと息がアルコール臭かった。ボイトンがコテッジに来て間もないのに、部屋は散らかり汚なかった。シンクの水切り台には食べ物がこびりついた皿や汚れたグラスが山と積まれ、シンクにもソースパンが二個置いてあった。イスの背に黒いロングコートが掛けられ、観音開きの窓のそばに泥だらけのスニーカーが一足、コーヒーテーブルには開いた新聞が散乱している。短期に仕方なしに滞在している部屋だった。

　ボイトンを見て、ベントンは思った。この顔は記憶に残る顔だ。大きくうねってさりげなく額にかかる金髪、くっきりとした完璧な曲線を描く唇、吸いこまれるような目。しかし疲労や不健康、恐怖に影響されない美貌ではない。早くも目の下や唇周辺の筋肉がたるんで、生気の減退を示すきざしが見えている。しかし試練に立ち向かう覚悟を決めていたのか、話しだした声はしっかりしていた。

ボイトンはレンジのほうに手を動かして言った。「コーヒーかお茶は？　ぼくは朝飯がまだなんです。それどころかこの前いつ食事をしたか記憶もない。でも警察の時間を無駄に使っちゃいけませんね。それともコーヒー一杯でも買収や汚職と見なされるのかな」

「質問を受けられる状態ではないとおっしゃるんですか」と、ベントンが訊いた。

「目下の状況ではこれ以上の状態は望めないでしょうね。あなたは殺人なんて平気なんでしょうね、巡査部長さん。巡査部長でしたよね」

「ベントン－スミス部長刑事とウォリン刑事です」

「あなたがたとちがって、われわれには殺人事件はショックなんですよ。とくに被害者が友人の場合は。とはいえ、あなたは自分の仕事をしているだけだ。最近はなにかと言うと使われる口実だけどもね。ウェストホールからぼくの住所とかフルネームなんか身元に関する情報を――なんか、いやらしい響きの言葉だけどね――聞いていなければ、必要なんじゃないかな。前はフラットに住んでいたんだけど、大家が家賃のことでちょっとうるさいことを言ったもので、あきらめざるをえなかった。それで今はマイダ・ヴェイルにある仕事の相棒の家に下宿しています」

ボイトンは住所を言って、書き取るウォリン巡査の大きな手が手帳の上でゆっくり動くのを見つめていた。

「では職業は？」と、ベントンが訊いた。

「俳優としてください。舞台俳優登録カードを持っているし、チャンスがあれば舞台に立つ。それから事業家と呼んでもらってもいい。事業のアイデアが湧くんですよ。うまくいく時もあれば、だめな時もある。舞台に立たず、めぼしいアイデアもない時は友人の援助を受けます。それもだめな場合は、求職者手当とけっさくな名前のついた政府の善意をあてにする」

「ここでなにをしておられるんですか」

「それはどういう意味ですか。コテッジを借りているんですよ。宿泊料を払っている。休暇中なのでね。ここでしているのは、それ、休暇を過ごしているんですよ」

「しかしどうしてこの時期なんですか。十二月は休暇を取るのにもってこいの時期とは言えないでしょう」

青い目がベントンをじっと見つめた。「ここでなにをしているんですかって、こっちが訊きたいですね。ぼくはあなたほど場違いに見えませんよ、この国ではね、部長刑事さん。話し方はイギリス人そのものだけど、顔は――そう、インド人以外のなにものでもない。でも、だから雇ってもらえたんだろうなあ。あなたの選択した仕事は楽じゃない――同僚の人たちにとって楽じゃないって意味ですよ。あなたの肌の色について無礼な、あるいは思いやりを欠いたことを一言でも言えば、クビになるか人種差別査問会か何かに引っぱり出されてしまう。署の食堂でみんなでわいわいやるなんて、まずないんじゃないですか。そういうのからは仲間はずれだ。付き合いづらいですからね」

マルコム・ウォリンが目を上げて、穴に落ちながらさらに穴を掘りつづける人間のさがを嘆くように、ほんの微かに首を振った。そしてまた手帳に視線を落として、ゆっくりペンを動かした。

ベントンは落ち着いた声で言った。「質問に答えてもらえませんか。言い方を変えましょう。とくに今ここにおられる理由は何ですか」

「グラッドウィンさんに来てくれと言われたからですよ。彼女は人生を左右するほど大事な手術を受ける予約をしていて、一週間の回復期に友だちに来てほしかったんです。いとこから聞いたと思うけど、ぼくはこのコテッジにちょくちょく泊まっているんです。ローダがこの荘園クリニックで手術を受けることにしたのは、手術補佐のマーカスがぼくのいとこだし、ぼくがここを推薦したせいなんじゃないかな。とにかくローダに来てほしいと言われた。だから来たんです。それであなたの質問の答えになっていますか」

「そうとも言えませんね。グラッドウィンさんがあなたにそんなに来てほしかったのなら、どうしてチャンドラー――パウエル院長に見舞客はいっさい断わると言ったのでしょうね。院長はそう言われたと言っていますよ。院長がウソをついているとおっしゃるんですか」

「ぼくはそうは言ってませんよ、部長刑事さん。そんなことはありえないと思うけど、あるいはローダが気を変えたのかもしれない。包帯がとれて傷がきれいになるまで、ぼくに会いたくなかったのかもしれないし、もしかしたら院長が面会は医学的によくないと考えて、謝絶にしたのかもしれないしね。なにがあったのか、このぼくに分かるわけがないじゃないですか。ぼくに分かっているのは、ローダから来てくれと言われたので、彼女が退院するまで滞在する予定だったってことだけですよ」

「ですが、グラッドウィンさんにメールを送ったでしょう？　グラッドウィンさんの携帯電話に入っていましたよ。〝非常に重大な事態が発生しました。相談があります。会ってください。ぼくを切り捨てないでください〟って。非常に重大な事態というのはなんですか」

答えが返ってこなかった。ボイトンは両手で顔をおおった。こみ上げる感情を隠すジェスチャーかもしれないが、考えをまとめるのにも都合がいい。短い沈黙のあとベントンはさらに質問した。「グラッドウィンさんがここに来てから、その重大な事態についてグラッドウィンさんと話しましたか」

ボイトンは顔をおおったまま答えた。「話せるわけがないでしょう。話してないって分かっているくせに。手術の前も後も領主館に入れてもらえなかったんだから。そして土曜日の朝には彼女は死んでしまった」

「ボイトンさん、もう一度お訊きしますよ。その重大な事態とはなんですか」

今度は、ボイトンはベントンを見た。声も落ち着いていた。「それほど重大でもなかったんですよ。重大そうに書いただけです。金の話ですよ。相棒と今やっているビジネス用にもう一軒家が必要で、ちょうどいいのが売りに出されている。ローダにとって格好の投資だから、資金を提供してくれないかと思ったんです。傷が消えて、新しい人生が開けるんだから、関心を持ってくれるんじゃないかってね」

「では、そのことについてはビジネスのパートナーの方から確認が取れるわけですね」

「家のことですか。ええ、そりゃあ確認してくれるでしょうけどね、彼に訊くこともないでしょう。ローダに話を持っていくと相棒には話さなかったから。こんなことは警察に関係ないことですよ」

「私たちは殺人事件を捜査しているんです、ボイトンさん」と、ベントンは言った。「どんなことも関係があります。グラッドウィンさんのことを気にしておられて、彼女を殺害した犯人の逮捕を望まれるのなら、私たちの質問にすべて正直に答えてくださるのが一番なんです。早くロンドンに戻って、ビジネス活動を再開したいんじゃありませんか」

「いや、一週間予約したんだから、一週間ここにいるつもりですよ。そうするってローダに言った。そうするのがあの人に対する義務でしょう。なにがどうなっているのか見届けたいですからね」

そう聞いて、ベントンは驚いた。容疑者は殺人事件に関わって面白がる場合もあるだろうが、だいたいはなるべく犯罪の場から遠ざかりたがるものだ。ボイトンがコテッジに滞在していれば便利だが、彼を法的に引きとめる権利はない、ロンドンに戻ると言いだすとばかり思っていたのだ。

「ローダ・グラッドウィンさんとはいつからお知り合いだったのですか。どういういきさつで会われたのですか」と、ベントンは訊いた。

「初めて会ったのは六年ほど前、あまりぱっとしない実験劇場の〈ゴドーを待ちながら〉の公演のあとでした。ぼくは演劇学校を出たばかりだった。公演のあとの飲み会で会ったんです。飲み会自体はげんなりだったけど、ぼくにはラッキーだったな。ローダと話して、ぼくは来週食事をしませんかって誘ったんです。そしたらオーケーしたんで、びっくりしちゃいましたね。それ以後時どき、しょっちゅうじゃないけど会うようになって、少なくともぼくにはいつも楽しみでしたね。前にも言ったけど、あの人は友だち、親しい友だちだったんです。俳優の仕事や儲かりそうなアイデアがない時に助けてくれる友人の一人でもあった。しょっちゅうじゃないし、大した援助でもなかったけどね。会う時には食事の払いはいつも彼女がしてくれました。あなたには理解してもらえないだろうし、理解してもらいたいとも思いませんね。あなたには関係のないことだ。ぼくはあの人を愛していた。恋をしていたという意味じゃないですよ。愛していたんです。ぼくにとってあの人に会うことは大きな意味があった。あの人がぼくを愛していたとは思わない。でもぼくが会いたいと言えば、いつも会ってくれましたよ。ぼくはあの人には話せた。母親に対するような気持じゃないし男と女としてでもないけど、愛情があったんです。ところが荘園のあいつらの一人が彼女を殺した。どいつがやったのか分かるまでここを離れる気はありません。もう彼女に関する質問には答えませんよ。感じたことは感じたんだ。ぼくの感じたことと、彼女がなぜ、どんなふうに亡くなったのかとはなんの関係もない。たとえ説明できたって、あなたは理解しやしない。笑うだけだ」ボイトンは泣きだした。流れる涙をこらえようともしない。

「どうして愛を笑えますか」と、ベントンは言ってから思った。〃あれあれ、まるで流行歌の歌詞だな。どうして愛を笑えますか。どうして、どうして愛を笑えますか〃陽気で凡庸なメロディーが聞こえてきそうだった。ユーロヴィジョンの歌コンテスト番組にいいかもしれないな。ボイトンのゆがんだ泣き顔を見て、ベントンは思った。〃感情はたしかに本物らしいが、いったいどういう感情なのか〃

彼は口調を和らげて尋ねた。「ストーク・シェベレルに着いてからこれまでなにをしたか、話してもらえますか。こっちにいらしたのはいつですか」

ボイトンは冷静さを取り戻した。ベントンが予想したよりもすばやかった。ボイトンの顔を見ながら、ベントンは訝った。すばやい変化は俳優として感情表現の幅広さを披露する演技だったのか「木曜日夜の十時頃でしたね。ロンドンから車で来ました」

「ではグラッドウィンさんから車で送ってくれと頼まれなかったんですね」

「ええ、そんなことは言われなかったし、言うとも思わなかったな。あの人は車の運転が好きで、乗せてもらうのは嫌いなんです。どっちにしろ彼女は検査やなんかがあるから、ここに早く来なくちゃいけなかったけど、ぼくは夕方まで身体が空かなかった。金曜日の朝飯用の食料は持ってきたけど、そのあとは必要なものはこっちで買うつもりでした。領主館に電話をして到着を知らせ、ローダのことを訊きました。寝ているってことでした。いつ面会できるかって訊いたら、面会は断わってほしいと本人から言われているとホランド婦長に言われましてね。それであきらめました。いとこのところに顔を出すことも考えたんです――隣のストーン荘なんだし、明かりがついていた。でも、歓迎してもらえるとは思えない。夜十時すぎじゃあ、なおさらですよ。テレビを一時間見てから、ベッドに入りました。金曜日は寝すごしたから、十一時前のことを訊かれても、なにも分かりませんよ。起きてからまた領主館に電話をしたら、手術は無事終わってローダは回復に向かいつつあるってことでしたね。また面会はお断わりだって言われました。二時ごろ村のパブで昼飯を食ってから、そのあとはドライブをして買い物をした。ここに戻ってきて、夜はずっとここにいました。土曜日、警察の車がやってきて荘園に入ろうとしているのを見て、ローダが殺されたことを知ったんです。そして結局は玄関で制止するお巡りさんを振り切って、あなたのボスが設定したささやかなお集まりに闖入したという次第です。その部分はご存じでしょ」

「土曜日の午後に制止を振り切って入る以前に領主館に入りましたか」

「いや。それはもうはっきり言ったでしょう」

「金曜日の四時半から事件を知った土曜日午後までの行動を聞かせてください。とくに金曜日の夜に出かけたかどうかお訊きしたい。大変重要な点です。人を見かけるとか、何か見た可能性がありますからね」

「もう言ったでしょう、出かけなかったって。出かけなかったんだから、だれもなにも見なかった。十一時までベッドの中だったんです」

「車はどうですか。金曜日の夜遅くか土曜日の早朝にだれかが来ませんでしたか」

「来るって、どこに来るんです。ぼくは十一時まで眠っていたんだ。酔っていたんですよ。戦車が玄関のドアをぶち破って入ってきたのなら音が聞こえたかもしれないが、その場合一階で寝ていたんだから、命があったかどうか」

「では、金曜日の午後〈クレセット・アームズ〉で一杯やって昼食を取ったあとですけどね。大通りとの交差点の近くにあるコテッジに行きませんでしたか。道路からちょっと奥まっていて、長い前庭のついた家です。ローズマリー荘と呼ばれている」

「ええ、行きましたよ。だれもいませんでした。コテッジは無人でした。門に〈売り出し物件〉の看板がかかって、以前あそこに住んでいた人の住所を今住んでいる人が知っていないかと思って行ったんですよ。ごく個人的な、取るに足らないちっぽけなことです。その女性にクリスマス・カードを送りたかった——それだけのことです。事件にはまるで関係ない。モグが自転車で通りかかりましたね。ガールフレンドのサービス目当てに出かけていったにちがいない。あいつ、あなたにあることないことまとめて一くさりやったんでしょうね。この村の連中ときたら、口のチャックの締め方を知らないんだから。あのねえ、ローダとはまったく関係がないことなんですよ」

「関係があるとは言っていませんよ、ボイトンさん。ただ、ここに着いてからの行動についてお訊きした。どうしてそれを省いたんですか」

「忘れてたんですよ。大したことじゃない。いいでしょう、ぼくは村のパブに昼飯を食いに行った。だれも見なかったし、なにも起こらなかった。いちいち全部思い出せっこない。ショックを受けて、頭が混乱してるんだ。これ以上いじめる気なら、弁護士を呼びますよ」

「必要と思われるんでしたら、もちろんかまいませんよ。それからいじめられていると本当に思われるんでしたら、正式に苦情を申し立ててはどうでしょうか。ここを発たれる前かロンドンで、再度質問にお答えいただくかもしれません。どんなに取るに足らないことでも、もし言いそびれたことがあったら、それまでの間に直ちにご連絡ください」

警官二人は立ち上がった。そのときベントンはグラッドウィンの遺言について質問しなかったのを思い出した。AとDのそんな指示を忘れたら、大失点になる。自分に腹が立ったベントンはろくに考えないで言った。

「あなたはグラッドウィンさんの親しい友だちだと言われましたね。グラッドウィンさんは遺言についてあなたになにか言いませんでしたか。あなたに遺産を分けるとか、そんなようなことを。たとえば最後に会った時なんかに。いつでしたか、最後に会われたのは」

「十一月二十一日にアイヴィで会いましたよ。遺言のことなんか一言も言いませんでしたよ。言うわけがないでしょう。遺言というのは死を前提にしているんだ。彼女は死ぬなんて思っちゃいなかった。命にかかわるような手術じゃなかったんだ。どうしてぼくたちが遺言の話をしますか。あなた、彼女の遺言書を見たんですか」

憤然とした口調ながら、後ろめたそうな好奇心と期待が紛れもなくにじんでいた。

ベントンはさりげなく言った。「いいえ、見ていません。ちょっと思いついたまでですよ」

ボイトンはドアまで見送りにこなかった。ベントンとウォリン巡査はテーブルに座ったまま両手で頭を抱えるボイトンを置いて、外に出た。庭の門を閉め、オールド・ポリス・コテッジに取って返した。

「さて、きみはあの男のことをどう思った」と、ベントンが訊いた。

「大した男じゃないですね。あんまり頭がいいほうんじゃない。おまけに意地が悪い。でも人殺しには見えませんでしたね。グラッドウィンさんを殺したければ、ここまで追いかけてくることはないでしょう。ロンドンのほうがチャンスは多いはずです。あの男が犯人だとしても、共犯者なしでやれたとは思えません」

「あるいはグラッドウィン自身が内緒の話をするために中に入れたのかもしれない。しかし手術の日にそんなことをするかな。常識では考えにくい。あの男は怯えている。それは見れば分かるが、同時に興奮しているんだな。それにだ。

どうして帰ろうとしないのか。ローダ・グラッドウィンと重大な用件について話し合いたかったという話はウソのような気がする。人殺しに見えないという点は賛成だが、それはここのだれにも当てはまる。それから遺言のことでもウソをついていると思うな」

二人は黙って歩いた。ベントンはしゃべりすぎたかなと思った。ほかの所轄の署員で、しかも捜査チームの一員というウォリン巡査の立場はやりにくいにちがいない。夜の捜査会議には特捜班のメンバーしか出られない。しかしウォリン巡査は除外されて怒るよりほっとしているのではないか。彼はとくに用がなければ、妻と四人の子供が待つウォラムに七時までに帰ると言っていた。ウォリンが総じて役に立つ男と分かって、ベントンは気に入っていた。がっしりした六フィート二インチの長身が横を悠然と歩くのにも、違和感はない。ウォリンの家庭生活が乱されないように気を配ってやるつもりだった。ウォリンの妻はコーンウォール出身で、今朝ウォリンは風味たっぷりでジューシーなコーニッシュ・ペストリーを六個持って出勤してきたの

# 3

北に向かうドライブでダルグリッシュはほとんど話さなかった。これは珍しいことではない。彼が寡黙でも、ケイトは気づまりな気分はしなかった。ダルグリッシュと和やかな沈黙に浸りながら旅をするのは、彼女にとってめったにないひそやかな喜びだった。ドラウトン郊外が近くなると、ケイトは曲がる前に充分余裕をもたせて方向指示が出せるように気を配り、これからの事情聴取を思った。ダルグリッシュはカーティス師に来訪を告げる電話をしなかった。日曜日に聖職者を見つけるのは簡単だから、電話の必要はない。司祭館か教会にいなければ、教会区内のどこかにいる。それに突然の訪問にはそれなりのメリットがある。

探す住所はバラクラヴァ・カーデンズ二番地。街の中心を走る大通りマーランド・ウェイから五回曲がったところの、日曜日の静けさとは無縁の場所だった。交通量が多く、自家用車や配送車、バスの立てる激しい交通騒音が、ボリュームいっぱいで繰り返される《赤鼻のトナカイ》の伴奏になり、さらにそれにクリスマス・キャロルが重なる。町の中心街では市当局が〈冬の祝祭〉のデコレーションを行なっていたが、その恩恵からもれたこの通りでは、個人商店や喫茶店がそれぞれ勝手に飾り付けをしていた。雨に打たれたランタンや色のあせた旗、赤緑黄色に色を変えてまたたき揺れる電飾や貧相なクリスマスツリーは、祝うどころか絶望を必死で食い止めようとするあがきに見える。雨に濡れた車の窓から見える買い物客の顔も、溶解しかけた亡霊のように幻想めいていた。

出発した時から降りつづける雨の向こうの景色は、どこの都市にもある繁栄から見放された人口密集地の街路だった。新と旧、放置と改修が無節操に混在するほど、個性を失わせるものはない。小さな商店の入るテラスハウスの並びが、手すりの奥に建てられた高層団地で断ち切られている。よく手入れされて明らかに十八世紀のものと思われるテラスハウスとテイクアウト・カフェやくじ販売店、けばけばしい看板とでは、到底相入れない意表を突くミス・マッチだ。吹き付ける雨に首をすくませる通行人はあてもなく歩きまわるか、商店の日よけの下で雨宿りをしながら行き交う車を眺めている。目的とエネルギーらしきものを見せているのは、ビニール・カバーをかけたベビーカーを必死で押す女性たちだけだった。

ケイトは高層団地を見るたびに襲われる、憂うつな気分と後ろめたさを振り払おうとした。ケイトが生まれ育ったのも、あんな汚らしい四角い箱の中、地方自治体の野心的な試みと人間の絶望の記念碑の中だった。小便が臭う階段や始終壊れているエレベーター、いたずら書き、破壊行為、怒鳴りわめく声から逃げだしたい、自由になりたいと、子供の頃から強迫観念のように願っていた。そして逃げだした。おそらく今は市中央部の高層団地の暮らしもよくなっているのにちがいない。そうは思うのだが、それでも高層団地のそばを通りがかると、自らを開放すると同時に自分の不可分な部分を拒否したのではなくて、裏切ったような気分になる。

聖ジョンズ教会は見落としようがなかった。バラクラヴァ・ガーデンズの交差点の左側に立つ、尖塔の目立つ巨大なヴィクトリア朝建築だった。信者はこんな薄汚れた常軌を逸した建物に愛着を持てるのだろうかと、ケイトは不思議に思った。確かに簡単ではないようだ。門の外の高い掲示板に貼られた温度計のような図によると、募金の必要残額が三十五万ポンドあるらしい。そしてその下に〈私たちの塔を守りましょう〉とある。三十五万ポンドを指す矢印はしばらく動いたように見えない。

ダルグリッシュは歩道際に車を寄せて、掲示板を見に行った。運転席に戻って、彼は言った。「読唱ミサが七時、盛式ミサが十時半、夕べの祈りが六時、告解が月水土の五時から七時だ。うまくいけば家にいるんじゃないかな」

ケイトはベントンと一緒にこの事情聴取をする羽目にならなくてよかったと胸をなでおろした。何年もさまざまな容疑者から事情聴取をして質問のテクニックを身につけたし、必要とあらば相手の性格に合わせてテクニックを柔軟に変えることもできる。柔らかさ、繊細さが必要な場合、反対にそれが弱さと見られるときの見きわめもつく。絶対に声を上げない、あるいは視線をそらさないすべも会得した。しかし今回の容疑者（もし容疑者ということになったら）は気楽に質問のできる相手ではない。聖職者を殺人事件の容疑者に想定するのはむずかしいが、深夜に人けのないさびしい場所に車を止めたのは、殺人のようなとんでもない理由ではないにしても人聞きの悪い理由があったのかもしれない。それにだいたい彼をなんと呼べばいいのか。彼は主任司祭なのか主任牧師なのか、牧師か、あるいは司祭なのか。彼を神父と呼ぶべきなのだろうか。どの呼称もその時々で使われるのを耳にするが、国教の細かい取り決めに、いや、国教の正統的な信条そのものにもケイトは疎かった。彼女の通った人口密集地にある総合中学校では朝の集会は完全に多宗教で、キリスト教に時どき触れる程度だった。英国国教に関する貧しい知識は、建築や文学から、あるいは美術館で絵画を鑑賞するうちに無意識に仕入れたものだった。ケイトは自分が人間と人間の営みに関して興味を持ち、理知的だと思っていたが、好きな仕事だけで知的好奇心はほぼ満たされていた。信条にしている人間関係の誠実さ、優しさ、勇気、真実には超自然的な基盤はまったくなく、その必要もなかった。彼女を仕方なく育ててくれた祖母は、宗教について一つだけアドバイスをしてくれたが、八歳のケイトにも役に立たないアドバイスと分かった。

ケイトはこう尋ねた。「お祖母ちゃん、神さまを信じてるの？」

「なんてこと訊くんだろうね。お前の年で神さまのことを考え始めなくたっていいんだよ。神さまのことなら、一つだけ憶えておくんだね。死ぬ時になったら、司祭さんを呼ぶこと。司祭さんがちゃんとしてくれるからね」

「でも死ぬって分からなかったら？」

「ふつう分かるもんなんだよ。そのときになって神さまのことで頭を悩まし始めたって時間はたっぷりあるよ」

今のところは頭を悩ます必要はなかった。ADは司祭の息子で、これまでにも牧師から事情聴取した経験がある。

マイケル・カーティス師の質問役としては彼以上の適任者はいない。

交差点を曲がってバラクラヴァ・ガーデンズに入った。以前庭園があったのかもしれないが、今残っているのはまばらに立つ樹木だけだった。ヴィクトリア朝時代に建てられたテラスハウスがまだ数多く見られるが、二番地とその先の四、五軒は現代風の真四角なレンガの建物だった。二番地は一番大きく、左側に車庫、狭い芝生の前庭の中央に花壇がついていた。車庫の扉が開いていて、W三四一UDGのナンバープレートをつけた紺色のフォード・フォーカスが入っていた。

ケイトがベルを押した。反応がある前に、だれかを呼ぶ女性の声と子供のかん高い叫び声が聞こえてきた。さらに少し待たされてから、キーが回される音がしてドアが開いた。金髪碧眼の若い美人が立っていた。ズボンにスモックを着て、右腰に子供を抱き、双子らしいよちよち歩きの幼児二人がズボンを両側から引っ張っていた。双子は母親のミニチュアだった。どっちも同じ丸顔におかっぱに切り揃えたトウモロコシ色の髪の毛、大きな目をして、今その目を見開いて瞬きもせずに客を品定めしている。

ダルグリッシュは身分証明書を出した。「カーティスさんですか。私は首都警察のダルグリッシュ警視長と言いまして、こちらはミスキン警部です。ご主人にお目にかかれますか」

女性は驚いた顔になった。「首都警察ですか。珍しいことですね。地元の警察の方が時どき見回ってくださいますのよ。高層団地の若者が時たまに問題を起こすので。とてもいい人たちで——地元の警察の方たちのことです。それはともかく、どうぞお入りください。お待たせしてすみませんでした。こんなふうに二重に安全錠をつけているものですから。お見苦しいのは分かっています。でもマイケルが去年二回も襲われたんです。司祭館の表札をはずしたのもそのためです」司祭夫人は心配とはまったく無縁の声で夫を呼んだ。「マイケル、首都警察の方がお見えですよ」

マイケル・カーティス師は法衣を着て、大学時代の古いスカーフのようなものを首に巻いていた。夫人が玄関のドアを閉めたので、ケイトはほっとした。この家がひどく寒く感じられたのだ。カーティスが近寄ってきて、ぼんやりとした表情で二人と握手した。妻よりも年上だが、おそらく見かけより若いのだろう。妻のふっくらした美貌と対照的に、やせて猫背だった。修道僧ふうにカットした茶色の髪に白いものが見え始めていたが、柔和な目は油断がなく鋭敏そうだった。握手したとき、握る手に自信にあふれていた。妻と子供をとまどったような優しい目で見てから、司祭は背後のドアを示して言った。

「書斎のほうでどうでしょう」

ケイトが思ったよりも広い部屋だった。観音開きのガラス扉から狭い庭が見える。花壇に植物を植えたり芝を刈ったりはいっさいしていないようだ。狭いスペースはジャングルジムや砂場、ブランコで占められて、子供専用になっていた。芝生の上にさまざまなおもちゃが転がっている。

書斎には本の匂いとそれに微かに香の匂いも漂っていた。本や物が山積みになったデスクがあり、壁際に本と雑誌が積まれたテーブル、ガス・ストーブ。デスクの右側に十字架が掛けられて、その前にひざまずけるようにスツールが置かれていた。ストーブの前にかなりくたびれたひじ掛けイスが二脚あった。

「そこの二脚のイスはわりと座り心地がいいですよ」と、カーティス師が言った。

デスクの前に座った司祭は回転イスをゆっくり回して二人のほうを向き、両手を膝に置いた。ちょっととまどっているようだが、不安げな様子はまったくない。

「神父さまの車についてお訊きしたいのですが」と、ダルグリッシュが言った。

「あのフォードのことですか。あれが持ち出されて犯罪に使われるとは、ちょっと考えられませんね。古いわりに故障しないんですが、スピードのほうが今一つでしてね。あれを悪用しようと考える人がいるとはとても思えません。たぶんごらんになったでしょうが、ガレージに入っていますよ。どこもなんともありません」

「金曜日の夜遅くに重大犯罪の犯行現場に近い場所に止めてあったのが目撃されているのです。運転していた人がわれわれの捜査に役立ちそうなことを見ていないかと思いまして。例えばほかにも車が駐車していたとか、不審な人を見かけたとか。神父さまは金曜日の夜にドーセットにおられましたか」

「ドーセットですか。いいえ、金曜日は五時からここの教会区教会協議会に出席していました。実はその日の夜は、私は車を使わなかった。友人に貸したものですから。友人は自分の車を車検に出していたんですが、用事ができたのです。急に人と会うことになり、すっぽかすわけにいかなくて、車を貸してほしいと言ってきた。私は信者から呼び出しがあったら妻の自転車を使うと言って、オーケーしたんです。友人は喜んでできる限りの協力をすると思いますよ」

「その方はいつ車を返却されましたか」

「昨日の早朝、私たちが目を覚ます前だったようです。七時のミサに出るために外に出ると返してありました。ダッシュボードにお礼の言葉を書いたメモが置いてあって、ガソリンが満タンになっていました。彼ならそうすると思いましたよ。気配りを欠かさない男なんです。ドーセットとおっしゃいましたか。かなり遠いですね。もし不審なものを見かけたり、何か目撃したら、電話で私に話したと思うんですけどね。もっともそのあと彼とは話をする機会がないんですが」

「犯罪現場の近くにいて自分ではその意味に気づかずに有用な情報を持っている場合があります。その時は異常とか不審には思えなかったかもしれません。その方のお名前と住所を教えていただけませんか。この町にお住まいで今お会いできれば、時間の節約になります」

「ここのドラウトン・クロス総合中学校の校長で、スティーヴン・コリンズビーと言います。今なら学校にいるかもしれません。いつも日曜日の午後に登校して、だれにも邪魔されずに翌週の準備をするんですよ。住所を書いてさし上げましょう。すぐ近くです。車をここに置いて、歩いていけますよ。ここのドライブウェイに置いておけば、車は安全です」

イスを回転させてデスクの左の引き出しを開けた司祭は、

ちょっと中をかき回して白紙を見つけると、住所を書いた。紙を丁寧にたたんでダルグリッシュに渡し、言った。「コリンズビーはこの町の英雄です。いや、今や国の英雄になりつつあると言えますね。たぶん彼を取り上げた新聞かテレビ番組をごらんになったんじゃありませんか。非凡な人物です。ドラウトン・クロス総合中学校を完全に変えましたよ。すべてが大方の人が賛成してもなかなか実行できない信条から出発したものなんです。コリンズビーはどんな子供も人生そのものを高める才能や技量、あるいは知的能力をなにかしら備えている、それを発見して育てるのが学校の役目だと信じているんですよ。もちろん一人でできることではありません。町全体、とくに父母の参加があった。学校理事をしている私もできるかぎり協力しています。二週間に一回、男子生徒二人女子生徒二人にラテン語を教えているんですよ。教会のオルガン奏者の奥さんが補佐役で私の足りないところを補ってくれています。ラテン語は正規の授業には入っていません。四人の生徒はラテン語を勉強したいから来るんですね。とても教えがいがあります。奥さんと一緒にチェスクラブで教えている教会区委員もいますよ。並はずれた才能を見せてチェスに熱中する男の子が何人かいるんです。まともなことができるとはだれも思わなかった少年たちです。校内チャンピオンになって、郡大会に出られるとなったら、ナイフを学校に持ち込んではかの子から一目置かれる必要もないわけですよ。すみません、ついおしゃべりをしてしまいました。しかしスティーヴンと知り合って学校理事になってからというもの、教育に関心が深くなりましてね。いいことが大方の予想を裏切って起きているのを見ると、励みになります。スティーヴンと学校についてお話になる時間があれば、彼の考え方に引きつけられると思いますよ」

三人は腰を上げかけた。すると司祭は言った。「あ、なにもおかまいしないで。お茶かコーヒーなんか、いかがでしょうか」宙から飲み物が湧き出てくるのを期待するように、司祭は周りを見回した。「妻に……」と言いながら、彼はドアのほうに動き、声をかけようとした。

「ありがとうございます、神父さま」と、ダルグリッシュが言った。「これで失礼させていただきます。車で行ったほうがいいと思います。急いで発たなければならないかもしれません。ご協力を感謝します」

車に戻りシートベルトを締めたダルグリッシュは、住所の書かれた紙を開いて、ケイトに渡した。学校までの順路が丹念に描かれて、矢印が学校の位置を指している。ケイトにはダルグリッシュがなぜ徒歩で行かなかったか理解できた。これからの事情聴取でなにが明らかになるにしろ、司祭館に戻ってカーティス神父から質問を受けるのは得策ではない。

ちょっと黙っていたケイトは、ダルグリッシュの気分を感じ取って訊いた。質問の意味を分かってもらえると思った。「警視長、まずいことになると思われますか」自分たちでなく、スティーヴン・コリンズビーにとってまずいという意味で言ったのだ。

「ああ、そういうことになるかもしれないな、ケイト」

## 4

二人は車が激しく行き交うマーランド・ウェイの騒音の中に戻った。車はなかなか進まない。順路の指示以外はダルグリッシュに話しかけなかったケイトは、二番目の信号で右に曲がり静かな通りに入ってから言った。

「警視長、カーティス神父は私たちが行くことを電話で知らせると思われますか」

「ああ、頭のいい人だ。われわれが部屋を出る頃には、首都警察がからんでいることやわれわれの肩書き——ごく普通の調査なら警視長と警部が来るわけがないこと、あるいは車が早くに返されて友人が沈黙していることなど、いくつか不審な点を考え合わせていただろうね」

「でも、事件のことは知らなかったんですよね」

「明日の新聞を読むかニュースを聞いたら、知る。その時でも神父はコリンズビーを疑わないと思うが、友人がまずい状況に置かれそうなことは推測できた。だからコリンズビーがいかに学校を変えたか力説したんだね。感動的な証言だったよ」

ケイトは次の質問をしようとしてためらった。ダルグリッシュが敬意をもって接してくれているのは分かっていたし、好感を持ってくれていると思う。彼女はこれまで感情の抑え方を学んできた。最初から実らないと分かっていた愛の核の部分は今もあるし、これからも存在し続けるだろう。しかし、だからと言って彼の心に対してなにかしら権利があることにはならない。質問しないほうがいいこともある。これもそうだろうか。

しばらくカーティスの地図に目を落して黙っていたケイトは、やがて言った。「神父が友だちに警告すると分かっていらしたのに、警告するなとはおっしゃいませんでしたね」

「電話をする前の五分間、神父の心では激しいせめぎ合いがあるだろう。私がそれに油を注ぐこともないじゃないか。目指す相手は逃げはしないよ」

また曲がり角。学校はすぐ近くと言ったカーティス神父はずいぶんと楽天的だ。それとも曲がり角が多いせいで、あるいは連れが無口だから、これからの事情聴取が気になるからドライブが長く感じられるのだろうか。

掲示板が見えた。黒ペンキで落書きがしてあった。〈インターネットには悪魔が住んでいる〉。その下にもっときちんとした字で〈悪魔も神も存在しない〉とあった。隣の掲示板に今度は赤ペンキで〈神は存在する。ヨブ記を読め〉。次が説教の最後だった。〈いいかげんにしやがれ〉

「神学論争の結論としては珍しくもないが、あれだけどぎついのはなかなかないね。ここが学校らしい」と、ダルグリッシュが言った。

高い柵に囲まれた広いアスファルトの運動場の奥に、レンガに石で化粧張りしたヴィクトリア朝建築の校舎があった。意外にも運動場の門に鍵がかかっていない。同じ建築家の設計らしい、本館より小ぶりで装飾の多い別館が最近つけられたらしい廊下で本館につながっていた。サイズが小さい分を飾りで補おうとしたらしく窓がずらりと並び、彫刻の入った四段のステップを昇ると威圧感たっぷりのドアがあった。ベルを鳴らすと、そのドアがすぐに開き、校長は二人の来訪を待っていたようだ。メガネをかけて中年初めといった年格好の校長は、ダルグリッシュと同じぐらいの身長があった。古いズボンと肱に革のパッチがついたジャンパーを着ている。

「ちょっとお待ちいただけますか」と、コリンズビーは言った。「運動場の門に鍵をかけてきます。門にベルがついていないので、お二人に入っていただけるように開けておいたのです」そしてすぐに戻ってきた。

身分証明書を示したダルグリッシュがケイトを紹介するのを待ってから、校長は短く言った。「お待ちしていました。書斎でお話しましょう」

校長のうしろからがらんとしたホールを抜けて廊下を歩くケイトは、中学生時代に戻った気分だった。気のせいかと思うほどほんの微かに紙の匂いと体臭、それにペンキと掃除用品の臭いがする。チョークの臭いはしなかった。学校ではもうチョークを使わないのだろうか。小学校でも黒板がコンピューターに取って代わられたところが多い。だが二、三開いているドアからのぞくと、どの部屋も教室ではなかった。おそらく校長宿舎だったものが書斎やゼミナール室、事務管理室などに使われているのだろう。コリンズビーは学校の敷地内には住んでいないのにちがいない。

彼は突き当りの部屋の前でドアの横に立ち、二人を中に入らせた。会議室と書斎、居間を兼ね合わせた部屋だった。窓の前に長方形のテーブルとイス六脚が置かれ、左手の壁はほぼ天井まで届く本棚になっていた、右側に校長の机とイス、その前にイス二脚が置かれている。一面の壁全体に学校の写真が貼ってあった。チェス・ボードを前に笑顔が並び、キャプテンが小さなトロフィーを持つチェスクラブの写真。サッカーと水泳のチーム、オーケストラ、クリスマスのパントマイムの出演者、〈マクベス〉らしい劇の一場面——学校劇といえば必ず〈マクベス〉だが、短くて適度に血なまぐさく、セリフを憶えるのがむずかしくないからだろうか。開いているドアの向こうはミニ・キッチンらしい。コーヒーの香りがした。

コリンズビーはテーブルのイスを二脚引きだして、言った。「事情聴取にいらしたのですね。ここに座りませんか」

コリンズビーはテーブルの上座に着き、右にダルグリッシュ、左にケイトが座った。ケイトはちらりとだが、近くから校長を見ることができた。感受性に富み力強い顎を持った、いい顔だった。銀行のテレビコマーシャルで他銀行よりも優れていると強調し、その言葉に信頼感を持たせるために選ばれる顔、あるいは贅沢な車は隣家の嫉妬を招くと説く顔だ。ケイトが思っていたよりも若々しく見えるのは、くつろいだ服装のせいかもしれない。それに今ほど疲れた様子をしていなければ、若者らしい楽天性を残しているのではないか。ケイトの目をちらりと見てからダルグリッシュのほうを見たグレーの目は、疲労で曇っていた。だが話す声は驚くほど若々しい。

ダルグリッシュが切りだした。「現在、ドーセット州ストーク・シェベレルで発生した女性の不審死について捜査しています。その女性が死亡した夜の午後十一時三十五分から四十分の間に、W三四一UDGのナンバープレートをつけたフォード・フォーカスが近くに駐車されているのが目撃されています。この金曜日、十二月十四日のことです。先生はその日にその車を借りられたと聞きました。その場所に行って車を止めましたか」

「はい、確かに」

「事情を聞かせていただけますか」

コリンズビーはここで気を取り直した。ダルグリッシュに向かって彼は言った。「お話しします。いずれ正式な供述をしなければならないのでしょうが、今のところはお話ということで。私があの場所にいた理由を説明しますが、その説明がどう聞こえるかとか、どんな影響が出てくるかなど気にせずに思いつくままにお話したい。質問がおありでしょうし、それにはお答えするつもりです。ですが、最初は質問なしで事実をお話したほうがいいのではないかと思うのです。何があったか自分の言葉でお話したいと言おうとしたのですが、自分言葉以外にあるはずありませんよね」

「まずそうしていただくのが一番かもしれませんね」と、ダルグリッシュは答えた。

「長くならないようにします。ややこしいことになっているんですが、根本的にはごく単純なことなのです。両親や育ち方、小さい頃のことなど細かいことは省きます。ただ私は子供の頃から教師になりたいと思っていた。奨学金で進学校に入り、郡の奨学金のおかげでオックスフォード大学に入りました。専攻は歴史です。卒業後教育学の資格を取るために、ロンドン大学の教師養成講座を受講しました。それが一年間でした。資格を取ったところで、就職する前に一年間休もうと思ったのです。学校の空気ばかり長く吸いすぎたので、教師になる前に旅行をするなりして世の中のことを経験し、別の世界の人たちと出会うことが必要だと感じたのです。すみません、先を急ぎすぎました。ロンドン大学に入ったところに話を戻します。

私の親はいつも貧しかった——貧窮というほどではなかったですが、一ポンドも無駄にできなかった。ですから必要な金は奨学金から貯金するか、休日に働くしかなかったんです。ロンドンに出た時も安い住まいを見つけなければならなかった。市の中央部はとても高くて手が出ないので、かなり離れたところを探すしかなかった。私より一年先輩の友人が自分の住んでいるエセックス郊外のギデン・パーク辺りはどうかと言ってくれましてね。それでその友人を訪ねた時に、タバコ屋の店の外に学生向きの下宿の広告が出ているのを見つけたのです。イーストロンドン線で二駅しかはなれていないシルフォード・グリーンでした。書いてある電話番号に電話してから、出かけました。二軒長屋の家で、ドックで働くスタンレー・ビールと妻、十一歳のシャーリーと八歳のルーシーという娘二人の家族でした。それに妻の母親も同居していました。実際には下宿人を置くような部屋はなかったのですよ。お祖母さんが孫娘二人と一番広い寝室を使い、ビール夫婦は裏にある次に大きな寝室。私はやはり裏にある一番狭い部屋をあてがわれた。しかし安いし駅に近い。私はぜいたくを言える状態ではありませんでした。最初の一週間で最悪の予想が的中しましたね。夫婦は怒鳴り合う険悪な夫婦仲だったし、気むずかしくて怒りっぽいお祖母さんは子供の世話をさせられるのが面白くないようでした。会って口を開けば、年金や市役所、しょっちゅう外出する娘、生活費を出せとしつこく求める婿の愚痴ばかりでした。私はほとんど毎日ロンドンに行って、大学の図書館で遅くまで勉強することが多かったので、家族のいさかいの最悪の部分は避けられました。下宿して一週間後、ものすごいけんかの後ついにビールが家を出た。私も同じように出ていけたのですが、とどまったのは下の娘ルーシーがいたからです」

コリンズビーはそこで間をおいた。沈黙が続き、だれも破らなかった。コリンズビーは顔を上げてダルグリッシュを見た。ケイトはコリンズビーの苦悩の表情を見るにたえないと思った。

コリンズビーは先を続けた。「あの子のことをどう言えばいいんだろう。どう言えば分かっていただけるのか。人の心を引きつける子供でした。顔かたちがきれいでしたが、それだけではなかったんです。気品、優しさ、すぐれた知性がありました。私が部屋で勉強をしていればルーシーが寝る前に私のところに来るので、早く下宿に帰るようになりました。ルーシーはドアをノックして静かに入ってくると、勉強している私の横に座って本を読んでいました。私は本を持って帰りました。勉強を一休みしてコーヒーとルーシーの飲むミルク入りの飲み物を入れる間に、二人で話をしました。彼女の質問に極力答えて、彼女が読んでいる本について話し合いました。あの子の姿が今も見えるようです。着ている服は母親がバザーの安売りで買ってきたんでしょう。長いサマードレスに冬はくたびれたカーディガンを重ねて、短いソックスにサンダル。たとえ寒くても、あの子は決して寒いとは言わなかった。週末にルーシーをロンドンの博物館や美術館に連れていっていいかと母親に訊きました。問題はないはずでした。母親は子供が出かければ喜ぶんです。とくに男を連れて帰る時はそうでしたね。もちろんなにが進行中なのか知っていましたが、それは私の責任ではない。ルーシーがいなければ、私はあの家にいなかった。あの子を愛していたんです」

また沈黙がきた。やがてコリンズビーは言った。「あなたがどんな質問をなさるか分かりますよ。ルーシーとの関係は性的な関係だったのか。私にはそんなことを考えるだけでも冒瀆だとしか答えようがありません。そういう意味で彼女に触れたことは一度もありません。でもあれは愛だった。そして愛はいつもある程度は肉体的なものではありませんか。性的ではないけれど、肉体的だった。愛の対象の美しさと気品に喜びを感じるのです。私は学校の校長です。自分にどんな質問が向けられるか、承知しています。〝あなたの行動は不適切ではなかったか〟泣いている子供の肩に腕を回しただけで不適切と言われる時代に、どう答えればいいんでしょう。いや、絶対に不適切ではありませんでした。でも信じる人はいないでしょうね」

また長い沈黙がきた。少ししてダルグリッシュが質問した。「その当時、現在シャロン・ベイトマンと名乗っているシャーリー・ビールがその家に住んでいませんでしたか」

「いました。姉のほうです。むっつりとして気むずかしく、無口な子でした。二人が姉妹とはちょっと信じられませんでしたね。人をじっと見つめる不愉快な癖がありましてね。黙ってじっと見つめるんですよ、非難がましい目で。子供らしくなくて、大人のようでしたね。不幸な子だと気づくべきだった――まあ、気づいてはいたんでしょうが、私にはどうにもしようのないことだった。一度ルーシーをウェストミンスター大聖堂に連れていく時に、あの子にシャーリーも一緒に行きたいんじゃないかなと話したんです。ルーシーは〝うん、シャーリーも誘って〟と言いました。それで私はシャーリーを誘いました。シャーリーがなんと答えたか憶えていませんが、退屈な私と退屈な大聖堂を見に退屈なロンドンには行きたくないといった意味の返事でした。でもこっちが誘ったのに向こうが断わったので、私としてはほっとしたのですよ。それ以後は誘う必要がなくなりました。あの子の気持ち――無視とか拒絶に気づくべきだったんですが、二十二歳の私には、彼女の痛みに気づいたり、なにかしてやるだけの感受性がありませんでした」

ここでケイトが口をはさんだ。「あなたになにかしてやる義務があったんでしょうか。あなたは彼女の父親ではない。家族内で問題があれば、どうにかするのは家族の責任でしょう」

コリンズビーはほっとしたような表情でケイトのほうを向いた。「今、私も自分にそう言っているのです。なかなかそう思えないですけれどもね。あの家は私にとっても、ほかのだれにとっても快適な家ではなかった。ルーシーがいなければ、ほかの下宿を探したでしょう。彼女がいたから、一年の最後までいました。教師の資格を取ったあと、計画していた旅行に出ることにしました。学校の旅行でパリに行った以外は海外に行ったことがありませんでした。それで最初はごく一般的なところに行きましたね。ローマ、マドリッド、ウィーン、シエナ、ヴェローナ。そしてそのあとインドとスリランカに行ったのです。最初のうちルーシーにハガキを送りました。時には週に二回」

「おそらくルーシーはハガキを一枚も受け取らなかったでしょうね。シャーリーが横取りしたと思われます。半分に切断されて、シェベレルの石のそばに埋めてあるのが発見されました」と、ダルグリッシュが言った。

彼は石がどういうものかは説明しなかった。しかし、と、ケイトは考えた。その必要もないだろう。

「しばらくしてハガキを送るのをやめました。ルーシーは私を忘れたか、学校生活に忙しいのだろう、私はちょっとの間大きな影響を与えたけれど、長く続けられるものではないと考えたのです。そしてなんともひどい話なんですが、ある意味でほっとしたのですよ。これから就職してキャリアを積まなければならない。ルーシーは喜びと同時に責任に、負担になるんじゃないか、と。それでもっと大人の愛の対象を探しだした——若い時はみんなそうじゃありませんか。スリランカに滞在しているときに、殺人事件のことを知りました。一瞬、ショックと恐ろしさで吐いてしまいました。もちろん愛した子供を悼んで悲しみました。でも後になってルーシーのことを思い出すと、なんだか夢を見ているような気持ちで、悲しいと言っても虐待された子供や殺された子供たちすべて、死んだ無垢な子供たちすべてを悼む漠然とした悲しみになっていました。自分が子供を持ったせいかもしれません。ルーシーの母や祖母に悔み状は書きませんでした。あの家族を知っていたことはだれにも話しませんでした。ルーシーの死にまったく責任を感じなかった。責任はなかったんです。連絡を続けなかったことに多少の悔いと後ろめたさはありましたが、それもやがて消えました。帰国したとき、警察が何か訊きに来るようなことはありませんでした。当然です。シャーリーは罪を認めて、証拠も動かしがたかったのですから。シャーリーは妹を殺したのは妹が可愛すぎるからとしか説明しませんでした」

ちょっと言葉が切れて、やがてダルグリッシュが言った。

「シャーリー・ビールからいつ連絡があったのですか」

「十一月三十日に手紙が来ました。中等教育を扱ったテレビ番組に出た私を見たらしくて、私と気づいて、勤めている学校の名前を書き取ったんですね。手紙には簡単に私のことを憶えている、今も私を愛していると書いてありました。自分はシェベレル荘園で働いているとも書いてあり、荘園の場所を記して、会おう、と。私は驚き、慄然としました。彼女が今も私を愛しているということがどういうことなのか、想像もつきません。シャーリーは私を愛してなんかいませんでしたし、私に対してわずかでも親しみを示したことはありません。私のほうも同様です。私は優柔不断な愚かしい反応をしてしまった。手紙を焼き捨てて、受け取ったことも忘れようとしたのです。もちろんそんなことをしてもだめです。十日後にまた手紙が来ました。今回は脅迫でした。私にどうしても会いたい、会ってくれなければ、私に拒絶されたいきさつを世間にばらしてくれる人をすでに見つけてあるとありました。私はどうすべきかやはり分からなかった。妻に話すか、あるいは警察に通報するか。しかしルーシーとの関係、あるいはシャーリーとの関係を話して、はたして信じてもらえるだろうか。それで少なくとも最初はシャーリーと会って説得し、思い違いに気づかせるのが一番と考えたのです。彼女はシェベレルの石に近い道路脇の駐車場で午前十二時と、会う場所と時間を指定していました。小さな地図まで丁寧に書いていましたよ。手紙の最後に〝あなたを見つけられて本当によかった。もう二度と離れ離れになってはいけない〟とありました」

「その手紙をお持ちですか」と、ダルグリッシュが訊いた。

「いいえ。また愚かなことをしてしまったのです。出かけていくときに持って行って、駐車場に着いた時にシガーライターで焼いてしまいました。最初の手紙を受け取った時から現実拒否に陥っていたようです」

「それでシャーリーに会ったのですか」

「はい、会いました。彼女の指示通りにストーンサークルで。私は彼女に触れなかった。握手もしませんでした。彼女も期待していなかったようです。彼女を見るだけで、私は嫌悪感でいっぱいだった。私は車の中のほうが快適だからと言って一緒に車に戻り、並んで座りました。彼女は私がルーシーにのぼせあがっている――彼女がそういう言い方をしました――ときにも、私を愛していたのだと言うのです。嫉妬からルーシーを殺したけれど、もう刑を終えた。だから自由に私を愛することができる。私と結婚して、私の子供を産みたい、と。そんなことをまったく落ち着き払って、ほとんど感情の動きを見せず、でも恐ろしいほどの決意を込めて言うんです。まっすぐ前を見つめて、しゃべる間も私のほうを見もしなかった。私はできるだけ穏やかに私は結婚していて、子供が一人いる、われわれの間にはどんな関係もありえないと話しました。友人としての関係すら持ち出しませんでした。そんなことができるわけありません。彼女には二度と会いたくない、それしか頭になかったのですから。なんとも奇怪な恐怖でした。私がもう結婚していると言った時、彼女はそんなことは一緒になる妨げにはならないと言うんです。離婚すればいい。一緒に子供を作って、今いる息子は彼女が面倒を見ると言うんです」

コリンズビーはテーブルの上で両手を握り合わせて、うつむいてしゃべっていた。ここで彼はダルグリッシュのほうに顔を上げた。ダルグリッシュとケイトはコリンズビーの目に、怯えと追い詰められた必死の表情を見た。

「私の子供の面倒を見る！　彼女を家に入れる、私の家族に近づけさせる。そう考えただけで寒気が走りました。ここでもまた私は想像力に欠けていた。彼女の心理的な欲求を感じ取るべきだったんです。しかし戦慄と彼女から逃げたい、時間を稼ごうとはやる気持ちしかなかった。時間を稼ぐためにウソをつきました。妻に話してみるが、望みはないのだから期待しないでくれと。少なくともその点はきっぱりと言いました。するとシャーリーはさようならと言い、また私に指一本触れずに帰っていきました。彼女が小さな豆粒のような光にしたがって暗闇に消えていくのを、座って見つめていました」

「その前でも後でもいいですが、荘園の中に入りましたか」と、ダルグリッシュが訊いた。

「いいえ」

「シャーリーは荘園に入るように言いましたか」

「いいえ」

「車を止めている間にほかの人の姿を見るなり、話し声を聞きませんでしたか」

「ぜんぜん。シャーリーが車を降りるとすぐに車を出しましたから。人は見ませんでした」

「その夜に荘園クリニックの患者の一人が殺害されましてね。シャーリー・ビールは彼女が犯人だと思わせるようなことをなにか言いませんでしたか」

「いいえ、まったく」

「被害者の患者はローダ・グラッドウィンといいます。シャーリー・ビールはその名前をあなたに言いませんでしたか、グラッドウィンについて話したり、荘園のことをしゃべったりしませんでしたか」

「荘園で働いていると言っただけで、それ以外は何も」

「では荘園のことを聞いたのは、それが初めてだったわけですか」

「はい、初めてでした。そんなニュースは見聞きしていませんし、新聞の日曜版には出ていなかったことは確かです。出ていたら見逃すはずありません」

「まだニュースになっていませんが、明日の朝にはおそらく。シャーリー・ビールのことを奥さんに話されましたか」

「いいえ、まだです。まだ現実拒否が続いていて、もうシャーリーから連絡がないかもしれない、われわれの間に未来はないと説得できたんじゃないかと、実際にはそんなことはありえないのに期待していたんです。すべてが異様で現実離れして、悪夢以外のなにものでもありません。ご存じのようにドーセットに行くのにマイケル・カーティスの車を借りました。シャーリーからまた手紙が来たら、カーティスに打ち明けようと決めていたのです。だれかに話さなければいたたまれない気持ちでしたし、彼は賢明で思いやりがあり、分別のある人物です。少なくともどうすべきかアドバイスしてくれるでしょう。そうなったら妻にも話すつもりです。もちろんシャーリーが過去のことを公表したら、私の教師としてのキャリアはそれまでだと覚悟しています」

ケイトがまた口を開いた。「でも本当のことを分かってもらえば、そんなことはないんじゃありませんか。孤独で恵まれない子供に親切にして可愛がったんです。あなたは当時まだ二十二歳だった。ルーシーと友だちになることが彼女の死につながるなんて、予想がつくはずがありません。ルーシーが死んだことで、あなたが責任を問われるはずがない。シャーリー・ビール以外はだれにも責任はありません。シャーリーもやはり孤独で恵まれなかったけれど、彼女の不幸はあなたの責任ではありませんよ」

「しかし私に責任があったのですよ。間接的だし、まったく悪意はなかったけれどもね。もしルーシーが私と出会わなければ、今も彼女は生きていた」

ケイトは熱っぽい口調でたたみこむように言った。「そうでしょうか。ほかの理由で嫉妬されていたんじゃありませんか。思春期になって、ボーイフレンドができて注目され、愛情を勝ち得るのはルーシーだったでしょうから。はたしてなにが起こったか分からないじゃありませんか。すべての行動の長期的な道義的責任を取ることはできませんよ」

ケイトは顔を赤らめて口を閉じ、ダルグリッシュのほうを見た。ダルグリッシュには彼女が何を考えているか分かった。同情と憤懣から思わずしゃべったが、その種の感情を表に出すことは刑事らしからぬ行動だ。殺人事件の容疑者に捜査官が味方についてくれたと思わせていいはずがない。

ダルグリッシュはコリンズビーに向かって言った。「今話していただいた事実を供述書にしていただきます。シャロン・ベイトマンに事情聴取したのちに、もう一度お話をうかがう必要が出てくるかと思います。シャロンはこれまでわれわれになにも話していません。本名も伏せたままです。もし収監が解けてから四年以内なら、まだ保護観察中のはずです。ご自宅に連絡してから供述書を書いておいてくださいないので、供述書に自宅住所を書いておいてください」ダルグリッシュはブリーフケースから供述書用の用紙を取りだして、渡した。

「デスクのほうが照明が明るいので、あちらに持っていきます」コリンズビーはそう言って、二人に背中を向けてデスクに着いた。彼はすぐに振り向いて言った。「すみません、なにも差し上げないで。ミスキン警部がコーヒーかお茶をお入れになるんでしたら、隣にすべて揃っています。これを書くのにちょっと時間がかかるかもしれません」

「私がしましょう」ダルグリッシュがそう答えて、ドアを開けたまま隣の部屋に行った。陶器の触れあう音とヤカンに水を入れる音がした。ケイトは二分ほど待ってから、ダルグリッシュのところに行って、小型冷蔵庫を開けミルクを探した。ダルグリッシュは盆にカップと受け皿を三客のせて運び、コリンズビーの傍らに砂糖入れとミルク入れを添えてカップを置いた。供述書を書き続けるコリンズビーは二人のほうを見ずに、手だけ伸ばしてカップを引き寄せた。彼はミルクも砂糖も入れなかった。ケイトはミルク入れと砂糖入れをテーブルに持っていき、ダルグリッシュと一緒に無言で座った。疲れ切っていたが、イスに寄りかかりたくなるのをなんとかこらえた。

三十分後コリンズビーが振り向いて、ダルグリッシュに供述書を渡した。「終わりました。事実のみを書くように心がけました。自己弁護はしないようにしました。そんなことはもとよりできないんです。署名するところをご覧になりますか」

ダルグリッシュがデスクのそばに行き、コリンズビーは供述書に署名した。ダルグリッシュとケイトはコートを手に取った。コリンズビーは子供の成績について相談に来た両親に話すような改まった口調で言った。「学校まで出向いていただいて、ご苦労さまでした。ドアまでお送りしましょう。また私にご用がありましたら、どうぞご連絡ください」

彼は出入り口のドアを開けて、門まで一緒に来た。最後に二人の目に映ったのは、鉄格子の向こうから囚人のようにじっと見つめる、張りつめた表情の青ざめた顔だった。やがて彼は門を閉めて回れ右をすると、しっかりした足取りでドアに向かって歩き、振り向かずに中に入った。

ダルグリッシュは車内でライトをつけ、地図を開いた。

「M1号線を南方向に行ってからM25号線、そしてM3号線と行くのが一番だろう。お腹がすいただろう。食事をしないといけないが、この辺は食べるところもろくになさそうだな」

ケイトは早く学校から離れたかった。この町、この一時間の記憶から遠ざかりたかった。「高速に乗ってからどこかに止まってはどうでしょう。食事ではなくて、サンドイッチを買えばいいんじゃありませんか」

油のようにねっとりとした大粒の雨がぽつんぽつんとボンネットに落ちるだけで、雨はほとんどやんでいた。ようやく高速に乗り、ケイトが言った。「コリンズビーさんにあんなことを言ってすみませんでした。容疑者に同情するなんて、プロのすることではありませんね」もっと言いたかったのだが、声が詰まり、ケイトはもう一度「すみません、警視長」とだけ言った。

ダルグリッシュはケイトを見ずに言った。「きみは同情からああ言った。殺人事件の捜査では同情のしすぎは危険なこともあるが、同情を感じる能力をまったく失うよりはましだな。弊害はなかったよ」

しかし涙は止まらなかった。静かに涙を流すケイトの横で、ダルグリッシュは前方をじっと見つめていた。眼前に高速道路が走馬灯のように伸びている。右側で南に向かう車のヘッドライトが行列を作って動いていた。黒い生垣や樹木が大型トラックの形に切り取られ、同じ強迫観念に激しく追い立てられる旅人のとどろきときしみが響きわたる。〈サービス施設〉の看板を見たダルグリッシュは左車線に移ってから進入路に入った。駐車場の端に空きを見つけ、彼はエンジンを切った。

二人は光と色彩でまばゆく燃え上がる建物に入った。どのカフェも売店もクリスマスの飾りつけをし、片隅でアマチュアの小さな聖歌隊がクリスマス・キャロルを歌って寄付を募っていたが、ほとんど無視されていた。二人は洗面所に入ってからサンドイッチと大きなカップに入ったコーヒーを求めて車に戻った。サンドイッチを食べている間にダルグリッシュがベントンに電話をして状況を説明し、二十分後には出発していた。

疲れを見せまいとしてストイックに頑張るケイトの顔をちらりと見やって、ダルグリッシュは言った。「今日は朝早くから頑張ったが、まだ終わってはいない。シートを倒して、ちょっと眠ったらどうだい」

「私は大丈夫です」

「二人とも起きている必要はない。後ろのシートに膝かけがあるが、手が届くかな。もうそろそろになったら起こすよ」

ダルグリッシュは疲れが出ないように暖房を弱くして運転していた。ケイトが眠るなら、毛布が必要だ。ケイトはシートを倒して膝かけを首まで掛け、ダルグリッシュのほうを向いて横になった。すぐに寝入ったようだ。静かに眠っているので、穏やかな寝息はほとんど聞こえない。時どき眠る子供のように満足そうな小さなうめき声を洩らして、膝かけを引き寄せた。生きながらの死に似た祝福を受けて不安をぬぐい取られたケイトの顔を見たダルグリッシュは、いい顔だと思った。美しくはない。いわゆる美人ではないが、誠実で率直、見ていて気持ちのいい、衰えを受けつけない顔だ。彼女は事件捜査中はいつも薄茶色の髪の毛をまとめて太い一本のお下げに編んでいたのだが、今は短くカットした髪が頰にふんわりかかっている。ダルグリッシュは自分が与えられる以上のものをケイトが求めているのを知っていた。しかし彼が今与えているもの、友情、信頼、敬意、好意をケイトは大切に思ってくれている。とはいえ、彼女はそれ以上のものを得て当然の女性だ。半年前、ケイトはそれを見つけたとダルグリッシュは思った。今はどうなのだろう。

まもなく特別捜査班は解散するか、あるいはほかの部署に吸収されるはずだ。ダルグリッシュは自分の将来について決断を下すことになる。ケイトも遅ればせながら主任警部に昇進するだろう。しかしそれが実現したあと、彼女にいったいなにが残されるだろうか。最近のケイトは孤独な生活に疲れているようだ。彼は次のガソリンスタンドに入って、エンジンを切った。ケイトは身じろぎもしない。ダルグリッシュは膝かけをしっかりかけ直してやってから、自分も少し休憩することにした。十分後、再び車の流れに戻り、南西方向に夜のドライブを続けた。

## 5

前日の疲労と傷心にもかかわらず、ケイトは朝早くさっぱりした気分で目を覚ました。ダルグリッシュと彼女の帰りが遅かったため、昨夜の捜査会議は短時間に集中して行ない、長い議論はぬきにして情報の交換にとどめた。ローダ・グラッドウィンの解剖検案書が午後遅くに届いていた。グレニスター博士の報告書はいつも広範囲をわたるが、今回のは複雑でも意外でもなかった。被害者はあらゆる可能性を持ったごく健康な女性だった。彼女は傷痕の除去とシェベレル荘園での手術という二つの決断をしたために〝扼殺による窒息死〞を遂げるに至った。ダルグリッシュ、ベントンと一緒に検案書を読むケイトは、殺人の理不尽さにやり場のない怒りと同情を改めて感じた。

手早く着替えをしたケイトは空腹だった。シェパード夫人が彼女とベントンのためにベーコンと卵、ソーセージ、トマトの朝食を用意してくれていた。ダルグリッシュは自分あるいはベントンでなく、ケイトがウォラムで保護観察官のレイナー夫人を出迎えると予定を組んでいた。前夜遅くに保護観察官から電話が入り、ウォータールー駅発八時五分発の電車に乗り、ウォラムに十時半着の予定と連絡があった。

電車は時間通りに到着した。乗客は少なくケイトはレイナー夫人を簡単に探し出せた。保護観察官はケイトの目をじっと見つめて、握手した手を短く上下に振った。この肌を触れ合う改まった挨拶が、すでに交わした契約の確認動作であるかのようだった。夫人はケイトより背が低くずんぐりして、角ばった色つやのいい顔は、きっぱりとした口元と顎の張りのせいで強さが感じられた。白髪混じりの焦げ茶色の髪の毛はお金をかけたらしく、スタイリッシュにカットしてあった。役人の象徴であるブリーフケースは持たずに、口紐のついた布製ショルダーバッグを肩にかけている。夫人のすべてがケイトの目には、自信をもって静かに遂行される権力に映った。夫人を見ていて、教えを受けた教師の一人バトラー先生を思い出した。自分の前では生徒は文明人らしく振舞って当然と信じる先生は、荒れる四年生を信念という単純な手法で比較的まともな生徒たちに変えてしまった。

ケイトは快適な電車の旅だったか尋ねた。保護観察官はこう答えた。「窓側の席で、子供もケータイ中毒の人もいなかったんですよ。食堂車で買ったベーコンサンドイッチはまだ古くなってなかったし、景色もよかった。それだけで充分楽しめた旅でしたね」

ドライブ中、二人はシャーリー、現在のシャロンについて話さなかった。レイナー夫人は荘園について質問したが、それは状況をあらかじめ頭に入れておきたかったからだろう。肝心な話はダルグリッシュに会ってからにするつもりなのだ。同じことを二度繰り返しても意味がないし、誤解の原因になりかねない。

オールド・ポリス・コテッジに着き、ダルグリッシュの出迎えを受けたレイナー夫人はコーヒーを断わって、お茶がほしいと言った。ケイトが用意した。ベントンもやってきて、四人は暖炉の前の低いテーブルを囲んだ。ダルグリッシュがローダ・グラッドウィンのファイルを前に置いて、特捜班がシャロンの正体を知るに至った経緯を手短に説明し、夫人にファイルを渡した。夫人は無残に砕かれたルーシーの顔写真を無言で見つめていた。数分間ファイルを細かに調べてから、夫人はダルグリッシュに返した。

保護観察官は言った。「ローダ・グラッドウィンがどういう方法で入手したのか興味のある資料がいくつかあるけれど、本人が亡くなってしまったのですから、調査をしても無駄でしょうね。いずれにせよそれは私のすることではありません。シャロンに関することが公表された例はもちろん皆無ですし、彼女が未成年の間は法律で禁止されていました」

「シャロンは仕事と住所の変更をあなたに知らせなかったのですか」ダルグリッシュが質問した。

「ええ。言うまでもなく変更は知らせなければいけないし、私のほうも老人ホームに連絡すべきでした。シャロンにこの前会ったのは十カ月前、まだホームにいる頃です。その時には仕事を変えることは決まっていたはずです。彼女はきっと私には言いたくなかった、言う必要はなかったと言い訳するでしょう。私の言い訳は彼女より弱いし、珍しくもありません。仕事が多すぎるうえに、内務省内で責任分割に伴う組織替えがあったせいです。世に言うところの、シャロンは網から洩れたのです」

〝網から洩れる〟か。今風の小説のタイトルにぴったりじゃないかと、ダルグリッシュは思った。「彼女に特に不安は感じておられなかったのですか」

「社会に対する脅威という意味ではまったく。彼女自身ないし他の人に危険はないと仮釈放監察委員会が判断しなければ、釈放されなかったはずです。収容施設のムアフィールド・ハウスにいる時には何の問題も起こしませんでしたし、釈放後も同様でした。不安があったとすれば——今もあるわけですけど、彼女に適した職を見つけて自活の道を切り開けるような支援方法ですね。シャロンはどんな形の職業訓練も受けたがらないのですよ。老人ホームの仕事は長期的な解決策ではありませんでした。同年代の人たちの中で働かなければいけません。ですが、シャロンの将来について話し合うためにここに来たわけではありませんね。こちらの捜査で彼女が障害になったようですね。シャロンがどこへ行こうと、彼女から事情聴取する必要がある時にはいつでもできるようにいたしますよ。あの子はこれまで協力的でしたか」

「障害になってはいません。現在のところ第一容疑者を絞りきれていませんから」

「とにかく今のままここにいさせるわけにはいきませんね。恒久的な手配ができるまでの宿泊施設を探すことにします。三日以内にシャロンを迎えに人をよこしましょう。もちろん私も連絡いたします」

ケイトが質問した。「シャロンは自分のしたことを後悔する言葉を口にしたことがあるんでしょうか」

「いいえ。それが問題だったんですね。あの時は悪いことをしたとは思わなかったと繰り返すばかりなんです。見つかったがために、後になって悪いと思ってもしかたがないじゃないか、と」

「ある意味では正直でしょうね」と、ダルグリッシュが言った。「ではシャロンを呼びましょうか。ケイト、彼女を探してここに連れてきてくれないか」

残された三人はケイトがシャロンを連れてくるのを待った。十五分後に二人が現われると、時間がかかった理由が分かった。シャロンが身なりを整えてきたのだ。仕事着の上っ張りをスカートとセーターに着替えて、髪の毛もつやよくブラッシングされている。口紅を塗り、耳には大きな金色のイヤリングをしていた。反抗的な態度で入ってきたものの、用心深そうな様子を見せつつダルグリッシュの前に座った。レイナー夫人はシャロンの隣のイスに着いた。保護観察官としての関心と義務を示したのだろう。ケイトはダルグリッシュの隣に、ベントンは手帳を手にドアのそばに座った。

部屋に入ってきたときにシャロンはレイナー夫人を見ても驚かなかった。今、夫人にじっと視線を向けて、別に怒っているふうでもなく言った。「いずれ来るんじゃないかと思ってたわ」

「シャロン、あなたが仕事を変えたことやグラッドウィンさんが亡くなったことを私に知らせていれば、もっと早くに来たんですよ。当然知らせなければいけないことでしょ」

「しようと思ったのよ。でも領主館の中を警官がうろうろして、だれもかれもが私を監視しているんだから、とてもじゃないけどできないわよ。電話をしているのを見たら、理由を訊くにきまっている。それに金曜日の夜に殺されたばかりだし」

「ま、とにかく私が来たんですから、二人で話し合わなければならないことがいろいろありますよ。でもその前にダルグリッシュ警視長さんが質問がおありだから、その質問に正直になにもかも答えるって約束してちょうだい。これは大切なことですよ、シャロン」

ダルグリッシュが言った。「ベイトマンさん、弁護士の同席が必要だったら、その権利がありますよ」

シャロンはダルグリッシュをじっと見つめた。「弁護士なんているわけないじゃないの。私はなにも悪いことはしていないんだから。それにレイナーさんがいるんだから、なにか妙なことをされたら、レイナーさんに分かるはずだわ。知っていることは全部、土曜日に図書室に集まったときに話しました」

「全部じゃないね。金曜日の夜に領主館から出たことを話さなかった。きみが外出したことは分かっているよ。午前十二時頃に人に会うために領主館を出た。その人がだれかも分かっている。コリンズビーさんから話を聞いた」

ここで態度が変わった。イスから腰を浮かせたシャロンはすぐに座り直して、テーブルの端を握りしめた。顔が紅潮し、一見穏やかそうな目が大きく見開かれて黒ずみ、怒りを溜めているように見えた。

「スティーヴンに罪をなすりつけようとしたって、だめよ！　彼があの人を殺すなんてことはありえないんだから。彼は人を殺すような人じゃない。優しくていい人なのよ――私、彼を愛しているの。私たち、結婚するのよ」

レイナー保護観察官が穏やかな声で言った。「それは不可能よ、わかっているでしょ、シャロン。コリンズビーさんにはもう奥さんがいて、子供も一人いるのよ。自分の生活にコリンズビーさんを呼び戻そうとするのは、空想を、夢を追っているだけ。現実を見つめなければいけないんじゃないの？」

シャロンはダルグリッシュを見ている。「コリンズビーさんの居所をどうやって突きとめたんだい」と、ダルグリッシュは訊いた。

「テレビよ。夕食のあと自分の部屋で見てたの。スイッチを入れたら、彼の顔が映っていた。だからそのままチャンネルを変えなかった。つまらない教育番組だったけど、スティーヴンの顔を見て、声を聞いていたのよ。彼は年を取っただけで、前と同じだったわ。彼がその学校を変えたとか言っていたから、学校の名前を書きとめたのよ。そしてそこに手紙を出した。最初の手紙には返事がなかったわ。だからまた書いて、私と会ったほうがいいわよって言ってやったの。大事なことだから」

「きみは脅迫したのかい——会ってくれなければ、コリンズビーさんがきみの家に下宿していて、きみと妹の両方を知っていたことを誰かに話すと言って。コリンズビーさんはきみたちのどちらかに危害を加えたのかい」

「彼はルーシーになにもしなかったわよ。彼を小児性愛者だと思っているのなら、大間違いよ。彼はルーシーを愛していたのよ。二人はいつも一緒に彼の部屋で一緒に本を読んだり、どこかに遊びに行っていた。ルーシーは彼と一緒にいるのが好きだったけど、彼のことが好きだったんじゃない。遊びに連れていってほしかっただけなのよ。彼の部屋に行ったのも、台所で私やおばあちゃんと一緒にいるよりましだったから。おばあちゃんはいつもがみがみうるさかった。スティーヴンは退屈だってルーシーは言ってたけど、私は彼を愛していた。ずっと愛しているの。二度と会えないだろうと思っていたけど、戻ってきてくれたわ。私、彼と一緒になりたいの。私、彼を幸せにしてあげられるもの」

ケイトはダルグリッシュかレイナー保護観察官のどちらかがルーシー殺害を持ちだすだろうかと考えていた。どちらも触れなかった。ダルグリッシュはこう尋ねた。「それできみはコリンズビーさんとストーンサークルの駐車場で会うことにしたんだね。なにがあったか、コリンズビーさんとどんなやりとりがあったか、ありのままに話してもらいたい」

「あなた、スティーヴンに会ったと言ったじゃないの。なにがあったか、彼から聞いたんでしょ。なぜ私がもう一度同じことを言わなくちゃならないの。なにもなかったのよ。もう結婚している、でも奥さんに話して離婚を要求するって、彼は言ったわ」

「それだけかい」

「だって一晩中車の中に座ってるわけにいかないじゃないの。ちょっとの間彼の隣に座っていただけよ。キスしたりとか、そんなことはしなかったわ。本当に愛しているときは、キスなんて必要ないのよ。スティーヴンがうそをついていないって分かっていた。彼が私を愛しているのが分かった。だから少しして車を降りて領主館に帰ったのよ」

「コリンズビーさんはきみと一緒に領主館に行ったのかい」

「いいえ、行かなかったわよ。行くわけがないでしょ。私は帰りの道は分かってるんだから。それに彼は早く帰りたがっていたわ」

「コリンズビーさんはローダ・グラッドウィンの話をしたことがあるかい」

「もちろん、ないわよ。彼があの人のことを話すわけがないじゃないの。一度も会ったことがないんだもの」

「きみはコリンズビーさんに領主館のキーを渡したかい」

ここでシャロンは急に怒りだした。「いいえ、いいえ、そんなことはしてません！　スティーヴンはキーをくれなんて、一言も言わなかった。彼がキーをほしがる理由がある？　領主館には近寄ったこともないのよ。あなた、ほかの人たちみんなを守るために、スティーヴンに罪を着せようとしているんでしょ。チャンドラー＝パウエル先生やホランド婦長、ミス・クレセットなんかみんなを。スティーヴンと私のせいにするつもりなんだ」

ダルグリッシュは穏やかに言った。「私たちは無実の人に罪を着せたりはしない。犯人がだれか見つけるのが、私たちの仕事だ。無実なら、なにも怖がる必要はない。しかしね、きみの話が知れたら、コリンズビーさんはまずい立場になるかもしれない。私の言う意味が分かるだろう。世間は寛容じゃない。コリンズビーさんと君の妹の友情は誤解されやすい」

「そんなこと言って、ルーシーはもう死んだんじゃないの。もう何も証明できないでしょ」

　レイナー保護観察官が沈黙を破って口をはさんだ。「なにも証明はできませんよ。でもゴシップとか噂話は事実をもとにしているわけじゃないのよ。ダルグリッシュさんが事情聴取を終わられたら、あなたの今後のことを二人で話し合ったほうがいいようね。シャロン、これまであなたはちゃんとやってきたけれど、そろそろ場所を変える時なんじゃないかしら」保護観察官はダルグリッシュを見た。

「ご質問が終わったんでしたら、ここのどこかのお部屋を使わせていただけませんか」

「ええ、どうぞ。廊下の向かいの部屋を使ってください」

シャロンが言った。「いいわよ。どっちにしろ、もうおまわりにはうんざりなんだから。おまわりの質問にはうんざりだし、おまわりのバカ顔もうんざり。ここにもううんざりよ。今すぐ出ていっても悪いことないんじゃないの。今一緒に行ってもいいわよ」

　レイナー保護観察官は立ち上がっていた。「今すぐには無理ですよ、シャロン。でもそのように手はずを整えましょう」夫人はダルグリッシュのほうを向いて「お部屋を使わせていただきます。そんなに長くかからないと思いますよ」

　確かにそうだったが、二人が部屋から出てくるまでの四十五分は、ケイトには長く感じられた。反抗的な態度の消えたシャロンはレイナー保護観察官にさようならと言って、ベントンに付き添われておとなしく領主館に帰って行った。ガードマンに門を開けてもらいながら、ベントンはシャロンに言った。「レイナーさんはとてもいい人みたいだね」

「うん、まあ、そうね。あんたたちがネズミを追っかける猫みたいに私をしょっちゅう監視していなければ、もっと前にあの人に連絡してたんけど。どこか行き場所を見つけてくれるはずだから、ここからすぐにも出ていくわ。それまでスティーヴンにはかまわないでよ。彼をこんなところに呼び出すんじゃなかったわ」

面接室ではレイナー保護観察官がコートを着て、バッグを手に取った。「こういうことになって残念でした。あの子は老人ホームではちゃんとやっていたんですよ。とはいえ若い人のいる職場で働きたがるのももっともですからね。でもお年寄りの患者さんたちはあの子を可愛がりましてね。ちょっと甘やかしたんじゃないかしら。あの子もちゃんとした訓練を受けて、先の心配のない職場に落ち着くときですね。とりあえず落ち着き先が見つかるまでの数週間を気持ちよく過ごせる場所を急いで見つけないといけません。それに精神科医の診察も必要かもしれない。スティーヴン・コリンズビーのことでは現実否認に陥っています。でももしあの子がローダ・グラッドウィンさんを殺したかとお尋ねなら、私としてはそんなことは考えにくいと答えますね。ありえないと言ってもいいんですけど、こと人間に関してはありえないという言葉は使えませんね」

「彼女がここにいることで、それにあの前歴のせいでことが複雑になっていることは事実です」と、ダルグリッシュが言った。

「おっしゃる通りでしょうね。ほかの人を逮捕するのは、自白がないかぎりむずかしいでしょう。でもだいたいの殺人犯と同じに、シャロンの場合も犯行は一回きりでしたよ」

ケイトが言った。「まだ若いのに恐ろしいほどの害悪を振りまいていますね。幼い妹を殺し、善良な人の仕事と将来を危険にさらしている。彼女を見ると、どうしてもあのつぶされた顔を重ね合わせてしまいます」

「子供の怒りは時としてすさまじいものがありますね」と、レイナー夫人は言った。「手に負えない四歳の子供にもし銃を見つけて撃つ力があったら、どれだけの家庭が無事でいられるか」

ダルグリッシュが言った。「ルーシーは人を引きつける可愛らしい少女だったようですね」

「ほかの人にはそうだったんでしょう。シャロンにとってはそうではなかったんじゃありませんか」

　数分後、保護観察官は辞去し、ケイトがウォラム駅まで送った。ドライブの間、二人はドーセットや通りすぎる田園風景を話題にした。保護観察官はシャロンの名前を出さず、ケイトも同様だった。ケイトは電車が来て、レイナー夫人が帰路に着くまで見届けるのが当然の礼儀と考えた。電車がプラットフォームに近づいてきた時、保護観察官が言った。

「スティーヴン・コリンズビーさんのことは心配ありません。シャロンはちゃんと保護と支援を受けます。コリンズビーさんに害は及びませんよ」

## 6

オールド・ポリス・コテッジの部屋に入ってきたキャンダス・ウェストホールはジャケットを着てスカーフを巻き、ガーデニング用手袋をはめていた。イスに座ると、泥だらけの大きな手袋を脱いで決闘の申し込みのように、ダルグリッシュが向いに座るテーブルの上に置いた。ぶしつけだが、言いたいことははっきりしていた。大切な用事の最中に、どうでもいい質問に答えるためにまた呼び出されたと言いたいのだ。

　キャンダスは反感を隠さないが、彼女ほどではないにしてもほかの容疑者もほとんどが反感を抱いている。これは予想していたことだし、理解しないでもない。最初はだれもがダルグリッシュと特捜班の到着を待ち望み、安堵の気持ちで出迎えた。捜査が行なわれ事件は解決して、戦慄と気まずい雰囲気が一掃されるはずだった。犯人は後腐れのない赤の他人と分かり逮捕され、罪のない者の嫌疑は晴れる。殺人事件の混乱は去り、法と理性、秩序が取り戻される。ところが逮捕にこぎ着けないばかりか、その気配さえない。まだ事件発生から間がないとはいえ、領主館に住む少人数のグループにしてみれば、ダルグリッシュの存在と彼の質問はいったいいつまで続くのかという思いがある。ダルグリッシュは自分も同じ経験があるので、彼らの募る反感が理解できた。サフォーク州の海岸で彼が若い女性の遺体を発見した時だ。彼の所轄の事件ではなく、別の捜査官が担当した。ダルグリッシュを重要な容疑者と見なす理由はまったくなかったものの、警察の事情聴取は詳細で繰り返しが多く、不必要にせんさくしているように思えたものだ。事情聴取は精神の侵犯に似ていて、心穏やかではいられない。

ダルグリッシュは切り出した。「ローダ・グラッドウィンは二〇〇二年に《パタノスター・レヴュー》誌に盗作に関する記事を書いて、アナベル・スケルトンという若い作家をやり玉にあげました。その後その作家は自らの命を絶った。あなたはアナベル・スケルトンとどういうご関係でしたか」

キャンダス・ウェストホールはダルグリッシュの目を見た。嫌悪感、それに軽蔑を含んだ冷たい目だ。短い沈黙の間、キャンダスの反感が電流のように音を立ててんばかりにはじけ飛んだ。見据えた視線を動かさずにキャンダスは答えた。「アナベル・スケルトンは親しい友人でした。彼女を愛していたと言ってもいいでしょう。ただしそう聞けば、あなたはアナベルとの関係を誤解するでしょうし、その誤解を解くことは無理でしょうね。今はどんな友情も性的な意味合いで定義される。アナベルは私の教え子でしたけれど、彼女の才能は古典ではなくて小説だった。私は処女作を完成して出版するように助言しました」

「そのとき小説の一部がすでに出版された別の作品から引き写されたことをご存じでしたか」

「アナベルが私にそう言ったかとお尋ねなんですか、警視長さん」

「いいえ、あなたが気づいていたかどうかうかがっているのです」

「グラッドウィンの記事を読むまで知りませんでした」

ケイトが口を入れた。「びっくりなさったでしょうし、ショックだったんじゃありませんか」

「ええ、警部さん、その両方でしたね」

「なにか行動を取られましたか」と、ダルグリッシュは訊いた。「ローダ・グラッドウィンさんに会うとか、彼女あるいは《パタノスター・レヴュー》誌に抗議の手紙を書くとか」

「グラッドウィンに会いました。彼女から指定があって彼女のエージェントの事務所で、ほんのちょっと。会ったのは間違いでした。グラッドウィンはもちろんまるで後悔なんてしていませんでした。そのことについては詳しく話したくありませんね。アナベルがすでに死んでいたことを、私はそのとき知らなかった。雑誌が出てから三日後に首をつりました」

「では、スケルトンさんに会って、説明を聞く機会がなかったのですね。辛いお話でしたら、申しわけないことです」

「それほど申しわけないとは思っていらっしゃらないでしょう、警視長さん。包み隠しはよしましょうよ。あなたもローダ・グラッドウィンと同じで忌まわしい仕事をしているだけでしょ。私は連絡を取ったけれど、アナベルは会おうとしなかった。ドアに鍵をかけて、電話線も引きぬいて。私はグラッドウィンに会うことで時間を無駄にしてしまった。その間にアナベルに会えたかもしれないのに。彼女が死んだ翌日にハガキが来ました。三言だけで署名はありませんでした。〝ごめんなさい。どうか許してください。愛しています〟とだけ」

沈黙が来て、やがてキャンダスが言った。「盗作は素晴らしい将来性を示した小説のごくつまらない部分でした。でもアナベルはもう二度と小説は書けないと知り、それは彼女には死を意味したんでしょう。それに屈辱です。それも彼女には耐えられなかった」

「グラッドウィンさんに責任があると思われたのですか」

「彼女のせいです。グラッドウィンは私の友人を殺した。意図的ではなかったんでしょうから、法的な制裁は望めません。でも私は五年もたった今になって私的な報復をしたりしませんでしたよ。憎しみは消えないけれど、前ほど激しくありません。血液の感染症のようなものです。完治することがなくて思いがけない時にぶり返すこともあるけれど、時間とともに熱も痛みも弱まってくる。悔いと悲しみだけが残りました。私はローダ・グラッドウィンを殺さなかったけれど、彼女の死を悼む気はまったくありません。それであなたが訊こうとなさっていた質問の答えになりますかしら、警視長さん」

「グラッドウィンさんを殺さなかったと言われますね。それではだれが殺したかご存じですか」

「知りません。たとえ知っていても、あなたに教えることはないでしょうね」

キャンダス・ウェストホールはテーブルから立ちあがった。ダルグリッシュもケイトも出ていく彼女を止めなかった。

# 7

ローダ・グラッドウィン殺害から三日たち、日々の生活が人の死に乱されるのはわずかな間なのだと、レティーは気づいた。どんな死に方であれ、死者は病院の霊安室、葬儀社の防腐処理室、法医学者の解剖台など所定の場所に速やかに移される。医者は呼び出しに応じないこともあるが、葬儀社は必ずやってくる。簡単な食事だろうが変わった食べ物だろうが、とにかく食事の支度をして食べる。郵便物が届き、電話が鳴り、請求書の支払をし、役所の書類に書きこむ。レティーが家族を亡くした時のように、残されて嘆き悲しむ者はロボットのように動いて幻影の世界に入りこむ。二度と現実に戻れるとは思えない、夢を見ているような幻影の世界。しかしそれでも話をし、睡眠を取るように努めて、味のしない食べ物を口に運ぶ。ほかの俳優はみんな自分の役を心得ているらしいドラマで、セリフを丸暗記して演技するように、生活を続ける。

領主館ではローダ・グラッドウィンの死を悼むそぶりを見せるものは、一人もいなかった。彼女の死は謎と恐怖のおかげで一段とショックだったが、荘園の日常は続いた。ディーンは相変わらずおいしい料理を作った。もっともメニューが多少あっさりしていたのは、おそらく故人への無意識の手向けだったのだろう。キムはいつものように給仕をした。だが、食欲を見せたり食事を大っぴらに楽しむのは無神経に思われて、食卓の会話は抑え気味だった。異常事態を思い出させられるのは、警官が出入りし、警備チームの車と彼らが寝泊まりしているトレーラーハウスが門の外に居座っているからだった。シャロンがミスキン警部に呼ばれてオールド・ポリス・コテッジに事情聴取を受けに行った時には、だれもが何事かと思い、もしやと多少後ろめたい期待も抱いた。戻ってきたシャロンは短くこう言った。荘園から出ていくことになった、ダルグリッシュ警視長がその手はずをしてくれる、三日したら友だちが迎えに来る、それまでの間、仕事はもうしない。自分にとってこの仕事はもう終わった、自分のしていた仕事をどうするかはそっちで考えてくれ。もう疲れたし、うんざりだ。こんなクソいまいましい荘園から早くおさらばしたくて、居ても立ってもいられない。そう言って、シャロンは自分の部屋に上がっていった。シャロンはこれまで悪態をついたことがなかったから、まるでレティーが悪態をついたかのようにだれもがショックを受けた。

やがてダルグリッシュ警視長がジョージ・チャンドラー-パウエル院長と半時間密談し、ダルグリッシュが領主館を出たあと、院長はスタッフを図書室に召集した。スタッフたちは重大発表があるのではないかと期待を胸に無言で集まった。シャロンは逮捕されたのではない。それは明らかだったが、何か進展があったのかもしれない。ありがたくないニュースでも、半信半疑の状態が続く今よりもましだ。だれにとっても生活が一時保留されたかたちで、時おりそんなことをこっそり口にしていた。なんでもないことを——朝なにを着るか、ディーンとキンバリーにどんなメニューを注文するか決める時でも、意志の力がいる。チャンドラー＝パウエルは集まったスタッフを待たせなかったが、いつになく落ち着かない様子だった。図書室に入ってきても、どこに立つか座るか迷っているようだったが、ちょっとためらった後に暖炉に横に立った。彼は自分もスタッフと同じに容疑者であることは承知しているだろう。しかし今、期待の込もった視線を向けられていると、まるでダルグリッシュ警視長の代理人のように見える。チャンドラー＝パウエルとしては望まない役回りだし、居心地が悪いことこのうえなかった。

院長は口を開いた。「仕事を中断させて申しわけなかったですね。ダルグリッシュ警視長から皆さんに話すように言われたので、集まってもらって警視長の話を伝えたほうがいいと思ったのです。ご存じのようにシャロンは二、三日後にここを辞めます。彼女には過去に事件があって、彼女の去就と福利は保護観察下にあるために、荘園を出るのが一番ということになったのです。出ていくことについてシャロンは協力的なはずです。私が聞かされた話はそれだけですし、われわれに知る権利があるのもそれだけです。シャロンのこと、彼女の過去や将来については皆さんに関係のないことですから、話し合わないように」

マーカスが質問した。「ということは、シャロンがもし今まで容疑者の一人だったとしたら、もうそうではないということですか」

「でしょうね」

フラヴィアが顔を紅潮させて、納得がいかない口調で言った。「領主館での彼女の立場はどういうことになるんでしょうか。本人はもう仕事はしないと言っています。荘園は犯罪現場とされているんですから、村から掃除の人を呼ぶわけにいかないんじゃありませんか。患者さんがいないので仕事の量は多くないけれど、でもだれかがしなければなりませんよ」

「キムと私でできますよ」と、ディーンが言った。「でも食事はどうなるんでしょうか。いつもは私たちと一緒に調理場で食べます。もし上の自分の部屋から出てこなかったら、どういうことになるんでしょう。キムが運んで給仕をするんですか」そんなことは認められないといった口調だった。

ヘリナがチャンドラー＝パウエルのほうをちらりと見た。院長の忍耐は切れかかっているようだ。ヘリナは言った。

「もちろんその必要はありませんよ。シャロンは食事の時間は知っているんですからね。お腹がすけば、降りてきます。ほんの二、三日のことです。なにか問題があれば、私に言ってちょうだい。私がダルグリッシュ警視長に話します。できるだけいつもと同じように進めましょう」

キャンダスが初めて口を開いた。「シャロンを採用する時に私も面接したので、多少の責任は取らないといけないような気がしますね。ダルグリッシュ警視長に異存がなければ、ストーン荘に移ってきたらどうかしら。部屋はあります。父の本の整理を手伝わせましょう。なにもしないのはよくありません。それからメアリ・キートにいやに執着しているけれど、あれはやめさせたほうがいいですね。去年の夏には真ん中の石に花を摘んで供えていました。まともでないし、不健康です。これから上に行って、落ち着いたか見てきましょう」

「ええ、そうしてみてください」と、院長が言った。「あなたは教師だから、手に負えない若者の扱いには私たちより慣れているでしょう。ダルグリッシュ警視長はシャロンに監視の必要はないとはっきり言われた。もし監視が必要なら、それは警察か保護観察官の役目で、われわれのすることではない。私はアメリカに行く予定をキャンセルしました。木曜日にロンドンに戻らなければならないし、マーカスにも一緒に来てもらいます。こっちをほったらかしにするようで悪いのだが、今週予定していた健康保険患者の手術をいくつかこなさなければならない。手術の予定をすべてキャンセルせざるをなかったのでね。警備チームは今のままいます。二人ばかり泊まりこむように手配しますよ」

「それで警察のほうは？」と、マーカスが訊いた。「ダルグリッシュはいつ出ていくか言いましたか」

「いや。そんなことを訊く強心臓は持ち合わせていなかった。彼らが来てまだ三日しかたっていない。犯人を逮捕しないかぎり、しばらくは我慢しなければならないんじゃないかな」

フラヴィアが言った。「我慢しなくちゃならないのは私たちということでしょう。あなたはロンドンに行くのだから、いいでしょう。ダルグリッシュ警視長はあなたがここを離れることを認めたんですか」

院長はフラヴィアを冷ややかに見た。「ダルグリッシュ警視長にどんな法的権利があって私を足止めできると言うんだね」

そう言って院長は出ていった。残された者はなんとなくあるまじき行為をしたような気分になり、気まずく黙りこんで、顔を見合わせている。キャンダスが沈黙を破った。

「さて、では私はシャロンと話してきましょう。それから、ヘリナ、ジョージに話してみたらどうかしら。私はコテッジに住んでいるから、ほかの皆さんほど影響は受けないけれど、でもここで仕事をしてますからね。警備チームには領主館の外で警備をしてもらいたいわね。あのトレーラーハウスが門の外に居座って、警備員が敷地内をうろうろしているだけで充分気分が悪いのに、そのうえ建物の中にまで入られてはたまらないじゃないの」

そう言い終えると、彼女も出て行った。図書室の中でとくに立派なイスに座って、チャンドラー＝パウエルを無表情に見つめていたモグは、終始無言だった。その彼も立ち上がって、出て行った。ほかの者はキャンダスが戻ってくるのを待っている。しかし院長にシャロンのことはしゃべるなと言われていたために会話も進まず、三十分後には一人また一人と散っていき、最後にヘリナが図書室のドアを閉めた。

# 8

荘園で手術がなく、ジョージ・チャンドラー゠パウエルがロンドンに行って留守の三日間は、キャンダスとレティーにとって会計の仕事をかたづけて、非常勤スタッフの給料支払いの問題や通いの看護スタッフ、技師、麻酔医の食事用に買う食料品の請求書を処理するチャンスだった。週の前半と終半で、荘園内の雰囲気は大きく変わる。二人の女性にはありがたい変化だった。手術日は表面は静かだが、院長と医療チームがいるだけで全体の雰囲気が違ってくる。だが院長がロンドンに戻る前日は静かで穏やかだった。働きづめの著名外科医から田舎地主に変身した院長は、元気を回復させてくれる新鮮な空気のように孤独を吸いこむ。彼は家事に注文をつけたり、口をはさむことはなくて、領主館の日常の暮らしに満ち足りているようだった。

ところが事件発生から四日目の火曜日になっても、院長はまだ荘園にとどまり、ロンドンの予定は延期されていた。チャンドラー゠パウエル自身、セント・アンジェラズ病院の患者に対する責任と荘園スタッフを支える責任の板ばさみになっているようだった。しかし木曜日になれば院長とマーカスはロンドンに行く。土曜日には戻ってくるが、一時的な院長不在に対する反応はさまざまだった。キャンダスとヘリナはチャンドラー゠パウエルに話して、警察または警備チームの夜間巡回をあきらめさせたものの、だれもが部屋に鍵をかけて寝ていた。駐車していた車の所有者で館内に侵入してグラッドウィンを殺した犯人は、二人目を殺す意図はありえないと、領主館居住者のほとんどが思いこんでいた。だが、犯人はまだ西側のドアのキーを持っているらしい。これは恐ろしいことだった。院長がいれば安全なわけではない。しかし彼は荘園の所有者で警察との仲介役であり、安心感のある権威ある存在だった。その反面、彼は時間が無為に過ぎるのにいら立ち、仕事に早く戻りたくてじりじりしていた。落ち着きなく歩き回る彼の足音や時おり見せる不機嫌な態度のおかげで領主館の平穏は乱された。警察は相変わらず捜査の進展については沈黙していた。グラッドウィン殺害はもちろんすでにマスコミの知るところとなったが、報道は驚くほど短くあいまいだったのには、だれもがほっとした。政治家のスキャンダルとポップスターの離婚騒動の報道合戦に助けられた形だった。マスコミになにかしら圧力がかかったのではないかと、レティーは疑った。しかし抑えた報道は長くは続かないだろう。犯人が逮捕されればダムは決壊し、濁水が襲いかかってくる。

パートタイムの手伝いは来ないし、患者用施設は立ち入り禁止となって、電話も多くが留守番電話に頼っていた。警官がいるおかげで、まだあの封印されたドアの向こうで遺体がひっそりと死の沈黙に包まれているような気持ちに毎日させられる。だからレティーにとって、おそらくキャンダスにもいつもなにかしら仕事があるのは慰めだった。火曜日の午前中、二人とも九時すぎにはデスクに着いていた。レティーは食料品店と肉屋の請求書の束を選りわけ、キャンダスはコンピューターに向かっていた。テーブルの上の電話が鳴った。

「取っちゃだめよ」と、キャンダスが言った。

遅かった。レティーはすでに受話器を取っていた。その受話器を差し出して、「男の人よ。名前が聞きとれなかったんだけど、興奮しているようだわ。あなたを出してくれって」と言った。

受話器を受け取ったキャンダスはちょっと黙って聞いていたが、やがて言った。「今仕事で忙しいんですよ。正直に言いましてね、ロビン・ボイトンを追いかけている時間はないんです。たしかにいとこだけど、だからといって彼のお守りをしなくちゃならないことにはならないでしょ。いつから連絡しようとしていたんですか……分かりました、コテッジにだれかを見にやりましょう。なにか分かったら、あなたに連絡するように言いましょう……ええ、見つからなかった場合にも電話を差し上げますよ。電話番号は？」

紙を取って番号を書き取ったキャンダスは、受話器を置くとレティーのほうを向いた。「ロビンの仕事のパートナー、ジェレミー・コクスンだったわ。教師の一人がへまをしたらしくて、至急ロビンに戻ってほしいんですって。昨日夜遅くに電話をしたけれど出ないので、伝言を入れておいた。そして今朝も何度も電話をしているんだそうよ。ロビンの携帯電話は鳴っているのに、出ないんですって」

「ロビンは電話と仕事から逃れてここに来たんじゃないのかしら。それならどうして携帯電話の電源を切らないのかしらね。だれかが見に行ったほうがいいでしょう」と、レティーは言った。

「今朝ストーン荘を出る時には彼の車はあったし、カーテンが閉まっていたわね。まだ眠っていたのか、さもなければ携帯電話が音の届かないところに置いてあったか。ディーンが忙しくなかったら、行ってもらいましょうか。モグより早いでしょう」

レティーが立ち上がった。「私が行くわ。外の空気を吸いたいから」

「それならスペアキーを持っていったほうがいいわね。もし二日酔いで朝寝坊をしているんなら、ベルを鳴らしても聞こえないかもしれない。だいたいあの人がまだここにいるから厄介なのよ。ダルグリッシュには何か理由がないかぎり彼をここにとどめておく権利はないんだから、面白がって噂話をばらまくためだけでもさっさとロンドンに舞い戻りそうなものじゃないの」

レティーは机の上の書類をかたづけた。「彼が嫌いみたいね。人畜無害な人に思えるけど、ヘリナも彼の予約が入るとため息をついているわ」

「あの男は恨みがましそうに人のまわりをうろつくたかり屋なのよ。親譲りなんでしょう。母親は妊娠したために金目当ての男と結婚して、祖父セオドアの不興を買ったのよ。いずれにせよ彼女は妊娠したことよりも、単純で愚かだったから絶縁になったんだと思うわね。ロビンは時どき顔を見せては、彼の言うところの不当差別なるものを私たちに思い出させるわけ。はっきり言ってそのしつこさには、私たち、もううんざりなのよ。たまにお金をちょっと渡すんだけど、彼は受けとっておいて恥をかかされたと思うのね。実際には両方にとって恥かしいことなのよ」

そんな家族の内輪もめをざっくばらんに話されて、レティーはびっくりした。自分の知っている——知っていると思っていた寡黙なキャンダスとはずいぶんちがう。

レティーはイスの背もたれにかけてあったジャケットを取って、言った。「彼が本気で恨んでいると思うんなら、お父さんの遺産からほどほどの額のお金を出して渡して、人を当てにするのをやめさせたほうが面倒がないんじゃないのかしら」

「それは考えたのよ。ただロビンは必ずもっとほしがるのよ。ほどほどの額といっても、折り合いがつくとは思えないわね」

レティーはドアを閉めて出て行き、キャンダスは再びコンピューターに向かって十一月の会計数字を画面に出した。西翼はまた黒字だが、ぎりぎりだった。クリニックの収入で領主館と庭の維持費、手術治療コストをまかなえているものの、収入は変動が大きくコストは上昇している。チャンドラー‐パウエルはなにも言わないが、不安と切迫した決意らしきものをみなぎらせる院長の緊張した顔がすべてを物語っている。死を、いや、患者の死を想像しながら西翼の部屋に入院したいと思う患者が何人いるか。これまでもドル箱にはほど遠かったクリニックが、今や財政的な負担になっていた。キャンダスはクリニックの余命は一ヵ月以下と見た。

十五分してレティーが戻ってきた。「いなかったわ。コテッジにも庭にも影も形も。彼の携帯電話はキッチンテーブルの上にあったわ。お昼か夕食を食べた跡がそのままになっていて、トマトソースとスパゲッティが何本かこびりついたお皿が、チョコレート・エクレアが二個入った包みと一緒に置いてあった。私が鍵を開けていると、携帯電話が鳴ったのよ。またジェレミー・コクスンだったわ。今探しているところだって言っておきました。ベッドは寝た形跡がなかったし、あなたが言っていたように車は外にあったから、車で出かけたんじゃないことは確かよね。遠くに行ったんじゃないでしょう。田舎の道を長々と散歩するような人にも思えないもの」

「ええ、そんなタイプじゃないわよ。探したほうがいいと思うけど、いったいどこから探せばいいのか。どこかよそのベッドでぬくぬくと朝寝をしている場合もありうるから、その場合は探し回るとまずいでしょうねえ。あと一時間程度待ってみてもいいんじゃないかしら」

「どうかしら」と、レティーは言った。「かなりの時間、姿が見えないみたいじゃないの」

キャンダスは考えていた。「大人なんだし、だれとどこへ行こうとかまわないわけよ。でも変ね。ジェレミー・コクスンは苛立っているだけじゃなくて、心配しているようだったわね。領主館の中と敷地内にいないことぐらいは確かめたほうがいいかもしれない。考えられないけど、でも病気とか事故の可能性もあるから。それからストーン荘も見てきたほうがいいかもしれない。脇のドアの鍵をかけたか、ちょっとあいまいなのよ。私が出かけたのを見て、なにか発見できないかと忍びこんだかもしれない。あなたの言う通りだわね。コテッジやここにいなかったら、警察に言ったほうがいいでしょう。本気で探すのなら、地元の警察に任せることになるでしょうね。ベントン－スミス部長刑事かウォリン巡査を探してもらえないかしら。私はシャロンを連れていくわ。あの子、なにもしないでぶらぶらしているだけみたいだから」

レティーは立ったままちょっと考えてから言った。「シャロンを巻きこむことはないんじゃないかしら。あの子は昨日ダルグリッシュ警視長さんに呼ばれてからなんとなくおかしいわ。むっつりとして内にこもっているかと思うと、得々として、なんだか勝ち誇ったような態度を見せたりして。ロビンが本当に行方不明なら、あの子は巻きこむべきじゃないでしょう。広い範囲を探したいのなら、私が手伝いますよ。正直な話、ここにも両方のコテッジもいないとなったら、ほかにどこを探せはいいのか分からないわねえ。警察に任せたほうがいいでしょうね」

キャンダスはドアのフックに掛けてあったジャケットを取った。「シャロンのことはあなたの言う通りかもしれない。あの子は領主館を出てストーン荘に来ようとはしないでしょうね。はっきり言って、ほっとしたわ。あまりいい考えじゃなかったわ。でも、シャロンは日に二時間ほど父の本の整理を手伝う気になったのよ。たぶん調理場から逃げだす理由がほしかったんでしょう。ボストック夫婦とは最初からそりが合わなかったから。本を触るのは楽しいみたいだったわ。興味がありそうなのを二、三冊貸してやったの」

レティーはまた驚いた。シャロンに本を貸すというのは、キャンダスがしそうな親切に思えなかったからだ。彼女はシャロンに対してしぶしぶ我慢しているといった態度で接して、優しくかまってやることはなかった。だがキャンダスはなんといっても教師だ。教育者としての使命感が蘇ったのかもしれない。興味を示す若者に本を貸したくなるのは、本好きにはごく自然な衝動だろう。レティーも同じ立場だったらそうしていたにちがいない。キャンダスと並んで歩きながら、レティーはちょっと気の毒になった。二人は気持ちよく一緒に働いているし、ヘリナともうまくいっている。しかしレティーとキャンダスは親しい仲ではなく、友だちというより同僚と言ったほうが当たっていた。とはいえ荘園ではキャンダスは有用な人材だった。二週間前に彼女が三日間休暇を取ってトロントに出かけた時に、それがよく分かった。キャンダスとマーカスが領主館の生活から物理的心理的に距離を置いているように思えるのは、二人がストーン荘に住んでいるせいだろう。知的な女性にとって自らの仕事を危険にさらして日夜、横柄で口やかましい老人の介護にあけくれ、弟は出ていくことばかり考えていたこの二年間がどんなものだったのか、レティーには想像するしかない。その仕事ももうなくなってしまったという噂だ。でも弟のことはもうなんの問題もないはずだ。グラッドウィンさんが殺されたためにクリニックを続けることはほぼ不可能になった。これからは死とか恐怖に病的に引きつけられる患者しか荘園クリニックに予約したがらないだろう。

日の差さない薄暗い朝だった。夜の間に激しい雨が降り、水を含んだ土から朽ちた木の葉や濡れた草の臭いが瘴気のように立ちのぼり、鼻を刺激する。今年は秋が早かったが、そのつややかな輝きはすでに薄れて、年末の寒々とした無臭の息吹に代わっていた。二人はじっとり湿った霧の中を歩いていた。顔に霧が冷たく当たって、レティーは初めてひんやりとした不安感を覚えた。レティーはさっきローズ荘に入った時には、ロビン・ボイトンはすでに帰っているのではないか、少なくとも彼の居所を示すものがあると思っていたから、まったく不安を感じなかった。今、玄関に向かって寒さに痛めつけられたバラの茂みの間を歩いていると、自分には関係のないもの、巻きこまれたくないもの、いやな予感のするものに否応なく引き寄せられているような気がしてならない。玄関のドアはさっきと同じに鍵がかかっていなかった。だがキッチンに入ると、汚れた食器の臭いだけではない不快な臭いがこもっているように感じられた。

キャンダスはテーブルに近寄って、顔をしかめて食事の残骸を見た。「朝食じゃなくて、昨日のお昼か夕食のようね。でもロビンのことだから、分かったものじゃないけれど。二階は見たって言ったわね」

「ええ、ベッドはちゃんとメークされてなくて、上掛けが引っ張ってあっただけだけれど、昨日の夜に寝たようには見えなかったわね」

「コテッジの中と庭、それに隣も調べたほうがいいでしょう。とりあえずこの残骸を片付けましょうか。臭いったらない」

キャンダスは汚れた皿を取って、流しに行きかけた。

「いえ、キャンダス、だめよ！」と言うレティーの声が鋭い命令調に聞こえて、キャンダスはぴたりと足を止めた。レティーは続けて言った。「ごめんなさい。きつい言い方をするつもりはなかったのよ。でもこのままにしておいたほうがいいんじゃないかしら。もしロビンが事故に遭ったりして彼の身になにかあった場合、時間的なことが大切になってくるかもしれないでしょ」

キャンダスはテーブルに戻って、皿を置いた。「その通りだわね。でもこれを見ても、出かける前に食事を、昼食か夕食を取ったということしか分からないでしょうね」

二人は二階に上がった。寝室は二部屋しかなかったが、どちらも広く、それぞれ浴室とシャワーがついている。奥の多少狭いほうの部屋が未使用らしく、ベッドは清潔なシーツとパッチワークのカバーでメークされていた。

キャンダスは造りつけの衣装ダンスを開けてから、すぐに閉めて言い訳するように言った。「いやだわ、彼がこの中にいるかもしれないなんてどうして思ったのかしら。でも探すのなら、徹底的にしたほうがいいわよね」

二人は表側の寝室に移った。シンプルで快適な家具の入った部屋だったが、今はまるで略奪に遭ったような散らかり方だった。ベッドの上にタオル地のガウンと丸めたTシャツ、テリー・プラチェットの文庫本が投げ出され、部屋の隅に靴が二足転がっていた。低いイスの上にはセーターやズボンが山になっている。ボイトンは十二月の防寒対策を一応してきたようだ。衣装ダンスの扉が開いていて、シャツが三枚とスエード・ジャケット、ダークスーツがかかっているのが見えた。あのスーツはローダ・グラッドウィンとの面会を許された時に着るつもりで持ってきたのだろうかと、レティーは考えた。

「大立ち回りがあったか大あわてで出かけたか、どっちかのように見えるわね」と、キャンダスが言った。「ただしキッチンのありさまもあるし、ロビンはだらしないだけと考えるのが妥当でしょう。まあ、それはもう分かっていたことだけども。どっちにせよ、コテッジにはいない」

「ええ、ここにはいないわね」レティーはそう言って、ドアのほうを向いた。だが、ある意味ではロビンはここにいるのだと彼女は思った。キャンダスと一緒に寝室を調べた三十秒の間にいやな予感はいよいよ強くなり、不安と憐れみが入り混じった奇妙な感情に変わっていた。ロビン・ボイトンはここにいない。だが、逆に三日前に図書室に飛び込んできた時よりもはるかに存在を主張していた。散らかった若者向きの衣類や一足は踵がすり減った靴、ぽいと投げられた本、丸められたTシャツに彼は存在していた。

キャンダスはさっさと先に立って部屋を後にし、二人は庭に出た。いつもはキャンダスと変わらないぐらい活動的なレティーだったが、今は人のあとをのそのそついて行く足手まといの気分だった。二軒のコテッジの庭と庭の奥にそれぞれついている物置小屋を調べた。ローズ荘の物置小屋には汚れたガーデニング用具や錆びつき割れた植木鉢、ラフィアの布束などさまざまな物が棚に乱雑に置かれていた。ドアは芝刈り機と網袋入りの焚きつけが邪魔になって開きにくくなっている。キャンダスはなにも言わずにドアを閉めた。それに比べてストーン荘の物置小屋は整理整頓の見本だった。片側の壁に金属部分が光る鍬や熊手、ホースが並び、棚には植木鉢が整然と置かれて、芝刈り機も使ったあときれいに汚れが落としてある。チェック模様のクッションがのった、よく使われたらしい快適そうな籐イスも一脚あった。庭も物置小屋と同じように対照的だった。ローズ荘の庭はモグの担当だが、彼の関心は荘園の庭、とくに装飾庭園にあって、やたら熱心に剪定して自慢にしていた。ローズ荘の庭は文句を言われない程度にしか世話をしない。ストーン荘の庭はガーデニングの熟練者によって日常的に手入れされているのが一目で分かった。掃き集められた落ち葉は堆肥の山が入った箱に入れられていた。灌木は剪定されて、土は耕され、かよわい植物の霜対策も万全だった。レティーは籐イスのクッションに座った跡のへこみがあるのを思い出して、胸に同情と苛立ちがこみ上げてきた。冬でも暖かく感じる、この人目のない小屋は実用的なガーデニング用の物置小屋であるだけでなく、避難場所でもあったのだ。キャンダスは病室の消毒臭さから時おり逃れて半時間の平穏を求めたのだろう。お気に入りの入り江や海岸でもう一つの趣味である水泳を楽しむ時間を見つけられない時にも、庭に出れば少しの間自由になれたのにちがいない。

キャンダスはなにも言わずに温かい木と土の匂いのする小屋のドアを閉め、二人はストーン荘に向かった。まだ正午にならないが、暗く陰うつな日だったからキャンダスは電灯のスイッチを入れた。レティーはウェストホール教授の死後数回ストーン荘の中に入ったが、いつも荘園の仕事がらみで、来て楽しいと思ったことはない。レティーは迷信深い女ではない。自分が教義にとらわれない自由な信仰の持主だと自覚していたし、肉体を離れた霊魂がし残したことがある部屋、あるいは息を引き取った部屋に舞い戻るとは信じていない。それでも雰囲気には敏感だった。ストーン荘の空気は蓄積された不幸に汚染されたのか、居心地が悪いし、気分を滅入らせた。

入ったところは、配膳室と呼ばれる石敷きの部屋だった。庭に出られる細長い温室なのだが、ほとんど使われていない。木製の小テーブルやイス二脚、古ぼけた冷凍庫、寄せ集めのマグカップや水差しの入った古い食器棚など不用家具の置き場になっているようだ。二人は狭いキッチンを通りぬけて、食堂兼用の居間に入った。暖炉は空っぽで、マントルピースに唯一置かれた時計が、チクタクと腹立たしい執拗さで現在を過去に送りこんでいた。一方の壁が天井まで本棚になっていた。棚の大半が空だった。残った本は乱雑に傾き倒れかかっている。反対側の壁際に本がぎっしり詰め込まれた段ボール箱が十二個並んでいた。その上の壁紙に長方形に色あせていない部分がある。以前絵が掛けられていたのだろう。どこもきれいに掃除されて清潔だが、キャンダスもマーカスも父の死後ストーン荘は自分たちの家ではないと強調したがっているかのように、コテッジ全体がわざとわびしく人を寄せ付けまいとして見える。

二階に上がると、レティーを後ろに従えたキャンダスはゆっくりした足取りで寝室三部屋を見て回った。戸棚や衣装ダンスの中をちらりとのぞいては、つまらない雑用をさせられると言わんばかりに扉を乱暴に閉めた。防虫剤の臭いが鼻をかすめ、古いツイードの衣類らしい臭いもする。キャンダスの部屋の衣装ダンスに博士の着る緋色のガウンが掛かっているのがちらりと見えた。表側の寝室は父の部屋だったようだ。窓の右側に置かれた幅の狭いベッド以外はきれいに片づけられていた。ベッドもシーツ一枚できっちりおおわれたマットレスだけだ。どこでも見られる家族の死を受け入れたしるしだ。コテッジの捜索はほぼ終わった。二人は下に降りた。カーペットのない階段を降りる足音が、いやに大きく響く。

居間に戸棚はない。二人は再び配膳室に入っていった。レティーが最初から感じていることにキャンダスが突然気づいて、言った。「私たち、いったいなにをしているのかしら。子供か逃げ出した動物を探しているみたいじゃないの。警察がロビンの行方を気にするようなら、彼らに探させればいいのよ」

「でもだいたい見終わったし、見落としはないはずよ。ロビンはどっちのコテッジにも物置小屋にもいないわね」

キャンダスは広い食料貯蔵室に入っていった。くぐもった声が聞こえてきた。「ここを片付けないといけないわね。父が病気の間、私、マーマレード作りに凝ってしまって。どうしてかしらね。父は手作りのジャムが好きだったけど、でもこんなにには必要なかったのよ。瓶がまだ置いたままなのをすっかり忘れていたわ。ディーンに持っていってもらおうかしら。引き取る気があれば、何かに使ってくれるでしょう。私の作ったマーマレードじゃあ、彼のお気に召すかどうか」

キャンダスが食料品貯蔵室から出てきた。その後ろからドアのほうに行こうとしたレティーはふと足を止めて、冷凍庫の蓋を持ち上げた。なにも考えずに反射的に手が動いた。時間が止まった。レティーは二、三秒間——あとから思い出したときには何分間にも思えた——中のものをじっと見下ろした。

蓋がカタッと小さな音を立てて手から落ちた。レティーは身体の震えを抑えきれず、冷凍庫の上にかがみこんだ。心臓が激しく打ち、声が出ない。大きくあえいでなにか言おうとしたが、音が出てこない。必死であえいでいると、ようやく声が出た。自分の声に、いや、聞き覚えのある声には聞こえなかった。しゃがれた声でレティーは言った。

「見ちゃだめ、キャンダス。見ちゃだめ！　来ないで！」

だがキャンダスは冷凍庫の蓋を押さえるレティーを押しのけながら、蓋を大きく開けた。

彼は仰向けで身体を丸め、上げた両足を硬直させていた。足を冷凍庫の蓋に押しつけていたのだろう。子供の手のように繊細で青白い手は、かぎ爪の形に曲がっていた。必死で蓋を叩いたために指の関節が傷つき、指から血が流れて乾いていた。顔は恐怖を貼りつけたマスクだった。人形の目のように命のない青い目を大きく見開き、唇が引きつっていた。死に際のけいれんで舌を噛んだのだろう。顎に血が二筋流れている。ブルージーンズをはいて、ブルーとベージュのチェック柄の開襟シャツを着ていた。吐き気を催す例の臭いがガスのように立ち昇った。

力を振り絞ってキッチンのイスにたどり着いたレティーはへたり込んだ。座ると気力が戻ってきて心臓の鼓動も治まってきた。冷凍庫の蓋を閉める音が聞こえてきた。キャンダスは死者を起こすのを恐れたのか、音を抑えた静かな閉め方だった。

レティーは貯蔵室のほうを見た。キャンダスは冷凍庫によりかかって、じっと立っていた。が、突然吐き気を催して石造りのシンクに駆け寄った。シンクの両脇をつかんで身体を支えると、激しく嘔吐した。喉が張り裂けんばかりに激しく嘔吐する音は、吐く物がなくなっても長く続いた。レティーは介抱したかったが、キャンダスは触られたくないだろうと思い、じっと見守っていた。やがてキャンダスは水道の蛇口をいっぱいにひねって顔の火照を冷ますように水を勢いよくかけた。ジャケットから水が滴り、頬に濡れた髪の毛が貼りついた。なにも言わずに手を伸ばしてシンクの横の釘にかけてあったフキンを取り、流しっぱなしの蛇口の下で絞って、もう一度顔を洗いだした。ようやく立ち上がる気力を取り戻したレティーは、キャンダスのウェストに腕を回してイスに座らせた。

「ごめんなさい。臭いのせいよ」と、キャンダスは言った。「あの臭いには我慢ならないの」

孤独な死の恐怖が頭にこびりついて離れないレティーは、同情から弁解するように言った。「あれは死臭じゃないのよ、キャンダス。しかたがなかったのよ。恐ろしさのあまりでしょうね、失禁したんだわ。そういうことってあるものよ」

口に出さなかったが、レティーは思った。〝ということは、生きているうちに冷凍庫に入ったんだわね。ちがうかしら？　法医学者なら分かるでしょうね〟身体が元通りに動くようになると、頭も不思議なほど冴えてきた。「警察に知らせなければいけないわね。ダルグリッシュ警視長さんが電話番号を下さったけれど、あなた、憶えている？」

キャンダスは首を振った。「私も憶えていないのよ。必要になるなんて思ってもみなかったから。警視長さんもほかの警官もいつも敷地内にいるから、呼んできましょう」

だが、キャンダスが頭をそらせて言った。血の気が完全に失せて、すべての感情が洗い流されたような顔は妙に彼女らしく、肉と骨でできたマスクだった。「だめよ！　行かないで。私は大丈夫だけれど、一緒にいたほうがいいと思うのよ。ポケットに携帯電話があるわ。領主館に電話をして、人を呼びましょう。最初に事務室にかけて、それからジョージにかけるといいわ。彼にダルグリッシュに電話をするように頼むのよ。ジョージは来てはだめよ。だれも来させないようにしないと。私、大勢詰めかけてきて、好奇心むき出しで質問したり、気の毒がったりされるのは我慢ならない。いずれそうなるでしょうけど、今はごめんよ」

レティーは事務所にかけた。反応がない。今度はジョージの番号にかけた。院長が出るのを待ちながら、レティーは言った。「ジョージはここには来ないわよ。彼には分かるはずですもの。このコテッジは犯罪現場になるんだから」

キャンダスの声はきつかった。「犯罪って、なんのこと？」

ジョージはまだ出ない。レティーは言った。「自殺ということもあるわね。自殺って犯罪じゃないのかしら」

「自殺には見えないじゃないの。そうじゃない？　ちがう？」

レティーは愕然として〝私たち、いったいなにを議論しているんだろう〟と思った。だが、落ち着いた声で答えた。「その通りだわね。私たちにはなにも分からない。でもダルグリッシュ警視長さんも野次馬はお断わりでしょう。私たちはこのままここにいて、待っていましょうね」

ようやく電話がつながり、ジョージの声が聞こえてきた。レティーは言った。「今、ストーン荘からかけています。キャンダスが一緒です。ロビン・ボイトンが亡くなっているのを見つけました。使っていない冷凍庫に入っていたんです。至急ダルグリッシュ警視長さんに電話していただけませんか。警視長さんがここに来られるまで、ほかの人にはなにも言わないほうがいいと思います。それからこちらにはいらっしゃらないでくださいね。だれにも来させないでください」

院長は鋭い声で言った。「ボイトンが亡くなったって？　確かに死んでいるんですか」

「はい、確かです。今説明していられません。ダルグリッシュさんに連絡してください。はい、私たちは大丈夫です。ショックですけれど、大丈夫です」

「ダルグリッシュに連絡しましょう」電話は切れた。

どちらも口を開かなかった。静かな中で二人の深い息遣いだけがレティーの耳に入った。二人はキッチンのイスに黙って座っていた。終わりのない無限の時間が過ぎていった。やがて向かい側の窓の向こうに通りすぎる顔が見えた。警察が来たのだ。勝手に中に入ってくるものとレティーは思っていたのだが、ドアをノックする音がした。レティーはキャンダスのこわばった顔をちらりと見てから、ドアを開けに立った。ダルグリッシュ警視長が入ってきて、その後ろからミスキン警部とベントン－スミス部長刑事が続いて入ってきた。ダルグリッシュはまっすぐ冷凍庫に行かずに、二人の女性に気遣いを見せた。レティーはびっくりした。食器戸棚からマグカップを二つ取って、水道の水を満たして持ってきたのだ。キャンダスはマグカップをテーブルに置いたまま手をつけなかったが、レティーは急に水が飲みたくなり、きれいに飲みほした。ダルグリッシュ警視長がキャンダスと自分をじっと見つめているのに気づいた。

「いくつか質問をしなくてはなりません。お二人とも大変なショックだったでしょう。話しても大丈夫ですか」

キャンダスが彼をしげしげと見て、答えた。「ええ、問題ありません」

レティーは小声で同意した。

「それではお隣の部屋に移ったほうがいいでしょうね。私もすぐ行きます」

居間に入る二人のあとからミスキン警部がついてきた。レティーは〝なるほど、話を聞くまでは私たち二人だけにしないつもりなんだわ〟と思った。そして自分は洞察力があるのか、それとも疑り深いのか、とも思った。自分とキャンダスが自分たちの行動について話を合わせようとしたら、警察が来る前に時間はたっぷりあったのだから。

二人はオークの長イスに座り、ミスキン警部がテーブルからイスを二脚引きよせて、二人の前に置いた。警部は座らずに言った。「なにかお飲みになりますか？　ウェストホールさん、お茶かコーヒーの置いてあるところを教えていただければ、入れましょう」

キャンダスの口調ははねつけるようにきつかった。「けっこうよ。私は早くここから出たいだけなんです」

「ダルグリッシュ警視長はすぐ来られますよ」

その通りだった。警部がそう言っている間にもダルグリッシュが姿を現わして、二人の真ん前のイスに座った。ミスキン警部がもう一脚のほうに腰をかけた。目の前のダルグリッシュの顔はキャンダスと同じに蒼白だったが、謎を秘めた彫刻のようなマスクの下にどんな思いがあるのか推し測るべくもない。話しだした声は優しく同情しているようでもあった。しかし目まぐるしく回転する彼の頭の中にあるものが同情と無関係なことは、レティーにも分かっていた。「今朝お二人でストーン荘に来られたのはどうしてですか」と、ダルグリッシュは訊いた。

答えたのはキャンダスだった。「ロビンを探していたんです。九時半ごろに彼の仕事のパートナーから電話があって、昨日の朝からロビンと連絡が取れないと心配していたんです。最初フレンシャムさんが来てみたら、キッチンテーブルに食事がしたままになっていて、ドライブウェイに車があり、ベッドが寝た形跡がない。それで二人で戻ってきて、あちこち探したんですよ」

「ロビン・ボイトンさんが冷凍庫に入っていることを知りませんでしたか。あるいは入っているんじゃないかと考えませんでしたか」

あからさまな質問だったが、ダルグリッシュは謝らなかった。レティーはキャンダスが怒りださないかと気になった。そして自分は低い声で「いいえ」と答えるにとどめた。ダルグリッシュの目を見て、信じてもらえたと思った。

キャンダスはちょっと黙っていた。ダルグリッシュは待っていた。「もちろんノーですよ。知っていたら、最初に冷凍庫を見ていました。私たちは生きている人間を探していたので、遺体を探していたわけじゃない。私はロビンはすぐにも姿を現わすと思っていましたけど、あの人は野山を歩き回ったりする人じゃないので、いないのが不思議だったんです。それでどこに行ったのか手がかりを探そうと思って」

「どちらが冷凍庫を開けましたか」

レティーが答えた。「私です。隣の配膳室を調べたのが最後でした。キャンダスは食料品貯蔵室に入っていって、私は何気なく、ろくに考えもしないで冷凍庫の蓋を持ちあげました。ローズ荘とここの戸棚は全部調べたので、冷凍庫の中を見るのも当然のような気がしたんだと思います」

ダルグリッシュはなにも言わなかった。レティーは思った。〝戸棚や冷凍庫の中を見るなんて、生きている人間を探していたとは思えないと言うつもりだろうか〟しかし自分は自分なりの説明をした。自分の耳にも説得力があるように聞こえなかったが、それが真実だし、それ以上付け加えることはなかった。説明を試みたのはキャンダスのほうだった。

「ロビンが死んだかもしれないなどとは思ってもみませんでした。フレンシャムさんも私もそんなことは口にしませんでした。探そうと言いだしたのは私です。戸棚の中をのぞいて徹底的に探し出したからには、最後までするのが当然に思えましたね。事故の可能性も頭の隅にあったのかもしれませんが、どっちも口にしませんでした」

ダルグリッシュとミスキン警部が立ち上がった。ダルグリッシュが二人に言った。「お二人ともご面倒をおかけしました。このコテッジから出られたほうがいいでしょう。今のところはこれ以上お煩わせしませんよ」彼はキャンダスを見た。「当面は、それにおそらく数日はストーン荘を立ち入り禁止にしなければなりません」

「犯罪現場としてですか」と、キャンダスが訊いた。

「不審死の現場としてです。弟さんとお二人で領主館の部屋をお使いになるようにとチャンドラー-パウエルさんがおっしゃっていました。ご不便でしょうが、ご理解ください。法医学者と鑑識技官も入りますが、荒らしたりしないように気をつけます」

「めちゃめちゃにしたって私はいっこうにかまいませんよ。

このコテッジはもう用なしです」と、キャンダスは言った。

ダルグリッシュは聞こえなかったように続けた。「領主館に持っていくものを荷造りなさるんでしたら、ミスキン警部がお手伝いします」

それでは監視を受けるのか、とレティーは思った。ダルグリッシュはなにを恐れているのだろうか。逃げだすと思っているのか。だが、フェアな言い方ではないと、レティーは思い直した。ダルグリッシュはどこまでも礼儀正しく親切だ。とはいえ、無礼で不親切な態度を取って利点があるわけでもない。

キャンダスは立ちあがった。「必要なものは自分で取ってきます。弟は自分で荷造りしますよ。もちろん監視付きでしょうけど。弟の部屋を引っかき回す気はありません」

ダルグリッシュは静かに言った。「弟さんがいつコテッジに入れるかは、こちらからお知らせします。では、ミスキン警部がお手伝いします」

キャンダスを先頭にレティーとミスキン警部は階段を昇った。レティーは配膳室から離れられてうれしかった。寝室に入ったキャンダスは衣装ダンスからスーツケースを引っ張りだしたが、それをベッドの上に置いたのはミスキン警部だった。キャンダスはタンスから衣類を出しはじめた。暖かいセーターやスラックス、下着、寝間着を手早くたたみ、靴と一緒に慣れた手つきでスーツケースに詰めた。浴室に入り、洗面道具の入った袋を持ってきた。三人は振り返らずに部屋を出た。

ダルグリッシュとベントン－スミス部長刑事は配膳室にいた。三人が出ていくのを待っているらしい。冷凍庫の蓋は閉まっていた。キャンダスが家のキーを渡した。ベントン－スミス部長刑事が預かり証を書き、コテッジのドアは三人の背後で閉じられた。レティーの耳にキーを回す音が聞こえた。

ミスキン警部を真ん中にして、二人は無言で朝のしっとり甘い空気を大きく吸い、ゆっくり踏みしめるようにして領主館に戻っていった。

# 9

領主館の玄関に近づくと、ミスキン警部は二人が警官の付き添われて戻ってきたのが分からないように手前で止まり、さりげなく引き返して行った。おかげでキャンダスはドアを開けるレティーにすばやく耳打ちできた。「なにがあったか話し合わないほうがいいわ。事実だけ言うのにとどめましょう」

レティーはよけいなことを言うつもりはないと言いたかったが、「もちろんよ」と小声で答える時間しかなかった。

キャンダスは自分の寝る場所を見ておきたいと言って、話をせざるをえない立場からすばやく逃れた。すぐにヘリナがやってきて、キャンダスと一緒に東翼に姿を消した。東翼には患者用の一角が立ち入り禁止になってからフラヴィアが移ってきていたから、手狭になりそうだった。マーカスも電話でダルグリッシュの了解を得て必要な衣類と本を取りにストーン荘に戻り、東翼の姉と合流した。だれもが気を遣って口をつぐんでいる。具合の悪い質問をする者はいない。だが、朝の時間が無為に過ぎていくうちに、空気は口にされない言葉でざわついてきた。中でも、どうしてレティーは冷凍庫の蓋を持ち上げたかが一番の疑問のようだった。レティーはキャンダスとの申し合わせを破って、自分から説明したほうがいいような気がしてきた。

午後一時になろうとしていたが、ダルグリッシュ警視長と特捜班からは相変わらず音沙汰なしだった。ダイニングルームで昼食を取ったのは、チャンドラー＝パウエル院長とヘリナ、フラヴィア、レティーのわずか四人だった。キャンダスは弟の分と一緒に部屋に運ばせた。チャンドラー＝パウエルは手術日にちゃんと昼食を取る時には、もっと遅い時間に手術チームと一緒に取る。今日のように手術がない日はダイニングルームの昼食に加わる。領主館に住んでいるのは少人数なのだから全員一緒に食事をすればいいものをと、レティーは思うのだが、ディーンは自分の料理を食べる人たちと食卓を囲むのはシェフの沽券に関わると思っているようだ。彼とキムはシャロンと一緒に自分たちの部屋で食べる。

食事はシンプルだった。最初にミネストローネ・スープが出て、次に豚肉と鴨肉のテリーヌ、ベークド・ポテト、季節のサラダだった。サラダを皿に取っていたフラヴィアが、警察はいつ姿を現わすのかだれか知らないかと訊いた。レティーは自分でもわざとらしいほど平然とした口調で答えた。

「私たちがストーン荘にいる時には、なにも言っていませんでしたよ。冷凍庫を調べるので手いっぱいなんでしょう。きっとあれをどこかに移すんじゃないかしら。私、どうしてあの蓋を開けたのか、自分でもよく分からないんですよ。コテッジから出ようとしていた時で、ちょっとしたはずみというか、好奇心程度のことだったんだけど」

フラヴィアが言った。「開けてよかったんじゃないのかしら。でなければ警察が野山を探している間、何日もあそこに入っていたんでしょうから。遺体を探しているんじゃなければ、警察は冷凍庫を開けたりしないでしょ。だれだって開けないんじゃないかしら」

チャンドラー-パウエル院長が顔をしかめたが、なにも言わなかった。沈黙が破ったのはスープ皿を下げにきたシャロンだった。慣れない無為の生活が退屈と分かって、彼女は家事を少しばかりやる気になっていた。戸口で振り返ったシャロンは、彼女としては意外なほど明るい声で言った。「村に連続殺人犯がいて、私たちを一人ずつ殺しているんじゃないですか。そういうのをアガサ・クリスティーの本で読みました。登場人物が全員島に閉じこめられて、その中に連続殺人犯がいるんです。そして最後に一人だけ生き残るんですよ」

「馬鹿なことを言うんじゃないのよ、シャロン」と、フラヴィアがぴしゃりと言った。「グラッドウィンさんの事件は、連続殺人には見えなかったでしょ。連続殺人犯というのは同じ殺し方をするものなのよ。それに大量殺人犯が遺体を冷凍庫に入れたりする？　でもあなたの言う連続殺人犯は冷凍庫に執心していて、今も次の犠牲者を入れる冷凍庫をせっせと探しているかもしれないわね」

言い返そうとシャロンは口を開いた。だがチャンドラー－パウエルにちらっと見られて考え直し、部屋を出てドアを足で蹴って閉めた。だれもが無言だった。シャロンの発言は思慮を欠いていたが、フラヴィアの言ったことも似たりよったりとだれもが思っているように、レティーには感じられた。殺人は汚染する犯罪だ。それほど親しくはなくても気のおけない間柄だった人間関係を微妙に変化させる。レティーとキャンダスの関係、そして今はフラヴィアとの関係。疑惑と言えるようなはっきりしたものではない。居心地の悪い雰囲気が広がるというか、他人のこと、他人の心は分からないという思いが強まるのだ。だが、レティーはフラヴィアのことが気になった。西翼の自分の部屋が立ち入り禁止になってからというもの、フラヴィアは庭を一人で散歩をしたり、ライムの並木道を石まで歩いたりするようになり、強風やにわか雨のせいとは思えないほど目を赤く腫らして帰ってくる。フラヴィアがほかの者よりもグラッドウィン事件でショックを受けている様子なのは意外でもないと、レティーは考えた。婦長と院長は患者を失った。どちらにとっても職業上の大事件だ。それにジョージとの関係が噂になっている。二人が荘園で一緒にいる時にはいつも外科医と手術担当看護師であり、時には必要以上に仕事上の関係にこだわって見えることもある。もし二人が領主館で関係を持っていたのなら、だれかに分かったはずだ。しかしフラヴィアの気分が不安定で怒りっぽいことや孤独な散歩は、あるいは患者を亡くしたこと以外に原因があるのかもしれない。

午後の時間がたつにつれて、レティーは新しい事件が恐怖や不安以上にひそかな興味をかきたてているのに、気づいた。ロビン・ボイトンはいとこ以外には大して知られた存在ではなかったし、見知っている者にもあまり好かれていなかった。それにうまい具合に領主館の外で死んでくれた。まさかそんな無神経なことをあけすけに言う者もいないだろうが、領主館とストーン荘の間の百ヤードの距離は、大多数が目撃しなかったために想像するだけの遺体との、物理的なだけでなく心理的なへだたりになっていた。だれもがドラマの参加者でなく傍観者の気分だった。ダルグリッシュと特捜班は情報を求めるばかりで、お返しをしない。彼らから実際の動きから遠ざけられて、不当な締め出しをくっていると思うようになっていた。庭や敷地内の仕事のおかげで門のそばでうろうろしていられるモグが貴重な情報をもたらした。鑑識技官がまたやってきて、カメラマンとグレニスター博士も来た。そして最後にでこぼこした遺体袋がコテッジの玄関から担架で運び出されて、不吉な遺体安置所のバンにのせられた。そんなモグの報告を聞いた領主館の住人は、ダルグリッシュたちが戻ってくるものと思い、身構えた。

## 10

ダルグリッシュはストーン荘で捜索にかかりきっていたので、最初の事情聴取はケイトとベントンに任せた。二人が領主館に現われて事情聴取を始めたのは、午後三時半だった。今回もチャンドラー＝パウエルの同意を得て、事情聴取の大半が図書室で行なわれた。最初の二、三時間は成果がなかった。解剖がすむまではより正確な死亡時刻の推定は無理だが、グレニスター博士の仮の推定が正確なら、ボイトンは前日の午後二時から六時の間に死んだと思われる。食後に洗う暇がなかったらしい汚れた皿は朝食よりも昼食用だったように思われたのだが、シンクに汚れたままの食器とソースパン二個がその前の晩からあったようなので、あまり役に立たなかった。

ケイトは前日午後一時から八時の夕食までどこにいたか

質問した。ほとんど全員が部分的なアリバイはあったものの、七時間のアリバイがそっくりあった者は皆無だった。午後の時間はそれぞれが自分のしたいことを自由にすることが多く、ほぼ全員が領主館内か庭で一人きりになった時間があった。マーカス・ウェストホールは昼食後少ししてからボーンマスにクリスマス用の買い物に出かけて、帰ってきたのは七時半だった。ほかの者たちがちょっと変だと思っているのが、ケイトには分かった。遺体が見つかるたびに、マーカス・ウェストホールは運良く留守だったからだ。姉のキャンダスは午前中事務室でレティーと一緒に仕事をして、昼食後ストーン荘に戻って庭仕事をした。日が暮れだすまで落ち葉を掃き集めたり堆肥の山を作ったり、灌木の枯れ枝を切り取ったりした。そしてお茶を入れに温室のドアからコテッジに入り、ドアは開けたままにしていた。ボイトンの車が外に止めてあるのが見えたが、午後の間彼の声も姿も見聞きしなかった。

チャンドラー-パウエルとフラヴィア、ヘリナは領主館内の自分たちの部屋か事務室にいたが、はっきりアリバイがあるのは、ほかの者もいる昼食時と図書室で出された午後のお茶、八時の夕食のときだけだった。三人は時間を細かく訊かれることに腹を立てているようで、ほかの者も同様だった。彼らにしてみれば、いつもと変わらない一日だった。モグは前日の午後はほとんどバラ園にいて、幾何学式庭園の大甕にチューリップの球根を植えた。彼の姿を見かけた者はいなかったが、モグは球根が数個残ったバケツと球根の入っていた袋を見せた。ケイトもベントンも球根が植わっているか確かめるために大甕を掘りかえして、モグを面白がらせる気はなかった。しかしそうすべきと思ったら、もちろん掘るつもりだった。

シャロンは午後に家具の埃を払って磨き、大広間と玄関ホールのカーペットに掃除機をかけないかと言われて、オーケーした。当然、掃除機の騒音は館内にいた人たちを時おり苛立たせたが、正確にいつ音がしたか思い出せる者はいなかった。ベントンが掃除機のスイッチを入れたまま使わずに放っておくこともできるじゃないかと言ったが、ケイトは本気にしなかった。シャロンは調理場でディーンとキンバリーの手伝いもした。彼女は証言を嫌がるそぶりを見せなかったものの、質問に答える前にいやに時間をかけ、その間好奇心に微かな憐憫の混じった目でケイトをじっと見つめた。反感をむきだしにすると予想していたケイトは、反感以上に困惑させられた。

午後遅くになっても、ケイトとベントンはほとんどなにもつかんでいなかった。ボーンマスに出かけるマーカスを含めて荘園内に住む者ならだれでもストーン荘に立ち寄ることは可能だった。しかしウェストホール以外の者にロビンをコテッジ内に誘い込み、殺害したのちに警備チームの目を盗んで気づかれずに領主館に戻ることができるだろうか。当然、第一容疑者はボイトンを冷凍庫に閉じ込める体力が充分あるキャンダス・ウェストホールということになる。しかし今のところ殺人事件と断じるだけの証拠がないため、第一容疑者うんぬんは時期尚早だった。

五時近くになってようやくボストック夫婦の番になった。場所は調理場だった。ケイトとベントンは窓のそばの低いイスに腰を落ちつけ、ボストック夫婦もテーブルのイスを二脚引き寄せた。夫婦は座る前にお茶を入れて、客の前の低いテーブルに丁重に置き、キムが今焼いたばかりの熱々のビスケットをオーブンから出して勧めた。開けたオーブンからスパイスの効いた、濃厚な香りが漂ってきて、食欲をくすぐる。手で持てないほど熱いビスケットは薄く、パリパリしておいしかった。子供のように顔を輝かせたキムはビスケットをつまむ二人の警官に笑いかけて、沢山あるから、どうぞ遠慮しないでとしきりに勧めた。ディーンがお茶を注いだ。家庭的なくつろいだ雰囲気になってきた。外では雨を含んだ空気が霧のように窓ガラスにじっとりとまといつき、深まる夕闇でなにもかもぼやけて見えるのに、幾何学式庭園のくっきりした形だけはまだ見て取れる。高いブナの生垣は遠くでぼんやりにじんでいた。室内は光と色が溢れて暖かく、お茶と食べ物の香りが心を和ませる。

ボストック夫婦はお互いのアリバイを証明できた。前日の二十四時間はほとんどずっと一緒に過ごした。調理場にいることが多かったが、モグが少しの間姿を消したのを幸いに菜園に一緒に行って夕食用の野菜を摘んだりした。モグは自分が植えた野菜の列に隙間ができると、いちいち腹を立てるのだ。調理場に戻ったキムはメイン料理を給仕して、そのあとテーブルを片付けた。だが、たいていの場合ミス・クレセットかフレンシャムさんがいた。

夫婦はともにショックを受けた様子だったが、ケイトとベントンが考えていたほどはうろたえていないし、怯えているようでもなかった。ボイトンは時おり滞在するだけで、二人には何の責任もない相手だったせいもあるだろう。これまではたまに姿を現わしても荘園に賑わいを添えるどころか、苛立ちと余分の仕事の原因になる存在と見なされ、とくにディーンにとってはそうだった。ボイトンは目だつ。あの容貌の青年なら、目立たないはずない。しかし夫に首ったけのキンバリーは古典的な美貌には心を動かされないし、妻べったりのディーンは調理場を不当な侵入者から守ることが主な関心事だった。二人にとくに怯えている様子が見られないのは、ボイトンの死を事故だと思いこんでいるせいらしい。

自分たちに直接関係がないし嘆くこともなく、興味津々でちょっぴり興奮している夫婦はしゃべりつづけ、ケイトは聞き役に徹していた。ボストック夫婦もほかの人たちと同じようにボイトンの遺体発見と発見場所しか聞かされていなかった。今のところ話すと言ってもその程度しかなかったし、だれかを蚊帳《かや》の外に置く意味もなかった。運がよければ今回の死亡事件をマスコミに知られずにすむかもしれないし、モグが口を閉じていれば、しばらくは村の噂にもならないだろう。だが荘園の人間に伏せておくのはほぼ不可能だし、不必要だ。

突破口が開けたのは六時近くだった。ちょっと黙って物思いに浸っていたキムが言った。「お気の毒でしたよね。冷凍庫に入ったら蓋が閉まったんでしょうね。でも、なぜ冷凍庫に入ったりしたのかしら。きっと子供が一人でこっそり冒険するみたいに、ただの遊びのつもりだったんでしょうね。ママがまるでトランクみたいに大きな籐のバスケットを持っていたんですよ。私たち、よくその中に隠れました。でもどうして蓋を持ちあげなかったのかしら」

ディーンはテーブルの上を片付け始めていた。「留め金が落ちたら、無理だよ。でも子供じゃなかったんだ。まったく馬鹿なことをしたもんだよ。窒息なんて、楽な死に方じゃない。いや、心臓発作を起こしたのかもしれないな」

悲しげにしかめられたキムの顔を見て、彼はきっぱりとした口調で続けた。「きっとそうだよ、心臓発作だったんだ。好奇心から冷凍庫に入って、開かなくなってパニックを起こして死んだ。あっという間だよ。なにも感じなかったろうね」

「ありえますね」と、ケイトは言った。「解剖がすめば、もっと分かるでしょう。ボイトンさんは心臓の具合が悪いとあなたたちに言ったことがありますか。気をつけなければいけないとか、そんなことを」

ディーンはキムを見た。キムは首を振っている。「私たちにはなにも。だって、そうでしょう。あの人はここにしょっちゅう来たわけじゃないし、私たちはあまり会うこともなかったんですよ。ウェストホールさんたちは知ってるかもしれないな。いとこだし、二人に会いに来るってことだったからね。フレンシャムさんは料金をいくらか取っていたけど、モグの話では滞在料金まるまるじゃなくて、ボイトンさんは安上がりな休暇を取っているだけなんだろうってことだった」

「キャンダスさんはボイトンさんの健康のことはご存じないんじゃないかしら」と、キムが言った。「マーカスさんはお医者さまだから、ご存じかもしれないけれど。でも仲がよくなかったんじゃないでしょうか。キャンダスさんがフレンシャムさんに言ってらしたけど、ロビン・ボイトンさんはコテッジを借りる時にキャンダスさんたちにはなにも知らせないんですって。お二人ともボイトンさんが来るのを喜んでいるようには見えなかったわね。モグは家族のいさかいのようなものがあるって言ってたけれど、どんなことかは知らないようでした」

「今回はグラッドウィンさんに会うためだと、ボイトンさんは言っていましたね」と、ケイトは言った。

「でも会えなかったんでしょう？　今回も、それにグラッドウィンさんが二週間前にいらしたときも。院長先生と婦長さんが目を光らせていましたもの。ボイトンさんとグラッドウィンさんがお友だちだなんて信じられませんね。ボイトンさんが偉そうに見せようとしていただけじゃないかな。でも、冷凍庫のこと、妙ですよね。あの人の泊まっているコテッジにあるわけでもないのに、いやに興味があるみたいでしたよ。ディーン、憶えている？　この前バターを借りに来たときに、なんだかいろいろ聞いてたじゃないの。あれの代金、結局返してもらえなかったわね」

ケイトがベントンの目を見ないようにして、さりげなく質問した。「それはいつのことでした」

ディーンが妻のほうをちらりと見た。「グラッドウィンさんが初めて来られた日の夜でしたね。二十七日の火曜日だったんじゃないかな。コテッジ滞在には食事はつかないので、食料を持参するとか、村で調達するか外食になるんです。いつも冷蔵庫にミルクを入れておいて、お茶とコーヒー、砂糖は用意しますが、それだけです。前もって食料品を注文した場合は、モグが買い整えます。ボイトンさんから電話があって、バターを持ってくるのを忘れたから一箱分けてほしいって言われたんですよ。取りに来るってことだったけど、調理場でうろうろされたくないんで届けるって言ったんです。時間は六時半で、ボイトンさんは到着したばかりみたいでした。キッチンの床に持ち物が放り出してありましたからね。グラッドウィンさんは来たのか、いつ会えるだろうかと訊かれたんですけどね。私は患者さんのことは何も言えないから、婦長さんか院長先生に訊いてくれと言ったんです。そうしたら何気ない口調で冷凍庫のことを訊きだしたんですよ――いつから隣のコテッジにあるのかとか、まだ使えるのか、キャンダスさんは使っているのかとか。私はあの冷凍庫は古くて使いものにならない、だれも使っていないって答えたんです。キャンダスさんはモグに捨ててほしいと言ったんだけど、モグは自分の仕事じゃないって言って。捨てるのは市がすることなんだから、ミス・クレセットかキャンダスさんが電話をかければいいんです。だれも電話した様子はないですけどね。そう言ったら、ボイトンさんは質問をやめました。ビールを飲まないかと言われたんですけど、あの人と飲みたくないし、どっちにしろそんな時間はなかったから、帰ってきました」

「でも冷凍庫があるのは隣のストーン荘ですね」と、ケイトは言った。「どうしてボイトンさんは冷凍庫のことを知っていたんでしょう。到着した時にはもう暗かったでしょうに」

「前に来た時に見たんじゃないですか。ウェストホールさんのお父さんが亡くなった時にストーン荘に来たはずですよ。ウェストホールさんたちのいとこだって、いやに自慢にしてたからな。でもなければ、キャンダスさんの留守中にこっそり忍び込んだか。ここの人たちは戸締りをあまり気にしないようだからね」

キムが言った。「配膳室から温室を通って庭に出るドアがあるでしょ。あれが開いていたのかもしれませんよ。それでもなかったら、窓から冷凍庫を見たのかもしれない。でも変ですよね、あの人があんなものに関心があるなんて。ただの古ぼけた冷凍庫なのに。動いてもいないんですよ。八月に壊れたんです。ディーン、憶えてる？　休日にあれに鹿肉を入れておこうとしたら、動かなかったじゃないの」

ついに成果が出た。ベントンはケイトをちらりと見た。ケイトの顔は無表情だったが、ベントンには自分たちが同じことを考えているのが分かった。ケイトは尋ねた。「冷凍庫を最後に使ったのはいつですか」

ディーンが答えた。「憶えてないですね。動かなくなったってだれも言いませんでしたよ。休日とか院長先生にお客があるとか、そんな時以外は必要がなかったんです。普通はここの冷凍庫で充分足りてます」

ケイトとベントンはそろそろ切り上げることにした。「ボイトンさんが冷凍庫に興味を持っていたことを、ここの誰かに話しましたか」と、ケイトは訊いた。ボストック夫婦は顔を見合わせてから、勢いよく首を横に振った。

「それではだれにも言わないでください。荘園内の人と冷凍庫の話はしないようにお願いしますね」

キンバリーは目を大きく見開いて、尋ねた。「大事なことなんですか」

「たぶんそんなことはないでしょうけど、今のところなにが大事か、あるいは大事になりそうなのか分かりませんから。だから黙っていていただきたいのです」

「話したりしません。誓います。それに院長先生から噂話はいけないって言われていますから、ぜったいにしません」

ケイトとベントンが立ち上がって、ディーンとキンバリーにお茶とビスケットのお礼を言っている最中に、ケイトの携帯電話が鳴った。ケイトはじっと耳を傾けてから短く返答しただけで、外に出るまでなにも言わなかった。コテッジを出て彼女は言った。「ADから、すぐにオールド・ポリス・コテッジに来るようにとのことよ。キャンダス・ウェストホールが話したいことがあって、十五分後に現われるんですって。ようやく先が見えてきたようよ」

# 11

二人がオールド・ポリス・コテッジに着いたのは、キャンダスが領主館の門を出る寸前だった。ケイトが窓から外を見ると、道を渡る前に足を止めて両側を確認してから頑丈そうな肩を揺らして悠然と歩くキャンダスの姿が見えた。ドアを開けて出迎えたダルグリッシュは彼女をテーブルに案内して、向かい側にケイトと並んで座った。ベントンは手帳を手にドアの右側に座った。ツイードの服を着て革の短靴をはいたキャンダスは、ベントンの目には信仰心薄い信者の家にやってきた田舎司祭夫人のような自信を漂わせていた。しかし彼の座った位置から、膝の上で握り合わされたキャンダスの両手に一瞬力が入るのが見えた。唯一緊張していることを示すしるしだった。どんな用件で来たのであれ時間は充分あったのだ。なにを、どう話すかはもう決まっているにちがいない。ダルグリッシュが口を開く前にキャンダスは話しだした。

「今度のことで可能性があったというか、起きておかしくなかったと考えられることがあるんです。私にとってマイナスになる話なんですけれど、たとえ根拠のない想像と取られようと一応お話ししておくべきじゃないかと思いましてね。ロビンはなにかの実験か、あるいはつまらない悪ふざけをして失敗し、あんなとんでもない結果になったんじゃないでしょうか。説明をしないとお分かりにならないでしょうが、それにはローダ・グラッドウィンの事件とは無関係な家庭内の問題を明かさなければなりません。彼女の事件に直接関係がなければ、これからする話は内聞にしていただけますね」

ダルグリッシュはさらりと答えたし警告ではなかったが、言葉は率直だった。「事件に関係があるかどうか、家庭内の秘密をどの程度伏せておくかは私が判断します。前もってお約束はできませんよ」

「そうすると、この場合もやはり警察を信用するしかないわけですか。失礼なことを言うようですけれど、ニュース価値のある情報がお金になる時代ですから信用しろと言われても、なかなかね」

ダルグリッシュは静かな声で答えた。「私の部下は情報をマスコミに売ったりしません。ウェストホールさん、これは時間の無駄なんじゃありませんか。あなたには警察に関係のありそうな情報を提供して捜査に協力する義務がおありだ。われわれとしては不必要にご迷惑をかけるつもりはありませんし、無関係なことに時間を浪費しなくても、関係のある情報の処理だけでも充分大変なのです。ロビン・ボイトンさんの遺体がどうして冷凍庫にあったのかご存じなら、あるいはその疑問解決に役立つ情報をお持ちなら、速やかにお話しになってはどうでしょうね」

キャンダスが非難されて腹を立てたかどうかは、顔を見るかぎり分からなかった。「ロビンがわが家の家族関係をすでにお話ししたんなら、いくらかはもうご存じかもしれませんね」

ダルグリッシュが答えなかったので、キャンダスは続けて言った。「ロビンはなにかと言うと持ち出していましたけれど、彼は確かにマーカスと私のいとこです。ロビンの母ソフィーは私たちの父のただ一人のきょうだいでした。ウェストホールの男性は少なくとも過去二世代、娘を過小評価し、時には侮蔑してきた。息子が生まれれば大喜びし、娘の誕生は不幸とされる。今でも珍しくない偏見ですけれど、私の父と祖父の場合は凝り固まった観念のようなものになっていました。放置とか虐待ではありませんよ。そんなことはありませんでした。でもロビンの母は親に相手にされず、劣等感と自己不信に陥ったのです。頭がよくなかったし、容貌にも恵まれず人に好かれる性格でもなかった。子供の頃から問題があったのは当然といえば当然だったんですよ。そして家を出られる年齢になるとすぐに家を離れて、両親に逆らってポップミュージックの世界の入口あたりで不安定な生活を始めたのです。キース・ボイトンと結婚したのは二十一歳の時でしたが、あれは最悪の選択でしたね。私はボイトンに一度だけ会ったけれど、虫の好かない男でした。叔母は結婚した時にすでに妊娠していました。でも、それは言い訳にはならないでしょう。彼女が子供を産んだことに驚かされますね。母性というのは目新しい感覚だったんでしょう。キースには表面的な魅力らしきものがあったことはあったけれど、あんな拝金主義者は見たことがありません。職業は自称デザイナーで、たまに仕事を見つけてきて、仕事のない時は半端な仕事で収入を得ていた。一度は電話で複層ガラスを売っていたとか。なにも長続きせず、秘書をしていた叔母が主な稼ぎ手でした。キースが叔母に頼っていたせいか、不思議と結婚は破綻しなかった。叔母はあの男を愛していたのかもしれません。とにかくロビンの話では叔母はロビンが七歳の時に癌で亡くなり、キースはほかの女性を見つけて、オーストラリアに移住したんです。それ以後音信不通です」

「ロビン・ボイトンさんがあなたがたと頻繁に接触するようになったのはいつからですか」と、ダルグリッシュが訊いた。

「マーカスがここの仕事について、父をストーン荘に連れてきた時からですね。マーカスか私にいとこらしい関心を持たせようと思ったらしく、見舞客用のコテッジに短期間泊まるようになったのです。はっきり言ってこっちには関心なんてまるでありませんでした。でも私は彼に対してちょっと気がとがめていましてね。今でもそうです。お金に困っていると言われると、時おり二百五十ポンド、五百ポンドと渡していました。でもやがて賢明なやり方じゃないと気づいたのです。認めてもいない責任を引き受けているようなものじゃありませんか。そうしたら一ヵ月前に彼はとんでもないことを思いついたのです。私たちの父は祖父の死後三十五日して亡くなりました。もし死後二十八日以内だったら遺産相続に問題が起きたでしょうね。被相続人は遺言者の死後二十八日間生存しなければ相続権を失うという条項がありますから。もし父が祖父の遺産を相続しなければ、その遺産を私たちがさらに相続するということは当然なかったわけです。祖父の遺言書の写しを手に入れたロビンは奇想天外なアイデアを思いついた。私たちの父は祖父の死後二十八日以内に死んだので、マーカスと私は共謀して――あるいは片方が一人で父の遺体をストーン荘の冷凍庫に隠し、二週間後に解凍してステンハウス先生を呼び、死亡証明書を書いてもらったのだと言うのですよ。冷凍庫はこの夏にとうとう壊れましたが、その時にはめったに使わなかったものの、まだ動いていました」

ダルグリッシュは言った。「ボイトンさんはいつそのアイデアをあなたに言いましたか」

「ローダ・グラッドウィンが下見にここにきた三日間の間でしたね。グラッドウィンが到着した翌朝にやってきて、彼女に会えると思っていたらしいんです。でも彼女ははっきり面会お断わりと言ったので、私の知るかぎり領主館の中に入れてもらえなかった。そのアイデアを入れ知恵したのは彼女だったのかもしれません。二人が共謀していたことは確かですよ。ロビンが共謀を認めるようなことを言っていました。そうでなければどうしてロビンは彼女がここにいる時に必ずやってきたのか。彼女にしてみればふざけ半分だったんでしょう。あんな話を彼女が本気にするとはとても思えませんものね。でもロビンには恐ろしく重大なことだったんです」

「あなたにどういうふうに切りだしたのですか」

「シリル・ヘアーの『いつ死んだのか』というタイトルの古いペイパーバック本を持ってきたんですよ。死亡時刻を偽装する推理小説でした。ここに着くとすぐに私のところに持ってきて、面白いと思うんじゃないかと言うんです。じつは私も何年も前に読んだことがあって、私の知るかぎり絶版になっているはずです。もう一度読み返す気はないと言って、返しました。そのとき彼がなにを言い出すか見当がつきました」

「しかしあのアイデアはあくまでも想像上のもので、独創的な小説には適切でも、ここの状況には当てはまりませんよ。ボイトンさんは本気で信じていたのでしょうか」

「ええ、ええ、本気でしたよ。じつはその想像に信憑性を与えかねない状況がいくつもあったんです。アイデアは実際にはそれほど馬鹿げてはいなかったんですよ。偽装がそう長く続けられるとは思いませんが、数日とか一週間、あるいは二週間ぐらいなら、完全に可能でしたね。父は気むずかしい病人でした。病気を憎んで同情を突っぱね、見舞客にぜったいに会いませんでした。現在カナダに住んでいる退職した看護師と、一年ほど前に亡くなった年取ったお手伝いさんの手を借りて私が介護しました。ロビンが帰った翌日、父を診てくださったステンハウス先生から電話がありました。ロビンが何やらおかしな口実を設けて先生のところに行き、父が死んでからどのぐらいたって呼ばれたか訊きだそうとしたらしいのです。先生は短気な人で、引退後は開業していた時以上に一段と馬鹿な人間に我慢がならないようなので、厚顔無恥なロビンにどんな応対をしたか容易に想像がつきます。先生は患者に関する質問は、患者が生存中も死後もいっさい受け付けないと答えたそうです。ロビンはきっと死亡証明書に署名したとき老先生はもうろくしていたか、あるいはだまされるか片棒をかついだかしたにちがいないと思ったんじゃないでしょうか。おそらく二人のヘルパーさん、カナダに移住した看護師のグレース・ホームズとその後亡くなったエリザベス・バーンズも私たちが買収したと考えたんですよ。

でもロビンの知らない事実が一つありました。父は亡くなる前日に教会区司祭のクレメント・マシスン神父に会いたいと言ったのです。マシスン神父は今でも村の司祭です。もちろん神父は、お姉さんのマジョリーさんの運転する車で、すぐに来てくださいました。マジョリーさんは神父のために家の切り盛りをしながら、教会活動の象徴的人物にもなっている人です。二人ともあの夜のことは忘れていないはずですよ。神父は最後の儀式を執り行ない、悔い改めた魂を慰めるべく準備していらした。ところが父は悔い改めるどころか、これが最後とばかりにすべての宗教、とくにキリスト教を痛烈に批判したうえ、クレメント神父の聖職者としての信念を酷評したのです。これはロビンが〈クレセット・アームズ〉のバーで仕入れられる情報ではありません。クレメント神父もマジョリーさんも、マーカスと私以外にはこのことを話したとは思えませんからね。不愉快だし、屈辱的な出来事じゃありませんか。幸い二人ともまだ存命です。でも、もう一人証人がいるんですよ。私は十日前にグレース・ホームズに会いにトロントに行ってきました。彼女は父が我慢できたごく少ない人間の一人だったのに、父は遺言で彼女になにも残さなかった。だから遺言検認がすんだので、あのひどかった一年の埋め合わせにまとまったお金を上げたかったんですよ。彼女は父が亡くなった日に父のそばにいたと文書にして渡してくれました。それは弁護士に預けてあります」

ケイトが静かな声で言った。「それだけの情報があったんですから、すぐさまロビン・ボイトンさんにはっきり言って目を覚まさせるとか、そういうことはなさらなかったのですか」

「たぶんそうすべきだったんでしょうけどね。でもそのまま黙っていて、彼が勝手に一人でうろうろやっているのを見ているのが面白かったんです。こういう時は言い訳したくなるものですけど、自分の行動を可能なかぎり正直に見つめると、ロビンが本性を現わしたのがうれしかったんでしょうね。彼の母親がまるで無視されていたことに、いつも後ろめたさを感じていましたから。でももう彼にお金をやらなければならないと思うことはありません。この恐喝行為一つで、私は今後彼に対してなんの義務感も持たずにすむんです。つまらないこととはいえ、私が勝ち、彼ががっかりする瞬間が待ち遠しかったんですよ」

「ボイトンさんはお金を要求しましたか」ダルグリッシュが訊いた。

「いいえ、そこまでは。要求していたら、警察に恐喝されたと通報できたんですけれどね。でも私もそういう方法は取らなかったと思います。とはいえロビンはかなりはっきりと意図を匂わせていました。私が弟に相談してから連絡するというと、納得したようでした。もちろん私は認めたりはしませんでした」

「弟さんはそのことをご存じですか」と、ケイトが訊いた。

「いいえ、まったく。最近の弟はここの仕事を辞めてアフリカで働くことばかり考えています。元をただせば根も葉もない話で煩わせるまでもありません。それに時間を稼いでロビンに目いっぱい屈辱を味わわせようとする私の計画に、弟が賛成しないことは目に見えています。私ほど人が悪くありませんのでね。ロビンは決定的な告発に及び、口止め料としてそれ相当の金額を示そうとしていたんじゃないかと思います。ローダ・グラッドウィンの死後も彼がここに居残っていたのはそのためだったにちがいないですよ。嫌疑が固まらないかぎり、あなただって彼を法的にここに留め置く権利はないわけでしょう。ふつうなら犯罪現場からすぐにも離れたがるものじゃありませんか。彼女の死後ロビンは、ローズ荘の周りや村を落ち着かない様子でうろついていました。怯えていたんじゃないかと思いますね。彼としては機が熟すのを待たなければならなかった。どうして冷凍庫に入ったのか分かりません。父の遺体を冷凍庫に入れることが可能か調べたかったのかもしれない。父は病気で縮んだとはいえ、ロビンよりずっと背が高かったですからね。配膳室に私を呼び寄せて、冷凍庫の蓋をゆっくり開けて私を怖がらせ、認めさせようという魂胆だったのかもしれない。いかにも受けそうな芝居がかったやり方じゃありませんか」

ケイトが言った。「ボイトンさんが怯えていたとしたら、それはあなたを怖がっていたからとは考えられませんか。グラッドウィンさんが恐喝に加担していたためにあなたにて行った。

殺されたのかもしれないと思いついて、自分も危ないのではないかと思ったのかもしれませんよ」

キャンダス・ウェストホールはケイトに視線を向けた。目に現われた嫌悪感と侮蔑を隠そうともしない。「たとえ想像を過熱させたロビンといえど、この私がジレンマから抜け出す合理的方法として殺人を考えるとは、いくらなんでも思わなかったでしょうよ。でも可能性は否定しません。さて、質問がもうないようでしたら、領主館に帰らせてもらいます」

「あと二つだけ」と、ダルグリッシュが言った。「ロビン・ボイトンさんないしボイトンさんの遺体を冷凍庫に入れませんでしたか」

「入れません」

「ロビン・ボイトンさんを殺しませんでしたか」

「殺しません」

キャンダスはちょっと言いよどんだ。ダルグリッシュは一瞬、彼女が先を続けるのかと思った。しかしなにも言わずに立ち上がったキャンダスは、そのまま振り返らずに出

## 12

その日の午後八時、シャワーを浴びて着替えをすませたダルグリッシュが夕食をどうするか考えていると、車の音がした。車はほとんど音を立てずに近づいてきた。ダルグリッシュが気づいたのは、閉めてあるカーテンがライトで明るく光ったからだ。ドアを開けて見ると、道の向こう端にジャガーが止まりライトが消えた。数秒後、道を渡ってダルグリッシュのほうに歩いてきたのは、エマだった。厚いセーターとシープスキンのジャケットを着て、頭にはなにもかぶっていない。黙ってコテッジに入ってきたエマの身体に、ダルグリッシュは反射的に両腕を回したが、彼女の身体は反応しなかった。ダルグリッシュの存在がほとんど意識にない様子で、彼の頰に一瞬軽く触れた頰は氷のように冷たかった。ダルグリッシュは不安になった。大変なことが起きたのにちがいない。事故か、あるいはもっと悪いことか。そうでなければ、知らせもせずに来るはずがない。ダルグリッシュが事件捜査にかかっている最中は、エマは電話さえ寄こさない。ダルグリッシュがかけてほしくないのではない。それが彼女の意向だった。これまでに捜査中に連絡してきたことは一度もなかった。それが自ら出かけてきたのだから、大事件が起きたとしか考えられない。

エマがジャケットを脱ぐのに手を貸したダルグリッシュは彼女を暖炉のそばのイスに座らせ、話しだすのを待った。エマは黙っている。ダルグリッシュはキッチンに行ってコーヒー沸かしのスイッチを入れた。すでに熱かったから、数秒後にはマグカップに注いでミルクを足し、エマのところに持っていった。エマは手袋を脱いで、温かいマグカップを手で包みこんだ。

「電話もしないでごめんなさいね。でも来なくちゃならなかったの。どうしても直接会いたかったの」

「なにがあったんだい」

「アニーよ。アニーが襲われてレイプされたの。昨日の夜。

移民二人に英語を教えて帰る途中のことよ。英語教授は彼女がやっている活動の一つなのよ。病院に運びこまれて、回復するって診断らしいけど、それは要するに命を取りとめるという意味なんでしょう。私には回復は無理だと思うわ、完全には。大量に出血して、ナイフの刺し傷の一つが肺を貫通しているのよ。もう少しで心臓に達するところだった。病院の人が運がよかったって言っていたわ。運がいいですって！　なんて言葉を使うのかしら」

ダルグリッシュは、クララはどうしていると訊きそうになった。だが言葉になる前にその質問が無神経ばかりか、馬鹿げていると気づいた。今、エマはダルグリッシュの顔を真正面から見ていた。痛々しい目だった。怒りと悲しみで引き裂かれている。

「私、クララになにもして上げられなかった。何の役にも立たなかったのよ。抱きしめたけれど、彼女が抱きしめてほしいのは私じゃない。クララが私にしてほしいのは一つだけ――あなたに捜査を頼むことよ。だから来たの。クララはあなたを信頼している。あなたになら話せるのよ。それにあなたが一番だって分かっている」

もちろんエマはそのために来たのだ。ダルグリッシュに慰めてもらおうとして、あるいは会って一緒に悲しむために来たのではない。エマはダルグリッシュに望むことがある。だが、彼はそれに応えられない。ダルグリッシュは彼女の向かいに腰をおろして、静かに言った。「エマ、それは無理だよ」

エマはマグカップを炉辺に置いた。手が震えている。ダルグリッシュは手を伸ばして、その手を取りたかったが、エマが手を引っ込めるのではないかとためらわれた。もしそうなったら、最悪だ。

「あなたがそう言うと思ったのよ」と、エマは言った。「規則違反になるって、クララに説明した。でも理解してもらえなかった、完全にはね。私自身、はたして本当に理解しているかどうか。クララはこっちの被害者、こっちで亡くなった方がアニーよりも重要だからと思っている。あなたの特別捜査班はそのためにあるんでしょ。重要人物がからんだ犯罪を捜査するために。でもアニーはクララにとって重要な人なのよ。クララとアンにとって、レイプは死ぬよりもたまらないことよ。あなたが捜査に当たれば犯人は必ず逮捕されるって、クララは信じている」

「エマ、特捜班は本来被害署の重要性とは無関係なんだよ。警察にとって殺人事件はすべて同列だ。いつまでも放ったらかしにされる殺人事件は一件もない。現在のところ未解決とされるだけで、捜査が失敗に終わったと記録されることはありえない。殺害された被害者で重要でない人など一人もいないし、容疑者がどんな権力者でも捜査を免れることはできない。ただ選ばれた少人数のチームで取り組んで、短時間に解決したほうが正義に有利に働く場合がある」

「クララは今のところ正義を信じていないわ。あなたがその気になればアニーの事件を捜査できると、彼女は思っているのよ。規則に関係なく、あなたがやりたいと言えばやれるんだって」

ダルグリッシュはこんなふうに離れて座っているのはよくないと思った。エマを抱き締めたかったが、それはあまりに安易な慰めだし、エマの悲しみを侮辱するようなものだ。それにもしエマが彼の腕を避けたら――慰めにならない、苦しみが増すだけだと身体を震わせて不快感を示したら、どうする。今、エマはダルグリッシュを見て、なにを想像しているのだろうか。死か、レイプか、バラバラ死体か、腐乱死体か。彼の職業は目に見えない〈立ち入り禁止〉の看板を掲げて、人を締めだしているのではないか。これはダルグリッシュとエマにとっては、キスや慰めの言葉をささやいて解決できる問題ではない。理性的な議論でも解決は無理だが、二人にはその方法しかなかった。自分たちはいつも話し合える仲だと自慢に思っていたのではないかと、ダルグリッシュは苦い思いをかみしめた。今はそうではない。なにもかも話し合えるわけではない。

「捜査を指揮しているのはだれだろう。きみは担当者と話したかい」と、ダルグリッシュは尋ねた。

「A・L・ハワード警部という人よ。もらった名刺がどこかにあるはずだけど。その人はもちろんクララと話したし、病院でアニーにも面会したわ。麻酔がかけられる前に女性の部長刑事がアニーに質問をするって言うのよ。アニーが万が一亡くなったりした場合を考えてでしょうね。アニーは弱っていて、三言四言を言うのが精いっぱいだったけれど、でも重要な証言だったみたい」

「アンディー・ハワードは優秀な刑事だし、率いるチームも手堅い。こつこつと歩きまわる良心的な警察活動でしか解決できない事件だけれど、ハワードたちなら大丈夫だ」

「クララは思いやりのある人とは思わなかったようだわ。要するに彼があなたじゃなかったからでしょうね。それにその女性の部長刑事——クララはもう少しでその人を殴るところだったのよ。アンはレイプされる前に最近男性とセックスしたかって訊いたものだから」

「エマ、それは訊かなくてはならない質問なんだよ。ということはDNAを採取したってことかもしれない。そうなら大きな決め手になる。でもぼく自身、捜査の真っ最中ということを置いても、ほかの捜査官が担当している事件を取り上げることはできない。たとえそれが可能だとしても、レイプ事件解決の役には立たないだろうね。今の段階では邪魔になりかねない。一緒に帰ってクララに説明できればいいんだけれど、それもできない。すまないね」

エマは悲しそうに言った。「そりゃあね、彼女もいずれは理解すると思うわ。今は見知らない人じゃなくて、信頼できる人がほしいのよ。私、あなたがどう答えるか分かっていたんだから、自分で説明できなくちゃいけなかったのよね。出かけてきて、ごめんなさい。まちがっていたわ」

エマは立ちあがった。ダルグリッシュも腰を上げて、彼女に近寄った。「きみが来たことがまちがいだなんて、あるはずないじゃないか」

ダルグリッシュの腕に包まれたエマの身体はこみ上げる涙で震えていた。彼の頬に押し当てられた頬は濡れていた。ダルグリッシュはエマの身体から力が抜けるまで黙って抱いていた。「今夜帰らなくちゃいけないのかい。長いドライブだ。ぼくはこのイスで問題なく眠れるよ」

ダルグリッシュは一度そんなふうにして眠ったことがある。二人がセント・アンセルムズ神学校で初めて出会ったときのことだ。エマは隣のコテッジに泊まっていた。殺人事件が起き、エマが彼のベッドで安心して眠られるように、ダルグリッシュは居間の肘かけイスで眠った。彼女もあの時のことを思い出しているだろうかと、ダルグリッシュは思った。

「運転には気をつけるわ」と、エマは答えた。「五カ月後に結婚するんですもの。その前に死ぬ気はないわよ」

「あのジャガーはだれのだい」

「ジャイルズのよ。会議に出席するために一週間ロンドンに来ていて、連絡してきたのよ。結婚するので、それを知らせたかったんでしょう。アニーのことや、私がここに車で行こうと思うって話したら、車を貸してくれたのよ。クララはアニーを見舞うために自分の車が必要だし、私のはケンブリッジだから」

ダルグリッシュは突然うんざりするほど激しい嫉妬で全身を揺さぶられた。エマとジャイルズの関係は、ダルグリッシュと出会う前にすでに終わっている。ジャイルズはエマにプロポーズして断わられた。ダルグリッシュが知っているのはそれだけだった。彼はこれまでエマの過去に不安を感じたことは一度もないし、エマのほうも同様だった。それなのに思いやりと度量のある行為に対して、どうして急にこんな原始的な反応を示すのか。ダルグリッシュはジャイルズを思いやりのある人間、あるいは度量のある男と思いたくなかった。それに北部のどこかの大学の教授になって、すっかり無縁の人間になっていたはずだ。どうして今頃のこのこ出てきたのか。エマはジャガーの運転なら問題ないと言うのではないかと、ダルグリッシュは苦々しく思った。ジャガーの運転は初めてではない。ダルグリッシュのを運転している。

ダルグリッシュは騒ぐ気持ちを抑えて、言った。「スープとハムがあるから、サンドイッチを作ろう。火のそばにいなさい。運んでこよう」

深く心を痛めて、疲れて沈んだ目をしていてもエマは美しかった。そんな思いが、そんな性欲のうずきに似た自分勝手な思いが頭をよぎったことに、ダルグリッシュは自分ながら唖然とした。エマは彼に慰めを求めてきたのに、彼女が求める唯一の慰めを自分は与えられなかった。自らの無力に対するこの怒りと苛立ちは、危険で残酷な世の中から愛する女を守ると豪語する男性の、太古からの傲慢さの表れではないか。ダルグリッシュが自分の職業について寡黙なのは、エマが関わるのを渋るからではなく、暴力的な世界の最悪の現実から彼女を守りたいからではないか。だが彼女の住む、浮き世離れしているように思える学究の世界もそれなりに非情な世界だ。ケンブリッジ大学トリニティー・カレッジ中庭の神聖な平安も幻想でしかない。ダルグリッシュは思った。〝われわれは血と苦痛の世界に向かって駆り立てられている。だれしも尊厳ある死を望み、ある者は祈るけれども、望みを遂げる者はほとんどいない。人生を、時に避けられない悲しみと失望に中断される幸せな時間と見ようと、合間に短時間の喜び楽しみがはさまれる憂き世と見ようと、喜怒哀楽に鈍感な人ならともかく、苦痛はいずれにせよやってくる〟

二人はほとんど無言で食べた。ダルグリッシュは柔らかなハムをパンの間にたっぷりはさんだ。彼はスープもおいしいとぼんやり思っただけで、ほとんど味わっていなかった。エマもなんとか食べ終わり、二十分もすると出発することになった。

ダルグリッシュはジャケットを着せかけながら、言った。「パットニーに着いたら電話をくれないか。うるさいことを言うつもりはないけれど、きみが無事に着いたか知りたい。それからハワード警部に連絡を取るよ」

「電話するわ」と、エマは答えた。

ダルグリッシュはエマの頬に堅苦しくキスをしてから、車に乗り込む彼女を見届け、走り去る車が見えなくなるまでじっと見守った。

暖炉の前に戻ったダルグリッシュは立ったまま火を見下ろした。あくまでも泊まるように説得すべきではなかったか。しかし二人の間で無理強いは考えられなかった。それにどこに泊まればいいのか。寝室はあるが、事件捜査中に二人を分断する複雑な感情や暗黙の抑制に隔てられたまま、ここの寝室でエマは寝たいと思うだろうか。今夜でなくても明日の朝にはケイトとベントンに会うことになるが、それを彼女は望むだろうか。とはいえダルグリッシュはエマが無事かどうか心配だった。車の運転は確かだし、疲れたら休むだろう。しかしロックした車内にいると思っても、退避線に車を止めているエマを想像すると落ち着かなかった。

彼は気を取り直した。ケイトとベントンを呼ぶ前にしなければならないことがある。まずアンディー・ハワード警部に連絡して、最新の情報を入手しなければならない。ハワードは経験豊かな、話の分かる警察官だ。電話をしてもよけいな雑音は迷惑だとか、影響を与えようとしているとは取らないだろう。そのあとクララに電話か手紙で、アニーへのお見舞いを伝えなければならない。だが電話は今の場合、ファクスやメールと変わらないぐらいふさわしくなかった。手書きの手紙でしか伝わらないことがある。時間をかけ、じっくり考えた言葉や消えずに残る言い回しでしか慰めの気持ちを伝えようがないことがある。クララがダルグリッシュに望むことは一つしかないのに、彼はそれに応えることができない。今電話してそのことを伝えれば、両方にとって耐えがたいことになるだろう。手紙を書くのは明日まで待ったほうがいい。そうすればその間にエマがクララのもとに帰る。

アンディー・ハワード警部と連絡が取れるまで少し時間がかかった。ハワードは言った。「アニー・タウンゼントさんの経過はいいようですが、ちょっとかかりそうですね、気の毒なことです。病院でラヴェンナム博士にお会いしたら、警視長がこの事件に関心がおありだとうかがいました。もっと前にご連絡を差し上げようと思っていたのですが」

「私への連絡はどうでもいいことだよ。時間を取らせるつもりはないのだが、エマの話よりも新しい情報が聞けないものかと思ってね」

「この場合いいという言葉を使うのはどうかと思われますが、しかしいいニュースがあります。DNAを採取しました。運がよければデータベースに入っているんじゃないでしょうか。犯人に前科がないなんて信じられませんからね。暴行傷害ですね。レイプまで至っていません。きっと酔いすぎていたんでしょう。被害者はほっそりした女性にしては見上げた勇気で抵抗したんですよ。何かご報告できることが出てきましたら、お電話いたします。それからもちろんベックウィズさんと緊密に連絡を取っています。犯人は地元の人間と見て、まずまちがいないですよ。被害者をどこに引きずりこんだらいいか、ちゃんと心得ていたんですから。すでに一軒一軒当たっています。DNAがあろうとなかろうと、早いに越したことはありません。そちらは順調ですか、警視長」

「そうとも言えないな。今のところ明確な線は出ていない」ダルグリッシュは二件目の殺人には触れなかった。

「まあ、発生してまだ日が浅いですからね」

ダルグリッシュはそうだなと言ってから、ハワードに礼を言い受話器を置いた。

皿とマグカップをキッチンに下げて洗い、片付けると、今度はケイトに電話をした。「食事はすませたかな」

「はい、警視長、今しがたすませたところです」

「それじゃあ、こっちに来てくれないか」

## 13

ケイトとベントンが到着すると、すでにグラスが三個用意されて、ワインの栓も抜かれていた。しかしダルグリッシュにとって成果の上がらないミーティングだったし、時には辛らつとも言える応酬になった。彼はエマが来たことに一言も触れなかったが、部下がはたして気づいたか気になった。ウィスタリア・ハウスを通りすぎるジャガーの音に気づいたはずだし、荘園に通じる道に夜やってきた車に興味を持ったにちがいない。しかしどちらもなにも言いださなかった。

ボイトンの事件については根拠となるべき事実がないいま推理する危険があるため、議論をしても無意味と言えた。グラッドウィン殺害のほうは新しい事実はほとんどなかった。グレニスター博士の解剖検案書が届いたが、予想されたように死因は滑らかな手袋をはめた右手による扼殺。手袋に関しては空室のトイレから断片が発見されたのだから、不必要な情報だった。博士は死亡推定時刻を確認した。ローダ・グラッドウィンは十一時から十二時半の間に殺害された。

ケイトはマシスン神父と神父の姉から話を聞いた。二人は司祭がたった一回ウェストホール教授を訪問したことが質問の対象になって不思議がっていたが、それでも確かにストーン荘に行って、病人に会ったと認めた。ベントンは医師のステンハウスに電話をした。医師はボイトンから死亡の日時について無礼な質問をされたが、答えなかったと語った。死亡した日にちと診断は死亡証明書にある通りで、まちがいない、と。医師はずいぶんたってから死亡日時が問題にされることにまったく好奇心を示さなかったが、おそらくキャンダス・ウェストホールからすでに連絡があったのだろう。

民間警備チームは警察の捜査に協力的だったが、役に立たなかった。チームのリーダーが言っていたように、彼らは外部の人間に焦点を絞って警備に当たっている。とくに荘園に来るマスコミ関係者が対象で、荘園にいて当然の人間には関心がなかった。該当する時間に門の外のトレーラーにいたのはメンバー四人のうち一人だけで、彼は領主館の住人が外出するのを見た覚えがないと言った。ほかの三人は荘園の敷地とストーンサークルと野原を隔てる境界線のパトロールに当たり、野原から侵入しやすいと考えて警戒していた。ダルグリッシュは彼らを問い詰めようとはしなかった。警備チームは雇い主のチャンドラー＝パウエルに対して義務があるが、警察に対してはなんの義務もない。

ダルグリッシュはミーティングの間、ほとんどケイトとベントンに自由に議論をさせていた。

ベントンが言った。「お父さんの死亡した日にちをごまかしたとボイトンに疑われていることをだれにも話していないと、ウェストホールさんは言っています。彼女が話すとは思えませんが、でもボイトン自身が荘園で、あるいはロンドンでだれかに話したかもしれませんよ。もし話したとしたら、聞いた人物がその話を利用して彼を殺害した。

そして疑われれば、ウェストホールさんと同じような説明の仕方をするんじゃないですか」

ケイトの口調はそっけなかった。「ロンドンの人間であろうとなかろうと、外部の人間がボイトンを殺害したとは思えないわね。少なくともこういう方法では無理よ。現実の問題として考えてみて。犯人は被害者とストーン荘で会わなければならなかったけれど、ウェストホール姉弟が留守で、しかもドアが開いている時でなければだめだったわけでしょ。それにどんな理由をつけてボイトンを隣のコテッジに誘うの。だいたいどうしてここで殺害しなければならないのか。ロンドンのほうが簡単で、安全なんじゃないかしら。このことは領主館の住人にも言えるでしょうね。いずれにしろ解剖結果が出るまでは、あれこれ考えても意味がないでしょう。一見したところでは偶発事故のほうが殺人より可能性が高いでしょうね。ボイトンが冷凍庫に強い関心を示していたというボストック夫婦の証言もあることだし。そのことはウェストホールさんの説明にある程度信憑性を与えているわね――もっとも二人がウソをついていれば、話は別だけれど」

「しかし、警部、あなたも二人の話を実際に聞かれたじゃありませんか」と、ベントンが遮った。「ぼくはあの二人はウソをついていないと思いますね。とくにキムはあんな話をこしらえて、もっともらしく話すだけの頭はないんじゃないですか。ぼくは完全に信じましたね」

「あの時点では私も信じたわ。でもほかの可能性も考えるべきでしょ。それに偶発事故じゃなくて殺人だった場合には、ローダ・グラッドウィン事件と関連がなければおかしいじゃないの。一軒の家に同じ時に殺人犯が二人いるなんて、信じられないわ」

ベントンは静かな声で返した。「しかし、警部、そういう例はありますよ」

「現時点で動機を無視して事実だけを見れば、ウェストホールさんとフレンシャムさんが当然容疑者になるでしょうね。両方のコテッジで戸棚を開けたり、最後には冷凍庫の蓋まで開けて、いったい何をしていたのか。まるでボイトンがすでに死んでいるのを知っていたみたいじゃないの。

それにどうして二人で探したのかしらね」

「二人にどんな目的があったにしろ、遺体を動かしてはいない」と、ダルグリッシュが言った。「ボイトンは発見された場所で死亡したことは明らかだ。ケイト、私は二人の行動をきみほどおかしいとは思わないね。人間は強いストレスを感じると、不合理な行動をする。あの女性二人は土曜日以降強いストレスにさらされている。だが、どちらかが冷凍庫の蓋が開けられるようにしたかったという可能性もあるな。その場合それまでの捜索が徹底的であれば、冷凍庫の蓋を開けても不自然に見えないだろうね」

「殺人のいかんにかかわらず、指紋には期待できないでしょうね」と、ベントンが言った。「女性二人は両方とも蓋を開けています。どちらかが指紋をつける意図で開けたのかもしれない。だいたい指紋がついていたんでしょうか。ノクティスなら手袋をはめていたんじゃないですか」

ケイトがじれったそうに口調になった。「生きているボイトンを冷凍庫に押しこめたのなら、手袋はしていなかったでしょうよ。あなたがボイトンなら、手袋を見て変だと思うでしょ。それにノクティスという名前を使うのは早すぎるんじゃないの？ 殺害されたのかどうか分かっていないのだから」

三人は疲れてきていた。暖炉の火も消えかけている。ダルグリッシュは議論に終止符を打つときと判断した。今日一日を思い返すと、終わりのない一日を過ごしてきたように感じられる。

「今晩は早めに切り上げよう。明日はしなければならないことがいろいろある。私はここにいるから、ケイト、きみはベントンと一緒にボイトンの仕事のパートナーに会ってくれないか。ボイトンの話では彼はマイダ・ヴェイルで下宿していたらしいから、彼の書類や持ち物が置いてあるはずだ。ボイトンがどういう男か、なぜここにいたのかが明らかにならないと、先に進めない。相手の了解は得られたのか」

「十一時に会うことになっています。私たちのだれが行くかは言いませんでした。向こうはなるべく早く会いたいと言っていました」

「そうか。じゃあ、マイダ・ヴェイルで十一時だな。きみたちが出かける前にちょっと話し合おう」

二人が出ていき、ようやくドアの鍵がかけられた。ダルグリッシュは消えかかった暖炉の火の前に火よけを置き、立ったまま少しの間チラチラまたたく火をじっと見つめていた。そして疲れた足取りで階段を昇っていった。

# 第四部　十二月十九日〜二十一日　ロンドン、ドーセット

## 1

マイダ・ヴェイルにあるジェレミー・コクスンの家は美しいエドワード朝住宅の並びにあった。庭が運河に面していて、大人サイズに成長した可愛いおもちゃの家を思わせた。前庭には冬にもかかわらず春を期待させる植物が丹念に植えられて、それを二分して走る石の通路の先にペンキがつやつや光る玄関ドアがあった。ベントンは一目見て、自分の知っているロビン・ボイトンなり彼の友人が住みそうな家には見えないと思った。正面にある種の女性的な優雅さが感じられる。ヴィクトリア朝やエドワード朝時代の紳士がロンドンのこの一角に愛人を住まわせていたと読んだことがある。ホルマン・ハントの絵『良心の目覚め』が目蓋に浮かんだ。ごたごたと物の多い居間でピアノから立ち上がろうとしている、パッチリとした明るい目の若い女性。イスにゆったり座る愛人は片手を鍵盤に置き、もう片手を女性のほうに伸ばしている。最近ベントンはヴィクトリア朝時代の風俗画に惹かれて、自分でも驚いていた。しかしあんなにざわついた、説得力のない悔い改めの表現は好みではない。

二人が門の掛け金を開けていると、玄関のドアが開いて若いカップルが後ろからそっと追い立てられるようにして出てきた。続いて姿を現わしたのはマネキン人形のように身だしなみのいい、年配の男性だった。白髪をふわふわと逆立てて、冬の太陽では作れない日焼けした顔をしている。スーツとベストを着ているのだが、ベストの太い縞柄が貧弱な身体をますます小さく見せていた。彼は新来者に気づかないようだったが、その甲高い声は通路の端まではっきりと聞こえた。

「ベルは押しませんよ。レストランという設定で、一般の家じゃないんですからね。想像力を働かせてくださいよ。

それから、ウェイン、今度はまちがわないでね。受付で名前を言って、予約の内容を告げる。だれかがコートを預かるから、挨拶に出てきた人にしたがってテーブルに行く。ご婦人が先ですよ。だれかに取られたら大変とばかり、あわててご婦人のイスを引いてあげたりしないくださいよ。店の人にやらせなさい。ご婦人が気持よく座れるようにちゃんとやってくれます。それじゃあ、もう一度ね。それから、自信たっぷりにね。勘定を払うのはあなたなんだ。あなたがしなければならないのは、食事に招いたご婦人が見かけなりとも料金に見合った食事を取り、楽しい夜を過ごせるように気を遣うことです。あなたがどう振舞えばいいか分からなかったら、ご婦人が楽しめるはずがないじゃないですか。さてと、それでは中に入りましょうか。ナイフとフォークの使い方を練習しましょう」

カップルはドアの中に消えた。年配の男性がようやくケイトとベントンに注意を向けた。二人は男性に近づき、ケイトが身分証明書を見せた。「ミスキン警部とベントン－スミス部長刑事です。ジェレミー・コクスンさんにお目にかかりに来ました」

「お待たせしてすみませんでしたね。タイミングの悪い時に来られた。あの二人がクラリッジホテルに行けるようになるには、かなりかかりそうですよ。そう、ジェレミーが警察の方が見えるとか言っていました。中にお入りください。二階の事務室にいますよ」

二人はホールに入った。左側の開いているドアから、二人分の食器がセットされたテーブルが見えた。それぞれにグラスが四個とナイフ、フォークがずらりと並んでいる。カップルはすでに席に着いて意気の上がらない顔でお互いを見ていた。

「私はアルヴィン・ブレントといいます。ちょっとお待ちください。上に行って、ジェレミーがお会いできるか見てきましょう。彼には気を遣ってやってください。ひどく動揺しているんです。仲のいい大切な友人を亡くした。もちろんご存じですよね。それで来られたんだから」

ブレントが階段を昇ろうとした時、階段の上に人が現われた。背の高いやせた男性だった。つやのある黒髪をオールバックにして、顔は緊張して蒼白だった。カジュアルな雰囲気を演出した、金のかかった服装をしている。その服装と芝居がかった物腰のせいで、カメラを前にポーズを取る男性モデルを思わせた。細身の黒いズボンはしわ一つない。ボタンを開けたままの褐色のジャケットのデザインにベントンは憶えがあった。とても手が出ない高価なジャケットだ。パリッと糊の効いたシャツの喉元を開けて、スカーフを結んでいた。不安でしわ深かった顔が、安心したのか滑らかになった。

階段を降りてきて、コクスンは言った。「来てくれましたね、よかった。お出迎えしなくてすみません。もう頭がどうかなりそうなんです。なにも聞かされていないんですよ。まったくなにも。ロビンの遺体が発見されたということだけです。ローダ・グラッドウィンさんが亡くなったことは、ロビンが電話で知らせてきましたよ。それが今度とは、ロビン。自然な死に方なら、あなたがたが来られるはずがない。教えてください——自殺なんですか。書置きを残しましたか」

ケイトとベントンはコクスンに従って階段を昇った。横に動いて立ったコクスンは左手のドアを示した。ごたごたとした部屋は、居間と書斎を兼ねた部屋のようだった。窓際の大きな作業テーブルの上にパソコン、ファクス機、書類整理棚がのっていて、ほかにも小ぶりのマホガニーテーブルが三卓あった。一卓はプリンターを危なっかしげにささえて、ほかの二卓は磁器の置物やパンフレット、参考書などで雑然としている。壁際に大型ソファがあるが、ボックス・ファイルでおおわれていて座れる状態ではない。だがショックを受けながらも片付けようした形跡は見られた。デスクの向こうにイスが一脚、それ以外には小さな肘掛イスが一脚あるだけだ。ジェレミー・コクスンはもう一脚イスが現われるのを期待するように部屋を見回してから、廊下を横切り、籐イスを持ってきてデスクの前に置いた。三人は腰を下ろした。

ケイトが口を開いた。「書置きはありません。もし自殺だったら、驚かれますか」

「もちろんですよ！　ロビンはいろいろ問題を抱えていた

けど、そういう解決法は取らなかった。人生を楽しんでいたし、友だちもいた。にっちもさっちもいかないときに助けてくれる人たちがいた。そりゃあ、彼なりにすてばちになる時もありましたよ。だれだってそうでしょう。でもロビンの場合、長く続くことは決してなかったんです。書置きのことを訊いたのは、それ以外はもっと信じがたいからですよ。ロビンには敵はいませんでした」

「現在とくに問題があったわけではないのですか」と、ベントンが質問した。「ボイトンさんが絶望するようなことはなかったんでしょうか」

「まったく。もちろんローダが亡くなってショックを受けていましたが、ロビンに絶望という言葉は当てはまらない。彼はディケンズの小説に出てくる下宿屋の主人ミコーバーだったんですよ。いつもなにかいいことはないかと、棚ぼたを待っている。大体の場合そうなりましたね。今ここでやっている僕たちのビジネスは、かなりいい線いっているんですよ。もちろん資金の問題はありました。ビジネスを始めれば、それはつきものです。しかしロビンは計画がある、金が、大金が入るあてがあると言っていました。どこから入るかは言いませんでしたが、興奮して、この何年も見たことがないぐらいに楽しそうでした。三週間前にストーク・シェベレルから帰ってきたときとは大違いだった。あの時は憂うつそうでしたね。自殺はありえません。もし彼が遺言書を作っていたら、ぼくを遺言執行人に指定しているはずですよ。近親者としていつもぼくの名前を書いていました。ここに置いてある彼の持ち物や葬式の手配なんかの責任を負う人がほかにいるとは思えない。ですから隠すことはないでしょう。ロビンがどんな死に方をしたのか、教えてください」

「はっきりしたことは分からないのです」と、ケイトが答えた。「今日行なわれる予定の解剖の結果が出れば、もっと分かるかもしれませんね」

「じゃあ、見つかった場所はどこですか」

「泊まっていらした見舞客用コテッジの隣のコテッジのある、使用されていない冷凍庫の中から発見されました」

「冷凍庫？　長期の貯蔵に使う長方形の箱型のやつです

か」

「ええ、使用されていない冷凍庫です」

「蓋は開いていたんですか」

「蓋は閉まっていました。ボイトンさんがどうして中に入ったかは分かっていません。事故の可能性もあります」

啞然として二人を見ていたコクスンの顔が、恐怖の表情に変わった。ちょっと間を置いてから彼は言った。「はっきりさせましょう。ロビンの遺体は冷凍庫に閉じ込められた状態で見つかったんですね」

ケイトは辛抱強く答えた。「はい、でも中に入った経緯、あるいは死因もまだ分かっていません」

眼を大きく見開いたコクスンは、信じるとしたらどっちを信じるか試すようにケイトからベントンに視線を移した。話しだした声はヒステリックな口調をかろうじて抑えているのか、鋭くとがっていた。「じゃあ、一つ教えましょう。ロビンはひどい閉所恐怖症だった。飛行機や地下鉄にぜったいに乗りませんでした。レストランもドアに近い席でなければ、落ち着いて食事もできなかった。懸命に抑えていましたが、だめだった。どんなことがあっても、だれがなんと言おうと、あいつを冷凍庫の中に入らせるのは無理です」

「蓋が大きく開いていてもだめですか」と、ベントンが訊いた。

「蓋が落ちて、中に閉じ込められると思ったでしょうね。だれかに殺されたんですよ」

事故か、あるいは自然な原因で亡くなったボイトンを、だれかが何らかの理由で冷凍庫に入れた可能性も考えられるわけだが、ケイトはコクスンと意見を交換するつもりはなかった。代わりにこう尋ねた。「ボイトンさんが閉所恐怖症だったことは、お友だちの間でよく知られていたんでしょうか」

コクスンは落ち着きを取り戻したが、それでも二人を説得しようと、大きく見開いた目をケイトからベントンに移した。「何人か知っているか察していたかもしれないけど、口に出して話しているのは聞いたことがありません。ロビンは恥ずかしいことだと思っていた。とくに飛行機に乗れないことが。だからぼくたちは列車でないかぎり外国に行かなかった。バーで思い切り酔わせても無理でしたね。まったく不便このうえなかった。ロビンがしゃべったとしたら、相手はローダでしょうね。でもローダは亡くなった。あのねえ。証拠はありませんよ。でもこのことだけは信じてください。ロビンは生きているかぎり絶対に冷凍庫には入らなかった」

ベントンが訊いた。「ボイトンさんのいとこ、あるいはシェベレル荘園の人たちはボイトンさんが閉所恐怖症だったことを知っていますか」

「ぼくに分かるわけがないでしょう。ぼくは会ったこともないし、あそこに行ったこともない。本人に聞いてください」

コクスンの平静さが崩れて、泣きそうな声になっていた。「失礼。すみません」と、つぶやいて、彼は黙りこんだ。少しの間、コントロールを取り戻す運動のように規則正しく深呼吸をしてから、彼は言った。「ロビンは荘園にちょくちょく行くようになっていたんです。休暇の話やロンドンの地下鉄のラッシュアワーのものすごさなんか話している間に、口にしたかもしれない」

「ローダ・グラッドウィンさんが亡くなったことをいつお訊きになりましたか」と、ケイトが質問した。

「土曜日の午後です。五時ごろロビンから電話があって」

「亡くなった話をした時のボイトンさんはどんな感じでしたか」

「どんな感じだったかって、警部さん。あいつはね、ぼくが元気かどうか気になって電話してきたわけじゃないんですよ。ああ、いけない！　そんなつもりはなかったんです。協力しようとしているんです。まだ信じられないものだから、それで——。彼がどんな感じだったかですね。最初はほとんど支離滅裂でした。落ち着かせるのに何分かかかりましたね。そのあとどんなだったか、形容する言葉ならいくらもある——ショックを受けていたし、驚き、怖がって、怯えていた。ショックを受けて怯えていたというのが、だいたいのところでしょうね。当然の反応です。親しい友だちが殺されたと聞かされたばかりだったんです」

「殺されたという言葉を、ボイトンさんは使ったのですか」

「ええ、そうです。警察が来て、事情聴取をすると言われたら、そう思うんじゃありませんか。それに地元の警察じゃなかった。ロンドン警視庁ですよ。自然死じゃないとわざわざ言われるまでもないでしょう」

「グラッドウィンさんがどんな亡くなり方をしたか、なにか言っていましたか」

「なにも知らなかったようですよ。荘園のだれも知らせてくれなかったと言って、ひどくむくれていました。警察の車が来たので、なにかあったらしいと分かったんですよ。ぼくは今でも彼女の死の状況を知らないし、あなたたちも教えてくれる気はないんでしょうね」

ケイトが言った。「コクスンさん、ボイトンさんとローダ・グラッドウィンさんとの関係、それにもちろんあなたとの関係についてもお訊きしたいのです。発生した二件の不審死に関連があることが考えられます。ボイトンさんと知り合ってどのぐらいになるのですか」

「七年ほどです。演劇学校が上演した劇のあとのパーティーで会いました。ロビンはパッとしない役で出ていたんです。ぼくはフェンシングを教えている友人と一緒に行って、ロビンが目についた。そう、彼がするのはそれ、人目を引くんです。その時は話をしませんでしたが、パーティーはだらだらと続いて、ほかに約束のあった友人は最後の瓶が空になる頃には引き上げていった。ひどい夜で雨がざあざあ降っていましてね。ロビンがそんな天気に似つかわしくない格好でバスを待っていたんです。それで私はタクシーを止めて、途中で降ろしてあげようと声をかけた。それからですよ、付き合いが始まったのは」

「友だちになったわけですか」と、ベントンが訊いた。

「友だちになり、やがてビジネスのパートナーになった。形式的なことはいっさいなしですが、でも一緒に仕事をした。ロビンがアイデアを出し、ぼくには実地の経験と少なくとも資金調達のあてがあった。あなたがそれとない質問の仕方を考えておられるようなので、お答えしましょう。ロビンとは友だちです。愛人ではないし、陰謀仲間でもない。相棒でも飲み仲間でもない。友だちです。ぼくはあいつが好きだったし、お互いに役に立つ存在だった。ぼくはあいつに最近死んだ未婚の叔母から百万ポンドを超える遺産を相続したと言いました。叔母がいたことは本当です。でもびた一文残してくれませんでしたね。本当のところはツキが回ってきて、くじが当たったんですよ。わざわざこんなことを言うこともないんですけどね、あなた方はいずれぼくがロビンの死に金銭的な関心を持っているか疑いだすでしょうから。そんなものはありませんよ。彼が残したものと言ったら、借金とここに置いてあるがらくた——主に衣類です」

「彼にくじが当たったことを言わなかったのですか」

「ええ、言いませんでした。一発当てたことを人に言うのは愚かだと思うのでね。そんな幸運に値することはなにもしていないんだから、ほかのなにもしない者にも分けるのが当然だと思われるのが落ちだ。ロビンは金持ちの叔母さんの話を信じましたよ。ぼくはその金でこの家を買った。エチケット教室を始めたのは彼のアイデアでした。ボスやガールフレンドをレストランに招待するたびに恥をかきたくない成り金や出世第一の人たちが目当てです」

ベントンが言った。「大金持ちはそんなことは気にしないのだと思っていました。自分で勝手にルールを作るんじゃありませんか」

「億万長者が相手じゃないんですよ。しかしね、だいたいの人は悩んでいる。上の階層に向かって上昇傾向が強い社会ですからね。だれだって人前でおたおたしたくない。というわけで軌道に乗っているんです。すでに受講者が二十八人いて、受講料は四週間コースで五百五十ポンドです。コースと言っても、フルタイムじゃありませんよ。安いものです。ロビンのアイデアで儲かりそうなのは初めてですよ。あいつは二週間ばかり前にフラットを追い出されたので、ここの裏の部屋に住んでいました。必ずしも心がけのいい客とは言えない——言えなかったですけど、細かいことはともかくもうまくいっていたんです。家に気を配ってくれたし、教室で教える番になるとちゃんと戻ってきた。信じられないかもしれないけれど、あいつはいい教師だったし、自分が教えることはちゃんと心得ていた。受講生も彼を好いてましたよ。問題は彼が気まぐれであてにならないことです――でした。あることにひどく熱中したかと思うと、次の瞬間まったくちがう、とっぴなアイデアを追いかけだす。頭に来ることもありましたが、手を切りたいとは思わなかった。考えたこともありませんでしたね。共通点のない人間同士がどうして相性がいいのか説明できるんなら、ぜひ聞きたいですよ」

「では、ローダ・グラッドウィンさんとの関係は？」

「ああ、そっちはもっとややこしいですね。ロビンは彼女のことはあまり話さなかったが、彼女との付き合いを大事にしていたことは分かりましたね。えらくなったような気がしたんじゃないかな」

「男女の関係だったんでしょうか」と、ケイトが訊いた。

「いやあ、それは考えられないなあ。あの女性はもっと大物と付き合っていたんじゃかな。ロビンに気があったとは思えない。だいたいの人がそうなんですよ。たぶんあいつはきれいすぎて、性別を感じさせないんでしょう。彫刻とセックスしているみたいですからね。ロビンにとってセックスは重要じゃなかったけれど、ローダは大事だったんです。彼女は安定した権威のようなものを表わしていたんじゃないでしょうか。一度こんなことを言っていました。ローダには話せるし、話すと本当のこと、あるいは本当とされていることを話してくれるって。彼女はそんなふうな感じでロビンに影響を与えた人を思い出させるのかなと思ってましたよ。たとえば学校の先生とか。それにあいつは七歳の時に母を亡くしている。早くに母を失ったことを乗り越えられない子がいるでしょう。母親のイメージを求めていたのかもしれない。まあ、つまらない素人心理学かもしれないけれど、まるっきり当たっていないわけでもないいんじゃないかな」

ローダ・グラッドウィンから母性という言葉は連想できないと、ベントンは思ったが、しかし自分たちは彼女のことをどれだけ知っているだろうか。他者がいかに未知の存在かが、この仕事の魅力の一つとも言える。「グラッドウィンさんが傷痕を取り除くこと、それにどこで手術をするか、ボイトンさんはあなたに話しましたか」と、彼は質問した。

「いいえ。当然でしょう。いや、あいつが僕に話さなかったのが当然だという意味ですよ。彼女が黙っていろと言ったのかもしれない。ロビンは黙っていたほうが自分の得と思った時には、黙っていられる男だった。ぼくにはストーク・シェベレルのコテッジに三、四日行ってくるとしか言いませんでした。ローダがいるなんて一言も言いませんでしたよ」

「どんなふうでしたか」と、ケイトが訊いた。「興奮しているようでしたか。それともただのいつもの滞在のような印象でしたか」

「さっき言ったように、前回帰ってきた時には憂うつそうにしていたのに、先週木曜日に出かける時には興奮していましたね。めったにないほど楽しそうだった。帰ってくる時にはいい知らせを土産に持って帰ると言っていましたが、ぼくは本気に取らなかった。ロビンのいい知らせはだいたい悪い知らせになるか、なんの知らせもないことになるのでね」

「グラッドウィンさんが亡くなったことを知らせた電話のあと、ストーク・シェベレルからまた電話をかけてきませんでしたか」

「かけてきましたよ。あなたがたが事情聴取をしたあとですよ。あなたがたがひどく無礼で、友人を悼んでいる者に対する思いやりに欠けていると言っていましたね」

「そんなふうに思われたのなら、残念なことです。正式な苦情は申し立てられませんでしたね」

「あなたなら、そうしましたか。わざわざ警察の反感を買うのは、馬鹿か権力者のすることですよ。まあね、別に警棒で殴ったわけじゃないんですからね。それはともかくもロビンはコテッジで聴取を受けたあと、もう一度電話をしてきた。それで私はこっちに戻ってきて、こっちで警察の聴取を受けろ、必要とあらば私の弁護士を同席させると言ったんです。彼のためを思ってばかりじゃない。こっちは忙しくて、彼に戻ってほしかったんです。ロビンは予約した一週間はここにいることに決めたと言うんですよ。亡くなったローダを見捨てる気はないとか。ちょっと芝居がかっていたけれど、ロビンはそういう男だったんです。その時にはもちろんもっといろいろ知っていて、ローダが土曜日の朝七時半に遺体で発見されたことや、内部の犯行らしいことを話してくれました。その後ぼくはロビンの携帯電話に数回電話をしたけれど、出なかった。電話をくれとメッセージを入れたんですけど、かかってきませんでした」

ベントンが訊いた。「ボイトンさんから最初に電話があった時に、怯えているような感じだったと言われましたね。殺人犯人が捕まっていないのに留まると聞いて、おかしいとは思いませんでしたか」

「ええ、思いましたね。ぼくが戻ってこいと強く言うと、まだしなければならないことがあると言うんですよ」

ちょっと沈黙がきた。ケイトはわざと関心のなさそうな口調で言った。「しなければならないことですか。それがどういうことか、なにかヒントを言いましたか」

「いや、それにぼくも訊かなかった。さっきも言ったように、ロビンは芝居がかったことを言うんですよ。捜査を手伝うとか、そんなことを考えていたんじゃないかな。推理小説を読んでましたからね。きっと部屋にありますよ。部屋をごらんになりたいんでしょう？」

「ええ」と、ケイトが答えた。「お話をうかがったあとに。もう一つお訊きします。先週金曜日の午後四時から翌朝七時半までどこにいましたか」

コクスンは平然としていた。「それを訊かれると思っていました。三時半から七時半までここで教えていました。間に休みを入れて、三カップルに。そのあとスパゲッティー・ボロネーズを作って食べ、十時までテレビを見てからパブに出かけました。寛大な政府のおかげで早朝まで飲めることになったので、そうしましたよ。パブの主人が店に出ていたから、ぼくが一時十五分ごろまで店にいたと証言してくれるはずです。ロビンがいつ死んだか教えてくだされば、同じようにちゃんとアリバイを証明できますよ」

「ボイトンさんがいつ亡くなったか正確にはまだ分かっていません。でもおそらく月曜日の午後一時から八時の間ではないかと」

「ロビンが殺された時のアリバイを証明するなんてまったく馬鹿げているけれど、あなた方としては訊かなければならない質問なんでしょう。幸いぼくの場合は問題ありません。臨時の教師の一人アルヴィン・ブレント――入口でお会いになったでしょう――彼と一時半にここで一緒に昼食をとり、三時から新しい受講生二人に午後のレッスンをした。受講生の名前を教えますし、アルヴィンが昼食のことを証言してくれるはずです」

「午後のレッスンが終わったのは何時ですか」

「一時間のレッスンだったんですが、そのあと時間に空きがあったので、ちょっと長めにやって、二人が帰ったのは四時半でしたね。そのあと六時まで事務室で仕事をしてから、パブに行った。ネイピア通りにある新しい美食パブ〈跳ねウサギ〉です。そこで友だちに会った――彼の名前と住所を教えましょうか。その友だちと十一時ごろまでパブにいて、そのあと歩いて家に帰ってきました。住所と電話番号はアドレス帳を見ないと分かりませんが、待ってもらえれば、今調べますよ」

コクスンはデスクに行った。二、三分かけてアドレス帳を繰り、引き出しから出した紙に住所を書き取って、差し出した。「確認を取るんでしたら、ぼくが容疑者ではないことをはっきり言ってもらえると助かりますね。ロビンを失ったことだけでも並大抵じゃない――今はそれほど感じませんが、まだ信じられないからでしょう。でもいずれガツンとくる。おまけに彼を殺した犯人に見られたんじゃあ、たまりません」

「今おっしゃったことが確認されたら、その心配はありませんよ」と、ベントンが答えた。

たしかにその通りだった。証言通りならジェレミーが一人だったのは、レッスンが終わってパブに出かけるまでの一時間半だけだったから、ストーク・シェベレルに行く時間はない。

ケイトが言った。「では、ボイトンさんのお部屋を見せていただきます。亡くなったあと鍵はかけなかったのでしょうね」

「無理ですよ。鍵はついていないんだから。それに鍵をかける必要があるなんて、思いもつきませんでした。その必要があるんだったら、電話で言ってもらわないと。さっきから言っているように、今日お二人が来られるまで、ぼくはなにも聞かされていなかった。」

「重要なことではありません。亡くなった後どなたも入っていないのでしょうね」

「ええ、だれも。ぼくも入っていませんよ。ロビンが生きているときでも、あの部屋に入ると気がめいった。今はもう我慢できません」

部屋は階段の踊り場の奥にあった。二つの窓から真ん中に花壇のある芝生の庭とその向こうに運河が眺められる、バランスの取れた広い部屋だ。

コクスンは部屋に入らずに言った。「ひどい散らかり方ですみません。ロビンは二週間前に引っ越してきて、オックスファムに寄付するか、パブで売ったもの以外は全部ここにぶちまけたんです。パブではたいして買い手がつかなかったんじゃないかな」

たしかに入りたくなる部屋ではなかった。ドアの左側に寝イスがあり、汚れた衣類が山になっていた。マホガニーの衣装ダンスの開いた扉から金属ハンガーにかかったシャツ、ジャケット、ズボンが詰め込まれているのが見える。引っ越し会社の社名の入った大きな箱が六個置かれて、その上に大きくふくれた黒いポリ袋がのっていた。ドアの右側の隅には本の山と雑誌の詰まった段ボール箱。窓の間に置かれた引き出しと戸棚つきのデスクにはノートパソコンとスタンドがのっていた。汚れた衣類の不快な臭いがこもっている。

コクスンが言った「あのノートパソコンはぼくが買った新品です。ロビンがネット通信を手伝ってくれることになっていたんですけど、始めるまでに至らなかった。この部屋で価値のあるものといったら、あれぐらいじゃないかな。あいつはいつもひどくだらしがなくてね。ドーセットに出かける前にちょっと言い合いをしました。引っ越してくる前に衣類の洗濯ぐらいできただろうって文句を言ったんです。今となっては、意地の悪いことを言ったなと思いますよ。これからずっとそんな気がするんだろうな。そんなふうに思うことはないんだろうけど、でもそうなんだろうなあ。それはとにかくもロビンの所有物は、ぼくの知るかぎり全部この部屋にあります。いくら引っかき回しても、ぼくはかまいませんよ。文句を言う親戚も彼にはいない。父親のことを口にしたことがあるけれど、子供の頃から音信不通だったんです。デスクの引き出し二つには鍵がかかっていますが、ぼくはキーを持っていません」

「悔やむことはないですよ」と、ベントンが言った。「この部屋はひどい。引っ越してくる前にコインランドリーぐらい行けたでしょう。あなたは当たり前のことを言ったまでですよ」

「しかしだらしがないのは、不道徳とはちがいますからね。それにはたしてそれほどのことか。大きな声を出すほどのことじゃないでしょう。それにあいつがだらしないことは分かっていたんです。友だちにはある程度したいようにさせるべきじゃないですか」

ケイトは話を切り上げるべきだと感じた。ベントンはもっと掘り下げたいようだった。放っておけば、友情に伴う相互の義務と真実について準哲学的談議を始めかねない。

ケイトは言った。「ボイトンさんの鍵束は持ってきています。引き出しのキーもきっとあるでしょう。書類が沢山あるようでしたら、持っていくために袋が必要になるかもしれません。預かり証をお渡しします」

「全部持って行ってください、警部さん。警察のバンで運ぶなり、ごみ収集車を雇うなり、焼き捨てるなり。見るだけで気が滅入ってくる。すんだら、声をかけてください」

声が割れて、泣きだしそうな声になった。コクスンはそれ以上なにも言わずに姿を消した。ベントンが窓に行って、大きく開け放った。新鮮な空気が流れこんできた。「警部、開けすぎですか」

「いいえ、そのまま開けておいて。よくこんな暮らし方ができるわね。部屋を住める場所にする最低限の努力もしていなかったみたい。デスクのキーがあるといいけど」

必要なキーを見つけるのはわけなかった。鍵束の中で特に小さいのが両方の引き出しの鍵穴にすんなり合った。二人はまず左側の引き出しにかかったが、奥に押し込まれた紙の束が引っかかっている。ケイトは思い切り引っ張った。ようやく開いたと同時に、古い請求書、ハガキ、旧式の日記帳、未使用のクリスマスカード、手紙類が飛び出して、床に散らばった。ベントンが戸棚を開けると、そこにも大きくふくらんだファイルや古ぼけた演劇プログラム、台本、広告写真、洗面道具入れが詰まっていた。洗面道具入れを開けると、古いステージ用メーキャップ道具が入っていた。

「今このがらくたの山を調べるのはよしましょう。もう片方の引き出しにもうちょっとましなものはないかしらね」

こっちの引き出しはケイトが引っ張ると、わりとすんなり開いた。中にファイルフォルダーと本が入っていた。本はシリル・ヘアーの『いつ死んだのか』、古いペイパーバック版だ。ファイルフォルダーには両面に文字の書かれた紙が一枚はさまっているきりだった。遺言書の写しだ。一番上に『ペリグリン・リチャード・ウェストホールの遺言』と書かれ、最後に二〇〇五年七月七日と日付が入っている。ホルボーン検認事務所の五ポンドの領収書が添えられていた。遺言書はまっすぐに立った黒い文字で書かれた手書きで、筆跡は力強い部分もあるものの、最後の行になると震えが見られた。まず息子のマーカス・セントジョン・ウェストホールと娘のキャンダス・ドロシア・ウェストホール、弁護士のカーショー&プライス－ネビットを遺言執行人に指名していた。次に近親者のみで無宗教で火葬し、追悼礼拝も行なわないことを希望している。次の文章になって、字がかなり大きくなっていた。〝蔵書はすべてウィンチェスター大学に寄贈する。大学が希望しない本は息子マーカス・セントジョン・ウェストホールの決定に従い売却あるいはそのほかの方法で処分する。それ以外の動産として所有する財産すべてを二人の子供マーカス・セントジョン・ウェストホールとキャンダス・ドロシア・ウェストホールに等分に相続させる〟

遺言書には署名があり、署名証人として、家事手伝いのエリザベス・バーンズ、住所ストーク・シェベレル、ストーン荘、それに看護師グレース・ホームズ、住所ストーク・シェベレル、ローズマリー荘の二人の名前があった。

「ロビン・ボイトンに関係があることはなにも書いてない

わね」と、ケイトが言った。「でもわざわざ写しを手に入れている。この本を読んだほうがいいでしょうね。ベントン、あなた、読むのは早いほう？」

「かなり早いですよ。とくに長い本でもないし」

「じゃあ、車の中で読み始めてよ。私が運転するから。コックスンから袋をもらって、これをオールド・ポリス・コテッジに持って帰りましょう。戸棚の中のものはわれわれに関係があるとは思えないけれど、一応目を通したほうがいいわ」

「ボイトンに不満を抱く友だちが少なからずいたとしても、ストーク・シェベレルまで出かけていって彼を殺し、ウェストホールのコテッジに入りこんで遺体を冷凍庫に押しこんだとはどうも想像しにくいですね。しかし遺言書のコピーは、老人が自分になにも残さなかったことを単に確認するために手に入れたんでなければ、なにか意味があったにちがいありません。それにしても、なぜ手書きなんでしょうね。グレース・ホームズはローズマリー荘にはもう住んでいませんよね。あそこは売りに出されている。でもボイトンはどうして彼女と連絡を取ろうとしたんだろう。それに遺言書の日付が面白いじゃありませんか」

ケイトはゆっくり答えた。「日付だけじゃないわよ。さあ、この汚い部屋から出ましょう。これをなるべく早く持って帰って、ADに見せないといけない。ローダ・グラッドウィンのエージェントに会うように言われているけれど、そっちはそんなに時間がかからないと思うわ。エージェントの名前と住所はなんでしたっけ、ベントン」

「イライザ・メルバリーです。三時十五分に会うことになっています。オフィスはカムデンですね」

「まあ！　回り道になるわね。ロンドンにいる間にほかになにかしてほしいことがないか、ADに確認しましょうか。いつもヤードから取ってきてほしいものがあるじゃないの。そのあと簡単にお昼が食べられるところを見つけてから、イライザ・メルベリーの話を聞きに行く。でも少なくとも今日の午前中は無駄にならなかったわね」

## 2

ロンドン市内の交通渋滞に巻き込まれたために、イライザ・メルベリーのカムデンの住所まで時間がかかり、じりじりさせられた。彼女に会うために使われた時間と労力に見合うだけの情報を得られればいいがと、ベントンは思った。エージェント事務所は青果店の二階にあり、狭い階段を昇って事務所に入ると、果物と野菜の匂いもついてきた。若い女性が三人パソコンの前に座り、片側の壁いっぱいに延びる棚の前では年配の男性が鮮やかなジャケットをかぶった本を並べ直していた。三対の目が見上げた。ケイトが身分証明書を見せると、一人が立ち上がって建物の表側にあるドアをノックし、明るく声をかけた。「イライザ、警察の方よ。いらっしゃるって言っていたでしょ」

イライザ・メルベリーはかけていた電話を終えるところだった。受話器を置いて、二人に微笑みかけ、デスクの前の二脚のイスを勧めた。頬がふっくらした整った顔つきの、大柄の女性だった。肩の長さの縮れた黒髪が大きく盛り上がり、派手なカフタン風のワンピースにビーズのネックレスをしていた。

「ローダ・グラッドウィンのことでいらしたんですわよね。不審死とやらの捜査をしていらっしゃるとしか聞いておりませんけど、不審死というのは要するに殺人でしょ。そうなら、大変なショックです。でもお役に立てるようなことをお話できるとは思えませんね。彼女とは、私が二十年前にドーキン－バウアー・エージェンシーから独立したばかりの時に彼女のエージェントになって、それ以来ずっとでした」

「グラッドウィンさんをどの程度ご存じでしたか」ケイトが質問した。

「ライターとしての彼女のことなら、よく分かっていました。つまり文章を読めば彼女の書いたものかどうか分かりましたし、出版社との交渉内容の好み、私の提案に対する反応も予測できました。彼女を尊敬していましたし、クライアントとして好感の持てる人でした。半年に一回昼食を一緒に取って、いつも仕事の話をしましたね。それ以外のことでは彼女を知っていたとは言えないでしょう」

「自分のことを人に話さない女性と聞きましたが」

「そう、その通りでしたね。彼女のことを考えると――ニュースを聞いてから、それぱかり考えているんですけど、彼女は人に言えない秘密があって、そのために人と親しくなれなかったんじゃないかと、そんな気がします。彼女のエージェントになった二十年前と比べて、彼女のことが分かっていたとは言えませんもの」

オフィスの飾り付け、とくに壁一面に並べられた作家の写真を興味深そうに見ていたベントンが口を開いた。「エージェントとライターの関係としては珍しいのではありませんか。関係が密なことが成功につながると思っていましたが」

「そうとばかり言えませんね。好感や信頼関係がなければだめですし、重要なことに関して意見が一致していなければいけません。でも人それぞれですからね。親友として付き合っている作家も何人かいますし、個人的な親しい付き合いを求める人は多いですね。エージェントは母なる告解聴聞僧、財務アドバイザー、結婚カウンセラー、編集者、遺著管理者のいずれも務められなければだめですし、時には子供の世話までさせられます。ローダはそのどれも必要としませんでした」

「あなたのご存じの範囲でグラッドウィンさんに敵はいましたか」

「ローダはルポライターでした。反感を買ったと思われる人は何人もいたはずです。身の危険を感じるとか、そんなことを口にしたことは一度もありませんね。身体に危害を加えようとした者は、私の知るかぎり一人もいません。裁判に訴えると脅かした人が一人二人いましたが、私は彼女に、なにも言わず、なにもするなと助言しました。私の予想した通り、法に訴えた人は一人もいませんでした。ローダは法的に虚偽あるいは中傷と見なされるものを書く女性ではありませんでしたから」

「《パタノスター・レヴュー》誌にのったアナベル・スケルトンの盗作に関する記事もですか」

「あの記事を現代ジャーナリズム全体を批判する武器として使った人もいましたが、ほとんどの人が興味深いテーマを扱った真面目な文章と見ましたね。怒った読者の一人、キャンダス・ウェストホールという女性がローダと私に会いに来ましたが、別に告訴などはしませんでした。その女性を怒らせた部分は穏やかな表現でしたし、事実であることは否定しようがなかった。なにもかも五年ほど前のことです」

「グラッドウィンさんが顔の傷痕を取り除くことにしたのをご存じでしたか」と、ベントンが訊いた。

「いいえ、私にはなにも言いませんでしたよ。あの傷痕を話題にしたことは一度もありません」

「では、これからの計画についてはどうでしょう。仕事を変えるようなことは言いませんでしたか」

「そのことはついてはなにも言えません。いずれにせよなにも具体的に決まっていなかったのです。彼女自身、まだはっきり心が決まっていなかったんでしょう。生前なら、私がその話を彼女以外の人とするのを嫌ったでしょうから、今もお話できないことはご理解いただけると思います。彼女が亡くなったことと関係があるとはとても思えません」

質問は尽き、メルベリーは仕事に戻りたそうにしている。事務所を出ながら、ケイトが言った。「将来の計画を訊いていたけど、どうして」

「もしかして伝記でも書く気だったんじゃないかと、そんな気がしただけです。もし現在も生きている人物の伝記だったら、書き始める前に止めようとしたという動機も考えられるんじゃありませんか」

「ありうるでしょうね。ただしその場合、その仮定の人物がメルベリー女史も知らなかったこと、つまりグラッドウィンが荘園に行くことを何らかの方法で探りだし、グラッドウィン本人か、あるいはほかの人を説得して領主館の中に入ったということになるわね。でなければ、グラッドウィンの将来の計画は、捜査の役に立たないんじゃないかしら」

車に乗り、シートベルトを締めながら、ベントンが言った。「ぼくはあの女史が気に入りましたね」

「それじゃあ、あなたの興味の対象の幅広さからして、いずれ小説を書くんでしょうから、処女作をものにしたら、だれと契約をするか悩まなくてすむわね」

ベントンは笑った。「大変な一日でしたね、警部。でも少なくとも空手で帰らずにすみます」

## 3

ドーセットに戻るドライブは悪夢だった。カムデンからM3号線に乗るまでに一時間以上かかったうえに、高速に乗ると、平日の終わりにロンドンから出ようとしてほぼ数珠つなぎ状態になった車の列に巻き込まれた。五番ジャンクションを過ぎたところでのろのろ動いていた車列が止まった。故障したバスが一車線塞いだために、ほぼ一時間完全に止まったままになった。動きだすとケイトは食事のために止まりたくなかったから、疲労と空腹を抱えた二人がウィスタリア・ハウスにたどりついたのは午後九時だった。ケイトはオールド・ポリス・コテッジに電話を入れた。ダルグリッシュは食事がすみ次第来るように指示した。二人にとって楽しみになっていたシェパード夫人の料理も大急ぎでかきこむことになった。夫人手作りのステーキ&キドニープディングも、さすがに時間がたって、今一つだった。

午後十時半、二人はダルグリッシュと向かい合って座り、一日の報告をした。

ダルグリッシュは言った。「するとエージェントから訊きだせたのは、ローダ・グラッドウィンは人に自分を見せない女性だという、すでに分かっていることだけだったわけか。イライザ・メルベリーはそんなローダ・グラッドウィンの性格を、生前同様に死後も尊重しているんだろう。ジェレミー・コクスンの家から持ち帰った物を調べよう。もっとも重要性の低いのはこのペイパーバック版の小説だな。ベントン、読んだのか」

「車の中で斜め読みしました。最後の法律がらみの話がややこしくて、理解できませんでしたね。法律家なら分かるんでしょう。著者は判事だったんです。ですが死亡時刻を隠すための偽装がテーマなので、ボイトンにヒントを与えた可能性はありますね」

「ではボイトンがウェストホール姉弟から金を引きだす目的でストーク・シェベレルに行ったことを示す、もう一つの証拠というわけか。キャンダス・ウェストホールの話では、ボイトンはローダ・グラッドウィンから小説の話を聞かされて、そう考えるようになったとか。さて、次に重要な情報にかかろう。ボイトンの気分が変化したというコクスンの話だ。ボイトンは最初十一月二十七日に荘園から戻ってきた時には元気がなかった。キャンダス・ウェストホールが話に応じると約束したのに、なぜ元気がなかったのか。遺体を冷凍したという自分の疑惑が無根と分かったためか。ボイトンに気を持たせて、もっと芝居がかったことを計画させるというキャンダス・ウェストホールの話ははたして信じられるか。分別ある女性がそこまでするだろうか。そしてローダ・グラッドウィンが手術入院した先週木曜日にここに戻ってくる前に、ボイトンの気分が変化していたと、コクスンは言っている。興奮して楽天的になり、金が入りそうだと話していた。ボイトンはグラッドウィンに会ってほしい、重要な話があると携帯電話にメッセージを入れている。一回目と二回目の間にどんなことがあって状況を一変させたのか。彼はホルボーン検認事務所に行って、ペリグリン・ウェストホールの遺言書のコピーを手に入れている。どうしてだろう。どうしてその時点で手に入れたのか。自分が被相続人でないと分かっていたはずだ。遺体が冷凍されたというボイトンの話をキャンダスが一蹴した時に、彼女のほうから経済的援助を持ちかけたのではないだろうか、あるいは父親の遺言に関する話を終わりにしたがっているとボイトンに思わせたのではないか」

「遺言書の偽造を疑っていらっしゃるのですか、警視長」と、ケイトが訊いた。

「可能性としてある。遺言書を見ようじゃないか」

ダルグリッシュが遺言書を広げ、三人は無言で見つめた。ダルグリッシュが言った。「全文自筆で、二〇〇五年七月七日と日付が入っている。ロンドン同時爆破事件のあった日だな。もし偽造なら、悪い日付を選んだものだ。九月十一日になにをしていたか憶えている人が少なくないように、七月七日のことを憶えている人は多い。日付と遺言書そのものはウェストホール教授の手で書かれたと仮定しよう。筆跡は独特で、これだけの長さのものだと偽造であればまず分かるはずだ。しかし三つの署名のほうはどうだろうか。私は今日、ウェストホール教授が依頼していた弁護士事務所に電話をして、遺言書について訊いてみた。署名者の一人で、荘園で長くメードとして働いていたエリザベス・バーンズはすでに死亡している。もう一人の、村でひっそり暮らしていたグレース・ホームズも、姪と暮らすためにトロントに移住している」

「先週木曜日のこっちに来たボイトンはグレース・ホームズの現住所を訊きだそうとして、ローズマリー荘に行っています」と、ベントンが言った。「最初に疑惑を持った経緯がどんなに馬鹿げていようと、ボイトンが遺言書に注目していることにキャンダス・ウェストホールが気づいたのは、ボイトンの一回目の滞在のあとですね。ボイトンがローズマリー荘に行ったと話したのは、モグです。モグは同じことをキャンダスにも話したんじゃないでしょうか。キャンダスはホームズに遺産分けするということでトロントに飛んでいますが、そんなことは手紙か電話、メールででききることでしょう。それにどうして今頃になってホームズの介助に報いることにしたのか。わざわざ本人にじかに会ったのはどうしてか」

ケイトが言った。「遺言書が偽造されたとすると、強力な動機になりますね。遺言書のちょっとした欠陥は訂正できるんですよね。遺言執行人全員の合意があった場合、遺贈の内容も変えることができるんじゃないんでしょうか。しかし偽造となったら、犯罪です。キャンダス・ウェストホールには弟の相続分ばかりか、彼の名前に傷をつける危険は冒せなかったはずです。でもグレース・ホームズが口止め料としてお金を受け取ったとしたら、彼女の口から事実を訊きだすのは無理でしょうね。話すわけがありません。教授はきっとしょっちゅう遺言書を書いては、すぐに気を変えていたんでしょう。ホームズは自筆遺言書に数回署名したので、どれがどれだか記憶がないといえばすむんです。彼女は老教授の介護を手伝っていた。ウェストホール姉弟にとって介護は楽ではなかったはずです。ホームズは姉弟が遺産を相続して当然と思ったのかもしれない」ケイトはダルグリッシュを見た。「以前の遺言の内容は分かっているんですか、警視長」

「弁護士と話したときに訊いたよ。財産を二等分して、教授と教授の父がボイトン一家を不当に扱ったことを認めて、半分をボイトンに、残りの半分をマーカスとキャンダスが等分に相続することになっていた」

「それではボイトンはそのことを知っていたんでしょうか」

「それはないと思うね。金曜日にもっと分かるだろう。その遺言書と一番新しいものの作成に立ち会ったフィリップ・カーショーと会うことになっている。病気でボーンマス郊外の老人ホームに入っているが、会ってくれることになった」

ケイトが言った。「警視長、強い動機ですよ。キャンダスを逮捕するおつもりですか」

「いや、明日、警告したうえで事情聴取して、テープに録音するつもりだ。それでも気をつけないといけない。もうちょっと説得力ある証拠がないかぎり、この新しい疑惑を表面に出すのは得策ではないだろうし、無に帰する危険もある。ボイトンが一回目の滞在のあと元気をなくし、二回目に行く前に陽気になったというコクスンの言葉だけなんだからね。それにグラッドウィンの携帯電話に残した伝言はなんとでも取れる。ボイトンはわりと移り気な青年だったようだ。その点はわれわれも目にしたじゃないか」

「先が見えてきましたね、警視長」と、ベントンが言った。「しかし偽造のことも、グラッドウィンとボイトン殺しについても、確かな物的証拠はまったくない。それに殺人の前歴がある人間が荘園にいるから、ことは面倒だ。さてと、今夜のところはそんなものだろうな。みんな疲れている。お開きにしよう」

十二時になろうとしていたが、ダルグリッシュはまだ暖炉に薪を足していた。頭が活発に働いているときにベッドに入っても仕方がない。キャンダス・ウェストホールは二件の殺人にチャンスと手段があり、ほかに人がいないと分かっている時に配膳室にボイトンを誘いこめる唯一の人間だ。ボイトンを冷凍庫に押しこめるのに必要な体力もあるし、蓋についた自分の指紋の説明がつくような状況も作っている。遺体発見時にほかの人間がそばにいて、警察が到着するまで一緒にいるようにもしている。しかしそのいずれも状況証拠にすぎない。頭のいいキャンダスにはそのことが分かっているはずだ。現時点ではダルグリッシュとしては警告付きの事情聴取をするのが精いっぱいだった。

そのときアイデアが一つ頭に浮かび、非常識ではないかと考え直す前に行動に移していた。ジェレミー・コクスンは近所のパブで夜遅くまで飲むようだ。携帯電話の電源をまだ入れたままにしているかもしれない。もしだめなら、明日朝にまたかければいい。

ジェレミー・コクスンはパブにいた。店内の喧騒でまともな会話は不可能だったが、かけてきたのがダルグリッシュと知ると、コクスンは言った。「ちょっと待ってもらえませんか。外に出ます。中ではろくに声も聞こえません」

ちょっとして「なにか分かりましたか」と、声がした。

「今のところはなにも。進展がありましたら、連絡しますよ。こんな時間に電話をしてすみません。話はちがうんですが、重要なことをお訊きしたいのです。七月七日になにをしていたか憶えておられますか」

ちょっと沈黙があってから、コクスンは訊き返した。

「ロンドン同時爆破事件の日のことですか」

「そう、二〇〇五年七月七日です」

またちょっと間が入った。コクスンは七月七日とロビンが死んだこととどんな関係があるのか訊きたいのをこらえているのだろう。やがて言った。「憶えていますとも。九月十一日やケネディー暗殺の日のようなものです。忘れません」

「そのときにはロビン・ボイトンさんはすでにあなたのお友だちだったんですね。ボイトンさんがその日になにをしていたか憶えておられますか」

「彼が話してくれたことなら憶えていますよ。ロビンはロンドンの中心部にいたんです。当時ぼくが住んでいたハムステッドに夜の十一時近くにやってきて、間一髪で事件に巻き込まれずにすんで、ハムステッドまでてくてくと歩いてきた顚末を夜中まで話すので、閉口しました。バスが爆破された現場に近いトッテナム・コート・ロードにいたんです。ひどくショックを受けたお婆さんにすがられて、落ち着かせるのに手間取ったらしいんですよ。お婆さんはストーク・シェベレルに住んでいて、前日に買い物が目的で友だちの家に泊まりに来た、翌日帰る予定だと彼に話したんです。ロビンはお婆さんの世話をさせられる羽目になるのかと気が気じゃなかったんですが、〈ヒールズ家具店〉の前でタクシーが一台見つかった。それでタクシー代として二十ポンドを渡したら、お婆さんはおとなしく乗っていったらしいんです。ロビンらしいですよ。その日一日年寄りを背負いこまされるよりは二十ポンド出したほうがましだと言っていました」

「ボイトンさんはそのお年寄りの名前を言いませんでしたか」

「ええ、言いませんでしたね。お婆さんの名前もお婆さんの友だちの住所も知りませんし――そう、乗ったタクシーのナンバーも知りません。大したことじゃないですけど、そういうことがあったんです」

「ほかに憶えておられることはありませんか、コクスンさん」

「ぼくが聞いたのはそれだけですね。そう、もう一つ細かいことがありました。そのお婆さんは元メードで、年寄りを介護しているロビンのいとこの手伝いをしていると言っていました。すみませんけど、それぐらいですね」

ダルグリッシュは礼を言って、携帯電話を閉じた。コクスンの話が正しくて、メードがエリザベス・バーンズだとしたら、彼女は二〇〇五年七月七日に遺言書に署名できなかったことになる。だが、その年寄りはエリザベス・バーンズだったのか。ストーン荘で手伝いをしていた村の女性だったのかもしれない。ロビン・ボイトンの手助けがあれば、彼女の正体が突きとめられたかもしれないが、ボイトンは死んでしまった。

三時をすぎていた。ダルグリッシュはまだ目が冴えて、落ち着かない。コクスンの七月七日に関する記憶は伝聞であり、ボイトンとエリザベス・バーンズの両方が死んだ今、バーンズが家に泊まった友人やその家にバーンズを運んだタクシーを突きとめられる可能性がどれだけあるか。遺言書の偽造という彼の推理は、すべて状況証拠に立脚している。ダルグリッシュは起訴されるに至らない殺人容疑の逮捕を嫌った。立件されなければ、逮捕された者は疑惑に包まれたままになるし、捜査官は短慮で早とちりとされる。この事件は犯人は分かっているのに、逮捕に持ち込む証拠が不十分という、どうにも納得のいかない事件になるのだろうか。そういうケースはまれではない。

眠るのは無理とついに観念したダルグリッシュはベッドから起きて、ズボンと厚いセーターを着、スカーフを首に巻いた。足早に散歩をして疲れれば、眠気が襲ってくるだろう。

十二時頃にザーッと一雨来たため、夜気は甘い香りを含んですがすがしく、ひどく寒いほどではなかった。ダルグリッシュは星が瞬く高い空の下を勢いよく歩いた。自分の足音しか聞こえない。そのときまるで予兆のように風の息吹を感じた。寒々とした生垣をかすめて木々の高枝をきしませ、夜が息を吹き返した。ただ短くざわついただけで、またすっと治まった。そして荘園に近づくダルグリッシュの目に、遠くでちらつく炎が映った。朝の三時に焚火をする人間がいるだろうか。ストーンサークルでなにかが燃えている。ポケットから携帯電話を出したダルグリッシュは、炎に向かって走りながらケイトとベントンを呼び出した。

## 4

二時半に起きなければならない。でも目覚まし時計をかけなかった。どんなに急いで止めても、だれかの耳に入って起こしてしまうのが心配だったからだ。でも目覚まし時計は必要ない。起きようと思う時間にいつも目を覚ませる。同じように上手に眠ったふりができるから、自然と呼吸が浅くなり、自分でも起きているのか眠っているのか分からなくなる。二時半はちょうど頃合いの時間だった。真夜中の十二時は魔女の時間。神秘と秘儀が支配する濃密な時間だ。でも人間はもう真夜中になっても眠らない。チャンドラー‐パウエル院長は寝つけないと、夜中の十二時に散歩に出るかもしれない。でも二時半になっても外にいることはないし、朝早々と起きる人でもない。メアリ・キートが火刑に処されたのは、十二月二十日の午後三時だった。だが午後に罪滅ぼしの儀式を——浮かばれないメアリ・キートの声を静めて彼女に平安を与えるために、彼女と一体となる最後の儀式を行なうのは無理だ。午前三時でもいいはずだ。メアリ・キートは分かってくれるにちがいない。肝心なのはこの最後の手向けを行なうこと、戦慄の最期の数分をぎりぎり本物に近づけて再演することだ。十二月二十日はまさに当日であり、シャロンにとって最後のチャンスでもあった。レイナー保護観察官が明日にも迎えに来るかもしれない。今すぐ荘園を出たかった。ここで最強の存在なのに、子供かなにかのようにああしろこうしろと命令されるのはもううんざりだ。しかしもうすぐ苦役はすべて終わる。そして金持ちになり、人を雇って、使うのだ。でもその前に最後の別れをしなければならない。メアリ・キートに話しかけるのは、これで最後になる。

計画を前もって早くに立てておいてよかった。ロビン・ボイトンの事件のあと二軒のコテッジが警察に封鎖された。暗くなってからコテッジに行くのは危険だし、警備チームの目を盗んで領主館を出ることは不可能だ。でもミス・クレセットにグラッドウィンさんが手術入院する日と同じ日にローズ荘に滞在客が入ると言われて、シャロンはすぐさま行動に移した。客が到着する前に床に掃除機をかけるか、あるいは洗って、埃を払い磨き、ベッドをメークするのは彼女の仕事だった。すべてが一つにまとまってきた。すべてに意味があった。キャスターつきのバスケットまである。清潔なリネンを入れて運び、汚れたシーツとタオル、シャワー室や洗面台を洗う洗剤、掃除用具の入ったポリ袋を持って帰るためのバスケットだ。それを使えば、ローズ荘の物置小屋から焚きつけ二袋と古い洗濯ロープ、それに灯油二缶を洗いたての床に敷くためにいつも持っている古新聞にくるんで持ち帰ることができる。灯油はたとえ注意して運んでも、臭いが強い。領主館のどこに隠しておけるだろうか。シャロンは缶をポリ袋に入れて、暗くなってから生垣沿いの溝の草の中に押しこんでおくことにした。溝は缶がすっぽり隠れる深さがあるし、ポリ袋に入れておけば濡れない。焚きつけとロープはベッドの下のスーツケースに入れておけば大丈夫だ。あそこなら、だれにも見つからない。自分の部屋は自分で掃除し、ベッドも自分でメークすることになっている。領主館ではプライバシーは厳しく守られていた。

腕時計が二時四十分を指し、出かける時間になった。一番黒っぽいコートを着て、頭にスカーフをかぶった。コートのポケットにはすでにマッチの大箱が入れてある。ドアをそっと開け、息をひそめてちょっと立っていた。領主館は静まり返っている。警備チームが夜間パトロールをしないことになったから、敏感な目や耳を心配せずに行動できる。領主館の中央棟で寝ているのはボストック夫婦だけだったし、二人の部屋の前を通る必要はなかった。焚きつけの袋を抱え、巻いた洗濯ロープを肩にかけたシャロンは廊下を忍び足で静かに歩き、脇の階段を使って一階に降り、西翼のドアに向かった。前にした時と同じように爪先立ちして、金属のきしる音が響かないように注意しながら掛け金をそろそろと引いた。そしてキーをそっと回して外に出ると、外側から鍵をかけた。

寒い夜だった。天空高く星がまたたき、大気は微光を放っている。薄い千切れ雲が流れて、ときどき月にかかる。風が出てきた。安定した風ではなくて、吐息のように短く吹きつけてくる。シャロンはライムの並木道を木から木に身をひそめながら幽霊のように動いた。だが見られると本気で心配してはいなかった。西翼は暗闇に包まれているし、ライムの並木道が見える窓はほかにない。石塀まで行くと、月明かりに洗われたストーンサークルがそっくり見えた。突風が真黒い生垣を揺らして走りぬけ、裸の枝がきしり、サークルの向こうの丈の高い草がササーッと音を立てて揺れている。風が不安定なのが残念だった。これは記念の儀式でなければいいが、気まぐれな風は危険だ。風は火をつけるのであって、第二の犠牲者にはなりたくない。火が近すぎないように気をつけなければいけない。シャロンは風の方向を見定めようとして、なめた指を高くかざした。そして石の後ろになに者かが潜んでいるかのように、そっと足を忍ばせてサークルの中に入り、中央の石のそばに焚きつけの袋を置いた。それから溝のほうに行った。

灯油缶を入れたポリ袋を見つけるのに数分かかった。なぜかもっと石に近いところに隠したような気がしたし、月が見え隠れして明暗が変わるのも感覚を狂わせた。しゃがんで溝に沿って動いたが、手に触るのは雑草と冷たい汚泥だけだった。ようやく探し物が見つかって、シャロンは缶を焚きつけのところに運んだ。ナイフを持ってくるべきだった。焚きつけの網袋は思ったよりも丈夫で、二、三分間力任せに引っ張ってようやく開き、木っ端がこぼれ出た。

シャロンはサークルの中に焚きつけを丸く置き始めた。あまり離すと火の輪ができないし、近づけすぎれば、自分に火がつく。腰をかがめて一つ一つ丁寧に置いて、ようやく満足のいく輪が完成した。次に灯油缶の蓋を開けて、一缶目を慎重に抱え上げた。腰をかがめ、焚きつけ一本一本に灯油を注いで回った。勢いよくかけすぎたと思い、二缶目は控えめにした。早く火をつけたかったし、焚きつけがしっかり湿ったので、結局灯油は半分しか使わなかった。

洗濯ロープを取ったシャロンは、自分の身体を中央の石に縛りつけだした。これは考えていたよりもむずかしかったが、ロープを二回石に巻きつけてから、ロープの輪の中に入り持ち上げて引っ張り締めるのが一番いいと分かった。祭壇である中央の石はほかの石よりも高いが、滑らかで細かったから、その分やりやすい。ロープを身体に巻きつけてからウエストの前で結ぶと、端が長く垂れ下がった。ポケットからマッチを出したシャロンは、ちょっと身体を固くして目を閉じた。風が吹きつけてきて、やがて静まった。

シャロンはメアリ・キートに語りかけた。「これはあなたに捧げる儀式です。あなたを記念する儀式です。私があなたの無実を知っていることをお知らせするためです。私はあなたから遠ざけられます。あなたのところに来るのは、これが最後です。どうか私に話しかけてください」だが、今夜は答える声はなかった。

シャロンはマッチをすって、焚きつけの輪に向かって投げた。だが火がつくとすぐに風に吹き消された。シャロンは震える手で何度もやり直した。泣きそうだった。うまくいかないのか。輪のそばに行って火をつけてから火刑の石に駆け戻り、もう一度身体を縛り直さなければだめだ。でもそれでも火がつかなかったらどうしよう。並木道のほうを見上げると、ライムの太い幹がさらに太くなり、高い梢が合わさって、月を砕いてからみ合った。並木道はせばまって洞窟になった。遠くに黒く見えていた西翼がより大きな暗黒に呑みこまれた。

今、シャロンの耳に村人が押しかけてくる音が聞こえる。狭いライムの並木道を押し合いながらやってくる彼らの遠い声が一つの叫び声に高まって、彼女の耳に響いた。〝魔女を焼き殺せ！　魔女を火あぶりしろ！　あの女はおれたちの家畜を殺したぞ。あの女はあたしたちの赤ん坊を毒で殺したんだ。あの女はルーシー・ビールを殺した。あの女を火あぶりにしろ！　焼き殺せ！〟村人たちは石塀までやってきた。だが塀は越えない。塀の向こうで押し合いへし合いしている。人だかりがどんどん大きくなる。しゃれこうべをずらりと並べたように口を開いて、シャロンに向って憎悪の声を張り上げている。

突然叫ぶ声がやんだ。人影が一つ離れて塀を乗り越え、シャロンのほうにやってきた。聞き覚えのある声が優しく、ちょっと非難する口調で言った。「私がこれをあなたに一人でやらせるはずがないでしょう。あなたがメアリ・キートを忘れるはずないと思った。そのやりかたじゃあ、うまくいかないだろうな。手を貸しましょうか。死刑執行人になってあげようと思って来たんだから」

シャロンの計画にはないことだった。これは彼女の、彼女一人の行為のはずだった。だが証人がいるのも悪くないかもしれない。この人物は特別な証人、理解してくれる証人、シャロンが信頼できる証人だった。今、シャロンは他人の秘密を握り、その秘密のおかげで力を得て、金持ちになる。二人で一緒にやるのもいいかもしれない。死刑執行人は細い木っ端を選んで持ってくると、風をよけながら火をつけ、高くかかげて焚きつけの輪に近づき、投げた。すぐにパッと炎が上がり、火は生き物のように走ってパチパチつぶやき、はじけ、火花を放った。夜が息を吹き返し、石塀の向こうの声が高く響き渡った。シャロンはまるで過去が、彼女自身の過去とメアリ・キートの過去が焼き払われているようで、一瞬おののくような勝利感を覚えた。

死刑執行人がそばにきた。なぜ、とシャロンは思った。

なぜ手が薄いピンク色に透き通って見えるんだろう。なぜ医療用の手袋をはめているんだろう。その時その手が洗濯ロープの端をつかみ、すばやく一振りしてシャロンの首に巻きつけた。荒々しくぐいと引かれたロープが首に固く巻きついた。シャロンの顔に冷たい液体がはねかかった。なにかが身体にかけられた。灯油の臭いが鼻を突き、立ち昇るガスにシャロンはむせた。死刑執行人の息が顔に熱くかかった。シャロンの目をのぞきこむ執行人の目は、網目模様の走る大理石だった。顔が見えなくなるほど、光彩が大きくなった。シャロンには、それは自分の絶望が映るだけの暗い沼だった。シャロンは叫ぼうとしたが、声が出なかった。体を縛るロープの結び目を探ったが、手に力が入らなかった。

意識がもうろうとしてきたシャロンはロープにぐったりと身体を預けて、死を、メアリ・キートの死を待った。そのときすすり泣きのような声に続いて大きな叫び声が聞こえた。自分の声ではないはずだ。声は出そうにも出ないのだから。続いて灯油缶が持ち上げられて、生垣のほうに放り投げられた。火が弧を描き、生垣がはじけるように燃え上がった。

今、シャロンは一人だった。気が遠くなりそうだったが、首に巻きついたロープを引っ張ろうとした。しかし腕を持ちあげる力がない。人だかりは消えていた。火の勢いが落ちてきた。シャロンの足ががくんと折れて、縛られたロープにぐったり寄りかかったまま、なにも分からなくなった。

突然、声がして、懐中電灯のまぶしい光がシャロンの視力を奪った。だれかが石塀を飛び越えて、消えかかった火を飛び越えて、こっちに走ってくる。身体に腕が回された。男の腕だ。シャロンの耳に男の声が聞こえた。

「もう大丈夫だ。怖がらなくてもいい。シャロン、私の言うことが分かるかい。もう大丈夫だ」

## 5

三人がストーンサークルに行き着く前に車の走り去る音が聞こえた。追跡している場合ではない。シャロンの安全が第一だ。ダルグリッシュはケイトに言った。「あとを頼む。チャンドラー‐パウエルのオーケーが出次第、シャロンから供述を取ってほしい。私はベントンとキャンダス・ウェストホールを追う」

炎を見て駆け付けた四人の警備員が、燃える生垣の火を消そうとしている。雨で湿っていた生垣は、すぐに黒焦げの枝といがらっぽい煙だけになった。月にかかっていた低い雲が払われて、夜は神秘に包まれた。この世のものとは思えない月光を浴びて銀白色に変わった石は、幽界の墓石のように輝いている。ダルグリッシュの目にヘリナ、レティー、ボストック夫婦と見分けのついた影も、人間に見えないまま暗闇に吸い込まれていく。神官のような長いガウン姿のチャンドラー‐パウエルがフラヴィアと一緒にシャロンを抱えて石塀を越え、やはりライムの散歩道に消えていくのを、ダルグリッシュは見守った。まだ一人残っている。突然月の光に洗われたマーカス・ウェストホールの顔が、まるでデスマスクのように身体から分離して漂っているように見えた。

ダルグリッシュはマーカスに近づいて、尋ねた。「どこに行くと思いますか。教えてください。ぐずぐずしていられない」

答えるマーカスの声はしゃがれていた。「海に行くと思います。海が好きだから。泳ぐのが好きな場所、キマリッジ湾じゃないかな」

ベントンはすばやくズボンをはいて、厚いセーターを火に向かって走りながら頭からかぶって着た。今ダルグリッシュが彼に声をかけた。「キャンダス・ウェストホールの車のナンバーを憶えているか」

「はい、憶えています」

「地元署の交通課に捜索を開始するように連絡してくれないか。キマリッジ湾を探すように言ってくれ。われわれはジャガーで行く」

「分かりました」ベントンは力強く走り去った。

マーカスが声を上げた。老人のようにおぼつかない足でダルグリッシュを追いかけてきて、しゃがれ声で怒鳴った。

「私も行きます。待ってください！」

「一緒に行っても仕方がないですよ。見つけますから」

「行かせてください。見つけた時にその場にいたいんです」

ダルグリッシュは言い合って時間を無駄にしなかった。マーカス・ウェストホールには一緒に行く権利があるし、海岸の捜索場所の特定に役立つかもしれない。「温かいコートを着てください。急いで」

ダルグリッシュの車が一番早かったが、スピードはそれほど重要でなかったし、くねくね曲がる田舎道では飛ばせない。もしキャンダス・ウェストホールが水死を意図しているなら、今から海に行っても遅いかもしれない。弟がウソをついていないと断言はできないが、ダルグリッシュはマーカスの苦しげな顔を思い出して、おそらくウソではないだろうと考えた。ベントンは数分でオールド・ポリス・コテッジからジャガーを取ってきて、ダルグリッシュとウェストホールが道に出てくるのを待っていた。彼は黙って後部ドアを開けてウェストホールを乗せ、続いて自分も乗った。ウェストホールを後部席で一人にしておくのは不安だからだ。

ベントンは懐中電灯を出して、道順の指示を出した。ダルグリッシュの衣服や手にしみこんだ灯油の臭いが車内に充満した。ダルグリッシュは窓を下ろした。冷たく甘い夜気が彼の肺を満たした。狭い田舎道が登ったり下ったりしながら、眼前に延びている。両側にはドーセットの風景が、谷と丘、小さな村と石のコテッジが広がっていた。車の影もほとんどない寝静まった夜だ。明かりのついている家は一軒もなかった。

空気が変わったのが感じられた。すがすがしい匂いというよりももっと漠然とした感覚だったが、ダルグリッシュには紛れもなかった。潮の香りだ。寝静まった村を突っ切る下り坂の幅が狭まり、キマリッジ湾の波止場に出た。星と月の下で海が揺らめき、きらめいている。ダルグリッシュは海の近くに来ると必ず、動物が水たまりに吸い寄せられるように強く引き寄せられる。人間が二本足で初めて海辺に立って以来、太古から変わることなく淡々と押し寄せ鳴り響く波の音は人間のさまざまな感情をとらえるし、とくに今のように人の命のはかなさを思わせる。三人は黒くのしかかってそびえる泥板岩の崖の下を海岸に向かって東に動いた。石炭のように真っ黒な崖の下には草や灌木が生えていた。海に平らな泥板岩が突き出て、その先の岩に波が砕けて散っている。平らな岩を洗った波が音を立てて引いていく。月の光を受けて、黒い岩は磨きあげた黒檀のように光を放った。

三人は懐中電灯の光を海辺や黒い泥板岩の道になでるようにして向けながら、進んだ。車の中で無言だったマーカスが、生き返ったように小石の転がる水際を突き進んだ。岬を回ると、もう一つ狭い海岸があり、亀裂の入った黒い岩が広がっている。何も見つからなかった。

そこで行き止まりだった。海岸は途切れ、海に斜めに落ち込む崖が行く手をふさいだ。

「ここにはいない」と、ダルグリッシュが言った。「ほかの海岸を当たろう」

リズミカルにとどろく波の音に負けまいとして上げたウェストホールの声は、しゃがれた悲鳴に聞こえた。「姉はほかのところでは泳ぎません。来るならここです。どこかにいるはずだ」

ダルグリッシュは静かに言った。「日が昇ってからまた探しましょう。今のところはこれまでにして」

しかしウェストホールはもう一度危なっかしげにバランスを取りながら岩の上を歩いて、波が砕け散る岩の端に立った。顔を見合わせたダルグリッシュとベントンは波に洗われる岩を飛び越えて、ウェストホールに近づいた。ウェストホールは振り向かない。まだらに飛ぶ低い雲のせいで星や月の光が鈍る空の下で、海は汚い風呂水をためた巨大な大釜のようだった。石鹸泡がカスのようにたまって、岩の割れ目で盛り上がっている。波は強く打ち寄せ、ウェストホールのズボンはぐっしょり濡れていた。ダルグリッシュがウェストホールのそばに近づいたときに、白い腹を見せた波が突っ立つウェストホールの足を襲い、二人はあやうく岩から落ちるところだった。ウェストホールの腕をつかんで支えたダルグリッシュは、静かな声で言った。「行きましょう。ここにはいませんよ。ここにいても仕方がない」

ウェストホールはなにも言わずに、ダルグリッシュに助けられて足もとの悪い岩を戻ってゆき、うながされるままに車に乗り込んだ。

荘園まで半分ほどもどった時に、無線が鳴った。ウォリン巡査だった。「警視長、車を発見しました。荘園から一マイル足らずのバゴッツの森より先には行っていません。これから森の捜索にかかります」

「車はロックされていなかったのか」

「いいえ、ロックされていました。中にはなにもありませんでした」

「よし。捜索にかかってくれ。私もそっちに行く」

ダルグリッシュにはありがたくない捜索だった。車を止めながら、しかも排気ガス自殺をしなかったということは、縊死の可能性が高い。ダルグリッシュにとって絞頸はいつも恐ろしい死に方だった。イギリスが長い間処刑方法として使っていたせいばかりではない。どんなに苦しまないように気を配っても、人間がほかの人間を吊るすという行為には特別浅ましいものがある。キャンダス・ウェストホールは自殺を図ったにちがいないと思うものの、その方法でないことを願うばかりだった。

彼はウェストホールのほうを振り向かずに言った。「地元警察がお姉さんの車を見つけました。お姉さんは車の中にはいませんでした。これから領主館にお送りしますよ。着替えたほうがいい。これからは待っていてください。動き回ってもむだです」

返事は帰ってこなかったが、領主館の門が開けられて車が玄関前に止められると、ウェストホールはベントンに従って中に入り、待っていたレティーに引き継がれた。彼は子供のようにおとなしくレティーの後ろから図書室に入った。音を立てて燃える暖炉の前に毛布の山と膝かけが積み重ねられ、イスの横に置かれたテーブルにはブランディーとウィスキーが用意されていた。

「ディーンの作ったスープを飲んだらどうかしら」と、レティーが言った。「もうできているんですよ。でもその前に上着とズボンを脱いで、毛布にくるまったほうがいいわね。スリッパとガウンを取ってきましょう」

「寝室のどこかに置いてあります」ウェストホールはぼんやりと答えた。

「大丈夫、見つけますよ」

ウェストホールは子供のようにレティーに言われた通りにした。ぼろ布のようになったズボンは炎の踊る暖炉の前に置かれて、湯気を立てた。彼はイスに沈みこんだ。まるで麻酔から覚めた時のようだ。自分の身体が動くのに驚き、生きていると思いつつも、また意識を失いたいと望んでいる。そうすれば痛みが止まるからだ。だが、イスに座ったまま数分眠りこんだらしい。目を開けると、そばにレティーがいた。彼女に手を借りてガウンを着てスリッパをはいた。目の前にマグカップに入ったスープが現われた。熱く濃厚なスープは喉を通ったが、分かったのはシェリー酒の風味だけだった。

レティーは黙ってそばに座っていた、しばらくしてマーカスは言った。「聞いていただきたいことがあるんです。ダルグリッシュに言わなくてはいけないことなんですけど、今どうしても話したいんです。あなたに聞いていただきたい」

ウェストホールはレティーの顔をのぞきこんだ。なにを聞かされるのかと不安を感じたのだろう、レティーの目が緊張した。

「ローダ・グラッドウィンとロビンの事件についてはなにも知りません。そのことではないんです。でも警察にウソをついてしまったんです」と、マーカスは話しだした。

「あの夜グリーンフィールドの家に泊まらなかったのは、車の調子が悪かったからではないんです。友だちのエリックに会うためだった。エリックは勤めているセント・アンジェラズ病院の近くのフラットに住んでいるんです。アフリカに行くことを伝えたかった。彼にはショックな知らせだと分かっていたんですけれど、理解してもらおうと思って」

レティーは静かな声で訊いた。「それで理解してくれたんですか」

「いいえ、だめでした。また事を面倒にしてしまった。ぼくはいつもそうなんです」

レティーはウェストホールの手に軽く触れた。「あなたがどうしても話したいとか、向こうから訊かれないかぎりは、警察のことは気にしなくてもいいんじゃないかしら。警察にはもう重要なことではないでしょう」

「ぼくにとっては重要です」

ちょっと沈黙が来て、やがて彼は言った。「今、一人にしてもらえませんか。ぼくは大丈夫です。本当に大丈夫です。一人になりたいだけです。警察が姉を発見したら、教えてください」

レティーが一人静かにしていたい気持ちを理解して、ごちゃごちゃ言わない女性と、ウェストホールには分かっていた。「明かりを落としましょうね」と言ってから、レティーはスツールにクッションを置いた。「寄りかかって足を上げたらいいかが。一時間したら戻ってきますから、眠るといいわ」

レティーは出て行った。だがマーカスは眠るつもりはなかった。眠気は追い払わなければいけない。気を確かに保ちたければ、行くべき場所は一ヵ所。考えなければいけない。なんとか理解して、頭が真実だと告げることを受け入れなければならない。命の通わない本や胸像の虚ろな目に囲まれたここよりも、もっと大きな平安と確かな知恵を得られる場所に行こう。

部屋をそっと出たマーカスは後ろ手にドアを閉めて、真っ暗な大広間を通り抜けた。館の裏側に回って調理場の前を通り、脇のドアを抜けて庭に出る。吹きつける風の強さも寒さも感じなかった。古い厩舎の前を通って幾何学式庭園を抜けると、目指す石の礼拝堂がある。

夜明け前の薄明かりの中を近づいて行くと、礼拝堂のドアの前の石段に黒いものが広がってるのに気づいた。なにか、ここにあるはずのないものがこぼれたのだ。不思議に思ったマーカスは膝をついて、震える指でねばつくそれに触った。そのとき臭った。手を上げると、血がべっとりついている。膝をついたまま前ににじり出て、立ち上がりながらドアの掛け金を上げようとした。ドアには内側からカンヌキがかかっていた。このときマーカスは悟った。彼はすすり泣き、姉の名前を呼びながらドアを叩き続けた。やがて力尽きると硬い木に赤い掌を押しつけて、ゆっくり膝を折り、沈みこんだ。

二十分後、捜索隊が来たとき、彼は血の中に膝をついたままの格好でそこにいた。

## 6

ケイトとベントンはすでに十四時間働きづめだった。ようやく遺体が動かされて、ダルグリッシュは二人に二時間の休憩を取って早目の夕食を取り、八時にオールド・ポリス・コテッジに来るように指示した。二人ともその二時間の休憩時間に眠らなかった。ベントンは開けた窓から夕暮れの薄明かりがわずかに入る自分の部屋で、神経と筋肉を張りつめ、いつでも瞬時に行動に移れる状態で身体を固くして横になっていた。ダルグリッシュの電話を受けて、燃え上がる火が目に映りシャロンの悲鳴が聞こえてからあとの時間は、永遠に続くかと思うほど長かった。法医学者やカメラマン、遺体安置所のバンをひたすら待つだけの長い時間に、脳のスクリーンにスライド写真が映されるように鮮明なイメージがいくつか挿入されて思い出された。シャロンをそっと抱えて石塀を越えさせ、ライムの並木道を連れて帰るチャンドラー‐パウエルとホランド婦長、真黒な泥板岩の上に突っ立ち、寄せては返す灰色の海を見つめるマーカス、血だまりを踏まないように遺体のまわりを用心しながら歩きまわるカメラマン。キャンダス・ウェストホールの指の関節を一本一本カチッカチッと音を立てて伸ばし、握っているテープを取りだすグレニスター博士。ベントンはじっと横になっていた。疲れは感じなかったが、礼拝堂のドアを開けるために最後に体当たりしたときに痛めた上腕部と肩がまだうずく。

ベントンとダルグリッシュは一緒に力を合わせてオークのドアに肩で押したが、カンヌキはびくともしなかった。ダルグリッシュが言った。「お互いに邪魔をし合っているな。ベントン、助走をつけて体当たりしてくれないか」

ベントンは十五ヤード下がって、血だまりを避けられるコースを慎重に選んだ。最初の体当たりでドアが揺れた。三度目でドアは弾かれたように開いた。ベントンは後ろに下がり、ダルグリッシュとケイトが先に中に入った。

キャンダス・ウェストホールは眠る子供のように丸くなって倒れていた。右手のそばにナイフが落ちていた。手首の傷は一つだけだったが、深く、大きく口を開けていた。左手にカセットテープを握っていた。

そのイメージが目覚まし時計の音とケイトがドアを強くノックする音で破られた。ベントンは飛び起きた。シェパード夫人がテーブルにジュージュー音を立てて湯気を上げるソーセージとベークド・ビーンズ、マッシュド・ポテトを並べてから、キッチンに下がっていった。いつも出す食事とちがうが、夫人は今二人に必要なのは熱々の心のなごむ味と分かっていたらしい。二人は自分が空腹なのに気づいて驚きながらも、ほとんどしゃべらずにむさぼるように食べた。そして肩を並べてオールド・ポリス・コテッジに向かって歩き出した。

荘園の前を通りすぎるとき、ベントンは門前に警備チームのトレーラーと車が見えないのに気づいた。領主館の窓がまるで祝典のように明々と輝いている。中の人たちはそんな言葉は使わないだろうが、しかしいずれの肩からも大きな重荷が取れたことは確かだ。恐怖や疑惑、あるいは真実は分からずじまいになるのではないかと深まる不安もようやく去った。自分たちの中の一人が逮捕されたほうがまだましだったのかもしれないが、逮捕者が出れば気がかりな状態は続く。裁判になればなったで証人席で衆人環視の的になるし、名前に傷がつくことは目に見えている。告白そして自殺は順当な結末だった。キャンダスにとっても苦しまずにすむ解決方法だったのではないかと、だれしも内心考えた。口には出されなかったが、マーカスと一緒に領主館に戻った時に、ベントンはだれの顔からも読み取った。もう朝目を覚まして今日はなにがあるだろうと不安に怯えることはないし、寝室のドアに鍵をかけずに眠ることができる。言葉を選びながら慎重に話す必要もない。明日か明後日になれば警察も去る。ダルグリッシュと特別捜査班は検視陪審のときにドーセットに再び現われるだろうが、彼らが領主館ですることはもうなにもない。いなくなっても残念とは思わない存在だった。

書置きのテープはコピーが三部取られてオリジナルと同一であることが認証され、オリジナルは検視陪審の提出証拠としてドーセット警察に保管された。特捜班は今テープをもう一度一緒に聞くことにした。

ダルグリッシュが眠らなかったのは、見れば分かった。暖炉に薪が積まれて、炎が勢いよく踊っている。いつものように燃える薪の匂いといれたてのコーヒーの香りが漂っていたが、ワインはなかった。三人はテーブルに着き、ダルグリッシュがテープをプレーヤーにセットしてスイッチを入れた。キャンダス・ウェストホールの声と分かっていたが、いやにはっきりと自信たっぷりに聞こえて、ケイトは一瞬彼女が部屋の中にいるような錯覚を覚えた。

「アダム・ダルグリッシュ警視長さん、このテープをあなたから検視官および真実に正当な関心のある方々に渡していただけるものとしてお話しします。これから述べることは真実です。あなたにはすでに驚きではないでしょう。あなたが二十四時間以上前から私を逮捕するつもりでいることは分かっていました。魔女の石でシャロンを焼き殺そうとしたのは、自分が裁判と終身刑を逃れると同時に、私にとって大事な人たちを巻き添えにしないための最後の捨て身の試みでした。シャロンを殺せていたら、たとえあなたが真実を推測していたとしても、私は安全なはずだった。シャロンの焼死は神経を病む殺人犯の自殺に見えたはずです。私はその自殺を止めようとしたけれど、間に合わなかったという筋書きです。殺人の前科のあるシャロンが容疑者の中にいては、あなただって私をグラッドウィン殺害容疑で逮捕しても有罪にできるとは思えなかったんじゃありませんか。

ええ、シャロンのことは知っていましたよ。領主館で雇うときに面接をしたのは私です。フラヴィア・ホランドも一緒でしたけど、彼女はシャロンは患者を扱う仕事には向かないと早くに見抜いて、家事に使えるかどうか私に判断を任せたのです。当時手が足りなくて困っていました。彼女が必要だったのです。もちろん不思議に思いましたよ。彼女も恋人も家族もいない二十五歳の女性。経歴がはっきりしないし、家事労働の中でも最下位の仕事にしか望んでいない。何か理由があるのにちがいない。苛立たしいほど人の意を迎えようとするかと思えば、むっつり黙りこんで自分の中にひきこもってしまう。施設で気楽に過ごせるようだし、観察されるのに慣れているらしい、なんらかの形で監視されていたのではないかと思わせるところがありました。そんな状況をすべて説明できる犯罪は一つしかありません。結局は本人が話してくれて、知ったのです。

シャロンに死んでもらう理由はもう一つありました。彼女はローダ・グラッドウィンを殺してから領主館を出る私を見たのです。これまでいつも秘密を抱えてきたシャロンは、ほかの人間の秘密を手に入れた。私には彼女が勝利感、満足感に浸っているのが分かりました。そして彼女は私にストーンサークルで行なうメアリ・キートへの最期の手向け、記念と別れの儀式の内容を話してくれた。なぜ私に話したのか。私たちは二人とも人を殺した。あの最後の一線を越えた恐ろしい犯罪でつながっていたからです。結局は、シャロンの首にロープを巻いて顔に灯油をかけたあと、私はマッチをすることができませんでした。あのとき私は自分がなにになり果てたか、はっきり悟ったのです。

ローダ・グラッドウィンについてはお話することはほとんどありません。単純に言えば、大切な友人アナベル・スケルトンの復讐のために殺したことになります。しかし単純な説明で真実のすべてを語りつくすことは不可能です。あの夜私はグラッドウィンを殺すつもりで彼女の部屋に行ったのでしょうか。私はグラッドウィンをなんとか荘園に来させまいとして、チャンドラー゠パウエルにできるかぎり働きかけました。その後も自分には殺す気はない、グラッドウィンを脅かすだけなのだと考えました。彼女に自分がどういうことをしているか話して聞かせ、彼女が若い命と大きな才能を葬ったこと、アナベルの四ページの会話と描写がたとえ盗作だったとしても、小説の残りの部分は美しく仕上げられた彼女独自のものだったことを分からせるためだ、と。そしてグラッドウィンの首から手を離したとき、今後二度と二人の間にコミュニケーションはないのだと思いました。解放でした。精神的な自由だけでなく、肉体的な自由でもありました。この行為一つで過去の罪悪感、挫折感、後悔がすべて洗い流された感じでした。一瞬の爽快な気分とともにすべてが流れ去ったのです。今でもその解放感の残りをいくらか感じます。

今は彼女の部屋に行ったときにすでに殺意を意識していたと分かっています。殺す気もないのに、医療用の手袋をはめるはずがないですからね。あの手袋はあとで空き部屋の浴室で切り刻みました。その部屋に私は身を潜めていたのです。いつものように玄関から領主館を出たあと、チャンドラー゠パウエルが戸締りをする前に自分のキーを使って裏のドアから再び入り込みました。そしてエレベーターで患者用のフロアに上がった。見つかる恐れはまずありませんでした。侵入している者がいないかと空き部屋を調べる人がいるはずありません。すべてがすんだあとエレベーターで下に降りて、ドアのカンヌキを開けるつもりでした。ところがドアにカンヌキはかかっていなかった。シャロンが私より先に出て行ったのです。

ロビン・ボイトンが死んだあとで私が話したことは、主要な点は真実です。ロビンは私たちが父の遺体を冷凍して死亡日時をごまかしたと、とんでもないアイデアを編み出しました。彼が自分で考えたのではないでしょう。これもローダ・グラッドウィンのやったことで、二人は一緒に計画を進める気だった。彼女が三十年以上も放っておいた顔の傷痕を取り除くことにして、手術を受ける場所としてここを選んだのは、そのためです。彼女が最初に下見に来た時も、手術を受けに来た時もロビンがここにいたのも、そのためです。計画自体はもちろん馬鹿げています。でも信じてもおかしくない事実がいくつかありました。そのため私はトロントに行って、父が亡くなった時にそばに付き添っていたグレース・ホームズに会ったのです。彼女に会いに行ったのには、もう一つ目的がありました。彼女が受けて当然だった年金の代わりにまとまったお金を渡したかったのです。弟にはグラッドウィンとロビンの計画を話しませんでした。二人が脅迫を意図していたのなら、二人を両方とも告発するのに十分な証拠がありました。しかしロビンが抜き差しならなくなるまで調子を合わせることにしたのです。そして楽しみながら勘違いを正して、復讐するのです。

私はロビンに配膳室に来るようと言いました。冷凍庫の蓋は閉めてありました。私がどうすれば納得できるのかと訊くと、彼は自分には財産の三分の一に対して道義的な権利があると答えました。それだけの額を出せば、その後は一切要求しない、と。私は死亡日時の偽装を暴露すれば、こっちは恐喝で告発できると言ってやりました。彼はたしかにお互いに弱みを握られていると認めました。それで私は財産の四分の一を渡すことにして、手始めに五千ポンドではどうかと持ちかけました。五千ポンドは現金で冷凍庫の中に入っている、と。冷凍庫の蓋に彼の指紋がほしかったのです。欲深なロビンが蓋を開けないではいられないのは分かっていました。ウソをついていると思ったかもしれませんが、見ないではいられなかったのです。二人で冷凍庫の前に行き、彼が蓋を持ちあげたときに、私はいきなり彼の両足をつかんで、頭から冷凍庫の中に落としました。私は水泳で肩と腕を鍛えていますし、ロビンは体重があるほうではありませんでした。そして蓋を閉めて留め具をかけました。ぐったりと全身の力が抜けて荒い息をついていましたが、疲れたはずはありません。子供を転がすように簡単だったのですから。冷凍庫の中から音が聞こえました。叫び、叩き、くぐもった声で哀訴しています。私は数分間冷凍庫に寄りかかって、彼の叫び声を聞いていました。そして隣の部屋に行って、お茶を入れました。音は次第に静かになり、完全に聞こえなくなった時、私は彼を冷凍庫から出すために配膳室に戻りました。彼は死んでいました。脅かすだけのつもりだったのですが、今とことん正直になって考えてみると（はたしてそんなことができるものかは知りませんが）、ロビンが死んでいるのを見てうれしかったですね。

二人を殺したことに、後悔はまったくありません。ローダ・グラッドウィンは本物の才能を葬り、弱い立場の人たちを苦しませ悲しませた。ロビン・ボイトンはちょっと面白いだけの取るに足らない、アブのような虫けらでした。どっちもその死を悼み、悲しむ人がいるとは思えません。

お話しすることは以上ですが、以上のことはすべて私一人でしたことです。その点ははっきり述べておきます。だれにも話さず、だれにも相談せず、だれにも助力を求めませんでした。以上の行動およびそれに付随する虚偽の発言に、ほかの人はいっさい巻き込んでいません。私はこれから悔いなく、そして何の恐れもなく自らの命をたちます。このテープを必ず発見してもらえるようにして残します。シャロンが証言するでしょうし、あなたはすでに真実を察しておられる。シャロンのこれからに幸あれと願っています。私自身には希望も恐怖もありません」

ダルグリッシュはプレーヤーのスイッチを切った。三人は後ろに寄りかかり、ケイトは自分がまるで大変な試練から再起した時のように深く呼吸をしているのに気づいた。ダルグリッシュがなにも言わずにコーヒーポットをテーブルに持ってきた。ベントンがそれを受け取り、カップに注いで、ミルクと砂糖を押しやった。

ダルグリッシュが口を開いた。「昨夜私がジェレミー・コクスンから聞いた話を考え合わせて、この告白はどの程度信じられるだろうか」

ちょっと考えてから、ケイトが答えた。「キャンダスがグラッドウィンを殺害したことは明らかです。一つの事実が証明しています。ゴム手袋が切り刻まれてトイレに流された事実は、荘園の人間には話していません。それから殺意がなかったとは言えませんよ。脅かすためだけだったら、手袋をはめて行くはずありません。それにシャロンを襲った件がありますね。あれは見せかけではなかった。殺す気だったのです」

「そうだろうか」と、ダルグリッシュが言った。「どうだろう。キャンダスはローダ・グラッドウィンとロビン・ボイトンを殺して、動機を告白した。問題は検視官が信じるか、そして検視官が陪審を選んだ場合に陪審員たちがこれを信じるかどうかだ」

「今となっては動機が問題でしょうか、警視長」と、ベントンが言った。「事件が公判に持ち込まれた場合には、問題にされるでしょう。陪審は動機をはっきり知りたがるし、われわれも知りたい。しかしいつもおっしゃるじゃありませんか。事件を立証するのは動機ではなくて、物的証拠、動かしがたい事実だって。動機にはいつも謎が残るんじゃありませんか。人の心の中まで見ることはできません。キャンダス・ウェストホールは彼女の動機を語った。不充分かもしれませんが、殺人の動機はいつもそうでしょう。キャンダスの告白に反駁できるとは思えませんが」

「反駁しようと言うんじゃないよ、ベントン。少なくとも表向きには反駁はできない。彼女は証拠に基づいた、信じるに足る臨終告白をした。私が引っかかるのは、信じるかどうかだ。今度の事件はわれわれにとって必ずしも勝利とは言えない、それももう終わった、というか、検視陪審がすめば、終わりだ。ボイトンの件に関する彼女の説明には、腑に落ちない点がいろいろある。まずテープのその部分をもう一度聞こうじゃないか」

ベントンは思わず遮った。「キャンダスはどうして同じことをまた言う必要があったんでしょうね。ボイトンが疑惑を抱いたこと、その彼に調子を合わせることにしたという話はすでに供述しています」

「まるでテープに記録する必要があったみたいな感じですね」と、ケイトが言った。「それにローダ・グラッドウィン殺害よりもボイトンの件に多く時間を割いています。ボイトンの冷凍庫に関するばかげた疑惑よりも、自分にとってはるかに痛手になることから注意をそらそうとしているんじゃないでしょうか」

「そのようだね」と、ダルグリッシュは言った。「死亡日時の偽装についてはだれにも疑われないようにしたかった。だからテープが発見されることが彼女にとってはきわめて重要だった。車の中に置くとか、海岸に残した衣類の上に置くという方法ではなくなる危険がある。だから手に固く握りしめて死んだ」

ベントンはダルグリッシュを見た。「警視長、このテープの信用性を疑うおつもりですか」

「なんのためにだい、ベントン。われわれは疑って、われわれなりにつじつまの合う動機を推理できるかもしれない。しかしすべて状況証拠ばかりだ。なにも立証されない。死者に質問、あるいは告発できない。真実を知りたいと思うこの気持ちは、おそらく傲慢なんだろうな」

ベントンは言った。「ウソをついたまま自殺をするのは勇気のいることです。でもそう考えるのは、ぼくの受けた宗教教育のせいでしょうね。具合の悪いときにひょいと頭をもたげるんですよ」

「明日、私はフィリップ・カーショーと会う約束がしてある」と、ダルグリッシュは言った。「正式にはこの書置きのテープで捜査は終了した。きみたちは明日午後にはここを発てるはずだ」

ダルグリッシュは心の中で〝私にとっても明日午後で捜査は終了することになるんだろうな〟と思ったが、それは口に出さなかった。この事件は彼にとって最後の事件になるかもしれない。もっと違った結末を望みたいところだったが、少なくともキャンダス・ウェストホール以外の人間に知りうる真実に迫る可能性は、今もまだ残されている。

# 7

金曜日の正午、ベントンとケイトは別れの挨拶をした。ジョージ・チャンドラー－パウエルがスタッフを図書室に集めた。全員が二人と握手をし、さまざまな度合いの誠実さをこめて別れの言葉を低くつぶやく者もいれば、はっきりと述べる者もいた。ケイトは自分たちが去れば、領主館の空気はさっぱりと洗い清められるのだろうと思ったが、別に憤りは感じなかった。おそらくこの送別の集まりは、よけいな騒ぎをせずに必要な儀礼をすませたいチャンドラー－パウエルの意向で実現したのだろう。二人は普通の客と同じように温かく扱われたウィスタリア・ハウスで、シェパード夫婦からずっと心のこもった別れの言葉をかけられた。どんな事件捜査にも楽しい記憶として残る人々や場所があるが、ケイトにとってシェパード夫婦とウィスタリア・ハウスはその一つだった。

ダルグリッシュは午前中に検視官事務所の係官と面談してから、所轄署の署長に別れの挨拶をして、助力と協力、とくにウォリン巡査の協力に感謝を述べる。そのあと弁護士のフィリップ・カーショーに会うためにボーンマスに車を飛ばすと、ケイトは聞いていた。ダルグリッシュはチャンドラー－パウエルと荘園のスタッフにはすでに挨拶をすませているが、自分の荷物を取りにオールド・ポリス・コテッジにもう一度戻ってくるはずだ。今、ケイトはドーセット警察が備品をすべて引き取ったかチェックしたいので、オールド・ポリス・コテッジで車を止めて、待っていてくれとベントンに頼んでいた。キッチンがきれいに片付いているかチェックの必要がないのは分かっていた。二階に上がると、ベッドは布団類がはがされてきれいにたたんであった。ダルグリッシュと一緒に働いてきたこの何年間、どんなに短期間であろうと事件が終わり、一日の最後に集まり座って話した場所がついに無人となったのを見ると、いつも郷愁にも似たもの寂しさを感じる。

ダルグリッシュの荷作りのすんだバッグが一階に置いてあった。事件用のバッグはボーンマスに持っていったことは分かっている。残っている備品はパソコンだけだった。ケイトはふと思いついて、自分のパスワードを叩いた。画面にメールが一通現われた。

ケイト、メールは重要なことを伝える手段として適当でないけれど、きみに必ず読んでほしいし、もしきみがノーと言った場合にも手紙ほど決定的にならない。この半年、ぼくは自分に対してあることを証明するために修道僧の暮らしをしてきた。そして今、きみが正しかったと分かった。人生は好きでもない人間にかかずらって無駄にするにはあまりに貴重だし、あまりに短い。そして愛情と無縁の暮らしをするには、あまりにも貴重だ。きみに言いたいことが二つある。きみにサヨナラと言われたとき、言い訳じみて聞こえるので言わなかった。たしかに言い訳なんだろうけど、きみにぜひ知ってほしい。一緒にいるのをきみに見られた女性は、きみと付き合いだしてから最初で、そして最後の女性だった。ぼくがきみにウソをつかないことは知っているだろう。

修道院のベッドはえらく固くて寂しいし、飯は恐ろしくまずい。愛している、ピアーズ。

ケイトは少しの間じっと静かに座っていた。思ったより長かったのにちがいない。ベントンの鳴らしたクラクションの音で静寂を破られた。だが、一秒以上間を置く必要はなかった。微笑を浮かべたケイトは返信を叩いた。

あなたのメールを受け取り、了解しました。こっちの事件はあまりいい結末ではなかったけれど、終わりました。七時にはワッピングに戻ります。修道院長さんにサヨナラを言って、家に帰ってきたらどうですか。

ケイト。

## 8

　ハンティンドン・ロッジはボーンマスから西に三マイル離れた高い崖の上にあった。ヒマラヤ杉とシャクナゲにはさまれてカーブする短いドライブウェイを進むと、いやに立派な柱のついた玄関の前に出る。その柱以外は均整の取れた好ましい建物のはずが、左に延びる現代的な増築部分と駐車場がバランスを崩していた。訪問者に与える印象を気遣って、引退、老人、介護、ホームといった言葉が書かれた看板はいっさいない。鉄門の横の塀に目立たないように掛けられた磨かれたブロンズの表札に、建物の名前が書かれているだけだった。玄関のベルを押すと、すかさず短い白ジャケットを着た男性が出てきて、ダルグリッシュをホール奥の受付に案内した。銀髪を完璧にセットしてアンサンブルのセーターとカーディガン、真珠のアクセサリーを着けた女性が、ダルグリッシュの名前と訪問予定者リストを照らし合わせた。そしてカーショーさんは二階の表側の部屋シービューでお待ちですと、笑顔で告げた。階段になさいますか、それともエレベーターで？　チャールズがご案内します。

　階段を選んだダルグリッシュは、玄関ドアを開けてくれた青年のあとからマホガニーの広い階段を上がった。階段と廊下の壁には水彩画や版画、石版画が掛けられ、壁際に置かれた小卓には花を挿した花瓶といかにも感傷的な陶器の置物が飾られている。清潔に磨かれたハンティンドン・ロッジは、どこを見ても個性がなかった。ダルグリッシュは気分が滅入ってきた。人を分別、隔離する施設はその必要性、気配りに関わりなく、自分が入っていた寄宿制進学校を思い出させられて落ち着かない気分になる。

　案内してきたチャールズがシービューのドアをノックするまでもなかった。ドアは開いていて、フィリップ・カーショーが杖にすがって待っていた。案内係はそっと離れて行った。ダルグリッシュと握手をしたカーショーは、横に動いて言った。「どうぞお入りください。亡くなったキャンダス・ウェストホールのことでいらしたんですよね。彼女の告白は聞いていませんが、マーカスがプールにある事務所に電話をかけてきて、弟がこっちに連絡をくれました。あなたから前もってお電話をいただいてよかった。死を目前に控えていると、びっくりさせられるのはあまりありがたくないのです。私は暖炉の横のひじ掛けイスに座ります。もう一脚安楽イスを引き寄せてもらえたら、座り心地は悪くありませんよ」

二人は座り、ダルグリッシュは間に置かれたテーブルの上にブリーフケースを置いた。ダルグリッシュの目にフィリップ・カーショーは病気のせいで年よりふけて見えた。昔の転落事故の痕だろうか、傷の残る頭にまばらに生えた髪の毛を丁寧になでつけて、黄色い皮膚が顔の尖った骨に張りついている。昔はハンサムだったのだろう。今はしみが浮き、しわが象形文字のように縦横に走っている。花婿のように一分のすきなく身づくろいしているが、少なくとも一サイズ大きな純白のシャツの衿からしわだらけの首が延びていた。弱々しい哀れっぽく見えるものの、ダルグリッシュの手を握った冷たい手はしっかりしていた。話しだした声も低いが、言葉がよどみなく出てきた。

部屋の広さや雑多な家具の質の良さ、種類の豊富さも、病室であることをごまかせなかった。窓の右側の壁際にシングル・ベッドが置かれて、ドアから見える衝立は酸素ボンベや薬品棚を完全に隠し切れていない。ベッドのそばのドアの向こうはきっと浴室なのだろう。高窓が一つ開いているだけだったが、室内の空気に病室臭さはまったくなかった。そんな完全滅菌状態は、消毒剤の臭いよりもダルグリッシュには居心地が悪かった。暖炉に火が入っていない。病状が安定しない患者の病室に火が入っていないのは意外だが、室内は暖かく、むしろ暖かすぎるほどだった。セントラル・ヒーティングが強になっているのだろう。しかし火のない暖炉はさびしいし、マントルピースの上には大きくふくらんだスカートとボンネット姿の女性がなぜか園芸用の鍬を持っている磁器人形が一体飾ってあるだけだった。カーショーが選んだものとは思えない。だが軟禁状態に耐えなければならない部屋としては上等だった。カーショーが持ち込んだにちがいないとダルグリッシュが思った家具はたった一つ、オークの本棚だった。まるで糊で張り合わされたように本がぎっしりと詰まっていた。

ダルグリッシュは窓のほうを見て言った。「すばらしい眺めですね」

「そうなんですよ。よく言われるんですけどね、この部屋に入れて運がいいって。それにここに入居できるだけの余裕があって運がいいともね。死ぬまで面倒を見てくれない老人ホームもあるけれど、ここはありがたいことに必要とあらば最後まで置いてくれます。どうですか、もっと近くで眺めては」

そんなふうに勧められるのは珍しいことだった。ダルグリッシュはそろそろと歩くカーショーの後ろから、小ぶりの窓が両側についている出窓に歩み寄った。イギリス海峡の全景が見渡せた。たまに気まぐれな日が射す、グレー一色の朝だった。海と空を分かつ水平線はほとんど見分けがつかない。窓の下は石のパティオになっていて、木のベンチが三台等間隔に置かれていた。パティオの下から七十フィートの下り坂になって、つややかな厚い葉をつけた常緑樹や灌木がからみ合って生い茂り、その向こうが海だった。灌木が薄くなっている個所から、遊歩道を足音もなく影のように歩く人たちがちらほら見られた。

「立たないと景色が見られなくてね。それがもう結構大変なんです」と、カーショーが言った。「空と海、木や灌木なんかの季節の変化にもうすっかり慣れっこになってしまいましたね。手が届かない下界で人間の生活が繰り広げられている。あそこのほとんど見えない人影を気にしようとも思わないんですから、人間関係を奪われたと感じるはずもない。こちらから求める気はありません。うんざりするのは目に見えている。ここの客は――ハンティンドン・ロッジでは患者とは言わないんですよ――食べ物、天気、スタッフのこと、昨夜のテレビ番組、お互いの苛立たしい癖といった、多少とも興味が湧く数少ない話題がとっくの昔に尽きているんです。毎日朝日を見て、ほっと安心して喜ぶのならともかく、がっかりしたり、時には絶望に近いほど気落ちするまで生きるのは間違いですね。私はまだその段階には達していないけれど、そろそろでしょうね。それに、もちろん最期もです。死ぬことを持ちだしたのは会話を陰気臭くしようとしたわけでも、同情を買おうとしたのでもありませんよ。めっそうもない。でも話を始める前に、それぞれの立場を知っておいたほうがいい。ダルグリッシュさん、あなたと私では当然ものごとの見方がちがう。でも景色の話をしにいらしたのではありませんでしたね。本題にかかりましょうか」

ダルグリッシュはブリーフケースを開けて、ロビン・ボイトンが持っていたペリグリン・ウェストホールの遺言書の写しをテーブルに置いた。「お邪魔をして申しわけありません。お疲れになったら、そうおっしゃってください」

「警視長さん、あなたが我慢ならないほど私を疲れさせたり、退屈させたりなさるとは思えない」

カーショーは初めてダルグリッシュを肩書で呼んだ。ダルグリッシュは言った。「あなたはウェストホール一家の祖父と父の両方の遺言書作成にたずさわったそうですね」

「私ではなくて、家族で開いている事務所がたずさわった。私が十一カ月前にここに入ってからは、弟がプールの事務所で日常業務をこなしています。ですか、弟はきちんと連絡してくれているんですよ」

「ではこの遺言書が書かれた時、あるいは署名された時に、その場にいらっしゃらなかったのですか」

「事務所のメンバーはだれも立ち会いませんでしたね。作成された時に写しを送ってきませんでした。ペリグリン・ウェストホールの死後三日たって、老人が重要書類をしまって鍵をかけていた寝室の戸棚の引き出しをキャンダスが開けて発見するまでは、われわれも遺族もこの遺言書の存在を知らなかったのですよ。お聞きになったかもしれないが、ペリグリン・ウェストホールは父親と同じ老人ホームにいたときに、よく遺言書を書き直していたのです。だいたいが遺言補足書で、看護師が証人署名していました。書くのと同じように廃棄するのも楽しかったようでしたね。いつでも気を変えられるのだと、家族に自分の力を誇示したかったんじゃないでしょうか」

「それではこの遺言書は隠してあったわけではないんですね」

「そうではなかったようですね。キャンダスの話では寝室の戸棚の引き出しに封印された封筒が入っていた。戸棚のキーはいつも枕の下に置いていたのですよ」

「この遺言書に署名された時、ペリグリン・ウェストホールはまだ一人でベッドから出て、戸棚にしまえたのでしょうか」

「そうだったんでしょうね。でなければ使用人か見舞い客にそうするように言ったか。家族と使用人はだれもこの遺言書の存在を知らなかったと言っていますね。もっともこれがいつ戸棚に入れられたかは、われわれには分からない。作成された直後、彼がまだ一人で歩けるときだったのかもしれません」

「封筒の宛名はだれだったのですか」

「封筒は見ていません。キャンダスは捨てたと言っていました」

「しかし写しはあなたのところに送られてきたのですね」

「ええ、弟が送ってきました。私が昔の依頼人のことに関心があるんじゃないかと思ったんでしょう。今でも事務所の一員と思わせたかったのかもしれない。なんだか反対尋問のように感じになってきましたね、警視長さん。いや、別に困ると言っているのではありませんよ。頭を使うようなことから離れてしばらくたつのでね」

「これをごらんになった時、合法性に疑問は抱かれなかったのですね」

「まったく。それは今も変わりません。そうじゃありませんか。ご存じでしょうが、自筆文書は署名と日付、証人署名があるかぎり、問題なく合法的ですし、ペリグリン・ウェストホールの筆跡を知る者には、彼が書いたことを疑うわけにいきませんでしたね。内容は以前書かれたものとまったく同じだった。これのすぐ前のものではなくて、一九九五年に私の事務所でタイプされたものです。私が当時の彼の住まいに持参し、一緒に連れて行った事務所のスタッフ二人が証人として署名した。内容はきわめて妥当です。蔵書を母校に寄贈し、学校が受け取りを拒否した場合には売却する。それ以外の所有財産については、すべてを息子のマーカスと娘のキャンダスに等分に残す。この遺言書では彼も男尊女卑ではなくて、女性に対して公平だったわけですよ。私は弁護士をしている間、彼に多少影響力があった。その影響力を使ったのです」

「検認されたこの遺言書の前に、ほかにも遺言書があったのですか」

「ええ、ペリグリン・ウェストホールが老人ホームからキャンダスとマーカスの住むストーン荘に移る前の月に作成されています。それをご覧になったほうがいいでしょうね。やはり自筆なのですよ。筆跡が比較できます。あの書き物机の蓋の鍵を開けていただけたら、中に黒い書類入れの箱が入っています。ここに持ってきたのはあれだけなんです。一種のお守りというか、いつかまた仕事ができるんじゃないかと、気安めですね」

カーショーは変形した長い指で内ポケットをさぐって、キーを取りだした。ダルグリッシュは書類入れの箱を取ってきて、カーショーの前に置いた。彼は同じリングについている小ぶりのキーでそれを開けた。「ほら、ご覧のように、前の遺言書を無効にして、財産の半分を甥のロビン・ボイトンに残している。残りの半分がマーカスとキャンダスに等分に行く。この二つの遺言書の筆跡を比べれば、同じ手で書かれたものとお分かりになるはずですよ」

のちに書かれた遺言書と同じく、老人にしては驚くほど強い筆跡だった。縦に伸びた特徴のある文字は黒々と書かれて、下向きに引いた線は太く、上向きは細くなっている。

ダルグリッシュは言った。「あなたも事務所のメンバーの方も、ロビン・ボイトンにかなりの額のものが入ることを言われなかったでしょうね」

「そんなことをしたら、重大な職業倫理違反になります。私の知るかぎり彼は知らなかったし、問い合わせてもきませんでしたよ」

「それにたとえ知っていたとしても、その後に書かれた遺言書が検認されてしまえば、彼が異議を申し立てることはまず無理ですね」

「そう、そしてあなたにも無理ですよ、警視長さん」ちょっと間を置いてから、カーショーは続けた。「あなたのご質問にお答えしてきましたが、私にもどうしてもお訊きしたいことが一つあります。キャンダス・ウェストホールがロビン・ボイトンとローダ・グラッドウィンを殺害し、シャロン・ベイトマンを殺そうとしたことに、あなたは完全に納得しておられるんですか」

「ご質問の最初の部分についてはイエスです。あの告白をそっくりそのままは信じていませんが、ある点では真実です。キャンダス・ウェストホールはグラッドウィンを殺害したし、ロビン・ボイトンを死に至らしめた。そしてシャロン・ベイトマンを殺害する計画だったと告白しています。その時点で彼女はすでに自殺を決心していたにちがいない。私に一番新しい遺言書のことを知られたのではないかと考え、法廷で反対尋問にさらされる危険を冒すわけにいかなかったのです」

「一番新しい遺言書のことね。その話になると思っていましたよ。ですが、本当のところをご存じなんですか。たとえご存じでも、はたして公判で立証できるでしょうか。もしキャンダスが生きていて、父と二人の証人の署名を偽造した罪で有罪になったとしても、ボイトンが亡くなってしまったので、遺言書に関する法的な状況はきわめて複雑ですよ。仕事仲間とその点について議論できないのが残念です」

カーショーはダルグリッシュがこの部屋に入ってから初めて活気らしきものを見せた。ダルグリッシュは訊いた。

「証言席に座ったとして、あなたならなんと言われますか」

「遺言書についてですか。法的に有効で、遺言者及び証人の署名にも疑わしい点はないと言いますね。この二通の遺言書の筆跡を比べてください。同じ手で書かれたのではないと言えますか。この件に関してはロビン・ボイトン一人に異議を申し立てる権利があり、そのボイトンは亡くなった。あなたにも首都警察にもこの件に関して提訴権はありません。あなたは告白を手に入れた。殺人犯がだれか明らかになった。事件は終わったのです。お金は最も権利のある二人に相続されたのですよ」

「告白があるからには、当然これ以上はなにもできません。ですが、私は仕事を中途半端に終わらせるのが好きではありませんでしてね。知る権利があれば知りたいですし、できることなら理解したい。これまでのお話は大変役に立ちました。分かるかぎりの真実は分かりましたし、彼女がどうしてああいう行動をしたかも理解できると思います。それとも私の言うことはあまりに傲慢な要求でしょうか」

「真実を知って理解することですか。そう、失礼ながら警視長さん、そう思いますね。傲慢だし、それにおそらく無礼でしょう。ほら、われわれは亡くなった有名人の一生を鶏のようにけたたましく突きまわして、ゴシップやスキャンダルを一つ残らずついばんでいるじゃありませんか。そこで一つ質問があります。不正を正すために、あるいは愛する人のために、進んで法律を破る気がありますか」

「言い逃れになりますが、ご質問が仮定的ですね」と。ダルグリッシュは言った。「破る法律の重要性と妥当性によりますね。それにその架空の愛する人、あるいは公衆のためになることが、法律を破る害そのものよりも大きいと私に思えるかどうかでも違ってきます。ある種の犯罪――たとえば計画的殺人とレイプはまったく問題外でしょう。その質問は抽象的には考えられませんね。私は警察官で倫理学者ではありませんし」

「ああ、でも、警視長さん、あなただって倫理学者ですよ。聖職者でエッセイストのシドニー・スミスが言っていますよ。理性的宗教と称したものが壊滅し、残された宗教の擁護者の発するメッセージがひどくあやふやで混乱を招いている今、教養ある人間はすべからく倫理学者にならざるをえない、と。われわれは自分の信じるものを土台にして、努力して自らの救いを見出さなければならない。ですから聞かせていただきたいのですよ。あなたにとってほかの人の利益のために法を破れるような状況がありますか」

「どういった利益ですか」

「ためになるのならなんでも。必要を満たしてやるとか、守ってやる。不正を正す」

「ごく大ざっぱに言えば、答えはイエスでしょうね」と、ダルグリッシュは答えた。「たとえば愛する人がシェイクスピアの言う〈非情なこの世の拷問台〉にかけられたように、息を吸うたびに激しい苦痛にさいなまれていたら、安楽死に手を貸すでしょうね。そういう事態にならないように願うばかりです。しかしそう訊かれれば、確かに愛する人の利益のために法律を破ることができますね。不正を正すほうは、どうでしょうか。それにはなにが正しく、なにが不正か判断する知恵と、自分の取る行動が事態をよくするか悪くするか考えるだけの謙虚さを持ち合わせていることが前提になるでしょうね。では今度は私に質問させてください。もし無礼な質問でしたら、お許しください。あなたにとって愛する人とは、キャンダス・ウェストホールさんですか」

杖をつかんで痛々しげに立ち上がったカーショーは窓際に行って、外界ではそんな質問はされないし、たとえされても答える必要はないのに言いたげに、しばらく立ったまま外を見ていた。ダルグリッシュは待った。やがてカーショーは振り向き、ダルグリッシュに見守られて、歩き方を習ったばかりのようなおぼつかない足取りで席に戻った。

彼は言った。「ほかの人間には一度も話したことのないこと、今後も話すつもりのない話をあなたにお話ししましょう。お話しする理由は、あなたなら安心だからですよ。それに人生も終わりに近づくと秘密が重荷になって、ほかの人に肩代わりしてほしくなる。ほかの人に知ってもらって一緒に秘密を守ってもらえるだけで、なぜか重荷が軽くなるような気がする。信心深い人が告解をするのは、だからなんでしょう。あれは実に効果的な清めの儀式にちがいない。しかしその方法は私には使えない。これまで一生無信心できたのに、最後で上っ面だけの慰めにしか思えないもののために変心するわけにはいきませんよ。ですからあなたに話します。あなたには重荷でも苦痛でもないはずだ。それからこれから話す相手は刑事アダム・ダルグリッシュではなくて、詩人アダム・ダルグリッシュですよ」

「現在のところ二つに違いはありません」

「あなたにとってはないでしょう。でも私にはある。それからお話しする理由はもう一つあるんですよ。あまり褒められた理由ではないが、まあ、ほかの理由も似たり寄ったりですね。教養のある人と私の健康状態以外のことを話題にして話すのが、このうえなく楽しいのですよ。スタッフも見舞客も最初に言うこと、そして最後に言うことも、気分はどうか、なんです。私は今そんなふうに定義されている。病気と死を目前にしていることでね。あなたはあなたの詩を話題にしたがる人に礼儀正しく応対するのが楽ではないはずですよ」

「悪気はないのですから、失礼にならないように努めていますね。でも大きらいですし、なかなかむずかしい」

「ですから、私の肝臓の状態を訊かなければ、詩の話もしません」

カーショーは甲高い笑い声を上げたが、息を強く一吐きしただけで短くとぎれた。笑い声より苦痛の叫びに近かった。ダルグリッシュは無言で待った。カーショーは力を奮い起しているのか、骨と皮だけの身体をさらにゆったりとイスに沈めた。

「一言でいえば、よくある話です。至るところで起きていて、当事者以外には珍しくもおもしろくもない。二十五年前、私が三十八歳、キャンダスが十八歳のときに、彼女は私の子供を産んだのです。私は事務所の共同経営者になったばかりで、ペリグリン・ウェストホールの法律事務を引き継いだ。特に面倒とか興味を覚える依頼人ではなかったけれど、当時一家が住んでいたコッツウォルズの石造りの大きな家に出入りしたので、どういう家族かぐらいは分かっていました。病気がちの美人の妻は病気を夫に対する盾として使い、娘はびくびく怯えて無口、息子は引っ込み思案でしたね。その頃の私は、自分は人間に興味があって、人間の感情の機微に敏感だと思いこんでいた。あるいはそうだったのかもしれません。キャンダスがびくびく怯えていたと言いましたが、父親が虐待したり殴ったりしたという意味ではありませんよ。彼が持っていた武器はただ一つ、しかも最も破壊的でした。言葉ですよ。彼は娘に触れたことがあるのかどうか。愛情をこめて触ったことがないのは確かでしたね。彼は女性が嫌いだった。キャンダスは生まれたときから彼には失望の種だったのですよ。彼が意図的に残酷なことをする人間のような印象は与えたくありませんけ

れども ね。著名な学者と聞いていましたし、私は彼を怖いとは思わなかった。彼と話せましたよ。でもキャンダスはだめでした。彼女が父に反抗すれば、彼も見直したんでしょうが。彼は卑屈を嫌ったのですよ。それに言うまでもなくキャンダスが美人だったら、話が違ったでしょうね。娘の場合、いつもそうじゃありませんか。

「幼い頃から怖がってきた人に反抗するのは容易ではないでしょう」と、ダルグリッシュは言った。

カーショーは耳に入らなかったように、先を続けた。

「私たちの関係が始まったのは——関係と言っても、恋愛関係ではありませんよ——オックスフォードのブラックウェルズ書店でキャンダスを見かけたときからでした。彼女は秋学期に大学に進学したんですよ。珍しくしゃべりたそうにしているので、コーヒーに誘いました。父親がいないと、彼女も生き生きして見えましたね。彼女がしゃべって、私は聞き役でした。また会う約束をして、彼女がオックスフォードにいるときに車で行き、彼女を町の外に昼食に連れて行くのが習慣のようになりました。二人とも歩くのが好きでしたから、秋の日に会ってコッツウォルズにドライブするのが楽しみでした。関係を持ったのは一回きりです。珍しく暑いほどの日和の午後、森で木立ちが日の光を遮って天蓋を作っている下に寝転がっていたんです。美しい木立ち、人目が遮られて暖かく、それにおいしい昼食を取った満足感もない交ぜになって、最初のキスにつながり、そして誘惑へと当然の道をたどりました。あとになって二人ともまちがいだったと悟った。なぜそういうことになったか分かる程度の自己分析はできたのですよ。彼女は一週間大学でろくなことがなく、慰めがほしかった。慰めを与えられるというのは誘惑的です。単に肉体的なことだけではありませんよ。キャンダスは自分が女性として大人でないように感じて、学校の友だちにもしっくりなじめなかった。本人が気づいていたかどうかは分かりませんが、処女を失うチャンスを求めていたんですね。私は年上だし親切で、彼女に優しい、決まった相手もいない。彼女が望むと同時に恐れていた初体験の相手としては理想的です。私とならば安心だったのですよ。

そして中絶が無理な時になって、キャンダスは妊娠を私に告げた。彼女の家族には、とくに父親には絶対に言えないことは分かっていました。キャンダスは自分は父に軽蔑されている、話せばもっと軽蔑されるだけだと言うのです。関係を持ったこと自体ではありません。そのこと自体は父親もおそらく気にしなかったでしょう。ふさわしい相手でなかったこと、それに愚かしくも妊娠してしまったからです。父親がどういう言い方をするか、キャンダスは歯に衣を着せずに教えてくれました。私はうんざりするとともに、ぞっとしました。私はすでに中年になろうとしていて、まだ未婚だった。子供に責任を持つ気はまったくありませんでした。取り返しのつかない今になって考えてみると、私たち二人は子供をまるで切り捨てるか、あるいは少なくとも除去しなければならない癌かなにかのように、そしてきれいさっぱり忘れてしまえるもののように扱っていたのです。罪という観点から言えば——あなたは司祭の息子さんと聞いていています。家族の影響は今もそれなりの意味を持っているんじゃありませんか——そう、あれは私たち二人が背負った罪でした。キャンダスは妊娠を隠して、見つかる危険のある段階になると海外に出ました。そして戻ってきてロンドンの産院で出産した。私にとってひそかに里親を探し、続いて養子縁組を整えるのはむずかしいことではなかった。弁護士ですからね、知識もあれば、それだけのお金もあった。それに当時は今ほど厳しく管理されていませんでしたから。

キャンダスはその間冷静でした。生まれた子供に愛情を感じたとしても、表には出しませんでしたね。子供を養子に出したあと、キャンダスとは会いませんでした。われわれの間には築きあげるような真の関係はなにもなかったんです。会っても、気まずさや罪悪感がかき立てられて、ウソをつかなければならなかったこと、学業が中断されたことなど不都合なことが思い出されるだけだった。キャンダスはオックスフォードで遅れを取りもどした。彼女は父親の愛情を得ようとして古典文学を専攻したんだと思います。私の知るかぎり、結局はだめでしたね。彼女はその後子供が十八歳になるまで、アナベルには——その名前も里親が決めたのですよ――会いませんでした。しかし間接的に、そして自分の子供とは知られないように何らかの接触をしていたのでしょう。アナベルが進学した大学を突きとめて、博士号を持つ古典文学者にふさわしいとは言えないその大学で教鞭をとったのです」

「あなたはその後キャンダスさんに会われましたか」と、ダルグリッシュは訊いた。

「たった一回。二十五年ぶりでした。それが最後でしたね。キャンダスは昔の看護師グレース・ホームズをカナダに訪ねて行って、十二月七日金曜日に戻ってきた。ホームズ看護師はペリグリン・ウェストホールの遺言書の、生存しているただ一人の署名証人です。キャンダスはペリグリンの介護を支えてくれた礼として、彼女にまとまった額のお金を渡しに行った。一万ポンドだったと思いますよ。もう一人の証人エリザベス・バーンズはウェストホール家の使用人として引退したので、少額の年金を受け取っていた。それはバーンズが亡くなって当然打ち切られました。キャンダスはグレース・ホームズになんの報酬も与えないのはよくないと思ったのですよ。それに父の死亡した日にちに関して看護師の証言がほしかった。キャンダスは、祖父の死後二十八日が経過するまでペリグリンの遺体を冷凍庫に隠していたというロビン・ボイトンの馬鹿げた言いがかりを話してくれました。ここにグレース・ホームズがしたためて、キャンダスに渡した手紙があります。キャンダスは私にそのコピーを託した。保険のつもりだったのでしょう。必要ならば、私が事務所のリーダーに渡すだろう、と」

カーショーは遺言書の写しを持ちあげて、その下から便箋を一枚取りだし、ダルグリッシュに手渡した。手紙の日付は、二〇〇七年十二月五日水曜日だった。大きく、丸みを帯びた文字が丁寧に書かれている。

拝啓

キャンダス・ウェストホールさまから、お父さまのペリグリン・ウェストホール博士の亡くなられた日付について確認の手紙が必要とのご依頼がありました。博士が亡くなられたのは、二〇〇七年三月五日でした。

その二日前からご容体が悪化して、ステンハウス先生が三月三日に診察なさいましたが、薬はもう処方なさいませんでした。ウェストホール教授は地元の司祭マシスン神父さまに会いたいと言われ、神父さまは直ちに来られました。お姉さんの運転する車で来られたのです。私はそのとき家の中におりましたが、病室には入りませんでした。教授の怒鳴るお声が聞こえましたが、マシスン神父さまのおっしゃっていることは聞こえませんでした。神父さまたちは長くはいらっしゃらなくて、帰られる神父さまはショックを受けたようなご様子でした。ウェストホール博士は二日後に亡くなられて、ご臨終の際にはご子息とお嬢さまと一緒に私もおりました。ご遺体の埋葬準備をしたのは私です。

また私はウェストホール博士が手書きされた最後の遺言書の署名証人でもあります。二〇〇五年の夏でしたが、日にちは記憶しておりません。この遺言書は私が証人として署名した最後のものです。その何週間か前に教授は遺言書を何通か書かれ、エリザベス・ハーンズと私が署名しましたが、それは破棄されたと信じます。

以上にまちがいありません。

グレース・ホームズ　敬具

ダルグリッシュが言った。「看護師は死亡の日にちを確認してほしいと言われたのですね。それならどうして遺言書のことまで書いたのでしょうね」

「ボイトンが伯父の死亡日に疑いがあると言いだしたので、ペリグリンの死に関してあとあと問題になりそうなことにすべて触れたほうがいいと思ったのでしょうね」

「ですが、遺言書が問題にされたことは一度もないのではありませんか。キャンダスさんはどうしてトロントに飛んで、グレース・ホームズさんに直接会う必要があったのでしょう。お金の受け渡しなら出向く必要はないし、死亡日に関する情報なら電話ですんだはずです。それにどうして確認が必要だったのか。マシスン神父が亡くなる二日前に会っていることは分かっていたんです。神父と神父のお姉さんの証言で充分だったでしょう」

「一万ポンドのお金は、この手紙を書いてもらう代金だったとおっしゃるのですか」

「手紙の最後の一節を書いてもらうためでしょうね。キャンダスさんは父の遺言書の唯一生存する証人からばれる恐れがないようにしたかったのではないでしょうか。グレース・ホームズ看護師はペリグリンさんの介護を手伝って、娘のキャンダスさんが父のためにどんな苦労をしたかよく知っていた。彼女はキャンダスさんとマーカスさんが最後には報いられて喜んだんじゃないでしょうか。そしてもちろん一万ポンドのお金も入った。してほしいと言われたことといったら、手書きの遺言書の証人になった、日にちは記憶していないと書くだけです。今後彼女が気を変えて、これ以上のことを言うと思われますか。彼女は前の遺言書を見ていないのです。ロビン・ボイトンが不当に扱われたことはなにも知らない。おそらく自分の言ったことは真実だと思いこむことができたんじゃないでしょうか」


二人は一分近く黙って座っていた。やがてダルグリッシュが言った。「キャンダスさんがあなたに最後に会いに来た時に、遺言書に関する真相を話したかどうかお訊きしたら、お答えいただけますか」

「いや、あなただって私が答えるとは思っておられない。しかしこれだけは言えますよ、警視長さん。キャンダスは私に必要以上のことを言って重荷を負わせるような女性ではなかった。彼女はグレース・ホームズの手紙を私に託した。しかしそのことは彼女の用件のもっともささいな部分だったのですよ。キャンダスは私たちの娘が死んだこと、そのいきさつを話してくれました。われわれには中途半端なまま残していたことがあった。どちらにも言いたいことがあったのです。彼女がここを出たときに、この二十五年の苦いわだかまりはかき消えていたと思いたい。でもそういう言い方はロマンチックな詭弁でしょう。われわれは互いにあまりに傷つけ合いすぎた。キャンダスは私を信頼できると分かって、その分幸せに死んでいったと思います。私たち二人の間にあったのはそれだけ、最初からそうでした。愛情ではなくて、信頼だったのです」

だが、ダルグリッシュにはもう一つ質問があった。「私がお電話をして、面会の約束をいただいたときに、キャンダス・ウェストホールさんに私が来ることを話されましたか」

カーショーはダルグリッシュをまっすぐ見て、すかさず答えた。「私は彼女に電話をして話しました。では、申しわけないですが、これで休ませてもらいます。おいでいただいてよかったが、またお目にかかることはないでしょう。ベッドの横のベルを押していただければ、チャールズが玄関までお見送りしますよ」

カーショーは手を差し出した。握手にはやはり力がこもっていたが、目の強い光は消えていた。なにかがぴしゃりと閉じられた感じだった。ドアが開けられ、チャールズが待っている。ダルグリッシュは振り返って、カーショーをもう一度見た。カーショーはイスに座ったまま、静かに火のない暖炉を見つめていた。

ダルグリッシュがシートベルトを締めている時に携帯電話が鳴った。アンディー・ハワード警部からだった。得意そうな声の響きは抑えられてはいたが、それでもはっきり分かった。

「警視長、挙げました。思っていた通り、このあたりに巣くっているやつでしたよ。前に四回暴行で事情聴取を受けていたんですが、結局逮捕まで至らなかったんです。不法滞在移民や保釈中のやつじゃなくて、司法省もほっとするでしょう。もちろんやつのＤＮＡも採取しました。告発に至らないＤＮＡの保管方法についてちょっと不安があるんですが、ＤＮＡが証拠となる事件はこの件が初めてではありません」

「おめでとう、警部。犯人が罪状を認める可能性があるだろうか。アニーに公判でつらい思いをさせたくない」

「充分あるんじゃないですか。押さえた証拠はＤＮＡだけではありませんが、あれは動かない証拠ですからね。それにあの女性が証人席に立てるようになるにはかなりかかりますよ」

電話を切るダルグリッシュの心は軽くなっていた。さて、それではしばらく一人で静かに座っていられる場所を探すことにしようか。

## 9

ボーンマスから海岸沿いの道を西にドライブしたダルグリッシュは、車を止めてプール港を眼下にしながら海を眺められる場所を見つけた。この一週間彼の頭脳とエネルギーはローダ・グラッドウィンとロビン・ボイトンの事件にだけ向けられていた。だがこれからは自分の将来について考えなければならない。選択肢はすでにいくつか上がっている。ほとんどが大変な重責か、興味の湧く仕事だ。しかしこれまであまり念頭になかった。とはいえ、人生を変える出来事で確かなことが一つある。エマとの結婚だ。これは喜び以外のなにものでもない。

そしてようやく二つの事件の真相が分かった。きっとフィリップ・カーショーの言う通りなのだろう。いつも真相を知りたいと思うのは、とくに人間の行動の動機、ほかの人間の不可思議な心の動きを知りたいと望むのは傲慢だ。ダルグリッシュはキャンダス・ウェストホールにシャロンを殺す意図はなかったと思っていた。彼女はシャロンが本の整理を手伝いに来た時など二人きりの時に、シャロンの空想をあおったのだろう。だがキャンダスが意図したのは、グラッドウィンとボイトン殺害は彼女一人の犯行だったことを確実な方法を使って世間に分からせることだった。キャンダスの告白があるので検視官の評決は決まっている。事件は終わり、ダルグリッシュの責任もこれまでだ。彼にできることも、したいと思うこともなにもない。

いつものように今度の捜査でも思い出が作られた。ダルグリッシュ自身にそのつもりはなくてもその存在が頭の中に何年もひっそりと刻みつけられていて、見知らぬ人の顔や声、場所がきっかけになって、ひょいと思い出される人たちがいる。彼は過去を振り返ってばかりいたいとは思わないが、そんなふうにちらりと記憶が蘇ると、記憶に残るのはどういう人なのかと不思議になり、その人たちはどうしただろうかと考える。捜査で重要な役割を果たした人物の場合はめったにないから、この一週間で記憶に残りそうな人は見当がついた。カーティス神父と金髪の子供たち、スティーヴン・コリンズビー、それにレティー・フレンシャムといったところか。これまで何人の人間が短いながらも彼に影響を与えてきたか。多くの場合が戦慄と悲劇、恐怖と苦痛に結びついていた。ダルグリッシュのもっとも優れた詩はそういう人たちに命を吹き込まれた。官僚制度やオフィスワークが、どんなインスピレーションを与えてくれるというのか。

そろそろオールド・ポリス・コテッジにバッグを取りに戻って、出発しなければならない時間だ。領主館の人たちには挨拶をすませたし、ウィスタリア・ハウスに寄ってシェパード夫婦に特捜班が世話になった礼も言った。今会いたい人は一人だけだ。

コテッジに着いたダルグリッシュはドアを開けた。暖炉に火が入っていたが、部屋は暖炉のそばのテーブルに置かれたスタンドがついているだけで薄暗かった。エマが立ち上がって、彼のほうにやってきた。顔と髪の毛が、暖炉の火明りでつやつやと輝いている。

「もう聞いた?」と、エマは言った。「ハワード警部が犯人を逮捕したのよ。犯人がまだそこらをうろついていて、同じことをまたするんじゃないかって心配する必要がなくなったわ。それからアニーが快方に向かっているのよ」

「アンディー・ハワードが電話をくれたよ。よかったじゃないか。とくにアニーのことがうれしい」

エマはダルグリッシュの腕の中に入ってきて、言った。

「ウォラムでロンドンに帰るベントンとケイトに会ったのよ。あなたが帰りのドライブで道連れがほしいんじゃないかと思って」

# 第五部　春　ドーセット、ロンドン

1

　春分の日、ジョージ・チャンドラー‐パウエルとヘリナ・クレセットは事務室のデスクに並んで座っていた。この三時間、二人は数字や予定表、設計図を検討し、議論してきた。今、申し合わせたようになにも言わずに二人の手が伸びて、パソコンを閉じた。

　チャンドラー‐パウエルがイスに寄りかかりながら言った。「じゃあ、金銭面では可能だな。もっとも私がセント・アンジェラズ病院の自費患者数を減らさずに、増やすことが条件だ。レストランの収入は庭の維持費にも足らないだろうね、少なくとも最初のうちは」

　ヘリナは設計図をたたんでいた。「セント・アンジェラズ病院からの収入は控え目に見積もってありますよ。過去三年間、今の態勢で見積もりの三分の二に相当する収入を上げている。たしかに厩舎の改装はあなたが考えていたよりも高くつくけれど、この設計はとてもいいし、コストも多少は抑えられるはずだわ。あなたが持っている極東の株が値上がりしているから、それでコストをまかなうか、あるいは銀行から借りるという方法も考えられるでしょうね」

「門にレストランの看板を出さないとまずいのだろうか」

「無理に出すこともないでしょうね。でも開店時にどこかに広告を出さないとね。そんなに気むずかしいことばかりは言えませんよ、ジョージ。商売をするのなら、それなりのことをしなければ」

「ディーンとキンバリーは大乗り気のようだが、二人にできることにも限りがあるだろうな」

「だからレストランが軌道に乗ったら、パートタイムの手伝いともう一人コックを雇う費用を見込んでおいたんですよ。二人は注文のうるさい患者がいなくなれば、あなたとスタッフ、それに私の食事しか作らないことになるでしょ。ディーンはもう有頂天よ。私たちがめざすのは単なる喫茶店ではなくて、州の周辺、さらにその先からお客を呼べるような一流レストランなんだから、野心的ですよね。ディーンは腕のいいシェフでしょ。その腕を振るえるだけの場所を与えないと、いてくれないでしょう。キンバリーは赤ちゃんができて幸せいっぱいだし、ディーンは自分の店同然のレストランの計画を私と一緒に立てている。あんなに落ち着いてうれしそうにしているディーンは初めてだわ。子供ができても全然かまわない。荘園に子供は必要ですものね」

チャンドラー－パウエルは立ち上がって、両腕をのばして伸びをした。「ストーンサークルまで散歩はどうです。デスクに張りついているにはもったいない日和だ」

二人は無言で上着を着て、西のドアから出た。手術室はすでに取り壊されて医療設備もすべて取り除かれていた。ヘリナが言った。「西翼をどうするか、考えなければいけませんよ」

「今のまま置いておこう。スタッフを増やすことになったら、そのとき役に立つはずだ。でもあなたはクリニックがなくなって、うれしいでしょう。気に入らなかったようだから」

「そんなにあからさまだったかしら。ごめんなさい。でもあそこだけ異物のようで、ここになじまなかったから」

「百年もすれば忘れられるだろう」

「どうかしら。あれも荘園の歴史の一部になるんじゃないかしら。それにあなたの最後の患者のことを忘れる人はいないでしょうよ」

「キャンダスは私に警告していた」と。チャンドラー－パウエルは言った。「グラッドウィンをここに来させたくなかったんだ。もし私が手術をロンドンでしていたら、彼女は死なずにすんだし、われわれの生活も違っていただろうね」

「そう、違っていたでしょうけど、必ずしもよかったとは言えないんじゃないかしら。あなた、キャンダスの告白を信じます？」

「最初の部分、ローダを殺したところは、うん、信じるね」

「計画的だったのかしら、それとも一時の感情から？」

「カッとなったんだろうとは思う。しかし脅かされたわけでも挑発されたわけでもない。陪審は計画的殺人と評決を出したんじゃないかな」

「裁判になっていたらでしょ。ダルグリッシュ警視長は逮捕するだけの証拠を手に入れていなかったわ」

「逮捕寸前だったと思うね」

「それなら危険を冒そうとしていたということね。どんな証拠があったかしら。科学的な証拠はなに一つなかったのよ。私たちのだれにでもできた。キャンダスがシャロンを襲わず、告白もしなかったら、事件は迷宮入りだったでしょうね」

「それはそうだが、はたして解決されたのかな」

「だれかをかばうためにウソの告白をしたということ？」

と、ヘリナは訊いた。

「いや、それはありえない。弟をかばうためならともかく、ほかにかばう人がいるはずない。ローダ・グラッドウィンを殺したのは彼女だし、ロビン・ボイトンも殺すつもりだったと思うね。それは本人が認めている」

「でもどうしてかしら。ボイトンがそれほど危険な存在だったとしたら、彼はいったいなにを知っていたのかしらね。それにシャロンを襲う前に、キャンダスは本当に逮捕される恐れがあったのか。たとえグラッドウィンとボイトンを殺したとして告発されても、有能な弁護士なら合理的な疑いがあるとして陪審員を説得できたでしょうよ。彼女の罪が証明されたのは、シャロンを襲ったからよ。だからどうしてあんなことをしたのか分からないわ。キャンダスは金曜日の夜に領主館を出るところをシャロンに見られたと言っている。でもそんなことなら、ウソをつけばすむことでしょ。キャンダスがはっきり否定すれば、シャロンの話を信じる人がいるかしら。シャロンを襲ったこと、あれは言い逃れようがない」

「キャンダスはもうたくさんだと思ったんだろうな。終わりにしたかったんだろう」

「なんの終わり？　いつまでも疑われて、すっきりしないから？　弟の犯行だと言われかねないから？　私たちの容疑を晴らしたいから？　考えられないわ」

「自分自身を終わりにしたかったんだよ。自分の世界は生きるに値しないと思ったんだろう」

「だれだって、時にはそんなふうに感じるものでしょ」と、ヘリナは言った。

「だが、一過性のものだ。本気じゃない。本気じゃないと自分でも分かっている。耐えがたい苦痛に絶えずさいなまれるとか、頭がどうかなって人に頼らざるをえなくなり、仕事も失い、この場所も自分にとって無意味にならないかぎり、そんなふうには感じないだろうな」

「キャンダスは頭がおかしくなっていたんだと思うわ。自分でも自分の狂気に気づいていたんでしょう。ストーンサークルに行きましょうよ。キャンダスが亡くなって、今は彼女のことを可哀想としか思えないわ」

突然、チャンドラー＝パウエルが声を尖らせた。「可哀想？　私は可哀想とは思わないね。彼女は私の患者を殺した。私がやったあの傷痕の手術、あれは大成功だったんだ」

彼を見たヘリナはすぐに横を向いた。だがちらりと見たその視線に、チャンドラー＝パウエルは驚き、おもしろがりながらも理解しているような表情を認めて、居心地が悪かった。

ヘリナが言った。「彼女はこの荘園にプライバシーを求めてやってきた最後の自費患者だったのね。本当に自分を見せない人だった。彼女について私たちが知っていたことって、なんだったのかしら。あなた、なにか知っていたんですか」

チャンドラー＝パウエルは静かに答えた。「傷痕が必要なくなったから取り除きたいと言っていた、それだけだね」

二人は並んでライムの並木道をゆっくり歩きだした。つぼみが開き、梢にもまだ早春の浅緑が残っていた。チャンドラー＝パウエルが言った。「レストランの計画だけど――すべてはあなたがこれまで通りいてくれることが前提になるね」

「責任者がだれか必要でしょう。管理者というか、全体を取りまとめる人、家事を取り仕切って、秘書の仕事もする人。仕事自体はたいして変わらないでしょうね。適任者が見つかるまで、もちろんこれまで通り続けますよ」

二人は黙って歩き続けた。やがてチャンドラー゠パウエルが足を止めずに言った。「もっと永続的で、もうちょっと要求がましいことを考えているんですけれどもね。魅力半減と言われるかもしれない。少なくともあなたにとっては。私にとっては失望を覚悟で切りだすにはあまりに重要だった。だから今までなにも言わなかったんです。結婚してもらえないだろうか。一緒に幸せになれると思うんだが」

「愛という言葉を持ちださなかったわね。正直な方だわ」

「そう言わなかったのは、その言葉の意味するものがなにか本当に理解したことがないからだろうな。セリーナと結婚したとき、彼女を愛していると思った。あれは一種の狂気だった。私はあなたが好きだ。尊敬しているし、すばらしい人だと思う。これまで六年間一緒に仕事をしてきた。あなたを抱きたい。だがそれはホモでない男性ならだれでも感じることだろう。これまであなたと一緒にいるときに、退屈したりいらいらしたことは一度もないし、領主館に強い愛着があることでは共通している。ここに戻ってきてあなたが留守だと、説明がむずかしいが、落ち着かないというか、そんな感じなんだな。なにかが欠けている、なんだかぽっかり穴が開いたような、そんな感じかな」

「領主館に？」

「いや、私自身に」また二人は黙りこんだ。少ししてチャンドラー゠パウエルが尋ねた。「そういうのを愛と呼べないだろうな。私には充分だが、あなたはどうだろう。考える時間が必要だろうか」

ヘリナは彼のほうを向いた。「時間がほしいというのは、気を持たせているだけでしょうね。ええ、充分だわね」

チャンドラー゠パウエルはヘリナに触れなかった。身体中に精気がみなぎるのを感じたものの、薄氷の上に立っている気分だった。粗野なふるまいはいけない。彼があからさまな行動を取り、欲望のままに彼女に腕を伸ばせば、軽蔑されるだろう。二人は向かい合って立っていた。やがてチャンドラー＝パウエルは静かに言った。「ありがとう」

二人はストーンサークルの前に来ていた。ヘリナが言った。「子供の頃にサークルの周りを回って、石を一つ一つそっと蹴ったものよ。幸運のおまじないね」

「それじゃあ、今一緒にしよう」

二人は一緒にサークルの周りを歩き、チャンドラー＝パウエルが石を順番に一つ一つそっと蹴った。

ライムの並木道を戻りながらチャンドラー＝パウエルが言った。「レティーはどうしよう。彼女にいてほしいかい」

「ええ、レティーにいる気があるなら。はっきり言って最初のうちは彼女がいないとむずかしいでしょうね。でも私たちが結婚したら彼女も領主館には住みたくないだろうし、私たちだって困るでしょ。ストーン荘を片付けて改装し直してから、あそこに住んでもらってもいいわね。改装を手伝ってくれって言ったら、彼女、喜ぶでしょうよ。それにガーデニングも楽しめるし」

「あのコテッジを上げてもいいじゃないか。つまり正式に彼女に譲るんだよ。評判が立ってしまったので、売るのもむずかしいだろう。そうすれば、彼女も先々安心だろう。ほかにほしがる人がいるとも思えない。彼女もいやと言うかな。殺人や不幸、死の臭いが染みついてしまった感じだからな」

「レティーなら、そんなことは平気よ」と、ヘリナは答えた。「ストーン荘でも落ち着いて暮らせるでしょうけど、ただ、もらうのには抵抗があるんじゃないかしら。買いたいと言うでしょうね」

「そんな金を持っているのかい」

「持っていると思うわ。昔から無駄遣いをしない人だったから。それに値段を安くするのよ。あなたの言うようにあんなことがあっては、ストーン荘はとても売れないでしょうから。とにかく彼女に話してみるわ。コテッジに移るとなれば、昇給してあげないといけないわね」

「それはむずかしくないかい」

ヘリナは笑いを浮かべた。「私にお金があることを忘れてらっしゃるわね。レストランの開店資金として私がお金を出すことにしたじゃないの。ガイはろくでもない浮気者だったけれど、ケチではなかったのよ」

では、それで問題は解決か。チャンドラー－パウエルはこれからの結婚生活はこんなかもしれないと考えていた。問題が起きても順当な解決策が示されて、彼がことさら行動する必要はないのだろう。

彼は軽い調子で言った。「レティーなしでは最初のうちやっていけないのなら、そうするのがよさそうだな」

「彼女がいないと困るのはこの私なのよ。あなた、気がつかなかった？　彼女は私の羅針盤なのよ、道徳の羅針盤」

二人は歩き続けた。チャンドラー－パウエルは自分の人生の設計図が大方引かれようとしているのが分かった。そう考えても不安はなく、満足感が強かった。ロンドンのフラットと荘園の両方を維持するには、仕事に精を出さなければならない。だが彼はこれまでも仕事一途で来た。彼にとって仕事イコール人生だった。レストランの計画には必ずしも自信がなかったが、厩舎を再活用しなければならない時だし、レストランの客が領主館に入りこむことはない。それにディーンとキンバリーをどうしても手放したくなかった。ヘリナに任せておけば大丈夫だ。

ヘリナが言った。「シャロンのことをなにか聞かなかった？　どこにいるかとか、どんな仕事を見つけてもらったのかとか」

「なにも聞いていないね。どこからともなく現われて、どこかに消えたって感じだな。ありがたいことに、あの子は私の責任じゃない」

「じゃあ、マーカスは？」

「昨日手紙が来たよ。アフリカにうまいことなじんでいるようだ。たぶんあの男には一番ぴったりの場所なんだろう。ここで働いていたんでは、キャンダスの自殺から立ち直れなかっただろうからね。キャンダスがマーカスと私を引き離したがっていたのなら、まさにどんぴしゃりのやり方だったわけだ」

しかし彼の口ぶりに恨みがましさはなく、ほとんど無関心の口調だった。検視陪審のあとキャンダスの自殺を口にすることはなく、話せばいつも居心地が悪かった。一緒に散歩をしているこの時に、どうしてわざわざ痛ましい過去を思い出させるのだろうかと、ヘリナは訝った。これが彼なりの正式な幕引きのやり方で、今後は話題にしては想像をたくましくするのはやめようということなのか。

「ならフラヴィアはどうなの。彼女のこともシャロンのように頭から消えてしまったのかしら？」

「いや、彼女からは連絡があった。結婚するそうだよ」

「ずいぶん早いわね」

「インターネットで知り合ったらしい。二年前にやもめになった事務弁護士で、三歳の娘が一人いる。子供好きな妻を求める孤独な四十男といったところだな。フラヴィアはとても幸せだと書いていたよ。少なくとも彼女はほしいものを手に入れようとしている。人生になにを望むかはっきり見定めて、それを得るために全エネルギーを傾けるというのは実に賢明だな」

二人は並木道から離れて、西のドアから領主館にもどった。ヘリナをちらりと見たチャンドラー＝パウエルは、彼女があの不思議な笑みを浮かべているのを見た。

「そうね、フラヴィアはとても賢明だった。私も、ずっとそんなふうに行動してきたのよ」

## 2

ヘリナは図書室でレティーに打ち明けた。「あなたは認めないでしょうね」

「私に認めないなんて言う権利はありませんよ。ただあなたのことを心配する権利はあるわね。彼を愛してはいないでしょ」

「たぶん今はね。まだ完全に愛しているとは言えない。でもいずれそうなる。結婚って、愛情が生まれるか、あるいは失われる過程でしょ。心配しないで。私たち、寝室の中でも外でも似合いのカップルになるわ。この結婚は長続きするはずよ」

「そして再び荘園にクレセットの旗が掲げられて、やがてあなたの子供がここに住むというわけね」

「レティー、あなたって、本当に私のことが分かっているのね」

今、一人になったレティーは、ヘリナが別れ際に言ったコテッジの話を考えていた。庭の中を歩いていたが、なにも目に入らなかった。そして結局いつものようにライムの散歩道をゆっくりストーンサークルに向かって歩いていた。振り返って西翼の窓を見ると、あの自費患者のことが思い出された。彼女が殺されたことで、罪の有無を問わず関わりのあった者すべての人生が変わった。だが、暴力とはいつもそうではないか。ローダ・グラッドウィンにとって顔の傷痕はなにを意味したのか——償いか、触れてはならないものだったのか、あるいは挑戦、思い出——いずれにせよ、荘園の人間にはだれにも分からない理由で彼女は傷痕を取り除き、これからの人生を変えようと決意した。彼女はその希望を奪われて、後戻りできない変わり方をしたのは、ほかの人たちの人生だった。

ローダ・グラッドウィンは若かった。もちろんレティーよりも年下だった。六十歳のレティーは自分が年より老けて見えることは分かっていた。しかしこの先二十年間は比較的活動的でいられるだろう。その間の生活がどんなものか考えてみた。好みの内装をした自分のコテッジで暮らし、庭を手入れして育てる。尊敬する人たちと一緒に、ストレスを感じないで仕事もできる。それに本と音楽。領主館の図書室が使える。イギリスでも指折りの美しい土地の空気を毎日吸い、おそらくヘリナの子供の成長も見届けられるだろう。もっと先の将来はどうだろう。やがて自分が見てもヘリナの目にも足手まといになる日が来るだろうが、それまでの二十年間は役に立てるし、比較的自立して生活できるのではないか。きっと申し分のない年月だろう。

レティーは自分がすでに荘園の外の広い世界を、敵意に満ちた異質のものと見るのに慣れてきているのを自覚していた。イギリスはもうとてもイギリスとは思えないし、地球そのものが死に瀕した惑星ではないか。何百万人もの人間が黒いバッタの大群のように絶えず動きまわり、かつては美しかった遠隔の地の空気を人間の息で侵略し、費消し、汚染し、破壊している。とはいえその世界はまだ彼女の世界であり、生を受けた場所だ。彼女はその素晴らしさ、その喜びの一部であるように、汚染の一部でもある。有名女子校で教師をして疑似ゴチック様式の建物に住んでいた時、どれだけこの世界を経験しただろうか。同じ言葉を話し、同じ価値観と偏見を共有し、同じ階級に属する同種の人々以外の人たちとどれだけ本当に交渉を持っただろうか。

だが、遅すぎることはない。外には違った世界、違う顔、違う声がある。まだそれほど人の訪れない場所、何百万人もの足で踏み固められていない道がある。有名な都市でも、夜明け前にはホテルから観光客がどっと繰りだすまで静かな安らぎの時間がある。船や列車、バス、徒歩でカーボン・フットプリントを最低限に抑えて旅をしよう。三年間旅行をしても、まだ国内のどこかひっそりしたところでコテッジを買う程度の蓄えはある。身体は丈夫だし、資格はある。アジアやアフリカ、南アメリカで手助けができる仕事があるのではないか。学校の休みに教師仲間とした旅行は、一番込んでいる最悪の時期だった。一人旅なら、そんなことはない。自己発見の旅とも言えるが、気取りすぎているようでレティーはその表現は避けた。六十年間生きてきて、自分のことはよく分かっている。自分を確認する旅ではなくて、自分を変える旅になるだろう。

ストーンサークルで回れ右したレティーは、急ぎ足で領主館に取って返した。


「残念ね」と、ヘリナは言った。「でも、あなたはなにが一番いいか分かっている。昔からそうだったもの。でもあなたがいないとだめって私が言ったら……」

レティーは静かな声で答えた。「そんなことはありませんよ」

「私たちの間で月並みな言葉は必要ないけれど、でもあなたがいなくなると寂しくなるわね。荘園はいつでもここにあるわよ。旅に飽きたら、いつでも帰ってきて」

本心から出た言葉と二人には分かってはいたものの、通り一遍だった。レティーはヘリナの目が、朝日が石壁に金色の染みを作って動く厩舎にじっと注がれているに気づいていた。どう改装を進めるかプランを練り、レストランに客がやってくるさま、ディーンとメニューについて相談するさまを心に描いているのだ。ミシュランの星二つ程度は狙えるかもしれない。利益も充分上がり、ディーンは荘園にすっかり落ち着いて、ジョージは満足するだろう。ヘリナは未来を見つめて、楽しい夢に浸っている。

## 3

ケンブリッジ大学で行なわれた結婚式が終わり、参列者は礼拝堂の前室に移動しだした。クララとアニーはそのまま座って、オルガンに耳を傾けていた。バッハとヴィヴァルディが演奏されて、今奏者はバッハのフーガ変奏曲を弾いている。式が始まる前、早目に着いた少数のグループは日向で待つ間に、互いに自己紹介し合った。薄茶色の髪の毛をショートにしてサマー・ドレスを着た、知的でチャーミングな女性がにこやかに進み出て、ダルグリッシュの捜査班にいるケイト・ミスキン警部だと名乗った。そして連れのピアーズ・タラントという青年と、班のメンバーという若くてハンサムなインド人部長刑事を紹介した。アダムの詩を出版した出版社社長や仲間の詩人や作家、エマの大学の同僚など、ほかの人たちも加わった。五月の日差しを浴びる美しい石壁と広い芝生からひんやりとして禁欲的な前室に入るのがためらわれたのか、この気の置けない楽しいグループは、なかなか中に入ろうとしなかった。

式は音楽はあっても説教を省いた短いものだった。おそらく花嫁と花婿はわざわざありふれた訓戒など加えなくても、長い年月をへた典礼式文に必要なものはすべて盛り込まれていると感じたのではないか。それにエマの父は、自分の所有物を花婿に渡すという昔ながらの象徴的な慣行を断固拒否するように、最前列の席に座っていた。クリーム色のウェディングドレスをまとい、つややかに輝く髪をアップに結いあげてバラの花の冠を飾ったエマは、祭壇に向かって通路を一人でゆっくり歩いた。その一人静かに歩く美しい姿を見たアニーの目に涙が浮かんだ。しきたりとちがうことがもう一つあった。花嫁に背中を向けて祭壇のほうを向いているはずのアダムが振りむいて、笑顔で手を差し出したのだ。

今、残ってバッハを聞いている参列者はほんの数人だった。クララが静かに言った。「結婚式としては成功だわね。

聡明なエマのことだから、ありきたりな女性の慣習になんか目もくれないんじゃないかと思うところだけどもね。結婚式ではどの花嫁も、参列者にはっと息をのませたいと思うものでしょ。彼女もそんな野望を共有していると分かって、ほっとさせられるじゃないの」

「彼女は参列者のことなんか気にしていないんじゃないかな」

「ジェイン・オースティンが今の場合ぴったりかもしれないわね。『エマ』の最後の章でエルトン夫人にこう言わせているでしょ。〝白サテンはほんのちょっぴり、レースのベールもおしるしほど。かわいそうにねえ〟って」

「でも小説の最後の部分を思い出して。〝しかしそんな見かけの華やかさはなくとも、式に参列した少数の真の友人たちが抱いた願い、希望、確信、そして予想は、結ばれた二人の完璧な幸せであますところなくかなえられたのだった〟」

「完璧な幸せは要求しすぎね。でもあの二人は幸せになるわよ。少なくとも気の毒なナイトリー氏とちがって、アダムは義父と同居しなくてもいいんだから。あら、あなたの手、冷たいわね。ほかの人たちみたいに日向に出ましょうか。飲み物がほしいし、何か食べたいわ。感情が高ぶるとどうしてお腹がすくのかしら。あの花嫁花婿のことだし、大学の調理場の料理の質は分かっているから、食べ物にがっかりすることはないでしょう。しけったカナッペやぬるい白ワインなんて出ないわよ」

だがアニーはまた初対面の人に紹介されたり、にぎやかなお祝いの言葉や厳粛な教会の式から解放された参列者たちの笑い声を聞く気になれなかった。彼女はそっとささやいた。「音楽が終わるまでここにいましょうよ」

彼女にはこの簡素で平安な場所でしっかりと見つめ、処理しなければならないイメージと思いがあった。アニーはクララと一緒にロンドンの中央刑事裁判所に戻っていた。彼女は自分を襲った若者のことを考え、被告席に視線を向けて若者を見た瞬間を思い出した。自分がどんな若者を予想していたのか思い出せないが、出廷するために着慣れないスーツ姿で無表情で立つ、どこにでもいそうなごく普通の若者でなかったことは確かだ。若者はむっつりとした平板な口調で罪を認めて、後悔の言葉はなかった。彼はアニーを見なかった。二人はあの一時、あの一つの行為で結ばれた見ず知らずの他人だった。アニーはなにも感じなかった。憐れみも、許しも、何も。彼を理解したり許すことはありえないし、そういう観点からは考えなかった。しかし許さないことに頑なにこだわったり、若者が刑務所に入れられたことで復讐した気分になったりしないことは可能だと思った。彼にどれだけ傷つけられたか決めるのは、彼ではなくてアニー自身だ。アニーが黙認しないかぎり、あの若者がいつまでも彼女に影響を与え続けることはありえない。子供の頃に習い覚えた聖書の一句が真実を語っていた。

〝外から人の身体に入るものはどんなものでも人を汚すことはできない。それは人の心の中に入るのではないからだ〟

　それに彼女にはクララがいる。アニーはクララの手の中に手を滑りこませ、握り返すクララの手に慰められた。アニーは思った。〝この世は美しくて恐ろしいところだ。毎分悲惨な出来事が繰り返されて、私たちの愛する人たちが死ぬ。もし地球の生きとし生けるものすべての悲鳴が一つの苦痛の叫びにまとまったら、星をも揺さぶるにちがいない。でも私たちには愛がある。この世の恐怖に立ち向かうには頼りない盾かもしれないけれど、しっかりつかんで信じなければいけない。私たちにはそれしかないのだから〟

# 解説

P・D・ジェイムズは一九二〇年八月三日の生まれなので、今年（二〇一〇年）には九十歳、日本風にいえば卒寿を迎えます。現役のミステリ作家としては、同年生まれのディック・フランシスとともに最長老というべき存在になりました。

本書『秘密』（原題The Private Patient）は二〇〇八年に発表された最新長篇ですが、その年齢を感じさせない筆力は、まさに驚異的です。重厚かつ精緻な作品を生み出す旺盛なエネルギーは、いったいどこから生まれてくるのでしょうか。

じつは本書のあとにも、ミステリの歴史を語った評論*Talking About Detective Fiction*（2009）を発表し、エドガー賞（アメリカ探偵作家クラブ賞）の候補となるなど、依然として執筆への意欲、ミステリへの愛着は衰えを見せていません。今後どのくらいの作品が生み出されるのか、これからも目が離せない作家であり続けてくれると思います。

一方で、本書を読了された方にはおわかりのように、主人公のアダム・ダルグリッシュは、ひとつの節目を迎えたようです。

一九六二年の彼のデビュー作『女の顔を覆え』（ハヤカワ・ミステリ文庫）は、同時にP・D・ジェイムズの作家デビュー作でもありました。

当時はロンドン警視庁犯罪捜査部の一介の主任警部だったダルグリッシュですが、その後十三作の作品を経て（女性探偵コーデリア・グレイとの共演作『女には向かない職業』〔ハヤカワ・ミステリ文庫〕を除く）、警視から現在の警視長へと昇進し、特別捜査チームを率い、上層部の信頼もあって、出世の階段を上っているようです。

長く独身をつづけてきたAD（部下たちは彼をこう呼びます）でしたが、『殺人展示室』（ハヤカワ・ミステリ1766）以来の恋が続いていたエマとの結婚問題にも、また部下のケイト・ミスキン警部の心にも一応の決着がついたようです。

著者の、というより現代ミステリを代表するこのシリーズに、ひとつの段落がついたように感じるのですが、読み終えられたみなさんのご感想は、いかがでしょうか？

（H・K）

HAYAKAWA POCKET MYSTERY BOOKS No. 1833

青《あお》木《き》久《ひさ》恵《え》

1966年早稲田大学文学部英文科卒,
英米文学翻訳家
訳書
『神学校の死』『殺人展示室』『灯台』P・D・ジェイムズ
『密林の骨』アーロン・エルキンズ
(以上早川書房刊)他多数

この本の型は,縦18.4センチ,横10.6センチのポケット・ブック判です.

検印
廃止

〔秘《ひ》　密《みつ》〕

2010年2月10日印刷　2010年2月15日発行

著　者　P・D・ジェイムズ
訳　者　青　木　久　恵
発行者　早　川　浩
印刷所　星野精版印刷株式会社
表紙印刷　大平舎美術印刷
製本所　株式会社川島製本所

発行所　株式会社　早川書房
東京都千代田区神田多町2ノ2
電話　03-3252-3111(大代表)
振替　00160-3-47799
http://www.hayakawa-online.co.jp

〔乱丁・落丁本は小社制作部宛お送り下さい
送料小社負担にてお取りかえいたします〕

ISBN978-4-15-001833-7 C0297
Printed and bound in Japan

ハヤカワ・ミステリ〈話題作〉

1823 沙蘭の迷路 R・V・ヒューリック 和爾桃子訳

赴任したディー判事を待つ、怪事件の数々。頭脳と行動力を駆使した判事の活躍を見よ！著者の記念すべきデビュー作を最新訳で贈る。

1824 新・幻想と怪奇 R・ティンパリー他 仁賀克雄編・訳

ゴースト・ストーリーの名手として知られるティンパリーをはじめ、ボーモント、マティスンらの知られざる名品、十七篇を収録する

1825 荒野のホームズ、西へ行く S・ホッケンスミス 日暮雅通訳

鉄路の果てに待つものは、夢か希望か、殺人か？　鉄道警護に雇われた兄弟が遭遇する、怪事件の顛末やいかに。シリーズ第二弾登場

1826 ハリウッド警察特務隊 ジョゼフ・ウォンボー 小林宏明訳

ロス市警地域防犯調停局には、騒音被害、迷惑駐車など、ありとあらゆる苦情が……〝カラス〟の異名をとる警官たちを描く警察小説

1827 暗殺のジャムセッション ロス・トーマス 真崎義博訳

冷戦の最前線から帰国し〈マックの店〉を再開したものの、元相棒が転げ込んできて、再び裏の世界へ……『冷戦交換ゲーム』の続篇